想い出の汀

岡田哲也
OKADA Tetsuya

KARANSHA
花乱社

装丁＝長谷川義幸［office Lvr］

想い出の汀❖目次

想い出の汀

桜島　胡座をかいて

砂もまた陽焼けするのだろうか。谷山の浜辺は白砂というより、こんがりと陽に焼けていた。寄せるさざ波は汀でお辞儀でもするように小さく身を畳み、やがてフライパンに広げたチヂミのように薄く拡がる。その縁は白いフリルとなって、じんわりと砂浜に消えてゆく。沖には海面に真一文字に切れ目を入れたような干拓の堤防が走っている。白い切創のようなそれも、近寄れば高さはゆうに五メートルは超えるだろう。水門から出入りする海水は、なんとなく海が濾された感じだ。それでも汀には、くさぐさの貝殻やさまざまな芥、腹の膨らんだ小魚の骸や蟹の甲羅が散らばっている。波の形見のような、そして誰も引き取り手のいない置土産だ。

傾きかけた春の陽を受けて、海が煌めく。なるほど、錦江湾か。錦の縮緬《ちりめん》の座布団だ。その上に大きな擂り鉢を伏せたようにのっそりと桜島が胡座をかいている。

汀と校庭のけじめをつけるものといえば、松林だけ。ひとかかえはゆうにある松が、巨大な案山子《かかし》の行列のようなシルエットを、砂浜に落としている。

タイムスリップだ――。

テツはふと呟いた。タイムスリップなんて、自分の境遇や目の前の風景が突拍子もなく変わった時に使う言葉だ。たしかに昨日までとは打って変わった光景だ。だが変わったと言って、いったいいつへ、なのだろう。どこへ、なのだろう。明治時代か弥生時代か、五百年後か、それともどこか異国の海岸なのだろうか。むろんこう思ったところで、テツは明治も弥生も異国も知っているわけではない。五百年どころか、五年後のことだって。

ただここは、かつて映画か物語の中で出合ったどこかの刑務所を思い出させた。空想と言うより、妄想だ。むろんここには獄舎のかわりに校舎が立ちならび、そして囚人たちの代わりに生徒たちが、看守の代わりに修道服を着たブラザーが歩いていた。

一九六三年三月晦日《みそか》のことだ。


とんでもない所に来ちゃった――。じゃあおまえさんは、それまでどんな大層な所に居たのだと問われれば、そうたいした所じゃありません、と言うしかない。

テツは、南九州の不知火海沿いの出水《いずみ》という所からやって来た。出水の人口は、四万人余。昔からここは、山に程よく海遠からず、水清うして薪炭不自由を知らざる郷と言われてきた。

まあ日本列島の津々浦々にある、なんの変哲もない半農半漁半商工業の町だ。なにごとも中の小なりおらが町。テツはこう呟いたこともあったが、むろん物心つきはじめた餓鬼が、この中位やハンパな町の、それ故の良さなんてわかるはずもなかった。

テツが感じたタイムスリップのような戸惑い。それはわがふるさとにはなんにもないと思った少年が、なにかを求めて異郷に出てきたものの、少年などまるで眼中にない汀や火の山に肩すかしを喰らった感じにも似ていた。むろん出ていった先の海や山や都市や人が、両手をあげて温かく迎えてくれることなど、ありはしないのだが。風景が手招きしていると感じるのは、いつだって少年や旅人の勝手な期待にすぎない。

テツを戸惑わせたのは、迎えた風景だけではなかった。テツを送った口さがない中学校の同僚だって言った。

「おまえはヤソの学校に行っとか　アーメン　ソーメン　冷ゾーメンの学校じゃあそこは」

「あそこは中学三年で　はや高校二年くらいの英語と数学をやってるらしか　とても後から入った奴なんか付いてゆけんぞ」

忠告と中傷はいつだって双生児みたいなものだ。

テツの国語の先生だって、卒業式のあと、テツを呼び出してエールを送った。

「良かなテツ

我が胸の燃ゆる思いに比ぶれば
　煙は薄し桜島山

これは平野国臣という志士の歌じゃが　お前もキバレ　しかし　勉強ばっかりして青瓢簞なんかにはなるなよ　チェストウー！」

　こう言って彼は、テツの背中をどやしつけた。きっと彼はかつて教え子を戦地に出征させる時にも、こう激励したに違いない。しかしテツにはとりたてての燃ゆる思いはなかった。新しい環境がどうであれ、戸惑いはあるだろうし、生易しくはないということは織り込み済みのことだった。まさか取って喰われるようなことはないだろう。それよりテツにとっては、わがやを出ることの方が嬉しかった。家出少年にも似た感傷があった。

　テツは十四人兄弟の末っ子だ。上の三人は畑違いで、もう一人種違いの兄がいる。それでも出水の家には十人の子どもがいた。テツの上には五人の姉たちがいた。テツは可愛がられた。子守りというのは、親が子の守りをするのでなく、姉や兄が下の子の守りをする時代だった。

　それにしても密度の濃い家だった。しかも馬喰をしていたテツの家では、夜な夜な呑ん方と呼ばれる宴が始まった。町に居酒屋などない頃だ。あそこに行けば、米の飯と焼酎にありつける。テツの家は人と情報と金が集まるコミュニティースペースでもあった。

お風呂だってそうだ。一番風呂の父は別として、十人の子どもが入った後の仕舞い湯は、湯船の底には泥がざらついていた。手押しポンプで給水し、薪で焚いていた時代だ。テツは人まみれ、泥まみれ、煙の匂いのする世界から、なんとか抜け出したかった。人いきれと焼酎と牛の匂いのしないどこかへ。

「末っ垂れは　無上《もぞ》がられて良かね」

そう言う人もいた。たしかにテツは、姉たちからは可愛がられた。おんぶされたり、手を引いてもらったり、遊んでもらったりした。しかし十歳を過ぎると、逆にそれが窮屈になった。しかも我が儘の芽は、セイタカアワダチソウのように伸び続けた。末っ子は可愛がられて良かね、そう言う人に、テツは内心呟く時があった。可愛がられるためにも、必死の努力が要るんですよ。じつにおませで気持ち悪い子だった。

ふるさとに置いてきたさまざまな思いが、寄せては返す波のように、テツの心を行き来した。タイムスリップは、人を胎内か揺り籠か棺の中にいる気持ちに誘う。

——さわさわさわら　さわさわさわわさわさわら……。

その時、ぷおおーっという音がした。桜島がおおどかに放屁したと思った。見ると桜島の前に白い船が浮かんでいた。離島行きの船だろうか。まどろみから醒めたようなテツに兄が言った。おい、入寮手続きを早く済まそうか。ふたりは学校の縁側のような汀から、砂浜のような校庭を横切って寮に向かった。

「それでは学習室とあなたのベッドなどを案内します　靴は空いている下駄箱に」

寮の入口の受付で素足にゴム製サンダルを履いた上級生が立ち上がった。鼻の下にうっすらと髯が霞んでいた。つんつるてんの草色のズボンの裾からのぞいている足首が頑丈な人だった。下駄箱と言っても、横に棚板を打ち渡し、水色のペンキを塗っただけのものだ。そのペンキも所どころ剝げている。前の簀の子も色褪せている。

学習室は大部屋で、机がずらりと並んでいた。窓際の机以外は、二つの机が隣り合わせになり、その仕切りを兼ねて低い本棚がある。海に面した窓際の机は、きっと上級生が占めているのだろう。そこには既に教科書や参考書のたぐいが、いかにも勉強の匂いを漂わせていた。テツの机は、真ん中のシマの中程だ。

テツはさらりと机を撫でて、座ってみた。学校の机よりは大ぶりだが、家で使っていたものよりは小さい。椅子も木製。上級生の椅子には、それぞれ座布団が置いてあった。なるほど、テツはひとり頷いた。

入寮者名簿のバインダーを小脇に抱えて案内係が、ではと促した。テツは兄とともにその後に従った。学習室から別棟の寝室へ、その繫ぎの所に共同トイレと洗面所があった。かたわらが土間になっていて、卓球台が置かれていた。その横に前もって送った小豆色の布団袋が並べてあった。海からの風に、荷札がかすかに揺れていた。

「あなたの布団もここにあります　その前にまずはベッドを」

土間から一段上がった所に木製の扉があり、そこを開けると、またずらりと二段ベッドが並んでいた。

「あなたのベッドはここです　これと同じ番号のロッカーがこちら」

中庭に面した壁に、前開きのベニヤ扉の棚が並んでいた。案内係が言った。

「自分の荷物は　このロッカーかベッドの中に　すべて収納して下さい」

ずらりと並んだ学習机、ずらりと並んだ二段ベッド、ずらりと並んだ箱型のロッカー。

「こりゃあ　兵舎じゃな」

兄が呟いた。テツも、うむと頷いた。むろん兄もテツも実際の兵舎体験はない、それでも刑務所よりはいくらかましな所として兵舎が、兵舎よりはいくらかましな所として、この寮があるような気がした。獄舎と兵舎と寄宿舎、その違いはどこにあるのだろうか。塀の有無、窓格子の有無だろうか。テツも兄もただ頷くほかなかった。

テツたちの感服とはおかまいなく、案内係はバインダーで外を指した。

「それでは最後に浴室です　使用日や洗濯物提出については　お手元の栞に書いてありま

す　食堂についてもね　あとはベッドメイキングや片付けなど　ご自由に　なお今日の夕食はありませんから　そのつもりでよろしく――」

ベッドメイキングという言葉は知ってはいたが、耳で聞くのは初めてだった。テツはわがやでは、林檎箱を並べ、その上に古畳を乗せた万年ベッドだった。夏は敷布団の上に茣座を敷き、冬は掛布団を一枚多く掛けるだけだ。それもやはり、メイキングのひとつなのだろう。

テツは兄と布団袋を取りに行き、ベッドメイキングとやらをして、ロッカーの中に着替えや洗面道具を並べた。ロッカーには木製のハンガーが五本かかっていた。やじろべえのようなそれに学生服がぶらりと下がった。衿の校章と学年章、それに「L」のイニシャルの金ボタンが眩しかった。

クリーム色と焦げ茶色の熨斗目《のしめ》文様のベッドカバーを掛け終わると、テツと兄はそのベッドに、野球のダグアウトのように背を屈《かが》めて座り、あたりを見回した。ベッドごしに似たような家族連れの姿がちらほら見えた。

「なにか　買うものはないか」

兄の尋ねに、テツはぶっきらぼうに答えた。べつにぃ。

兄が尋ねた。

「夕食はどうする」

「適当に食べに行くよ　学校を出た所に　よろず屋もあったし　電停の手前にはラーメン屋やうどん屋もあったしね」

「そうか」

新入生が連れの家族からあれこれ世話を焼かれる様子や、あちこちで飛び交う聞き慣れないイントネーションのヨソ言葉が体現している自分のわがやというもの、そしてふるさとという絆を、出来れば早く断ち切りたかった。テツこそ、兄や家族より、家そのものであり、ふるさとの権化そのものと言ってもよかったのだが。

「そしたら　帰ろうかな　帰りも二時間はかかるから」

「そうね　ありがとう」

素っ気なくこう言って、テツは立ち上がった。その時だ。テツは上段のベッドの框に思い切り頭をぶっつけた。あいたあっー。ザマアミロ、調子に乗るところだぞ。どこかで誰かがほくそえんでいる気がした。

正門近くの駐車場まで、テツは兄を送ってゆき、すぐに取って返した。そして今度は仰向けに、ドサリと寝ころんだ。ベッドが軋んだ。

ベッドカバーの中に沈み気味に横たわっていると、自分が流れに浮いている笹舟のような気になった。むろん上を向いても空は見えない。上段のベッドの力骨が横に走っているだけだ。

ひとりだ。

そう呟いて、テツは目を閉じた。ひとりの時空などまるでないような畳一枚程の狭くて浅い巣の中で。


入学式の朝、本館の廊下にクラス編成の名簿が貼り出された。ＡＢＣＤＥの五クラス。ＡＢＣは中学からの持ちあがり組、ＤとＥが高校からの新参者だ。名簿の前にたむろしている生徒たちの学生服は、新参者たちは折り目正しく、持ちあがりの生徒のは柔らかく体になじんでいる。中にはすっかりくたびれた学ランやカシミヤ仕立てを着込んだ猛者《もさ》もいる。

一クラスが五十余名。テツはＥクラスだ。寿司詰めの教室で、担任の挨拶のあと、一人ひとりが自己紹介をした。博多、久留米、大分、宮崎、都城……。鹿児島市や鹿児島県内出身者はほんの数えるほど。ほとんどがヨソ者だ。むろん一人もクラスの中に顔見知りはいなかった。

さまざまな顔、それぞれの髪型やそれぞれの声とイントネーション。学生服の着こなしひとつとっても、きっちり衿のホックを詰めている者、外している者、さらには第一ボタンまで開けている者などまちまちだ。

それではこれから入学式です、と言う担任に促されて、この鳥の集団のような生徒たちは外に出た。

体育館が工事中ということで、式は運動場で行われた。松林と桜島を背に、全校生徒が整列した。

「校長挨拶」という司会者の声で、校長が朝礼台に上がった。テツは、目を瞠った。台の上に立ったのは、長身でブロンドを柔らかく七・三に分け、修道服に身を包んだガイジンだった。胸元の純白の厚紙のようなカラーが朝日に煌めいていた。

すると隣に立っていた上級生が、テツに教えるともなく呟いた。

「修道服はフランス語でスータン　胸飾りはラバだね　アール・エイ・ブイ・エイ・ティティは発音しない」

その音の方を向いてテツは、あっと小さく叫んだ。その声と顔に覚えがあった。寮の朝食が済んで、トイレに並んでいた時、ブースの扉を開け、『赤尾の豆単』を片手に颯爽然と出てきたのが彼だった。おまたせ、彼はこう言ってテツに微笑みかけたが、テツは本当に待っていたのだ。テツは挨拶もそこそこに中に飛び込んだ。

朝のお詫びのつもりだろうか。こいつトイレの前では、死にたそうな顔をしていたが、今は知りたそうな顔をしている。そう彼は思ったのか。油断も隙もない上級生だ。しかし、有り難いことだ。フランス語かあ。テツは先輩に微笑みを返した。

だが驚きはさらに続いた。というのは校長が英語で喋り始めたからだ。ガイジンが外国語で話して、なんの不思議があろう。汀と桜島でタイム・スリップしたようなテツは、今度はちょっぴり異郷に来たようなカルチャー・ショックを味わった。

むろん通訳もいない。ゆったりとした話は、難しいものじゃなかった。そして皆が平然とした顔をしていたので、テツもそれにならった。

——ようこそ　ラ・サール学園へ　全国各地からの新入生を迎えて　私はとても嬉しいです　ここはファミリー・スピリットの学園です　どうか皆さん　ここでの学園生活を楽しんで下さい——

こんな話だった。まあ新入生の歓迎の挨拶は誰がしてもこんなものだろう。それでも修道服、碧眼、ブロンドの人の口から吐かれる言葉は、やはり違った。それまで泥《なず》んだ土と堆肥の匂いというより、馥郁としたバタークリームの香りがした。

校長の顔を見ていると、背後から波の音がテツたちを包んだ。砂浜を固めたような校庭に立っている自分たちが、汀で波にもてあそばれる夥しい軽石のようにも思われてきた。

クラスは一艘の乗合い渡し船だ。客一人ひとりの顔や声が違うように、一人ひとりの体格や性格も違っている。むろん渡ってからの行く先も。目立たがり屋もいれば控え目な奴もいる。暗そうな奴、明るそうな奴、真面目そうな奴、おふざけが好きな奴、むろん見かけだけではわからない。今は猫をかぶっているが、やがて虎に変身する者だっているだろう。いやいやこんな思惑なんてどうでもいい。わが道を行くだけさ、と達観している者だっているだろう。テツだって、どう思われているものやら。

だがファミリー・スピリットだと校長も言ったし、担任も言った。前夜の寮の歓迎式でも寮長が熱く叫んだ。ファミリー・スピリットだ。諸君、なにを学んだかよりどんな友を得たかを誇りにしてほしい。

閉ざされたこの乗合い船の中では、人はせいぜい仲良く楽しくやるしかないのだ。テツは自分に言い聞かせた。まずは様子見だ。そして出過ぎないことだ。むろんこんな思い自体が、本当は目立ちたいというひねくれた心の表れなのだが、それもまた大家族育ちの少年の、実に気楽な不安と期待の裏返しなのだろう。ただ渡し場を出たこの船が、どこへ行くのか、テツにはわからなかった。強いてわかろうともしなかった。船が岸を離れたことだけが確かだった。

授業は格別のものではなかった。むろんテツはよその高校を知らないのだが。それでも週に一回、倫理の時間があった。聖書を読んだり、キリスト教的な考え方や生き方が教えられた。

黒いスータンと白いラビの修道服の先生が、外国語訛りのある日本語で、イエス・クゥリストというのを聞くと、いかにもミッション・スクールに来ている気がした。

同じ黒衣で身を包んでも、日本の仏教のお坊様と修道士は違った。経典と聖書の違いもあるのだろう。わかりにくさの中でひたすら有り難さを授ける人と、わかりやすさの中でなんとか手を差し伸べる人との違いがある。彼岸への飛び石になる人と、天国への階段になる人との差だろうか。お萩とチョコレートほども違った。

聖書は面白かった。まるで言葉の玉手箱だった。そして一冊の物語であり、名言集だった。むろん天国も神も彼岸も浄土も、テツにはまだまだ縁遠い世界だったが。

教科書もまた格別のものではなかった。担任のナガ先生が言った。

「中学持ちあがり組は　君たちより進んでると思ってる人がいるかもしれない　しかしねたいてい一学期もすれば　追いつくもんです　だから焦らず慌てず　安心して頑張ることだな」

テツもまたここに来る前、ここは進んでるぞと、なかば忠告めいたなかば脅迫めいた激励を受けたものだ。

テツはふと思った。では、これまで兎のように前を走っていた中学組は、高校になったとたん、ここらでちょっとひと休みと、亀のようなおれたちを待ってくれてるのだろうか。まさかそんなことはあるまい。かといって高校組が、脱兎のようにハイピッチでペースを上げているわけでもない。

ただテツはふと、中学校に入学して野球部に入った時のことを思い出した。三年生に、後にプロ野球の広島カープに入団し、完全試合やノーヒット・ノーランも達成した外木場義郎投手がいた。のっぽで強い直球と鋭く落ちるカーブを投げる人だった。入部したての頃は、手も足も出なかった。小学校の頃、テツも市内の小学校の野球大会では、ピッチャーで四番だった。だが最初は、打てなかった。歯が立たなかった。ボールが恐いくらいだった。その時監督が笑いながら言ったのだ。

「凄いだろう　上には上があるもんさ　しかし夏になる頃には　打てるようになるからね　このスピードに従《つ》いてゆけるからね　頑張ってバットを振り込むことさ」

野球だって、勉強だって、やはり習うより慣れろなんだろう。慣れることが学ぶことだ。学ぶ、真似ぶ、なぞる。変わりばえのしない反復運動だ。いや変わりばえのしない中で、変わろうとする頭と体のトレーニングだ。なぜ変わろうとするのか。同じまんまじゃ面白くないから。もっと次にもっと先に、もっと楽しいなにかがあるような気がするからだ。

日本中からやって来た生徒たちが、ラ・サールという桶の中で芋の子を洗うようにごしご

し と洗われる。洗われて垢と汚れが抜ける者、角がとれる者、潰れていく者も中にはいるだろう。それはなにも高校に進学した者だけじゃない。

日本中といえば、テツの中学校仲間の半数近くは、中学を出て集団就職で働きに出た。女子は関西や中部地方の紡績工場が多かった。織姫と呼ばれ、彼女たちは好むと好まざるにかかわらず故郷を出た。男たちも金の卵と呼ばれ、北九州、関西、関東へと就職列車に乗った。太平洋戦争の敗戦後、朝鮮動乱を経て急ピッチで復興する日本の中で、南九州や北日本は、格好の人材供給地だった。素性の知れた若者と治安の良い、今ふうに言えば日本の中の東南アジアだった。彼らそして彼女らは高度経済成長の日本を、縁の下から支えたのだ。

テツも就職列車を何回も見送りに行った。テツの家は駅に近い。駅前の噴水のあるロータリー広場で、いつも見送りのセレモニーがあった。中学校のブラスバンド部が校歌を奏で、校長先生の送辞そしてPTA会長の祝辞があった。家のため、ふるさとのため、日本のために存分に頑張ってほしいと。その時テツは、会長の言葉に思わず呟いたひと言を憶えている。

「この人買いの手先めがっ」

あるいはこの光景は、これより三十年前、若者たちが兵隊として出征する時の壮行式と似たようなものかもしれなかった。旅立つ者に国民服と学生服、モンペ姿とセーラー服の違いはあっても。そして戦時中も集団就職の時も、うわべの厳粛さや勇壮さとは裏腹に、送る側にも送られる側一人ひとりにも、切実な事情や他愛ない物語はあったのだ。若者たちがお国や家のために犠牲や礎になったというだけではない。こういうひとりの存在など軽く押し拉ぎながら、時代というものは巨大な蒸気機関車のように、定められたレールを邁進してゆくのだろう。

見送りの朝、貸切りの就職列車も駅のホームも、人でごった返していた。行く者と送る者を繋ぐのは五色の紙テープだ。発車のアナウンスとベルに合わせて汽笛が鳴る。窓から身を乗り出して、テープを握りしめながら、なにやら叫ぶ者、ハンカチで顔を覆う者、手を振る者。ホームにも声援のような嗚咽のような声が湧きおこる。皆の顔はくしゃくしゃだ。紙テープの帯が伸びてゆく。動き出した列車が今一度汽笛を鳴らす。数百匹の蟻が、長い毛虫に群がっているようだ。

やがてホームのかなたに、線路の周りに五色のテープがまるで魂を亡くした人霊のように舞い落ち、列車は再度汽笛を鳴らし山影に消えてゆく。ことさら何気なさを装った見送りの人々も、唇を噛みしめたり歪めたり、ハンカチを出したりしながら、駅の改札口から消えてゆく。自分の生活に戻ってゆく。

見送りの者たちが家路につく頃、列車は米ノ津駅や県境を越えた袋駅を通過して、水俣の町にさしかかる。泣き腫らした顔の就職生たちは、あらためて涙を拭き、腰かけ直したりして、今度は持参した弁当をいっせいにパクつく。今鳴いた鳥がもう笑うのだ。泣いたからどう、笑ったからどうということではない。人は泣いて笑うように出来ている。泣き笑い、降ったり照ったりの人生だ。

当時は糸ヘン景気とかガチャ万景気とか呼ばれていた。ガチャ万とは、ガチャンと織ると万の金が転がり込むという意だ。ほどなく東洋の魔女と呼ばれる大日本紡績貝塚のバレー選手たちも登場する。日本の紡績や繊維業界は好況に沸いていた。就職列車の織姫たちは、こうして関西や中京に散らばっていった。

逆に全国から谷山塩屋町の浜辺に集まってきたのがテツたちだ。働きに出る者と学びに出る者。彼我の違いはなんだろうか。家の貧しさ豊かさ、頭の出来不出来、向学心の有無、やむを得ない事情のあれこれ。そんなものだけじゃない。ただいずれもが、それぞれの運命のような責務のようなものを、背中に背負っていた。あるいは背負わされていた。むろん本人たちはそれに気付かないのだが。

テツだって、この時、将来なにになるのか、ましてやなんのために生きるのか、まるで考えてはいなかった。家を出る、鳥籠から放たれた小鳥のように、そんな身軽さで、家を出て谷山に来たに過ぎなかった。

いきなり枕元で鐘が鳴った。アイスキャンディー売り、いや陸上長距離走のラスト一周の時に鳴らされるあの鐘だ。なにごとか。テツは飛び起きた。はずみで上段のベッドの横桟に頭をしたたか打ちつけた。これで完璧に目が醒めた。火事かなと思った。しかし、火事という叫びは聞こえない。時計を見たら六時だった。収まった鐘の音のかわりに胴間声が轟いた。

「キショウー　はあい一年生は　すぐに校庭へ」

寮にも朝礼があるのか。それは聞いてなかったが、だが、まわりも起き出して外へ出ている。テツも素早く着替えた。まさか学生服じゃないだろうと、ジャンパーを羽織った。中にはパジャマ姿のものもいる。ぞろぞろと目に見えぬロープに引き立てられるように朝陽のさす方に歩いてゆく。テツもそれにならった。

朝焼けの中に桜島が黝《くろ》く浮かんでいる。山肌に色味はない。桜島だって眠たいのだろう。昨日は汀に影を落としていた松林が、今日は校庭にシルエットを際立たせている。吐く息が白い。皆漫画の吹き出しのような疑問を口先に浮かべている。テツたちはひときわ大きな松の下に並ばされた。何が始まるのか。

すると再び胴間声が――。

「おはよう　諸君　いよいよ学園生活の第一日目だ　今日はこれから寮歌を唄う　寮歌には　第一から第四寮歌まで四つある　今日はその第一寮歌　はい　寮歌のプリントを」

胴間声がそう言うと、もう一人が半紙のプリントを配った。そこにはガリバン刷りで、校章と四つの寮歌が記されていた。

胴間声は、深呼吸して、いきなり唄い始めた。

「〽そよ風よぎる　小松原　ハイ続けて」

唄えと言われても、たった今聞いたばかりの曲だ。むろん譜面もない。訳のわからぬまま、テツたちはそれをなぞった。

「もっと腹の底から　いいですか　ハイ
〽昇る朝陽の陽を浴びて　ハイ」

一年生は、もぐもぐと呟くばかりだ。

「元気がないぞお
〽精気あふるる海の気に　ハイ　腹の底から」

腹でと言われても、寝起きでしかも空っ腹で、初見の寮歌が唄えるわけがない。声が出るよりも、テツはあくびが出た。

「もっと元気よく
〽若き血潮は　燃えあがる　ハイ　〽若き血潮は燃えあがる」

だが若い血潮は、まだしっぽりと昨夜の夢に濡れ、今朝の珍事に戸惑っている。しかし、胴間声は二番も唄い始めた。

寮歌はまさにかつての旧制高校の寮歌もどきだ。テツはほとんど口パクで終えた。歌い終わったら、ご苦労さん、早く憶えるようにと訓示があり、六時半からラジオ体操が始まった。朝飯前の腹ごなし、そう思うしかなかった。


胴間声は夜も大寝室に響きわたった。

「ショウートウーウッ」

午後十時。まるで大きな波頭が岩礁にもんどり打ったようだった。ほどなく寝室の蛍光灯が消えた。

本当に消すんだ。テツは慌ててベッドの中に潜り込んだ。しかし眠たくはない。むろん枕元灯なんてない。わずかに所どころの足元灯と出入り口の緑の表示灯が点いているだけだ。朝は否応なく眠りを破られ、夜は否応なく眠りに押しこめられる。これが寮というものなのか。みんなこのまま、すんなり眠りに就くのだろうか。暗闇に慣れてきた目で、テツはあたりを見回した。寝返りをうつ者、咳ばらいをする者もいる。

それにしても十時は早い。受験前はたいてい十二時前に寝ていた。受験後はテレビを観たり、兄たちの小説を読んだり、さらに宵っ張りになった。それが十時消灯だ。

一方、夜七時から九時までは自習タイム。学習室の机に座って居なければならない。なにをやってもいいが、とにかく机の前に居なければならない。点呼もある。

それまでに風呂に入ったり、洗濯物を出したり、散歩したり、卓球したりする。卓球台のある土間から小上がりの八畳程の畳の間が娯楽室だ。そこには小さな電気蓄音機とドーナツ盤のレコードが数十枚置いてあった。リクエストで好きなポップスを定期的に購入するという。

デル・シャノンの「花咲く街角」やコニー・フランシスの「カラーに口紅」など、テツが口遊んでいた曲もあった。中にはシベリウスの『フィンランディア』も。なあんだ、みな、同じようなもの聴いてらあ、テツはふと心が和んだ。

だが、やはり、十時に寝ろというのは酷だ。しかし、暗闇の中、目を凝らすと、あちこちからぼんやりとした光が洩れている。それはベッドカバーや毛布ごしの懐中電灯の光だ。なあんだ、そうか、よしっ、おれも明日は懐中電灯を。テツはそう自分に言い聞かせて、ぎゅっと目を瞑った。海からの風に乗ってだろうか、さざ波の音がいつまでも枕辺を洗い続けていた。

翌日の放課後、テツは勇んで谷山電停近くの電気屋に懐中電灯を買いに行った。ラ・サールの方はこれを買っていかれますと主人が教えてくれた。自分の魂胆を見透かされている気がしたが、テツは平静さを装った。それでも単3の乾電池を二個詰める時には、さながら銃に弾丸を装塡している気になった。箱も包みも要りません。こう言って、懐中電灯を片手に、寮への道を歩いた。しかし、真っ昼間、懐中電灯を持って歩くのは面映かった。テツは懐中電灯をズボンのポケットに入れた。するとまるで巨大な男根を携えて歩いているようだった。テツは背中を丸めながら、寮に帰りつき、ベッドの枕元にそれを置いてから、大の字に身体を投げだした。消灯が待ち遠しかった。

風呂・夕食・自習時間・寝る前の歯磨きが済むと、テツはいそいそとベッドに行った。九時五十分だった。テツは枕元にドン・ボスコ社の旧約・新約聖書を置いた。分厚い紺色の布貼りで、天と地と小口に紅色が施された聖書は、見るからに中身が詰まっていそうだ。表紙には聖杯の図案が金箔で押されていた。テツはどこともなく、そのページを開いた。後ろの方、新約聖書の「コリント人への後の手紙」の第十二章だった。

「私自身については、自分の弱さだけを誇るつもりである。もし私が自分のことを誇っても、真実のことだけ言うのであるから、おろか者ではない」

なるほど、自分の弱さを素直に誇るのか。自分の弱さは、恥ずべきことでもいじけに値することでもない。だがおれなんか、こう言われるとすぐ弱さに居直っちゃうからなあ。まあ居直ると言ったって、それは落ち込むことじゃなく、悩んだふりで安心していることなんだけど……。

こんなことを考えてると、胴間声が聞こえた。

「ショーウ　トーッー」

テツは勇んでベッドに潜り込んだ。大寝室が暗くなった。しばらくはベッドの軋みや咳払いなどが聞こえていたが、やがてそれも潮が引いたように静かになった。

しめしめ。いたずら小僧のようにテツはにやりと枕の下から懐中電灯を取り出した。そして聖書の下から、小さな文庫本を取り出した。太宰治の『人間失格』だ。

ちょっぴり自虐的で頓智がきいて、大いに気取ったところもあるこの作家を、テツは中学校の頃から好きだった。この人はおれのために書いてくれてる。この人はおれのことわかってる。こんなものならおれにも書けるかもしれない。多くの文学少年たちはこう思い、やがて憑き物が落ちたように忘れてゆく。だが、テツは東北生まれの気の弱そうな馬面のこの小説家が好きだった。もう何回読み返しただろう。

その時、寝室をカッカカッと歩く靴音が聞こえた。スリッパじゃない。硬い靴鋲の響きだ。そして胴間声よりも乾いた声が轟きわたった。

「あなたあっ　電気　だめでぇす」

さらに続いた

「本読むの　いけません　寝てくださあい」

近くのベッドの上級生が笑いを噛み殺したように呟いた。

「ほらっ　来たっ」

あちこちの蛍の灯のような明かりが消えた。大きな声は舎監のシプリアンだ。夕方、犬を連れて散歩している修道士をテツも見た。

「あれが　赤鬼シプリアン」

上級生がこう教えてくれたが、なるほど背丈は、テツよりも頭ひとつデカかった。もじゃもじゃの髪は、それが金髪なのか栗毛なのか白髪なのか、テツにはわからなかった。それまで大きなガイジンといえば、プロレスの力道山の相手をするホイスタッフ・カルホーンしか知らなかった。彼は「動くアルプス」と称されていたが、ブラウン管でなく、生で見るシプリアンはそれより大きかった。立ち上がった氷河だった。

消灯後、彼は点検をかねて見回りをしているのだ。中学一年生のお母さんのオッパイをまだ欲しがるような子どもから、高校三年生のませた餓鬼まで、彼は二百名程の見かじめをしなければならない。まるで日本の少年収容所に来た異国からの監視人だな。そりゃあざっとはいかないさ、テツはちょっぴり同情もした。

枕元の聖書は上級生の入知恵だった。懐中電灯で読んでいた本は、取り上げられる。もしシプリアンがガバッとベッドカバーや毛布を剝いだら、その時は枕元の聖書を咄嗟に出せというのだ。するとお咎めもさほどではないという。なるほど、テツは先輩のアドバイスに頷いた。人生の些事にも大事はあるものだ。

その時、大寝室の遙かかなたから、コトリという音がした。かと思うとコオオッという音が唸ってきた。板張りをビー玉が転がる音だ。まん中の大通路をやって来て、テツの所を通過して去っていった。まるで小さな魚雷が闇の中を進んでゆくようだ。やがてそれはシプリアンの部屋の壁に当たたって小さく弾んだ。

しばらくして、扉が開いた。

「いけませんっ　あなた　もうっ」

シプリアンが叫んだ。大寝室はしいんと静まりかえった。わずかにあちこちから忍び笑いが洩れてくる。やがて扉を閉める音がして、うわべだけの薄い静寂と闇が訪れる。そこからはまた何かを企むような気配もしてくる。もういい加減寝ようぜという気配もする。赤鬼シプリアンの顔からは、湯気が立ちのぼっているのだろうか。それとも彼は、こんなものなのだ、寮生活の監督も神に仕える身もと思って、なにごともなかったようにベッドに入り込むのだろうか。

クラスが乗合い渡し船なら、寮はさらに因果な箱船だ。ともに起き、ともに食べ、ともに学び、ともに寝かされる。ともに笑いともに泣き、時にはともに学ばされ、ともに悩まされることだってある。否応なくだ。トイレだって、扉の外には行列が出来る。ベッドに潜り込んで来る奴はいないが、夢の中に潜り込んで来る者はいる。運命共同体だ。

核家族の中で育った子には、こういう団体生活もちょっぴり物珍しいかもしれない。人生のアクセントにもなる。いや、ならないか。ところがテツは十四人兄弟の末っ子だ。小学校までは、勉強机も本棚も姉たちのおさがりだった。ひとりの部屋で、ひとりゆっくり……。中学生になった時に、はじめて縁側のとっつきに机を置いて、後をカーテンで仕切った。机、本棚、湊紙、グローブすべて居ながらにして手が届いた。まるでコックピットのような城だった。画期的なことだった。だからテツは一人の部屋に憧れた。隴を得たとたん、蜀を望んだのだ。

県都の高校に行けば、家を離れられる。家族とも顔を合わせないで済む。それをテツはひそかに期待していた。それがどうだ。寮というからうすうす感じてはいたものの、この合宿所のような有様はどうだ。わがやに居るより、ひどい。こんなはずじゃなかった。しかし取り返しはつかない。腹立たしくもあり、泣きそうにもなって夜十時半、テツはガバッとベッドカバーを頭から被ることもあった。懐中電灯も点けずに。

ふと、わがやの前の通産省指定のアルコール工場の構内が思い出された。広場には薩摩芋を詰めたドンゴロスと呼ぶ麻袋がずらりと身の丈以上に積まれている。ドンゴロスのシマの間を縫うように、工場の方へ急勾配の水路が流れている。芋は袋の緒を解かれ、溝に投げこまれる。幅六〇センチ程の溝には、勢いよく水が流れている。芋たちは数十メートル離れた工場へと、ごろごろと洗われながら運ばれてゆく。

「水に運ばれながら　芋もきれいになるんだよ」

小学校の社会科の工場見学の時、工場の人が教えてくれた。なるほどなるほど、こうやって芋は洗練され、角も取れてゆくんだろう。人もそうだろうか。だがいやだ、いやだ。テツは頭の上まで引っ張り上げたベッドカバーをぎりぎりと握りしめた。

その時だ。

「もう　あなた　いけません　寝てください」

落雷のように赤鬼シプリアンの声が響いた。舎監室の近くだ。ということは、あのビー玉魚雷事件のあと、再び彼はこっそりと部屋を出たのだろうか。油断もすきもありゃあしない。テツはそう思った。だがシプリアンだって、そう思っていることだろう。シプリアンが箱船のキャプテンのようにも思われてきた。

まどろみかけたテツの頭に、今度はきれぎれの孑孑《ぼうふら》のような言葉が湧いてくる。

――これが寮だ　団体　軍隊　忍耐　一心同体　絶対　軍隊と寮　人を殺すためと人を育てるための違いだけじゃないか　規律　おだぶつ　重圧　自失　縛られているのには変わりがない　わからない　わからない　一体全体　どうなっているんだろう　がんじがらめの紐帯　がらんどうの旧態　それは停滞を　そして発展を産むこともあるだろう　あるだろうが　ああいやだ　おぞましい――

しかし、この自分を縛る寮を、どこかで楽しんでいるところもテツにはあった。ああいやだ、おおいやだなどと呟きながら、満更でもなかったのだ。まるで新しい野球チームに入ったように。その証しが、語呂合わせや駄洒落だ。本当に切羽詰まった時、人は語呂合わせなどには興じない。

団体
軍隊
忍耐
一心同体
ひとりになりたい

まどろみは本当の眠りに向かうどころか、孑孑のような思いが、とろりと淀んだ夢枕のかめ壷から次々と浮かんで来た。

――テツはいつしか田んぼで麦踏みをしている　絣のモンペに姉さんかぶりの母と一緒だ

北風が時折　テツの洟水を頬っぺに飛ばす　テツは綿入りの防空頭巾をかぶり　手を後ろに組み　畝に横向きになって　足踏みよろしく麦を踏んでゆく　テツの前に母はいる　テツは母に言う　かわいそうじゃない　麦の芽は　痛くないんだろうか　踏まれて折れて　すると母が答える　いいえ　踏まれたら　かえって前より元気よく　頭をもたげるんだよ　へええなに糞って思うんだろうか　母が笑う　そうかもね……

テツには　よくわからなかった　踏みつけられるより　踏みつけられない方がのびのびとしていいに決まってる　だが水搬の薩摩芋にせよ　麦の穂にせよ　少し痛い目にあうことでより逞しくなることだってあるのかもしれない　野球だって自分の嫌いな練習を好きになれ素質だけで野球をするな　とタコ先生も言ってたな　そうだ　餡《あん》この中にちょっぴり塩を加えると　さらに甘さが増すのと同じだ　だけどそれも量と程度の問題だ……そうだ　そうなんだ

テツは足を踏ん張った。虚空に地団駄踏むように。すると寝台の側板で、したたかに足の裏を打った。少し目が醒めたが、頭の上あたりには相変わらず孑孑のようなものが渦巻いていた。

上のベッドに寝ている上級生が、小さく咳払いをした。

梅雨を迎える頃には、テツも寮や学校に慣れた。仲間も出来た。来て早々は、学舎じゃなく獄舎だ、修養所じゃなく収容所だとごたくを並べていたが、やがて異和の異より和の方が、しだいに大きくなってきた。

と同時に寮では、一大珍事が起きた。惨事だ。だが新参の一年生は面食らって騒いでいるのに、上級生は騒がない。キリスト教の修練の賜物かと思ったほどだ。

それはインキン騒動だ。腹部白癬症という。だが漢字を連ねようとカタカナやアルファベットで綴ろうと、痒さには変わりがない。誰が発生源なのか、感染経路はどうなのか、浴室、便所、食堂、体育部室、とにかくテツは用心した。それでもやられてしまった。さる上級生がぽつりと言った。通過儀礼だよ。

だが、痛かったり苦しかったりする通過儀礼ならわかるが、痒い通過儀礼なんてとんでもないことだ。痒くてたまらぬから、掻きまくっていたら、こんなになっちゃったと、熟れた木通《あけび》のような陰嚢《いんのう》を見せる者もいた。薄皮が剝げかかった赤黒い実がぶら下がっていた。見た後で、そんなものしまっとけよとテツは言ったが、その夜テツは食欲が湧かなかった。

またある夜、自習が終わった九時半過ぎだった。娯楽室を覗きに来たテツは、芝生の中庭で異様な光景に出くわした。仄暗い中に八名程が輪になっている。上級生が中心だ。皆腰を突き出し、なにやら唸っている。みると全員下半身裸だ。中には団扇をかざしている者もいる。舎監も咎めないところを見ると、カトリックの儀式か典礼かとテツは思った。さらに目を凝らすと、輪の中央には一台の扇風機があり、それが首を三百六十度に振っている。時おり唸ったり、法悦のような叫び声をあげる者もいる。彼らは股間にタムシチンキを塗り、それを扇風機に煽がせているのだ。庭のかたわらに紫陽花が凋れ始めていた。

しかし、テツは妙に自分が腹立たしかった。なぜならその光景を見た時、テツは訳もわからぬまま、自分もそれに倣《なら》わねば仲間はずれにされると思い、思わずその輪に加わろうとしたからだ。ベルトを緩めながら。

付和雷同と、物見高さはおれに付き物だな。自分のベッドに寝ころんで、テツはこう呟いた。そして自分の患部に、ベッタリとタムシチンキを塗った。完膚なきまでに塗りたくった。ウッ、テツは飛びあがった。その拍子に上の寝台の框で、また頭を打った。十時前になると、あちこちのベッドから、そこはかとなきアルコール液の匂いが漂った。誰かが叫んだ。

「艱難　汝の玉に宿れり」

梅雨明け、高隈山《たかくまやま》の彼方に入道雲が立った。桜島の噴煙とは違って真白い噴煙だ。湿りをおびた風が、とたんに軽く感じられた。黒南風《くろばえ》が白南風《しろはえ》になる。蟬がいっせいに鳴きだした。

松籟と波の音と蟬が一緒にかなでる無限旋律が小松原を包んだ。テツの履いていた下駄の歯も角がとれ、鼻緒も緩んできた。授業中桜島がドウンと爆発しても誰も窓の外を見なくなった。股間の有難くない痛痒い烙印も薄れてきはじめた。

ノブは南薩摩の笠沙出身だ。笠沙といえば記紀にも、ニニギノミコトが高千穂に降臨したのち、ここに移ってコノハナサクヤヒメと結婚した地とある。おそらく当時の朝廷に服《まつろ》うことのなかった阿多隼人たちの盤踞《ばんきょ》した地でもあった。まさかノブがその末裔とは思われないが、猪首で蟹股、がっちりした短軀には、いかにも隼人か熊襲の血が流れていそうだった。

入道雲を指さしてノブが言った。

「高太郎じゃ」

同じ鹿児島県人でありながら、テツは高太郎という言葉を初めて聞いた。積乱雲という呼び名は知っていても、高太郎は知らなかった。

「藻屑蟹のことを山太郎　河童のことを川太郎というじゃろ　それで入道雲のことは高太郎じゃ」

ノブは入道雲に挨拶でもするようにこう言った。

「山太郎蟹が山の主　河童が川の主なら　夏の空の主は入道雲だね」

テツがこう言うと、ノブは大きく頷いた。そしてテツのベッドにあるギターを顎でしゃくりながら言った。

「おい　海に唄いに行かんか」

ふたりは干拓の堤防に行った。しかしノブは海を見ると血が騒ぐといった塩梅で、堤防の中の潟に下りた。唄もギターもそっちのけだ。テツは仕方なくひとりで唄った。

〽花はどこへ行ったの
ずっとむかしのことだけど
花はどこへ行ったの
娘たちが　ぜんぶ摘んでね
そのわけは　そのわけはね　（原曲「花はどこへ行ったの」）

花は娘に摘まれる。娘たちは彼氏のもとに行く。やがて彼たちは兵士になる。兵士たちは墓石になる。その墓石に娘たちは花を持って行く。花を摘んでね。振り出しに戻り続けるのは唄だけではない。人間の営みもそうだ。輪廻転生。さておれは、おれたちはいったいどこへ行くのだろう。テツはひとりギターを掻き鳴らし、海に向かって唄い続けた。

だが唄いながらテツが思っていたのは、輪廻とか転生とか、戦争とか平和のことではなかった。入道雲が高太郎であることも、ノブがどこにいるかも忘れていた。ただギターを掻き鳴らし、簡単な循環コードを弾きながら、もっとそれより単純なことを考えていた。誰かが、そう犬を連れた少女が、いい歌ですねと声をかける。そんなことだ。

するとと案の定、スピッツを連れた少女がやって来るではないか。テツはここぞとばかり、彼女に背中で唄いかけ続けた。

〽花はどこへ行ったの
　ずっとむかしのことだけど
　花はどこへ行ったの
　娘たちが　ぜんぶ摘んでね
　そのわけは　そのわけはね

テツは余程振り向こうかと思った。少女が何か叫んだ。ほらやっぱり——。しかし突然躍りかかってきたのは犬だった。

「ダメッ」

少女が叫んだ。犬がテツの腿の間で暴れた。テツはギターを落とした。今一度少女はダメと叫んだ。その声で、自分がダメと横っ面を張られたような気がした。少女は犬を引ったくるように連れ、たちまち堤防の先へ去って行った。ああ、花はどこへ行ったのだろう。あの少女は、あの糞犬は。その時からテツは、スピッツが嫌いになった。

入道雲が肩をゆすりあげるようにして笑っていた。真っ白な高太郎の高笑いだ。クッソォーッ。舌打ちしながらテツは堤防の下にいるノブに声をかけた。

「おおい　帰ろうや」

テツがギターを弾き、犬騒動があった間も、ノブは下の海で何やら砂浜を掘っていた。

「潮がね　死んでるんだよ　だから　貝もおらん」

そんなことはわかってるだろう、干拓の浜なんだから。テツはそう答えながら、ギターのあちこちを点検した。ギターは無事だったが、心には犬の爪を立てられていた。

「テツ　あっちの松林の方を回って帰ろうか」

ノブが南の松原の方を指さした。学園の外れから小松原と呼ばれる松林が広がり、そこを細い径がくねっている。松原にかすかに赤やピンクの人影が見えたような気がした。まさか吠えかかる犬を連れた少女ではないだろう。さっきのスピッツ騒ぎのお口直しでもするか。そんなつもりで、テツもノブの後を追った。ふたりはあちこち目配りをしながら、林の小径を歩いていった。たしかに何組かの男女のカップルもいた。しゃがみ込んでしきりに地面を熊手で引っ掻いている人もいる。

「こんなところに　貝がいるのか」

テツはノブに聞いた。

「馬鹿　あれは松露掻きだ」

「ああ松露ね」

テツは松露を見たことがなかった。

「なかなか旨いぞ」

「ふうん」

「お前食ったことないのか」

「ふうん」

テツはむろん食べたことがなかった。ただ、ふうんと素っ気なく答えながら、テツの目は松露掻きのおばさんの向こうに釘付けになった。ピンクのアロハシャツを着た若者のふたりがいた。シャツの柄はともかく、一見柄の悪そうな元気坊のふたり連れだった。

テツが見たら、ひとりが慌てて煙草を捨てて足で踏み消した。悪さを見つかった生徒の仕草だ。テツはその足元をじっと見た。そして擦れ違った。ふん。

「おいっ　なんか用か　こらっ」

柄シャツのひとりが顎をしゃくり、唾を吐いた。

「べつに」

テツが答えると、相手はよたるように近づいてきた。

「おれの顔になんか付いとるか　さっきから眼《がん》を飛ばして」

するとノブが言った。

「わいの顔には　目と鼻と口が付いとるばっかりのことじゃ」

「なにい　おまえたちは　猿の衆《し》か」

相手は薄ら笑いをしながら、また二歩前に躙《にじ》り寄った。テツよりも上背は無い男だ。

「猿」というのは、ラ・サールのことを裸猿というもじりから来ている。ノブがやり返した。

「わいたちは　猿じゃなきゃあ　なんだ　脳天パーか」

ノブが肩を聳やかした。脳天パーとは、これまた川向こうの電波高校に掛けた呼び名だ。

売り言葉に買い言葉。男とノブが睨みあった。テツは素早くギターを松の根元に置き、まあまあと言いながら、ノブとアロハシャツの間に入った。男たちの頭の向こうに、傾きかけた夏の陽があった。砂の径がだんだらに影と日向に染め分けられていた。テツはスリッパも脱いだ。砂が足裏に暑かった。テツは左手で会釈をするようにして、ノブと男たちの間に入った。なにをするんだこいつは。ノブも相手方も一瞬テツを眺めた。

「あっ　ごめんなさい」

テツは柄シャツのひとりに頭を下げた。うむ、と彼が言った瞬間、テツは体を起こしざま、相手の鳩尾《みぞおち》に思い切りパンチを放った。模様の枇榔樹が胃袋までめり込む気がした。以心伝身、その時ノブはもうひとりの腰に、強烈な回し蹴りを入れた。そして倒れ込んだふたりに馬乗りになって、テツとノブは平手打ちを数発見舞った。

「うっ　コウサン」

相手が呻いた

「馬鹿が　おいたちはコウイチじゃ」

ノブがそう叫んだ。その時、松露搔きのおばさんが振りかえり、素頓狂な声で叫んだ。んだ、んだ、んだ、んだあ。

ノブとテツは立ち上がり、テツは素早くギターをひっつかみ、一目散、寮への道を走った。学園の構内に入ったところで、ふたりは大きく深く息をついた。打ち負かしたとはいえ、テツの手もノブの手もかすかに震えていた。

月曜日の放課後、テツは担任から呼び止められた。来たっ、と思った。担任は黙ってテツを校長室へ案内した。ノブも既に来ていた。校長はガイジンの校長から日本人の校長に変わっていた。こりゃあ一週間の停学かな。まあわがやに知らせてさえもらわなきゃあ、いいか。そんな虫のいいことを考えながら、テツはノブと顔を見合わせた。ノブがちらりと笑った。テツも笑いかけ、慌てて神妙な顔をした。

担任はじゃああとはまかせました、というように校長に頭を下げて退出した。スータンを着た校長。その前にかしこまる生徒。さながら神父に告解をするふたりの罪深い悪餓鬼だった。

「暴力は　いけません　わかってますか」

「はい」

ふたりは同時に答えて、一緒に頭を下げた。

「謝るのは　私にではなく　相手に対してですよ　神の御前に　きちんと　謝るのです」

「はい」

ふたりはしおらしく答えた。そこでノブはとんでもないことを尋ねた。

「校長先生　右の頬を叩いたら　左の頬を叩けというのは聖書になかったですか」

余計なことを言うな。テツは軽く舌打ちしながら、隣のノブの太腿を小突いた。校長が答えた。

「いいえ　それは右の頬を叩かれたら　左の頬も差しだしなさい　という言葉です　叩きなさいではありません　暴力のすすめじゃ　ありません　相手への愛と寛容のすすめです　相手はあなたたちがいきなり殴りかかった　と言ってますよ」

「――……」

ふたりは黙るほかなかった。もうこれ以上変なことを言うなと、テツは今一度ノブの机の下の足をじっと踏んだ。校長は言った。

「罰として　あなた方は一週間——」

一週間、やっぱり停学だ。テツはため息をついた。すると校長がお告げのようにして言った。

「一週間　反省日記を書いて下さい」

なあんだ日記か。思わずこう言いそうになって、テツは唇を噛んだ。しかしここで喜んではいけない。

「きちんと書いて下さい」

校長はこう言って唇を結んだ。

ありがとうございました。思わずこう言いそうになってテツは答えた。

「すみませんでした」

ノブもお辞儀をぺこりとした。

「どうも」

「では　下がってよろしい　日記をきちんとね　それを担任に提出して下さい　約束です」

テツとノブは立ちあがり、校長に礼をして見下ろしている歴代校長の額にも頭を下げた。

さらに校長室を出る時、今一度お辞儀をした。その時、校長が声をかけた。

「ちょっと　テツ」

「はいっ」

テツはぎくりとした。またなにか、いや、まだなにかあるのだろうか。校長を神妙な顔で振り返った。すると校長が念を押すように言った。

「暴力は　いけません」

「はいっ」

わかってますそんなこと。そうも言いたかったが、テツは気を付けをして、改めて大きく頷いた。すると校長が付け加えた。

「しかし　いつもラ・サールは負けてばかりでしたから　わたしは少しは嬉しいです　しかし暴力はいけません」

ハイッとテツは気を付けをし、ノブにも催した。そして、ありがとうございましたと声を張りあげて、ふたりは廊下を出た。十歩程歩いた所で、ふたりは顔を見合わせ、静かにしかし大きく破顔した。ノブはゴリラのように両手で自分の胸を叩いた。

松籟のもとで

谷山の永田川河口の北に広がる小松原に、ラ・サール学園が開校したのは一九五四年のことだ。それまでここには一九二八年からカナダ・フランシスコ会鹿児島教区の教会などがあった。それ以前はだだっぴろい砂浜と松林。そして江戸期には、島津藩の別邸や塩田そして演習林や大きな煙硝蔵まであった。島津家にとって鹿児島の南、谷山郷に位置するこの一帯は、南端の要衝だった。煙硝蔵は薩摩戦争や西南の役の時、襲撃の的にならなかっただろうか。明治の頃までさして人気もない海沿いの地だった。だからこそ、カナダ・フランシスコ会が拠を構えたのだろう。

今は塩屋・小松原といった地名や所々の松林や学園近くの塩釜神社がその名残りをとどめている。往時舗装されていない路地には、所々白い貝殻も残っていた。

旧薩摩藩では一向宗もバテレンもご法度だった。一種独立国のようなこの地で、浄土真宗やキリスト教が普教を開始したのは、西南の役後だ。その前には廃仏毀釈の嵐も存分に吹き荒れた。

時として剛直、時として頑迷、そんなボッケモンの地に、よくぞこの学校がと思われる。しかし、ヨソ者を排することも負けないかわり、ヨソからの客人《まれびと》や寄り物を畏《かしこ》むこともこの地の性だ。海の向こうのもの、とりわけ欧米からのハクライものには、敬意と賞賛を惜しまない。むしろぞっこんイカれることだってある。

鑑真和尚然り、フランシスコ・ザビエル然り、そして種子島銃だって聖書と相前後して種子島に辿り着いたのだ。そのかみの倭寇そして密貿易も然りだ。海の向こうから訪れる恵みは、星と月で明け暮れている人にとっては、太陽のようなものだった。あるいは第二の黒船とも言うべき敗戦後、世界を股にかけたこの教団は、鹿児島の谷山という列島のはずれに、つましく拠点を定めたのかもしれない。それとも日本の男尊女卑の本家とも言われた風土は、男子校の進出に、ことのほか優しかったのだろうか。しかし、同じミッション系の純心女子学園は、一九三三年に設立されているから、これはあたらない。

伝統を重んじるようで、新しいものにはころりと参る。そうこれは鹿児島だけの風習ではない。日本という島国の風潮、この日本という島国が備えた奇妙というか奇特な性格だ。

閉じ込められているがゆえに、明るい方へ出たがる。古いものを盲守するがゆえに新しいものへ走りたがる。そして走り出したら先頭を目指す。それが極東のアジアモンスーン地帯で、時にのうのうと時に兢々《きょうきょう》と生きてきた島国の島国らしさだ。

人は今がこうだと、てっきり昔からそうだったと思い込みやすい。

この舶来のミッションスクールも当初からこうだったわけではない。この世では前評判がいいというのと眉唾ものというのは、いつだって紙一重だ。

開校時から、この学校では下駄が許されていた。ハイカラどころか、バンカラの校風だった。しかしこの学校は、ほどなく進学校として注目され始めた。鹿児島という土地では、民より官が、つまり私学より公立校が重んじられがちだ。格式も高いと思われて来たし、授業料だって安い。そして鹿児島市内の公立高校だけでなく、地方の鹿屋・国分・加治木・加世田・川内・出水などからも、文武に秀でた人たちが輩出した。それは私風ではなく、士風の名残りかもしれない。

プロ野球選手を目指していたテツは中学一年生の時は、ラ・サールなんて考えたこともなかった。むろんそのための学習塾にも行かなければ、家庭教師なんていなかった。

テツは十五期生だ。往時は大学合格者の高校別ランキングが週刊誌で特集される時代だった。日比谷高校・開成高校・灘高校などの名前を、テツは高校生になって初めて知った。さながら高校野球の甲子園の常連校のように。

ラ・サールも開校十年もすると、地方からの東大進学の有数校のようになってきた。石の上にも十年、砂浜の上にも十年ということだろうか。

開校十年目には中学部も出来た。質実剛健の男子校と言われたところで、テツはなにが質実でなにが剛健か、考えたこともなかった。おそらくテツは、就職列車より進学列車を選んだだけのことだ。あるいは選ばされただけのことか。しかもクラスの大部分は県外の子だった。テツがそぞろ気を惹かれたのも、下駄を履くバンカラさより、いささか異国趣味を感じさせる校名や校門のハイカラさ、そして他郷《よそ》の訛りだった。

ただこの学校を選んだ生徒も生徒だが、ここで教鞭をとろうと思った先生方も、大変な数奇者だったのではないか。歴史が生まれる時は、余程の勇気と気恥ずかしさが要るものだ。勝算なんてない。ゼロからの旅立ちだったのだから。

先生の個性の強さ。それはなんのことはない。一癖も二癖もあるということだ。先生たちもこの小松原で生徒以上に所を得たのかもしれない。あるいは待遇が良かったのか。転勤の無さが居心地良かったのか。

テツにとって先生というのは不思議な存在だ。生徒は先生からなにを教えられたかはまるで憶えていない。しかしその先生が、どんな所作で黒板に向かい、どんな手でチョークを握り、どんな口癖で叱り、時につまらないジョークを言ったかは覚えている。あるいは褒められたことは忘れても、叱られたことは忘れない。こんな先生の象徴として、渾名《あだな》があった。

渾名を言えば、彼の全てがわかる。いや全て以上のものが瞬時に浮びあがる。まるで合言葉か、今で言えばスマホのアプリのように。

誰が名付けたか知らないが、誰もが皆知っている。それが先生の渾名だ。時に渾名は先生の人気のバロメーターにもなった。むろん教え方の上手下手さや技術とは別のことだ。校風は継承されなくても、名物教師の渾名は受け継がれる。


「スッタン」という地学の先生がいた。テツたちがうまく答えられなかったり、ドジなことをやると、おまえたち「バカスッタンは」と鹿児島弁訛りで吐き出すように叱るのだ。先輩たちの誰が名付けたのか、誰もが「スッタン」と呼んでいた。

「スッタン」は文学者の川端康成をさらにヨカニセにした風貌だった。ぎょろりとした目、品のよい鼻筋と口元、油っ気のない銀髪をオールバックにした様子と口から出る言葉のアンバランスが絶妙だった。天体観測や馬術など、いささか浮世離れした学問や趣味も、テツにとっては異形の教師だった。齷齪《あくせく》したところがなかった。ブラザーたちの黒いスータンとは反対に、彼はいつもくたびれた白い上っぱりに身を包んでいた。しかし星の話をする時は、目は星のように煌めき、まるで異星人のようだった。超然としてしかも悠揚迫らぬさまは、テツにとっては授業というより彼の姿そのものがフレッシュな息抜きだった。

「スッタンだって人の子だ　悩みもあるさ」

そういう仲間もいたが、テツは言った。そう見えないところ、そしてそう見せないところが「スッタン」さ。

「ああしろ　こうしろ」は、国語の先生で、名前が甲子郎だった。一九二四年甲子、つまり干支《えと》のきのえねの年の生まれで甲子郎を頂戴したのだろうが、これは甲子園球場と同じ縁起だ。

色浅黒く長方形の顔と天然にカールした髪、八字眉と鼻の両脇から六十度程の角度で刻みこまれたほうれい線は、どこか苦みばしった性格俳優を思わせた。しかも国語の先生は普通ペン習字のような教科書体の端正な字を書くものだが、彼の字はふくらみに欠けた。顔そっくりの苦みばしった字だった。字画でなく、この人は字角の人だな、テツは勝手にそう思った。

国語の先生だから、テツは自分の好きな立原道造や太宰治の話が出来るかなと思っていたが、彼は実に真面目に受験国語を教えた。髪の毛と同じくらい旋毛《つむじ》も曲がってるのかなと思うほどだった。テツが考えそうなことだ。ただ、「ああしろ　こうしろ」は、けっして人に「ああしろ　こうしろ」とも言わなかったかわり、「あれもだめ　これもだめ」とも言わなかった。

一度だけテツは、「ああしろ　こうしろ」とやり合ったことがあった。国語の答案を返してもらった時だ。書き取り、長文読解、テツの答案には、全て◯が付けてあった。しかし、答案には九十九点と記されていた。

一点非の打ちどころもないのに、どうして百点じゃないんですかと、テツは食い下がった。すると彼は口元の皺をさらに深く刻みながらにこりとして、言ったのだ。

「テツ　国語にはね　百点満点なんてないんだよ　きみがきみ自身と　あるいはきみが他人とぴたりと重なることがないようにね」

「先生　それって詭弁じゃないですか　じゃあ九十九点と九十八点は　どう違うんですか」

「ほほう　きみは詭弁という言葉も知ってるんだね　だけど　きみはすぐ天狗になるからね　本当は百一点やりたいところだけど　まあ今後のことも考えてね　人間伸びしろがないとね」

テツははぐらかされているようで、釈然としなかった。満点が無いなら八十点だって零点だってないはずだ。それに国語の満点と人柄の満点とは違う。誰も自分のことをパーフェクトと思ってる奴なんかいないさ。試験だってゲームのひとつじゃないか。テツはぶつくさ呟き続けた。

授業が終わって教室を出る時、「ああしろ　こうしろ」がテツを呼びとめた。いささか不貞腐れたテツに彼が言った。

「テツ　伸びしろというのはだね」

「はい」

テツは「ああしろ　こうしろ」のネクタイを見ていた。鶯色とベージュのストライプだった。それにチョークの白い粉がちょっぴりついていた。「ああしろ　こうしろ」が今一度呼びかけた。

「テツ」

ちゃんと目を見ろというのだ。テツは目線を上げた。背筋を伸ばした。すると平手打ちのような言葉が飛んできた。

「テツ　伸びしろというのはだね」

「はいっ」

「人間の伸びしろというより　天狗の鼻の伸びしろだね　きみの天狗の鼻はもっともっと伸びる　これくらいで満足しないでだね　もっともっと伸ばしなさい　頑張れ」

そう言って彼は職員室の方へ踵を返した。テツは褒められているのか貶されているのか、おだてられているのかおちょくられているのか窘《たしな》められているのかわからなかった。ただ彼の撫で肩が、やはりほうれい線のように廊下の彼方に消えていった。

「タイ」先生は手裏剣を投げた。むろん忍者ではない。授業中チョークを投げるわけでもない。英語の先生だったが、手裏剣のようにジョークや唾を飛ばす人でもなかった。本物の手裏剣を投げるのだ。

「タイ」先生は小柄でぼそぼそ喋る人だった。含羞の塊のような人でリーダーを読む時も、本で顔を覆うようにして読んだ。だがアメリカ語の発音は歯切れが良かった。目立たないように、周囲から浮きすぎず沈みすぎず、それは彼の育ちにもよったのだろうか。

「ぼくは台湾育ちでね　台湾じゃ中国人の養子だったんだよ　名前は沈志明　志を明るくする　しかし姓は沈だからね　二律背反の名前だね」

太平洋戦争中の頃だ。台湾はまだ日本の領土だった。敗戦により彼は台北帝大を中退し、米軍の通訳として引き揚げてくる。時には進駐軍の手先として、情報収集にも携わったという。

放課後、校庭と汀をつなぐ松林を散策しながら、テツとふたりきりになると、かれはちょっぴりお喋りになった。

「ははは　ぼくのケツは貫通銃創　心も戦争で　ぽっこり穴が開いているのかな」

　こう言って彼は胸の内ポケットから手裏剣を取り出した。

　テツは映画で忍者の手裏剣を見たことはある。また餓鬼の頃、厚紙を切り抜き、それに銀紙を貼ったりして、手裏剣ごっこをしたこともあった。しかし、「タイ」先生のは軽く薄っぺらなものでなく、本物だった。

　ふたりの眼の前にはひと抱えほどもある大きなバームクーヘンのような松の枝の切り口があった。所々に脂《やに》が吹き出していた。そこに「タイ」先生は、スリークォーターから手裏剣を投げた。一本、二本、三本。鈍い音をたて手裏剣は切り口に突き刺さった。先生は用心深くそれを抜いた。白い松脂が松の涙のように思えた。ひとつの手裏剣を抜いて、テツの掌に載せてくれた。ずんとした持ち重り。「タイ」先生はその刃をハンカチで拭き、再びポケットにしまい込んだ。そして独り言のように呟いた。

「この国はね　ぼくや家族　一人ひとりの命をまもってくれなかったよ　そんな力はないんだ　だからね　自分の命は　自分で守らなきゃあいけないのさ　だけど　守ろうとして守れないのも命さ　だから　ぼくは手裏剣を持っている――

　これはね　ぼくというひとりぼっちの国の武器だし　ぼくひとりのための憲法で決めたことさ」

こんなことをきみに言っても仕様がないんだけどね、「タイ」先生はこう言いたげに寂しく笑った。銀歯が一本、夕陽に輝いた。

どんな人でも修羅と混沌を抱え込んでいるものだ。テツは覚えたての修羅と混沌という漢字で「タイ」先生の心の難しさのようなものを把えようとした。しかも「タイ」先生は、きみたちには解りっこないだろうとタカを括ってはいなかった。「タイ」先生の手裏剣は松の幹だけじゃなく、テツの心にもぶすんと刺さった。しかしそれは痛みというよりも、伸びのある速球をずしりと胸元で捕らえたような心地良さだった。


「カンツウジュウソウ」

テツは帰ってから辞書を引いた。カンツウ、まさか姦通ではないだろう。——あった！貫通銃創。銃弾が身体を貫通した傷とある。ということは「タイ」先生は銃撃され、下腹部か大腿部のどこかをやられたのか。先生のあの秘めた毒気と精気と削《そ》げたような含羞はそのせいなんだろうか。テツはふと宦官《かんがん》という言葉も思い浮かべた。すると今度は「タイ」先生の腰のあたりが、理科室の教材の骸骨のように思われてきた。座骨・恥骨・仙骨・寛骨臼……、これらをあのゆったりとしたズボンが覆っていて、肉は付いていないのだ。むろんこんなことはありえないのだが。あるいは、「タイ」先生が手裏剣のあとで喋ったことも、骸骨の呟きだったのだろうか……。しかし骸骨が俯きながらこんなことを言うはずがない。

「だからきみたちも　自分の命と自由は　自分で守るようにしないとね　国のため　世のため　人のためというのも大事　しかし　いざとなったら　国も世間も　親兄弟だってそれどころじゃないってこともあるからね　見棄てられても　なんとか生きてゆく　そんな人間になるんだよ　といっても一九五一年　ぼくはこの学校に来たけどね　まあ　ヤクザな先生だよ」

「タイ」先生はこう言ってため息をつき、テツを見て柔らかく笑った。松毬《まつかさ》が一個ぱさりと落ちてきた。カンツウジュウソウのことを考えていたテツには、それが骨の触れ合う音のように聞こえた。


消灯の声が響いた。パジャマに着替えもせず、テツは仰向けになって考えた。

なぜ「タイ」先生は自分にあんな話をしたのだろう。放課後の時間をさいて、担任でもないのに、ことさら個人面談のようにして。まさかテツと見込んでの話じゃあるまい。じゃあどんなふうに感じたというのか。そして自分はどんなふうに見立てられやすいのか。いやいや幾度か死線をさまよったような人は、そうやたらと自分の昔のことなど吹聴しないものだ。かといって「タイ」先生は、たまに生徒を捕まえて、自分の過去やギャグを勝手に喋りまくる人でもない。しかし、テツは悪い気はしなかった。わがやの兄たちとは、また違う大人の味だった。

だが、自分と気が合うとかウマが合うとか、そう思うのは、自分の得手勝手だ。田舎でのほほんと野球三昧の日を過ごしてきたテツが、戦火をくぐり抜け、海を越えて生きてきた人に、こう思うこと自体が失敬なことだ。

逆に「タイ」先生は、テツが波乗りよろしく、その日その時の人間関係を渡っているつもりでも、それは見方を変えれば滑稽なことだ。そしてそれだけではこの世の荒波は乗り切れないぞと、それとなく忠告したのかもしれない。

たしかに、おれは調子者だからなあ。いかんいかん。こう呟いて枕に頭を二度ぶつけたとたん、テツは中学一年生の野球部遠征の出来事を思い出していた。

テツは一年生の時、やがてキャプテンとも言われ、当然遠征にも帯同した。むろん一年生だから、道具持ちや上級生の世話もしなければならない。

鹿児島での大会の列車の中だった。テツの前に座ったのは、後にプロ野球選手となり、巨人軍を相手にノーヒット・ノーランも達成した外木場義郎投手と、もうひとり三年生の二番手投手の長井さんだった。長井さんは早い球を投げる人だが、コントロールが悪かった。フリーバッティングの投手をしていても、平気でボールをぶつける人だった。またテツのような一年生が良い当たりを続け、周りが「ナイスバッティング」と声をかけると、癪に障るのか、突然全力投球をしたり、変化球を投げたりした。名前は長井だったが、気は短い人だった。

鹿児島本線は出水から阿久根駅を過ぎると、いくつかのトンネルを抜ける。トンネルにさしかかると素早く窓を両手で締める。蒸気機関車だからだ。そしてトンネルを抜けると、いち早く窓を開ける。冷房などない時代だ。この繰り返しをしながら列車は川内駅に着く。その窓の開閉をするのが後輩であるテツの勤めだ。

外木場さんがちょっとトイレにと席を立った。長井さんが、おい汽車が動いてからにしろよと、声をかけた。わかってるよ、と外木場さん。外木場さんの姿が消えると、長井さんが咳ばらいをひとつして、テツに膝を寄せてきた。なんですかとテツが少し屈むと長井さんが聞いた。

「おい　テツ　俺と外木場と　どっちが速い球を投げるか」

テツは即座に、それは外木場さんでしょうと答えようとしたが、そう答えるとなにか面倒なことが起きそうな予感がした。現に上級生をさしおいて、下級生のテツが遠征に選ばれた時も、練習中に水を呑んだとか、挨拶がなってないと言われて、上級生からケツバットを喰ったこともあった。

テツは答えた。

「やはり　長井さんが速いです」

そうか、そう言って長井さんはにっこりして、持参した水筒の栓を緩めた。テツは素早くお酌をした。

程なく外木場さんが帰ってきた。それでその話は打ち切りとなった。外木場さんは列車の揺れに合わせるように目を閉じた。

三十分程して列車は、串木野駅に着いた。今度は長井さんがトイレに立った。すると外木場さんはやおら目を開き、テツの顔を覗き込みながら言った。

「テツ　姉さんは元気か」

「はい　まあ」

テツの姉と外木場さんは同学年だった。そんなことは、クラスで顔を合わせるあなたの方がご存じでしょう、わたしは家では余り口をききませんと言いたかったが、はいまあと答えた。外木場さんが姉に少しは気があることも、テツは察していたからだ。

「そりゃあ　良かった」

なにが良いのかわからなかったが、はあとテツは頷いた。それでと、今度は外木場さんが膝を乗り出して言った。

「テツ　おれと長井君と　どっちが良いと思うか」

すぐさま、テツは答えた
「それは外木場さんに決まってます　エースですよ　みんなもそう言ってます」
そうか、外木場さんは大きく頷いた——。
二年前の思い出だ。ここはダグアウトでも二等客室の車両でもない。なのに昨日のことのように、その時の情景がありありと眉間に浮かんだ。つまり、こうなんだ、いつもおれはこうなんだ。我ながらテツは自分が嫌になった……。
今何時だろうか。時計を見ると十時半になろうとしていた。テツをあざ笑うように警鐘を鳴らすように、塩屋町の踏切の警報機が鳴り始めた。電車の轟音が流れてきた。
テツはつと懐中電灯を取り出し、毛布を被って聖書を開いた。栞を挟んだページには薄く鉛筆で印がつけてあった。
「殺すな
姦淫するな
ぬすむな
あなたの近いものに対して　偽証するな」
ああ、野球部の先輩、父や母、そして「ああしろ　こうしろ」先生、「タイ」先生、おれは自分に近い人に対して、ことごとく偽証し続けている。おべっか、追従、へつらい、機嫌とり、お世辞のひとつも言えなくてどうするんだ、という人もいる。だがおれは、眉ひとつ動かさずに人の心を盗み、自分の心に溺れている。ああと呻いて、さらにテツは枕に頭を三回打ちつけた。

ラ・サールでは倫理の授業があった。受験勉強から離れたその学科は、体育と同じくらいテツには楽しかった。寮の学習机の隣は、博多から来たケンというおませさんだった。ふたりで聖書を読み合ったり、文学書を読み競ったり、数学の授業以外にも『零の発見』やガウスの著作を読み漁ったりした。自分の読みの深さや理解の広さを確かめるためにも、友を必要とする時がある。なんて、なんのことはない。人を出しにして、自惚れたいだけのことなのだが。

倫理の時間、スータン姿の修道士は、天金の聖書を片手に、フランス語訛りで福音を説いた。

「人はパンだけで生きるのではない　神の口から出る　総ての言葉によって生きるのです」
「色情をもって女性を見れば　その人はもう心の中で姦淫したのです」
なにもかも神様はお見通しなのだ。しかしそう思いながら、素直にそう思わないところが青二才の青二才らしさだ。二千年も前の言葉に、テツとケンはまるで異星人か新しい人類に出会ったような驚きでじゃれついた。

「ブラザー　しかし飢えた人には　やっぱりパンが一番じゃないでしょうか」

ケンがこう言うと、テツも追い打ちをかけた。

「心の糧ももちろん大事です　しかし　言葉では腹一杯にはならないと思います」

授業が終わってからのことだ。そんなわかりきったことを、ブラザーに尋ねたりした。困りましたね。ブラザーはふたりの顔をかわるがわる見た。灰青色の瞳が澄んでいた。瞳の色が違うと、きっと違う空の色のもとで暮らしている人種と思えてくる。ではと、テツは話題を変えた。

「色情をもって女を見れば　その人はもはやすでに姦淫したのだというのは　凄い言葉です　ぼくなんか姦淫罪の常習犯ですね」

テツが喰い下がった。ケンがたしなめた。

「そんな低次元のことじゃないんだよ」

「しかし　パンにしてもそうだけど　食欲や色欲は　これは本能じゃないんですか　止められないと思います」

テツはみずからの軽薄さで土俵を割りそうになった話を、なんとか土俵中央まで押し戻そうとした。ケンがブラザーに言った。

「じゃあ　ブラザーは　女性を見て　色情とか劣情とか感じたことはないんですか」

ブラザーが答えた
「おお　それはあります　人間ですから」

えたりとばかりテツが突っ込んだ。

「その時は　告解室に行ったんですか」

「まだ　幼い時でしたからね」

テツはまるで審議官のように頷いた。

「幼くして罪を知らずですか」

「まあ　そういうことです」

困りはてたように、ブラザーは顔を歪めて笑った。なんということを聞く輩だと思ったかもしれない。灰青色の瞳が遠い所を眺めていた。チャイムが鳴った。ブラザーが今度はにっこり笑った。

「また次の時にね　それから聖書を読むだけでなく　良かったら教会にも遊びに来て下さい　ねっ」

ブラザーの背中が見えてから、ケンが言い放った。

「まるでゴングに救われたノックアウト寸前のボクサーじゃないか」

「まあ　いざとなると　すべて神の御心のままですからね　と言うんだよね　神の御心じゃなく　おれたちの気持ちの問題なんだけどね」

テツがこう言うと、ケンはテツの目を覗き込むように見た。心を照射するような眼差しだ。ブラザーへのレーザーが今度は自分に向けられている、とテツは感じた。打ち気に逸《はや》っている目だ。こういう時には、ちょっぴりそれを逸《そ》らした方がいい。

「どうなんだろう　神はお昼のチャンポンのように　眼の前にあるとは思わないけど　まるっきり居ないとも思えないしね　まあ神様や仏様は　居た方がきっと便利なんだよ　だから　ついつい拵えるんだろうね　おれたち」

「うーん　便宜で居たり　御都合で居なかったり　そんな問題じゃないと思うな　ぼくは居ないと思う　テツは案外　ロマンチストなんだね」

ケンはこう言って、薄い唇を真一文字に噤んだ。ロマンチストと言われてテツはむっとした。おれは田舎育ちで白球を追いながら、のんびりと育ったご都合主義じゃないんだぞ。

「いやべつに――　ケン　ロマンチストだろうが　リアリストだろうが　容赦なく流れている現実は　ちゃんとあるのさ」

「そりゃあそうさ　この前　おれがブラザーに聞いたじゃないか　昨年の十一月九日は三井三池炭鉱の炭塵爆発事故が起き　横浜の鶴見駅では列車多重衝突事故があったけど

じゃあそれも　神の御心によるものですかって――」

ケンは机を人差し指で小刻みに叩きながら、畳みかけるようにテツに言った。こころなしか声も裏返るように震えていた。テツやブラザーを通り越して、まるで神様を問い詰めんばかりだった。

「神様のおぼしめしなんて　なんでも神様のおぼしめしじゃあないんだよね　だってそうじゃないか　じゃあもし神様がいないとしたら　あの血塗られた土曜日の事故は起きなかったかといえば　そうじゃないんだからね」

それは論法というより屁理屈だよと言いたかったが、テツも便乗した。

「そうだよ　それは見やすい道理さ　道教やヒンズー教やゾロアスター教の国やどこだって　人は生まれ続け　老い続け　病み続け　そして時に事故に遭ったりして　死に続けてるし　殺し合いや諍《いさか》いを繰り返してるんだからね」

テツも負けじと、わざと話をソッポの方へそらした。ケンは一瞬、そういうことじゃなくってさあという顔をしたが、テツはいやそういうことでいいんだよと、ひとり頷いた。開始のチャイムが鳴った。ケンが言った。

「じゃあまた　この続きはね」

しかし、この続きは、テツにはどうでもよかった。聖書を読んでも、授業を受けても、試験問題を解いても、浜辺でギターを弾いても、タムシチンキに天を仰いでも、全てがその場その時の懸命だった。ブラザーに噛みつくのだって、真理の探求や若者の好奇心というより、子犬が親犬に尻尾を振ってじゃれつくようなものだ。あのテツに飛びかかってきたスピッツとどっこいだ。ひねくれた自尊心だ。つまりテツもケンも、自分は凄いということを認めてもらいたくて躍起になっているにすぎない。

こういうのを青春とか若さとかいうのだろうか。稚気というのだろうか。テツはふとニーチェの言葉を思い出した。

「神は知らなくても　祈る姿は美しい」

よく言うよと呟きながら、やはりニーチェはわかってる人だなと思った。神様はわかりませんが、救いは求めたい。もしテツがこう言ったなら、中学校の保健の先生なら、余計なことは考えるなと一括したかもしれない。拳骨のおまけまで添えて。あるいはブラザーは、こう答えるだろうか。

「心の貧しき者は幸なり」

むろんブラザーは、こんなことは言わない。ただカナダから太平洋を越えて極東の島国のさいはてにやって来て、やれやれここにもニーチェかぶれした子どもがいると、安心したりあきれたりするのかもしれない。

だが、倫理の時間は楽しかった。どの教科よりも精を出し、テツは学習に聖書を読み、参考書がわりにゲーテの『ファウスト』やニーチェの本を開いた。

高校では、話し相手をしてくれた先生が思い浮かぶ。中学では、叩かれた先生の顔が思い浮かぶ。それは学校のせいだろうか、年齢のせいだろうか。

だが内申書じゃあるまいし、テツというひとりの生徒が、先生の評定や診断にやたら躍起になるのは小賢しいことだ。


といっても学校生活から　生徒と先生の話を引いたら、なにが残るというのだろう。そのくせテツは自分から自分を引いても、マイナス無限大が残ると思っていた。あるいはそれはどうにも割り切れない、突拍子もない素数だろうか。

学校生活は、自分がいかに仲間と一緒であるかということ以上に、自分がいかに皆とは逆さまであるかということを知るためにもある。全国から集まったラ・サーリアンは、まさに人格と性癖と能力の坩堝《るつぼ》だった。名物教師にも事欠かなかったが、忘れ難い仲間にも事欠かなかった。

ホシは久留米から来ていた。物腰は優しいというより柳腰に近かった。端正な面差しと奥二重の目に、黒い瞳が輝いていた。

テツが中庭の四阿《あずまや》でギターを弾いていると、黙って横に座ったり、その唄をくちずさんだりした。ああ、これが長い髪の少女だったらと、テツは思うこともあったが、ホシにあっちに行ってとも言えなかった。堤防でスピッツに吠えかかられるよりは、遙かにマシだった。

ある宵、テツがやはり四阿で中原中也の詩を読んでいると、ホシがパジャマ姿で来た。

「ねえ　なに読んでるの」

テツは黙って『山羊の歌』の表紙を見せ、開けていた「いのちの声」を音読した。

「僕はもうバッハにもモッアルトにも倦果てた。

あの幸福な、お調子者のヂャズにもすっかり倦果てた。

僕は雨上りの曇った空の下の鉄橋のやうに生きてゐる。

僕に押寄せてゐるものは、何時でもそれは寂漠だ。」

するとかたわらに座り、本を覗き込んでいたホシが続けた。

「僕はその寂漠の中にすっかり沈静してゐるわけでもない。

僕は何かを求めてゐる、絶えず何かを求めてゐる。

恐ろしく不動の形の中にだが、また恐ろしく憔《じ》れてゐる。

そのためにははや、食欲も性欲もあってなきが如くでさへある。」

テツの声がバリトンとすると、ホシの声はボーイ・ソプラノだ。ふたりして読むと、ホシの声はハモるというより、テツの声にぴったりついたバイメタルのように感じられた。むずがゆかった。そしてややぶっきらぼうに読んだ。テツは次の連はさっさと黙読し、そのバイメタルの声を剝がすようにページを繰った。

「されば要は、熱情の問題である。

汝、心の底より立腹せば

怒れよ！」

テツは心の底から立腹してはいなかったが、ちょっぴり気色悪かった。すると、ホシは最終行を待ってましたとばかりに声を張りあげた。

「ゆふがた、空の下で、身一点に感じられれば、万事に於て文句はないのだ。」

あっ、そこはおれが読みたかったのに、一瞬テツは顔を顰《しか》めた。口に入れようとしていたおやつを、不意に横取りされた気持ちになった。その時、ホシが突然立ち上がり、テツの手を握った。

「ねえ　相撲しようよ」

「相撲を　おれ相撲　強いよ」

テツは、止めときなと言わんばかりに、ホシの手を振り払った。いいから、とホシは芝生の真ん中に立った。テツも従った。手を着いた。目が合った。ハッケヨイ。ホシが叫んで立ち上がった。テツはすぐに左上手を取って、がっぷり四つ。テツには十分な体勢だ。ホシの腕からも腰からも手剛いものは感じられない。テツは両手でホシの両腰を引き付けた。

その時だ。テツの右肩にのったホシの顔が、テツの右頬にくっついてきた。

テツは顎で、ホシの頬を払った。しかし、ホシはなおも頭を擦りよせてくる。ホシはそこでため息をついた。ぴたりと頬と頬が触れ合った。テツは咄嗟に、ホシの体を持ちあげ、上手やぐらでホシを投げた。ホシの体が宙返りして地面に落ちた。テツはその上に、自分の体も預けた。ぐえっとホシが喘いだ。

立ちあがりざま、テツは手を伸ばして、ホシの体を起こした。

「だから　おれ　強いと言っただろう」

テツはそう言いながら、四阿の本の所に戻った。ホシはテツの差しだした手にも言葉にも応えず、服に付いた草屑を払いのけながら呟いた。

「ひどいっ」

「ああしろ　こうしろ」先生は、テツの天狗の鼻をピンと爪弾きした人だったが、その鼻がへし折られることもあった。十五の頃の天狗の鼻は、雨上がりの筍のように増長することもあるし、猪の一突きで　ぼっきりとへし折られることだってある。世の中、そう甘くはない。世間は広い。そんなことがあるから、青春は青春らしくなるのだろうか。あるいは人生だって。田舎の野球少年で、走るのにも、相撲にも長けていたテツは、ラ・サール中学上がりの仲間の学力は別として、体力は舐めていた。

　だが都会育ちや田舎育ちに限らず、どこにだって凄い者はいる。テツとタッグを組んだ、隣の高校生と喧嘩したノブだって、その腕力と胆力はたいした者だった。人は見かけによらないし、また見かけ倒しの者が多いのも、この世の中だ。テツはユウの脚力にも唸った。

　中学校から持ち上がってきたユウは、がっちりとした上体と、上腕、盛りあがった背中は、少し足の短い金剛力士像といった感じだ。彼の祖父は、テツと同じ出水の人だ。徳望家でもあったが、柔道・剣道・弓道・合気道など合わせて四十段近い練達の師だった。ユウもその血を継いでいるのか、走りだすと足の回転が尋常でなかった。

　一〇〇メートル走があった。砂の運動場のコースを裸足で走るのだ。そこを豆タンクのような金剛力士が砂煙をあげて走る。風神に化けそこねた猪のようでもあった。テツはタイムで負けた。人は見かけによらぬものだと思った。しかもユウは走り終わった後に言ったのだ。

「おれは十一秒後半だったが　もしおれの足がカール・ルイスのように　あと一〇センチ長かったら　その歩幅を今の歩数に掛ければ　九秒八くらいにはなるよ　カール・ルイスよ

りは早いぞ」

彼は得意満面の顔をした。皆は唖然とした。テツはユウの足の回転を見て、タービンという言葉を思い浮かべた。


体育の時間に、同じくあれっと思ったことがあった。ラグビーの時だ。ウイングをしていたテツは、ボールを持って二〇ヤード程を独走し、あと一〇ヤード程でトライだった。そこに敵チームのひとりが横からタックルにやって来た。相手は普段、牛乳瓶の底のような眼鏡をかけて、トイレに行く時も単語帳を離さないガリ勉屋のシオだった。彼なんか、ハンドリングして軽くかわせる。テツはそう思って、右手で軽く払いのけようとした。しかし彼はひょいと屈み、さながら人間魚雷のようにテツの腰にタックルしてきた。ぐふっっと、テツは倒れた。普段の見かけだけで相手を甘くみると、とんでもないシッペ返しが来る。こんなこと『徒然草』か『イソップ物語』になかったっけ。倒れてダウンボールした頭で、ふとこう思った——。

学園の東側は、桜島を望む汀につながり、南側には松原が広がっていた。西には田んぼの中に民家が点在し、その先を国道と市電が走っていた。寮の北側には砂浜とも広場ともつかぬ土地が広がり、そこには饅頭のような丘とそのまわりには馬場もあった。

そこに「清風寮」という全て個室の寮が出来た。木造二階建て、外壁はボード板張りだ。個室の広さは三帖にも満たなかった。

隣り合った部屋の真ん中に二段ベッドがあり、上段ならば右側を、下段ならば左側を壁で塞いだものだ。舎監シプリアンの苦心のデザインという。断面が「己」の形になった部屋だ。

それでもそれまでの団体宿泊をしていた者にとっては、天と地、狭いながらもゆかしい個室だ。団体生活、もういいでしょうと思ったテツは、そこを希望した。親には出費がかさむが、寮だけでは十分な勉強が出来ないと手紙で懇願した。末っ子らしいダダだ。目出たく許しは出たが、東向きのオーシャンビューの部屋は、上級生が占めた。寝台車に毛が生えたような部屋だったが、移った日、テツは手足を伸ばして大きく深呼吸した。思い切って放屁した。屁をひってよしと頷くひとり部屋。

ただ汲み取り式の二階のトイレには往生した。時おり凄まじい落下音が響いた。テツたちはハネっ返りを「おつり」と呼んでいたが、それを防ぐにはどうしたらよいか、真剣に討議された。たとえば新聞紙を多めに捨てるとか、団扇を持って放り出したら素早く蓋をするとか、小便はなるべく外でしようとかいうような。「福音書」について考える頭で、副産物について考えを巡らさなければならなかった。むろん解決策はなかった。テツは気分転換がてら、いつも外に出て小用をした。さざ波や松風の中、時には月を眺めながら尿《ゆばり》した。砂に沁みてゆく小便の音が、さながら宿借りの呟きのように聞こえた。

清風寮には小さな共同流しもあった。共同と言っても、シンクが一つ、調理台が一つあるだけだ。それと二口のコンセントが。

アイはそこで毎晩、当時流行りはじめた棒ラーメンを作った。夜九時のことだ。コンロも鍋もないところでどうするか。彼は流しに電気ポットを持参する。ポットのお湯が沸いたのを見はからって、棒ラーメンを投げ込み、次にスープの素を入れる。そして三分後ポットごとラーメンを啜るのだ。

アイがラーメンを作りだすと、廊下にその匂いが漂う。九時といえば、皆小腹が空いてくる頃だ。テツもトイレの帰り、しばし佇んだことがあった。廊下はおろか階段室にまでスープの香りが漂ってくる。アイは人目もはばからず、ポットに箸を突っ込んでいる。啜る音が響く。

「ちょっと　ひと口」

テツは思わず、こう言いたくなったが、我慢した。我慢するもなにも、人の食べ物じゃないか。まだガキの頃の癖が治ってないと、テツは自分に腹を立てた。ガキの頃、姉たちが美味しいものを食べていると、テツはせがんだものだ。ちょっと、ひと口。そのおねだりは、ちょっぴりおめぐみをもらうこともあった。そんなあれこれが思い出された。末っ垂れは甘えられるから良かねえ。そう言った人たちの顔が、ラーメンの匂いの中に蘇ったりした。

清風寮のテツの部屋は、西向きの二階だ。桜島は見えないが、外は松原がらみの馬場になっていて、その向こうに小さな陵《みささぎ》のような丘があった。誰の墳墓だろうか。大隅の救仁《くに》の松原や柏原《かしわばる》には、かつて熊襲たちを征伐に来た中央からの豪族たちの古墳があるが、ここもまたかつての覇者たちの陵墓だったのだろうか。

だが、と「スッタン」先生は笑った。

「馬鹿スッタンが……　ここいらは昔から島津さんの土地でな　まあ大昔は知らんが　藩がしっかり押さえとった土地じゃ　永田川の川口から谷山電停あたりまでは煙硝蔵　つまり火薬庫じゃな　ラ・サールのあたりは演習場というところかな　教会のあたりが島津さんの別邸じゃ

そこをカナダ・フランシスコ会が買い取って　神学校や教会など造ったのがラ・サールの濫觴だな　ランショウ　サンズイの氾濫の濫という字に　ショウは傷という字のニンベンのかわりにツノヘンを書いたもの　濫は浮かぶこと　觴は盃のこと

つまり中国の長江のような　あの長大な川でも　その源は盃を浮かべるほどの　微々たる流れ　まあ物事のはじまりはいつもこうしたもの　という言葉だ　濫觴という言葉は　きみが死ぬまでに　あと何回使うだろうか　それでも知ってた方がいいよ　濫觴という言葉もも

ちろんだけど　物事のはじまりというものは　いつもこのように密かなものだということをね」

「スッタン」はこう言って呵々と笑った。古墳じゃなく砲台陣地跡だったのだ。その丘の下の馬場では、若い女性が乗馬を楽しんでいた。常歩・速歩、時にギャロップで馬場をカラフルな衣装と騎手が跳ねた。テツは夕陽を遮るために閉めたカーテンの隙間から、じっとそれを眺めることがあった。時折、馬のいななきと少女たちの声が弾けた。光のしぶきのようにそれはテツの胸に跳ねた。

テツはふと、西東三鬼の句を思い泛べた。

「白馬を少女瀆れて下りにけむ」

何が瀆《けが》れているのか、どこがどう汚れているのか、テツには作者の意図はわからなかった。ただテツはカーテンごしに、まるで犯罪者のように偷み見しながら内心呟いた。ああ、あの白馬になりたい。

白い聖火リレー

太平洋戦争の敗戦後、日本は朝鮮戦争の特需を得て、復興と繁栄の道を歩んでいた。戦争のヒール役から、世界のいい子になろうとしていた。その仕上げが一九六四年の東京オリンピックだった。

四月一日からは、日本人の海外観光や渡航が自由になった。自分の所在の県で手続きをすればいいのだ。それまでは外務省にいちいち届けねばならなかった。テレビでは「モーニングショー」が始まった。サントリーからは「サントリーレッド」が二月に発売されて、「ハイニッカ」の後を追った。森永製菓が「ハイクラウン」を発売すると、ロッテは「ガーナ ミルクチョコレート」で対抗した。

日本が世界の国の仲間入りをしたというのは、それまでお手本と見習い崇めていた舶来のものを、自分たちでなんとか創り出せるようになったということでもあった。世界の国からコンニチハという唄も流行ったが、それは日本が世界の国へコンニチハと言えるようになったということだった。

オリンピック開催に先立ち、聖火リレーが行われた。列島を駆け巡る祭典の長い序奏だ。火に畏れと有難みを感じるのは、拝火教だけじゃない。聖なる火を皆で手渡しながら、この島がひとつになる。かつてベルリン・オリンピックの時このリレーに目をつけたヒトラーは、じつに炯眼だった。

梅雨明け、期末考査が済んでから、テツは体育教官室に呼ばれた。なんだろう、喧嘩もしてないのに。首を捻りながら部屋に入ると先生が言った。

「きみは生徒会の役員で　体力もある」

先生は点けた煙草で、まあそこに掛けなさいと合図した。悪いことじゃなさそうだ、テツは安心した。両膝に両手を付けて腰掛けると、先生が言った。

「ところで　きみは聖火リレーを走らんか」

「聖火リレーって　オリンピックのですか」

「そうだ」

「あの聖火を持って走るんですか」

「いや　随走者だ」

なあんだと言いたかったが、テツは畏まって尋ねた。

「で　いつなんですか」

先生は、小さな聖火を持つように煙草をかざし、天井に煙を吹き出した。

「オリンピックは十月十日　聖火リレーは九月十日だ　シューズと日の丸ランニングシャツとパンツは支給　そしてプレゼント」

どうだと言わんばかりに、先生はさらに煙を吹き出した。テツは聞いた。

「で　何曜日ですか」

「木曜日だ」

「じゃあ　夏休みに練習もするんでしょう」

「もちろん」

テツはすかさず答えた
「夏休みは帰省しますので　無理です」

「そうか」

そう言うと思ってたよ、と言わんばかりに先生はアルマイトの灰皿で煙草を揉み消した。

テツは一礼して、退出した。入れ違いにサッカー部のシゲが入ってきた。彼もまた聖火リレーの勧誘というか談判を受けるのだろう。テツはシゲに軽く手を挙げて擦れ違った。

聖火リレーはトーチを掲げた聖火ランナーと予備トーチを持った副走者が二名、それに五輪の小旗片手の三十名の随走者から成る。八月三十一日、ギリシャのオリンピアのヘラ神殿で採火された火は、アテネからバンコクなどを経て沖縄に着いた。

往時の沖縄はまだアメリカ軍政府下にあった。その沖縄を駆けぬけ、聖火は九月九日午前九時、国産飛行機のYS－11で、鹿児島空港に着いた。そこで分火された聖火は、宮崎から太平洋岸を北上し、いまひとつは東北へと飛び、さらに分かれて東京を目指した。日本中が湧き立った。整然とした「ええじゃないか」のリレーだ。日本の街道は久しぶりに劇場となった。

鹿児島市の鴨池空港から目抜き通りを駆けぬけた聖火は、県庁に一泊した。翌九月十日八時三十分、聖火は北上を開始した。県庁を出て、草牟田伊敷《そうむたいしき》を経て、国道3号線を熊本に向かうのだ。

伊敷を過ぎると道は甲突川《こうつきがわ》沿いに、河頭《こがしら》、小山田を経て、伊集院の麦生田《むぎうだ》に至る。河頭からはその名の通り、道の右手はシラス台地の切り立った崖が続き、片や甲突川に落ち込んだ谷あいである。人家は乏しく、むしろ狐狸の棲み家にふさわしい。ラ・サール高校が受け持ったのがこの区間だ。

九時三十四分、聖火は予定通り、国鉄バスの深田バス停に着いた。そこから一・五キロ先の小山田農協前までを走るのだ。

シゲは前から三列目の左側を走った。沿岸の寂しさはなんともなかったが、聖火の煙がやけに目と喉に沁みた。さながら白い煙を吐き出す蒸気機関車のように、聖火は川沿いの道を進んだ。シゲたちには笑うこともヨソ見も許されなかった。

煙にむせかえりながら、シゲは思った。新聞やラジオで報道されるのとは、えらい違いだな。甲突川沿いの国道3号線は、聖火の花道というより阻道《そまみち》だった。声援を送るスペースもだが、そもそも人家が無かった。わずかに小山田農協前に人だかりがあった。そこで待機していた地元高校のブラスバンドが、先導する白バイの赤色灯が見えたのをしおに、「君が代行進曲」を奏で始めた。人だかりとマーチを耳にして、シゲたちはやっと人心地がついた。聖火は寸分の狂いもなく、中継点に着いた。九時四十二分、毎時一二キロのスピードだ。一糸乱れぬリレーだった。

聖火の引き継ぎが終わると、シゲたちの横には小さなトラックが一台止まった。そこにはナップサックや風呂敷に包んだシゲたちの着替えがあった。自分の荷物を各自持ちながら、シゲたちは国鉄バスの停留所から西鹿児島駅行きのバスを待った。

ラ・サールの聖火ランナーは一年生、サポートしたのも一年生と二年生。三年生はいなかった。他校では運動部の名だたる三年生が主役を務めた。県のチャンピオンだけでなく、全国のチャンピオンもいた。

中継点の人だかりも撤収も済んでしばらくして、国鉄バスがやって来た。バスに一番に乗り込んだのは、聖火ランナーでも副走者でもない、シゲたち二年生だった。

この一週間後には、羽田空港と浜松町の間に、東京モノレールが開通した。十月一日には、東海道新幹線も開通した。そして十月十日、聖火は国立競技場で点火された。


ベッドのほかに蟹が縦這いするほどのスペースでもいいから、自分の部屋が欲しい。そう思って清風寮に入ったテツだったが、ほどなくそこでの日々や馬場の女性たちを覗くのにも飽きてきた。こうなると周囲全てが鬱陶しく色褪せて感じられるものだ。

もちょっと、ひとりきりになりたい。学園の外で寝起きしたい。それが自分の身も心も伸びやかにするはずだ。そのためのお金。お金は、父が闘病しているが、母と兄たちに言えば、なんとかなるだろう。いや、なんとかするはずだ。持ち前の我儘で、テツは自分にはそれが許されると勝手に思い込んだ。家からは承諾の便りが来た。

翌日から、放課後になると、テツは近くの新しめの住宅を訪ね歩いた。学校指定の下宿屋や周旋業者もあったが、アパートではなく、賄い付きの下宿屋だ。谷山電停の裏あたりは、まだ田んぼが多かったが、中にあちこち新しい家が建ちつつあった。文化住宅というのが注目されていた。それまで日本の田舎では、「田」の字形の座敷を襖と障子で仕切った民家が多かった。しかし核家族が喧伝され始めた時代だった。一年に何回使うかわからない二間続きの座敷なんて非合理でもったいないというのだ。年に数回、ハレの日もしくは冠婚葬祭の時にしか使わない南向きの部屋こそ、ふだんの家族の生活の拠点にしよう。そんな思いで文化住宅が提唱された。家のまん中を廊下が走り、北側にトイレや浴室などの水回り、南側にリビングスペースが作られた。応接間も流行った。応接間には火の焚けないマントルピースもどきがしつらえられ、その上の棚には百科事典や洋酒セットが飾られた。ピアノがある家もあった。

その応接間のある家が、テツの狙い目だった。応接間もまたかつての床の間と同じく、使われる時は子どもの家庭訪問の時くらいだった。中には応接ソファーに正座する人もいた。家庭訪問の時だって、特使を迎えているのじゃない、食卓を片付けて花を飾れば充分じゃないか。テツは我が身に引き寄せ、ヨソ様の家の棲み方にまで、要らぬお節介を巡らせた。そんな家に当たりを付けるのだ。

「こんにちは　ラ・サール生ですが　下宿の部屋は空いてませんか」

すると押し売り・物貰いの類と同じく、にべもなく断られるか、主人に聞いてみますので、明後日くらいにでもと言われるか、そのいずれかだった。下宿生を置くのが、建てた家の償還の少しでも足しになれば、そんな思いもあったのだろう。

十軒目くらいで、色よい返事に巡り合った。応接間ではなかったが、二階に押入れ付きの六帖間の部屋があった。隣室にも同期生がいた。学校まで歩いて十分足らず、近所にはクラスメートもいる。

十月二十五日、オリンピックは土曜日の前日閉幕した。空は晴れわたっていた。

テツはリヤカーを引いていた。寮のものだ。後ろをガセとグチが押していた。リヤカーの上には勉強机と本棚、小豆色の布団袋、それに段ボール箱に無造作に投げ込まれたバッグや雑誌、ギターケースが載っていた。布団袋にはちょこんと携帯ラジオが——。

寮から校門を出て、塩釜神社の前を通り、波之平の方へ向かうと、ほどなく国道と市電の踏切にぶつかる。リヤカーは桜島に背を向け、中山《ちゅうざん》の方へ向かう。裸足で下駄を履くのは冷たかった。しかしその冷たさが、心地良かった。山の辺への道からは海の匂いのかわりに稲の香が漂ってきた。大きく息を吸い込んでテツは呟いた。よしっ、よしっ、よしっ。

「この近くか」

ガセが聞いた。

「もちょっと　あと二分くらいかな　ほら　この右手にはキセたちの下宿」

テツがこう言うと、ガセはラジオのスイッチを入れた。ラジオはＦＥＮに同調してあった。ファー・イースト・ネットワーク、米軍の放送だ。

「おおっ」
テツが叫んだ。
「どうしたっ」
ガセとグチが尋ねた。テツはラジオのボリュームを上げて答えた。
「ボブ・ディランの『ライク ア ローリングストーン』だ」
テツはディランが好きだ。麻ロープで咽を締めつけたような声。不貞腐れたようで捨て鉢なようで、好きな女も世間も背にしたような歌詞。そしてコード進行も難しくなかった。
ディランの歌を聴いていると、さながらランボーの『酔いどれ船』を読んでいるような気分になった。
〜どんな気分かい
家におさらばしてね
どこへ行くのかい
転がる石のように
「転石苔むさずか」
グチがぼそりと言った。
「転がり続けてるってことは　苔もつかないかわり　角もだんだん潰れていくってことさ」

ガセが付け加えた。テッはさらに付け加えた。

「いや坂道の雪達磨のように　雪をくっつけて　にっちもさっちもいかなくなるのさ」

ここの路肩にもかつての海辺の名残りか、小さな貝殻があちこち落ちていた。宿借りの貝殻だ。そうか、宿借りか。転石でも雪達磨でもない。おれは小さな宿借りのようなものだ。波にゆらゆら、汀をよたよた、自分のカプセルを背負ったままうろついている。そのカプセルだって、借り物。いつまで持つか、怪しいものだ。テツはラジオに合わせて唸った。ライクッア ローリングストーン——。


ボブ・ディランの長い曲が終わり、ブラザーたちの英語とは違うディスクジョッキーのガチャガチャしたお喋りが始まると、リヤカーは下宿屋に着いた。テツはラジオを切った。下宿屋は玄関の引き違い戸も、かたわらの縁側のテラス戸も開いたままだ。

「こんにちは」

挨拶をしたら、中から奥さんが出てきた。愛嬌のいい鬼瓦といった顔にさらに大きなえくぼのある人だ。

「あらっ　いらっしゃい　どうぞ　どうぞ　二階へね　これは箒と塵取り　あらっ　あなたたち　同級生　どうぞよろしくね」

奥さんはテツたちに、ひと息で挨拶と用件を伝え、箒と塵取りを渡すと、奥の方に消えた。

奥の方から大きな声が響いた。

「ごめんねえ　今　白菜を漬けてるところだから　好きにどうぞ」

逆にテツたちはほっとして、机や布団袋などを二階に上げた。下宿の玄関から二階へ行く階段は、清風寮よりも遥かにゆったりとしていた。幅一間の押入れは蒲団など押し込んでもあと半分程余裕があった。教科書や参考書や小説など、手際よく片付け終わると、テツは二階の窓台にラジオを置いた。窓から小松原の学舎と桜島が見えた。窓には焦げ茶とベージュの縦縞のカーテンが付いていた。

「いい所じゃないか」

テツの椅子に腰かけ、両足を投げ出してガセが言った。

「うん」

テツも頷いた。グチが聞いた。

「ここは　子どもさんもいるの　さっき玄関にスニーカーがあったけど」

「うん　中三の男の子と　おれたちと同い年の純心の女の子らしい」

「えっ　それってヤバくないか」

ガセが眼鏡の奥で目を丸くした。両足は畏まっていたが、目元はにやけていた。

「会ったことはないよ　顔見たこともね」

事実そうだった。奥さんから知らされただけだ。どんな女の子だろう。

「おいテツ　お前　ちゃんと報告しろよな」

ガセが真顔で命令した。

「夕食の時は一緒だからね　まあ　そう急ぐなよ」

テツが答えると　ガセは念を押した。

「ちゃあんと　視察　そして報告な」

「まあまあ　おまえはいつもそうなんだから」

グチがたしなめた。


遠藤さんという下宿屋は、当時としては大きな二階建てで、一階に親子四人が暮らし、二階の二部屋に下宿生を置いていた。二階は六帖と八帖。テツよりも先住のウラが八帖間だ。

一階の居間は食堂も兼ねていたが、全員が揃って食事することは無かった。ご主人は教員だ。学校でエネルギーを使い果たした後、わがやに置いてもらっているというような穏やかな人で、自分から挨拶以外の余計なことは言わない人だ。お嬢さんは純心高校の二年生。目のぱっちりとしたえくぼの顔は、お母さん譲りだったが、口数の少なさはお父さん譲りだった。テツは新参者ということもあって、ことさら話しかけなかった。御飯が一緒の時は、ウラが彼女に話しかけることもあった。こういう時には出過ぎないことだと、テツは遠慮した。

しかしウラの話は、こちらが横で聞いていて、時に恥ずかしく時に吹き出したくなるくらいのものだった。まあ、つまらないことが話題になるのが、団欒の良さでもあるのだが。

「純心は女の子ばかりですが　楽しいですか」

「はい　まあ」

「純心って　男の子の話をしても　男の顔を見てもいけないって聞きましたが　そうなんですか」

「いいえ　はい　まあ」

「制服が素敵ですね」

「はい　まあ」

くだらぬ質問は、くだらぬ回答しか生まないものだ。だが、そう思いながらも、じゃあお前は、どんなことを聞くのかと言われれば、さてテツにはなにも思い浮かばなかった。ウラを嗤うことは、たんに自分が話しかけたいのに話しかけられぬ、その無念さの裏返しなのだ。

「すみません　おかわりを」

テツはこういって奥さんに、御飯茶碗をさしだした。さながらウラの話にピリオドを打つように。

テツは一年有余、ここにいながら、お嬢さんと話らしい話をしたことがなかった。わずかに年の暮れ、借りた掃除機を返しに行った時、彼女がいた。テツはどうもありがとうと言って返した。すると彼女が、いえどういたしましてと答えた。これが会話のすべてだった。

ガセから報告を迫られた時も、テツはうーんと唸って、首を捻っただけだった。あるいはお互いに、感じるところがなかったのだろう。好きになる理由もないかわり、嫌いになる理由もなかった。同じ屋根の下での色恋沙汰なんて、思い過ごしだ。だがテツ以上に彼女がテツに無関心だったのは、なぜかテツの心を慰めた。好きになられちゃ困る。そんなことでもテツは思っていたのだろうか。とんだ自分への買い被りと思い過ごしだ。

ご主人もまた下宿人のようだった。どっしりとした存在感のある女主人のもとでは、いかなる関白も借りてきた猫のようにならざるを得ないのか。大きな臼のような尻に敷かれて……。しかし家のことを一切妻にまかせて、自分は外に出て仕事だけをして来る。まるで石器時代の狩人のように。それはそれで賢いやり方かもしれなかった。ただテツは、ご主人とは一度だけ、ゆっくり話をしたことがあった。

休日の夕方だった。ご主人は家のアプローチ脇の菜園で、茄子を穫っていた。今日の夜は茄子味噌かなと思って、会釈して通りすぎようとしたテツに彼が話しかけた。

「きみは　出水だそうだね」

テツはどきりとした。文福茶釜のような体から出た声は、低く丸やかだった。

「はい」

なんの用だろうと思って立ち止まると、ご主人が続けた。

「ぼくも若い頃　米ノ津中学校に居たことがあってね」

「そうですか　隣の町の中学校です」

なあんだ、テツはほっとした。

「中学校の隣が　出水商業だったかね」

「そうです　その隣は　もう米ノ津川です」

「大きく立派な川だったね」

自分のふるさとのことで、大きく立派なんて言われるのは初めてだった。たしかに谷山あたりの川に比べれば、大きいことは大きい。テツが泳ぎ、鮎や鰻を獲った川である。

「はい　鮎も鰻も　よく獲れます　あのあたりの河口には　鱸やチヌもよく上がってきます」

「それから　鶴も来るよね」

テツはふるさとの空を、そして干拓地の鶴を思い浮かべた。

「はい　いろんな物やいろんな人が流れつき　寄りついてくるところが　出水です」

「ははっ　人も鶴もかね　吹きだまりでいいじゃないか」

「はいっ　吹きだまりです」

吹きだまりと言った時、父と母のことがテツの頭を掠めた。その途端、テツは思考回路が切り換わったように、あらぬことを口走っていた。

「はい　船乗りは北極星を見て旅を続け　海のものは魚を追って　山の人は峠を越える鳥を見て　旅を続けるそうです」

「ほほう　じゃあ丘を旅する人はどうするんだろうね」

自分でも頓珍漢なことを言い出したと、テツは思った。丘を旅するか、そこまでは考えたことはなかった。しかし、テツはふと昔、父が言っていたことを思い出した。

「はい　丘を行くにはですね　ええと　昔　父は丘を行く者は　馬喰の後に従いていけばなにかに当たると言ってました　父は馬喰でしたから」

するとご主人は笑った。茄子を入れた籠が揺れた。

「昔の馬喰は凄かったからね」

「そうですか」

父の職業を褒められたのは初めてだった。

「そうですか」

「そうさ　人と物と金と情報が集まる　そして集められる　そんな人さ」

テツはわがやのことを思った。朝から訪れる人、そしてお客の多さと宴の多さ。父が腹巻きに入れていた札束。全て子どもの目から見たら、ぎとぎとざらざらしたからくりに満ちた大人の世界だった。そうか、それを人と物と金と情報と呼ぶのかと思った。ご主人は、籠の中の茄子を軽く撫でてテツに言った。

「君もラ・サールを出て　馬喰になるのかい」

「いえ　なりません」

「そうか　後継ぎじゃないんだね」

「そうです　ぼくは十四人兄弟の末っ子です　男でも七番目　まずぼくが　後継ぎというか　家督を継ぐことはありません　それに父はもう今は　牛のブローカーやってませんから」

「ふふふっ　末っ垂れか　しかし　お父さんとお母さんはフィニッシュを上手く決めたんだね」

「そうでしょうか」

ややテツは、頬を膨らませた。フィニッシュを決めたなんて、父と母が体操選手のように宙返りに捻りを加えて抱き合ったみたいじゃないか。ご主人は続けた。

「そりゃあそうさ　きみみたいにこんな学校に来て　成績も優秀で　で　きみのお父さんは　もう隠居かな」

「いえ　入院してます　大学病院です　糖尿病です」

「そうか　そりゃあ心配だね　まあ糖尿病は贅沢病とも言われてるけど　そりゃあ大変だ」

しかしご主人はちっとも心配でも、ちっとも大変でもなさそうに、縁側の方に歩き始めてテツに言った。

「暇な時は　うちの坊主に勉強でも教えてもらえないかな」

「はあ」

なあんだ、息子さんの方か、そう思いながらも、テツは悪い気はしなかった。少しは見込まれているのだろう。

「息子さんは　優秀だそうですね　甲南を受けるんでしょう」

「うむ」

ご主人は満更でもない顔をした。テツはご主人のふくよかな顔と茄子畑を見ながら当たり障りのないことを言った。

「茄子の花には　百にひとつの無駄もないといいますね」

　すると突然、フェイントをかけるようにご主人が聞いた。

「ところで　君は親の意見は聞くかね」

「いいえ　聞きません　というより　あまり話をしたことがないんです　両親とももう六十過ぎですし　父は入院してますからね」

「そうか　十四人兄弟といったね　皆さん　元気なんでしょう」

「はい」

　といっても上の腹違いの三人と種違いの一人とは、会ったこともなかった。亡くなったという話も聞いてない。まあ息災なのだろう。余計なことは言わぬが花だ。

「茄子の花のように　無駄なく　立派に　それぞれなんでしょう」

　すると待ってましたとばかり、テツは昔聞いた父の客人相手の与太話を思い出した。

「父が呑んでから　客に語ってたことがあります　父は広島の生まれですが言ってましたよ　十四人もおればのう　ひと握りは優秀　ひと握りは穀潰し　あとは並じゃのう　って」

「ははは　面白いお父さんだね　むろん　きみは優秀のクチだろうね」

　お世辞にせよ、褒められるとつい背中が硬くなる。亀の甲羅を背負ったような痒さだ。しかし、ご主人と気安くなったような気がして、つい口に出してしまった。

「お嬢さんは　しかしなんですね　お父さんによく似てらっしゃいますね」

ご主人は苦虫を噛み潰したように笑った。

「はふふふっ　蛙の子は蛙と言われてるが　あれは正真正銘の蛙面《どんくづら》だね　ぼくは理科の先生だけど　やはり遺伝というのは　信じなきゃあいけないんだね」

こう言ってご主人は縁側の沓脱ぎに茄子の籠を置いた。テツは深々とお辞儀をして玄関に向かった。


下宿のお嬢さんとは語らずじまいのテツだったが、お隣には一級下の中央高校へ通う女学生がいた。隣の花は紅いという。だがボブヘアのすらりとした姿を、スモークブルーのセーラー服に包んだ姿はなかなかのものだった。

新しく鹿児島市に誕生した中央高校は、勉強熱心なところだった。朝補習、夕補習、星を眺めて学校に行き、星を眺めて家路に就く。実績作りのためもあったのだろう。なにかと注目される学校だった。

日暮れ時になると、テツは電停あたりまで散歩した。電停までの幅三メートル程の田圃の中の道をゆったり歩くのだ。

幾本かの電車が来て、やがて電停からの裏道の外灯の中に、彼女の姿が現れる。するとテツは、いかにも散策途中といったふりで、背伸びしたり、空を見上げたり、落ちている小石を拾ったりする。彼女が近づいて来る。テツは路肩に寄る――。

――蛙の子じゃなく　やはりバンビだ
ふと目が合えばと思うが、こちらも見ないふりをする。ボブヘアの中のすっきりとした面差し。顔は動かさず、目だけでちらりと見て擦れ違う。彼女もこちらは見ない。少しずつ足音が遠ざかる。七、八、九、十、十一……。二十程数えた所で、テツは踵を返す。そして消えてゆく彼女の影を追うように、下駄の音を殺してわがやへと帰る。それだけのことだ。

彼女の家はテツの下宿の南隣だ。臙脂色の焼き瓦の寄せ棟の屋根に黄土色の壁、平屋建ての瀟洒な家だった。実はここにもかつて、テツは下宿の打診に来たことがあった。うちは娘もおりますので、とすげなく断られ、その足で隣に来たのだ。むろんその時は、どんな娘さんか知りもしなかった。玄関を入った応接間のような所が、おそらく娘さんの部屋なのだろう。それがこの女子学生なのだ。

しばらくして、テツはこのことをガセに言った。なぜそういうことを早く言わない、とガセは口を尖らせ、次の日曜日すぐにやって来た。グローブ二つと軟式ボールを一個持って。

ガセも肩が強かった。ラ・サールの軟式野球部から勧誘された時、テツは先輩のピッチャーのボールを見て、これは落ちるストレートと曲がらないカーブじゃないかと思ったほどだったが、ガセはスピンの効いた速くて強い球を投げた。ふたりはよくキャッチボールをした。それにガセもまた、ませてエロい少年だった。ふたりでその手の本を見せあった。

「ポルノは駄目だけど　エロスというのは　これは大切なものだよ　人間に不可欠さ　テツ　聖書研究会じゃなく　性書研究会を作らないか」

エロスが酸素以上に必要不可欠なものだと言わんばかりに、ガセはいつも目を輝かせていた。そう言いながらテツたちが読み漁ったのはポルノの雑誌だったのだが。だがテツにとって、エロスとポルノの区別と連関なんて、どうでもよかった。そのくせテツも熱くガセに吹くのだ。

「そうだな　おれたちの双肩に日本の未来がかかってるかどうか　それはわからん　しかし　ガセ　おれやお前の右手には　直球のボールと快楽のバットが握りしめられてるんだ」

そしてふたりは、その日、外に出て、道路でキャッチボールをした。次はストレート、次はカーブね。ガセはそう言いながら相変わらず良い球を投げ続けた。だが三十球程投げた時、突然ストレートがすっぽ抜けた。ボールはテツのグラブの上を掠め、お隣の庭まで飛んでいった。

「やばっ」

テツはガセと一緒にお隣の門扉を開け、すみませんと家に向かって声をかけた。だが、返事がない。留守ではないようだ。今一度、すみませんと声を掛けた。誰も出て来ない。庭の方を見ると、ガーベラの花壇の中にボールが転がっている。テツは中に入ってそれを拾い、ふたりは頭を下げて外に出た。門扉がガチャリと音を立てた。ふたりは目と目を合わせて笑った。

ガセはそれから二度暴投した。二度目はテツも、ガセの狙いに気付いた。ガセはそんなにコントロールは悪い方じゃない。ボールを取りに行った時、娘さんが出て来ないだろうかという期待もあったのだ。ふたりは神妙な顔をしてお隣の庭に入り、肩をひそめてクスクス笑いながら門を出てくるのだ。

だがその夜、テツは下宿の奥さんに呼び出された。なんだろう、と思ったとたん、彼女は厳しい顔でテツに言った。

「あなたたち　今日　お隣の庭に　何回もボールを投げ込んで取りに行ったでしょう　お隣のご主人は　裁判所に勤めてる人だからね　今度こんなことしたら　住居不法侵入罪で学校に言うって言ってたよ　気をつけてね」

テツは一瞬どきりとした。奥さんに、すみません、と頭を下げた。杉下茂投手のフォークボールのように。すると奥さんが、にっこり笑った。えくぼがさらにくぼんだ。どうしようもないイタズラっ子を見るような目付きで。

今度は一週間の反省日記じゃ済まないだろう、テツはちょっぴり畏まった。

テツはその夜、都々逸ふうの唄を書いた。

〽かくればなしよ

おんなとつきは

みぬいたふりで

みすかされ

翌日、テツはガセに昨日のことを話した。ばれたか、そんな顔をしてガセは笑った。笑い事じゃないんだぞと言いながら、テツも笑った。テツはついでにガセに、昨夜書いた唄を見せた。

「隠れ場なしと　欠くれば無しの掛け言葉か　いいんじゃない　テツ　お前はピッチャーより筆者だね　それにしても暴投を投げるのって難しいもんだね」

どこまでも、ガセは駄洒落でごまかそうとした。始業のチャイムが鳴った。

宿借りから海月へ

日曜日、春休み夏休み、試験休みや創立記念日。休みはいつも楽しい。とりわけ三年生になる春休みは最高だ。上級生がいないからだ。自分の頭の上の重しが取れたようで、気分が軽くなる。海の青、空の青、松の緑も爽やかだ。電車の音ですら軽やかだ。先生たちは最上級生としての自覚を持てと諭すが、あと一年すればここともおさらばする。その思いもまだ、テツの心を軽くする。まるで刑期明けを待つ囚人のように。

甲子園をめざす野球部の三年生なら、こんなにゆっくりしてはいられない。勝負の時だ。一年生の時は、まあ様子見、球拾いだ。二年生で首尾よくレギュラーを摑んだ者はいいが、摑めなかった者はいよいよ挑戦の年だ。レギュラーじゃなくても背番号をもらえるだけでもいい。だが願いも空しく、一年生や二年生で図抜けた奴や著しく伸びた奴がいると、メンバーから外されることもある。

受験生だって、三年生は勝負の年だ。しかし、生徒たちは皆一人ひとりだ。それぞれがこの小松原から、外に出る。出ることだけが確実なだけだ。たまには念を入れて、留まる者もいるが。

一人ひとりが、自分の艀《はしけ》や刳り舟で、外洋に漕ぎ出す。中には以後五十年もの人生を周遊する大型船をめざす者もいる。青雲の志を抱き、遠い星を目当てにしつつ、航海する者もいる。

だがテツは、波間に漂うくらげのようなものだった。波まかせ潮まかせ。それまでの汀の宿借りが海月に変わっただけのことだ。どこに向かい、どこへ着くのか。皆目わからなかった。

家督を継ぐとか、将来の立身についての意欲がまるでないからだろうか。それとも十四人兄弟の末っ子という生い立ちのせいだろうか。ベビーブーマーとはいえ、テツたちの時代は、政界・財界・官界・技術界・メディア業界、それぞれが新しい人材を欲していた。ビジネスモデルも脚光を浴びつつある仕事も山ほどあった。しかしテツには、なにかになろう、なにかを成し遂げようという気概がさほどなかった。

兄たちは東京で呉服屋をしたり、ふるさとで役場に勤めたり、建築デザイン事務所を開いたりしていた。姉たちは東京で鹿児島で、皆頑張っていた。

テツは野球もだったが、絵を描いたりデザインしたりするのも好きだった。ただ好きというのと、仕事にするというのは違う。好きなだけなら、仕事にできない。むろん、好きでなければ仕事に耐えられないのだが。

しかし中学一年生の時のプロ野球の選手以外、本当はなんになりたいのかと尋ねられれば、なんになりたいか、本当のものがわからなかった。進路指導の折、担任の「ああしろ　こうしろ」先生が聞いた。

「きみは文化系かね　理科系かね　まあ文系だよね」

するとテツは答えた。

「いや体育会系です」

先生は、つまらないことで人をからかうもんじゃないと言いたげに、にやりと笑ってぴしゃりと言った。

「きみは体育会系の体のわりには　詩や小説も読んでるようだが　ラ・ロシュフコーは知ってるか」

「はあ」

テツは生返事をした。その『箴言集』をめくったことがあったからだ。すると先生が言った。

「『大部分の若者は自分たちは自然で飾らないと考えているが　それはただ無作法で粗野な

だけだ』　きみこれ知ってるかい」

「読んだような気もします」

　答えた後、テツは罠にかかったような気がした。まさに不調法で粗野な答えだったからだ。果たして先生はやんわりと言った。

「読んで知ってたら　少しは自分の行いにしないとな」

　テツはグウの音も出なかった。「タイ」先生だってこう言うだろう。きみはひとりで息巻いているけど、それは青春の類型と典型の間を、行きつ戻りつしているだけさ。はっきりしないくせに妙に頑固――。こんなテツの性格は兄たちからも突かれた。父の病気見舞いに帰省していた東京の兄が尋ねた。

「おまえ　東大のどこ受けるんだ」

「とりあえず　文学部にでも」

　すると兄は血相を変えた。

「文学部　文学なんて虚業だよ　おまえ　ちゃんとした実業の道を選べよ」

「虚業っていうけど　虚の虚こそが　マイナスとマイナスを掛け合わせたみたいに　プラスになることだってあると思うんだけど」

　兄の顳顬《こめかみ》に青筋が浮いた。

「それはな　言葉遊びだよ　言葉遊び　こんなことを言い出すから　文学かぶれは困るんだよ」

テツはむっとした。

「べつに　かぶれちゃいないさ」

「口先三寸だよ　舌先が爛れてるんだよ　甘やかされて　お前がちゃんとするようにって親父やみんなが応援してるんじゃないか」

「だから　ちゃんと文学するって言ってるんだよ」

しかし、なにを言っても火に油を注ぐようなものだ。そこで建築デザイン事務所の兄が口を挟んだ。

「小説家って　ヒロポンやったり　呑んだくれたり　自殺したり　人騒がせな奴だよね」

ああ坂口省吾や太宰治や芥川龍之介のことだと思いつつも、テツは黙っていた。読んだこともないくせに、と口答えしようとしたが、それはさらに座をややこしくするだけのことだろう。すると東京から来た姉の一人が言った。

「テツ　小説家といったって　三島由紀夫さんや大江健三郎さんも法学部でしょ」

呉服屋の兄が口を尖らせた。

「そう　法学部だよ法学部　まずテツ　いいか　恒産ありて恒心だよ　末は博士か大臣か

なんてならなくていいけど　おれの知ってる文学者なんて　みじめで灯《とも》れぬものもらいだよ」

それでもいいじゃないか、とテツははずみで言おうとしたが、言えばまた集中砲火を浴びそうなので俯いていた。再び姉が言い添えた。

「それに法学部に入ったって　ちゃんとしてれば　文学部にだって転部できるはずよ　ねえ」

姉は学校の先生をしながら、さらに美大にも行った人だった。きちんとわかってる人の、きちんとした説明だった。

「ああ　そういうことも出来るのか」

建築デザイン事務所が頷いた。建築デザイン事務所だって呉服屋だって、これまでにさんざん家に迷惑と心配をかけてきたことをテツは子供心に覚えていた。そんな人から恒産とか、人騒がせしないという言葉なぞ聞きたくもなかった。ただテツは兄たちの十字砲火を浴びながら呟いていた。ああ　こんなぐじゃぐじゃごちゃごちゃした家族から逃れるためにも、おれは早くこの現在から抜け出さなきゃならない。するとつい、ふてぶてしい言葉が出た。

「法学部ね　はい　行けばいいんでしょ　法学部に」

呉服屋がそれを咎めた。

「行けばいいんでしょ　じゃないいんだよ　おまえが行くんだよ　おまえの人生だよ　そして少しは　人のことも考えろよ　お前ひとりで生きてんじゃないいんだぞ」

はいはいと言って、テツはお辞儀をして、牛小屋の上のロフトまで帰った。ロフトと言えば聞こえはいいが、藁と堆肥の匂いが染みついた、かつての屋根裏の藁小屋に手を加えた六帖間だった。

一九六五年、敗戦からふた昔経った。人間に生まれ変わられた天皇も新しく生まれた平和憲法も、はたちを迎えようとしていた。アメリカの占領によって、それまでの皇国と軍国の日本は、今川焼きのようにひっくり返った。しかしそれでこの国が、天地返しになったというわけではない。

かつて極東のこの島国が、黒船騒ぎで文明開化への舵を切ったように、無条件降伏は自由と平和の国へ大きく舵を切った。あるいは切らされた。ただ上を下への大騒ぎをしても、今川焼の鉄板そのものは、日本という国は、まるで岩盤のように変わらなかった。黒餡が白餡になったくらいのことだ。滅私奉公が唯我独尊に変わったくらいの。その騒ぎに現を抜かすのも、この島国の根性というか性《さが》だ。

だがこの頃、日本のどんな変動や世界のどんな事件より、つかのまではあったが、テツたちの間ではテレビで始まった「11ＰＭ」が話題の中心になったりした。

「お前観たか　凄いな」

「まあまあだな」

「たいしたことないんじゃないか　あれくらい」

自宅から通うクラスメートのこんな話を聞きながら、テツはしきりに焦った。

まさか下宿でテレビ観せて下さい、なんて言えない。帰省した時に観ようと思った。そんなテツにガセはいつも『平凡パンチ』を渡してくれた。

「テツ　テレビのバニーガールより　こっちの方が余程　面白いぞ」

「そうか」

テツは素早くそれをバッグにしまい込んだ。下宿に帰り着いたら、むろん教科書やノートよりまずこのグラビアを覗くのだ。かつて『更級日記』の少女は、この世に物語というのがあるそうだが、一刻も早く都に上ってそれにお目にかかりたいと、熱にうなされ夢に描いた。そのようにおれは、酒池や肉林に憧れているのだろうか。いつの世も、いずこも同じさ。テツはこう嘯《うそぶ》きながら『平凡パンチ』を覗いた。じっくりと眺めた。そしてＦＥＮでアメリカのポップスを聴くのだ。

ラジオというのは面白いものだ。自分の好きな曲が流れると、ラジオの向こうに自分の友人がいる気持ちになる。好きな曲なら、自分で何回でも何十回でもレコードで聴けばいいものを、ラジオで流れるのを聴く喜びに勝るものはなかった。この回りくどい一手間が、心に美味しさを醸しだす。ラジオは音質も悪いし、フルコーラスじゃない時もある。それでもラジオに仲間を感じるのだ。

テツにとっては、日本のオリコンのチャートより『ビルボード』や『キャッシュボックス』のチャートの方が興味深かった。


『平凡パンチ』もめくり終え、数学の宿題も済んだところで、テツはトイレに立った。トイレは階段の下にあった。食堂を覗くと、下宿の奥さんがテレビをつけたまま舟を漕いでいた。テツの顔を見て、慌てて立ちあがった。もうこんな時間か、と言ったが、まだ十時だった。

二階のウラの部屋からはインスタントコーヒーの香りが洩れてきた。テツはマグカップに森永ココアを淹れた。

机の上には小さな名刺のようなシートが置かれていた。卒業アルバムの自分の名前の下に書くメッセージだ。顔写真撮りは鹿児島の写真館であった。

「滑稽な綱渡り」

いささか長体をかけた明朝活字風にそれを書き、肉太にそれをなぞった。こう書いたのは近頃大江健三郎の『厳粛な綱渡り』を読んだからだ。ただ本のタイトルをそのまま書くのでは芸がない。高校卒業、そして大学に行くことは、厳粛にして切実な旅立ちだ。しかし、どう考えてみても自分ののは厳粛さからは程遠い。むしろ滑稽珍道中ではないか。まさか座右の銘ではないが、ここに「厳粛」とか「誠実」とか「努力」とか書く気にはなれなかった。

それにしても、大江健三郎や三島由紀夫、東大を出た作家たちは、どうしてこうも難しい言葉を使うのだろう。これが教養というものだろうか。

三島由紀夫の文章が精神の瘤のようなもので出来上がっているとすれば、大江健三郎のは観念の瘤で出来上がっている。三島由紀夫は筋肉だって、精神で鍛えている。大江は爪の先まで、観念で成り立っている。東大法学部というところは、そんなところなんだろうか。いやだなあ、そうひとりごちながら、テツはココアを啜った。

だが、厳粛だろうが、滑稽だろうが、綱渡り、これはおれの人生そのものではないか。まあおれは真面目な顔は出来ないが、鼻歌でも唄いながら、東京への汀に立とう。いや法学部志望なら、橋頭堡を築こう。これくらい言うべきじゃないか。

「滑稽な綱渡り」

いいじゃないか。ガセならこれを見て言うだろう。

「あっ　おまえ　大江を　パクっているのか　パロっているのか」

彼はよくテツに言ったものだ。

「おまえ　好き嫌いははっきりしてるくせに　それを隠したがるよね　また目立つのは嫌いではないくせに　妙に目立たないように振舞う時もあるよね　それがいかにも謙虚さみたいにしてさあ　だけど　ピッチャーで四番打ってた人間が　目立ちたくないもなにもあるもんか」


卒業式には　母と鹿児島に住む姉が来た。

おめかしをした母だった。蘇芳《すおう》色の訪問着に鳥の子色の名古屋帯、濃紺の羽織の胸元の、色さしの臙脂の帯締めが眩しかった。母の口紅姿を見たのは、いつだったたろう。おちょぼ口だ。ふだんからこんな唇の形かなと、テツは思った。ただテツは無性に恥ずかしく面映ゆかった。おちょぼ口やら母のうったち姿がどうこうというより、母が居ること自体が照れ臭かった。

テツは母の四十七歳の時の子どもだ。中学校の頃、授業参観に来た母を見て同僚から言われたものだ。

「テツ　おまえんとこは　おばあちゃんが来とっとか」

悪気ではないのだが、そのたびにテツは心を顰《しか》めた。時には母に学校に来なくてもいいよ、

寄りつかない。と言う時もあった。みなし児であればいい、そう思うことすらあった。むろん父は学校には

卒業式の日も、なにか母が語りかけるわけではない。ただもう、良かったね、おめでとうを繰り返すだけだ。式が終わって、母は下宿の奥さんに軽羹《かるかん》饅頭の包みを差し出し、やはり繰り返した。おかげさまで、本当にありがとうございました。

挨拶が済んでから、姉の車で大学病院の父の所に行った。父が入院している部屋に行くと、点滴をしているところだった。

「卒業したよ」

ぶっきらぼうに、テツが言った。父は、うむと呟き、そうかとひと言洩らした。

「眼鏡」

父は母に言った。母が枕元の棚から眼鏡をかけてやると、父は眼鏡ごしにテツを見た。鼈甲縁のフレームが心なしか大きく感じられた。三年ぶりの父だった。痩せたんだ。とテツは思った。そうかそうか、父は頷いて天井を見ていた。

「卒業して良かったね　お父さん　学校賞も貰ったんだよ」

姉が言ったが、父はやはり天井を向いたままだった。母が風呂敷包みを解いて、卒業証書と学校賞の時計の包みを見せた。

「先生にも　下宿にも　ちゃんと挨拶してきたからね」

姉が言い添えた。父は黙って天井を向いたままだった。ただ父の瞳は霜解けの葉末のようにうっすらと潤んでいた。テツは窓越しに、二月の空を睨みつけるように眺めていた。ブリキのような空に、時折鳶が舞っていた。母を病室に置いて、テツは東京行きの支度のため、姉に市内のデパートまで送ってもらった。帰りは市電で帰るからと念を押した。道々、姉が言った。

「今日は良かったね　だけど　あなた　お母さんが来た時とか　お父さんと会った時はもうちょっと嬉しそうな顔をしたらどうなの」

「どうして」

テツは口を尖らせた。自分の愛想の無さは気付いてはいるものの、それを言われるとむっと来た。テツと二十歳《はたち》違いの姉は言った。

「あなたも文学やろうと思うんなら　人の気持ちもわからなきゃあ　お母さんにとってはね今日はハレの日なのよ――

家からも家事からも　嫁さんたちからも解放されて　まあ病院には行くけど　ひとりでお出かけの日なんだから」

こう言われても、テツにはピンと来なかった。家とか家族とか親兄弟というのは、テツには疎ましくて鬱陶しいものだった。幼い頃はしきりに母のおっぱいを欲しがったものだったし、小学生になっても母の乳首に吸いついたりした。今母に親しさを表すことは、旧悪を暴かれるようなざらついた気持ちになるのだ。それに人の気持ちをわかるということと母の気持ちをわかるということは、また別のことだった。人の気持ちにはいくらでもなれる。しかし、母の気持ちや父の気持ちには、なぜかなれそうもなかった。

なぜというその思いの底にあるものを、テツはわかろうとはしなかった。わかりたくもなかった。

モーゼならば言ったかもしれない。

——汝　心の中で甘えたいと　思う時には

既に甘えたることと同じなり——

自分が甘えん坊だということを、毛ほども気取られたくないという思いが、テツの心の中には渦巻いていたのだろう。しかし、テツが甘えん坊だということは、母や姉たちは、足の裏から爪の先まで知っていたのだ。

知らぬは本人ばかりなり。針ほどの他愛ないことが、本人には棒よりも重大に思えるのもこの年頃のせいだろうか。逆に肝腎なことがまるで見えていないのだ。

潮だまりの落とし穴

青春のいい加減さには限りがない。本人は深刻で純粋と思っていても、いい加減な気持ちで学校に行き、友達とつきあい、いい加減な気持ちで父母に接し、いい加減な気持ちで旅立つ。

いい加減とは、自分のことしか考えていないということだ。いや自分のことすら、いい加減にしか考えていない。では、いい加減じゃないのって、誰がいつやってるのと言われれば、青春が済んだら、加減じゃなく、乗除で生きてるのさと言うしかないのだけれど。

このいい加減さが青春だとも、近頃の若者だとも言われる。だが近頃の若者はと大人たちが零《こぼ》したところで、その若者は大人たちの遺産なのだ。いい加減な子どもたちを育てたのが、その大人たちなのだ。こんなはずじゃなかったと言われれば、子どもは文句あるか、と居直るほかない。こんな子どもに　誰がしたと言うしかない。歴史は繰り返さない。しかし、こうやって世代は引き継がれてゆく。

むろんテツは自分のひねくれた思考癖や性格を、戦後社会や大人たちや家のせいにしようとは思わなかった。おれには乗除はない、増長だけだとほざいた。そのいい加減さが育てた天狗の鼻は、時折へし折られることもあった。しかし、へし折られるたび、高くはならなかったが、逞しくなった。

大学受験の時、テツは東大しか願書を出さなかった。滑り止め、第二志望、そんなことは考えたこともなかった。通るのが当たり前、大事なことは通ってから、そこでなにをするかだ。この思いだけがいい加減でなく、一二ミリ鋼板のように分厚く硬かった。

卒業式が終わると、いち早く東京に行った。東京に慣れるためと家族を言いくるめ、代々木上原にある修道会の寄宿舎に入った。ここは便利な所だ。東大の教養学部はすぐそこだし、新宿や渋谷にも近かった。つまり試験会場と酒池肉林が目と鼻の先にある。

テツは上京した翌日、そこから駒場のキャンパスまで歩いた。丹下健三のデザインした代々木体育館の巨大なアーチの吊り屋根が眩しかった。大学の裏口から入り、正門を出て、近くの「東大楼」という中華屋さんでラーメンを注文した。鳴門巻と支那竹をトッピングしたラーメンが醤油色のスープに浮かんでいた。支那そば、と店の人は言った。それを食う姿は、本人がどう思おうと、まさに田舎から出てきたおのぼりさん、あるいは久しぶりに娑婆に出た囚人だった。

腹ごしらえしたテツは、すぐに新宿に出た。歌舞伎町に向かった。さも来なれたふうを装って、ストリップ劇場に入った。女性の裸をナマで見て、素直に興奮した。ああ、おれが三年間小松原で夢見続けたのは、物語でも学問でもない、これだったのだ。舞台にかぶりつく客もいた。欲望に凝り固まっているというより、魂を抜かれた人のように空《うつ》けた顔をしていた。ほう、おれもあんな顔をしているんだろうと思いながら、つまらぬことを考えるな、目の前の一点に集中すればいいのだ、おれは晴れて今日、ひとり立ちしたのだと、テツは自分に言い聞かせた。そして連日、新宿や渋谷、果ては船橋辺りまで足を延ばした。そしてショーにも慣れた頃、入試の日が来た。

キャンパスには受験生が溢れていた。学生服・セーラー服・ブレザー姿、私服の中、引率の先生か受験生か、見分け難い者もいた。テツは下見の通り、定められた教室に行き、自分の受験番号の席に座った。受験票と筆記用具を机に並べ、周囲を見渡すともなく眺めた。さすがに皆、神妙な顔付きだ。この期に及んで、何やらメモ帳みたいなものを慌ててめくる者もいる。

試験開始前十分。試験官が咳払いをひとつしてから言った。用便を済ませたい人は今のうちにどうぞ。

大教室の中で、ふたり席を立った。緊張してるんだな。テツは目を瞑った。目交《まなか》いに、ふと昨日のストリッパーの股間がちらついた。いかん、集中だ。テツは頭を振った。どうにも不謹慎だ。テツは机の上の時計を見た。トイレに立ったふたりが帰ってきた。あと四分ある。すると斜め前に座っている男が手を挙げて立ちあがった。

「トイレですか」

試験官が尋ねた。起立した男が、気をつけして言った。

「すいません　試験の前に『君が代』を唄いたいんですが　よろしいでしょうか」

おっともえっともつかない声が、教室に湧いた。入学試験と国歌と、どういう関係があるんだろう。それとも彼は度胸試しのように自分の気持ちを落ち着かせるため、この挙に及んだのか。だが大相撲の千秋楽じゃあるまいし……。テツが見上げた彼の後頭部は、かすかに震えていた。

「ええと　それはご遠慮願いましょう」

試験官は丁寧に彼を諫めた。万一、君が試験に落ちたとしても、それは「君が代」を唄わせなかったわたしのせいじゃありませんからね、と言わんばかりの慇懃さと周到さに溢れていた。はい、と素直に言ってぺこりとお辞儀して「君が代」男は着席した。場内のあちこちで忍び笑いが湧いた。

試験が始まった。国語からだった。長文読解の問題は、なんと大江健三郎のオリンピックに寄せてのエッセイだった。テツは大江のそこそこの読者だ。卒業アルバムのメッセージに彼の『厳粛な綱渡り』をもじって「滑稽な綱渡り」と書いたほどだ。

まるで自分の入学をことほぐような出題じゃないか。テツは鉛筆を箸のように両手で挟んで、心の中で呟いた。いただきまあす。

だが数学は絶妙に解いたつもりが、巧妙に出題者の罠に嵌ってしまった。やっちゃったな。テツは翌日の新聞の解答を見る気にもなれなかった。いただきますどころか、祟りだよ祟り。そんな声が頭の中で吹き荒れた。二週間前上京して、入試に備えるどころか社会見学に浮身を費やしたことが思い出された。ざまあみろ。しかし、英語も難なく答えられたし、なんとかなるだろう。

発表の日が来た。テツは前夜泊まった西荻窪の兄の家から、駒場の教養学部のキャンパスへ向かった。

鹿児島の兄から貰ったバックスキンのブレザーに、リーガルのウイングチップを履いていた。靴は卒業式の翌日、鹿児島市のデパートで買った。鳥の翼のような切り替えのある靴先。ふだんは二七・五センチだが、店には二六・五センチしかなかった。注文すれば大きいのは一週間かかると店員が言った。しかし、その時は鹿児島にはいない。いやあ無理すれば、入りますよ。テツはきつきつの靴に足を差し込んだ。実際、足は入ることは入った。履いてるうちに大きくなりますよ、これでいいですよ。テツは女性の店員に笑いかけた。

その靴を履き、さながら『平凡パンチ』の表紙から抜け出したようなアイビールックの出で立ちで、テツは駒場大学前で降りた。そして合格者発表の掲示板の所まで歩いて行った。

胴上げされる人もいた。萬歳する奴も。メディア関係の人らしい腕章を付けた記者やカメラマンも多かった。テツは在学生のような当たり前の顔をして、文科一類の合格者掲示板を眺めた。おれは決して手放しの喜び方はしないな。東大行きの混み合う雑踏の中で、すでに指定席を買った者の落ち着きようだった。

しかし、テツの受験番号は無かった。前後はあった。しかし肝腎のそのものがないのだ。間違いじゃないか。しかし、何度見直しても、テツの番号は無かった。なぜだ。テツは心の中で叫んだ。ウイングチップが鳥の翼どころか、鉄輪のように感じられた。足先が絞り上げられて、空に持ちあげられる気持ちだ。中国の纏足の人たちもこうだったんだろうか。いや纏足なんてどうでもいい。空に昇るどころか、まっさかさまに奈落に落ちてゆく気分だった。

「落ちたよ」

西荻窪の兄に、テツは電話した。こんな言葉は、テツはむろん、誰も予想していなかったし、誰も望んでもいなかった。

「そうか」

とりあえず家に来い、と兄が言った。テツは井の頭線で吉祥寺までいった。井の頭公園で散歩した。しかし公園の木々も池の水もなべて鈍色に見えた。やれやれ、後の祭りか、いや祭りの後の侘しさか。吉祥寺駅の南口でどこからともなく、ドアーズの「ハートに火をつけて」が聴こえてきた。しかしテツは、火の消えたような気持ちで西荻窪への電車に乗った。橙色の電車も、葬列のように暗く見えた。両足先は、さながら万力で締めつけられているようだった。

偉そうにしていても、強そうにしていても、鼻を折られた天狗は他愛ないものだ。まあ仕方ないさとか、また来年出直すんだなとか、兄も兄嫁も慰めた。しかし、酒が入ると、兄は言った。

「テツ　なぜ駄目だったか　それをわからないとな」

上京してからのテツの放埓な行状を暗に詰った。

「負けにはそれだけの理由がある　これは試験も野球も人生も一緒だ」

なんと言われても、テツは黙って聞いているしかなかった。落ちた理由より落ちた現実が抜け殻のようなテツの全身で渦巻いていた。俯いたまま、コップに注がれたビールの泡が消えてゆくのを眺めていた。

「敗北から学ぶことがあるんだよ」

兄はお銚子を変えながらとどめを刺した。兄もまた、テツに忠告するというより、テツが落ちたという事実に耐えられなかったのだろう。

「あなた　負けたとか敗北とか　もういいじゃありませんか　戦争じゃあるまいし　テツさんだって　ちゃんとわかってるんだから」

兄嫁がとりなした。

「一事が万事なんだよ　そう言われ続けて　甘ちゃんが出来上がるんだよ　テツ　わかってるのか」

「わかってる」

テツはぶすりと答えて、すっかり泡の消えたビールを飲みほした。しかし、わかってもいなかったし、わかりたくもなかった。

「あらっ　テツさん　ビール無いわね　それと家から電話があってね　学校に来るようにと　進路指導の先生から連絡があったそうよ　はいビール」

兄嫁はビールを注いだ。テツは両手で受け、盛りあがった泡を噛むように啜った。

テツは進路指導の「カバ」先生の顔を思い出した。ロイド眼鏡をかけた丸い顔が、武蔵野に沈む冬の太陽のようにぷるぷると震えていた。やばいなあ。

「明日ゆっくりして　明後日の特急で帰ろうかな」

テツはちょっぴり間《ま》を置きたかった。だが、兄は鼻をクンと鳴らして噛みついた。

「大学に通りさえすれば　いつだってゆっくり出来る　明日の特急に乗れ　先生だって心配してるんだぞ　今後のこともあるからな」

いや心配してないさ、叱るだけさ、おれのミスより、母校の名折れと思ってるだけさ、テツはこう応えたかったが黙っていた。

西鹿児島行きの寝台特急「はやぶさ」は、午後七時に東京を出る。夜っぴて本州を走り、翌日の午後四時前に出水に着く。席は空いていた。駅弁と土瓶入りのお茶を買って乗り込んだ時には、すでにベッドメーキングがしてあった。テツは上段。中段と下段に客がいないのは幸いだった。対面のベッドには若い男のふたり連れがいて、彼らは下段のベッドであぐらをかきながら、酒盛りを始めていた。テツを一瞥してひとりが会釈した。テツも、あっどうもとお辞儀をして、上段へのハシゴを登った。枕は窓際に置いてある。

テツは枕元にバッグを置き、財布の位置を確かめた。それをしっかりと入隅に押しつけ、やおら弁当を開いた。どうということもない幕の内弁当だ。そそくさと食べ終わり、お茶を滴《したた》めきって飲んでしまうと、ちょうど列車が動き出した。ゴミ箱に空の弁当箱を捨てに行き、カーテンを閉めた。バッグから三島由紀夫の『仮面の告白』を取り出し枕元灯を点けた。

しかし、家に帰った時のこと、学校へ出向いた時のこと、家族になんと言うか、進路指導の「カバ」先生にどう説明するか、揺れるベッドの中で、テツはさながら仮面をつけた告白ならぬ告解人のようにあれこれ思いを巡らせた。だが、どう繕ったところで、済んだことは済んだことだ。破けた現実は変わらない。黙って頭を下げるより仕方ないじゃないか、と自分に言い聞かせた。やがて夜汽車の蠕動はこよない子守唄となった。

目が醒めたのは午前五時過ぎだった。ほどなく「はやぶさ」が福山に着くというアナウンスが、しめやかに流れた。ああ、ここが父のふるさとか。テツはカーテンを少し開けて窓の外を見た。曇りガラスの向こうには、まだ明けきってない闇があった。時折、沿線の灯りが見えたが、ノスタルジアや旅情をかきたてるものはなにもなかった。テツは読みさしの本を開けた。いつのまにか寝たのだろう。ページに大きな皺が寄っていた。なあんだ、昨夜は六ページも読まずに寝てしまったのか。

七時には寝台を片付けに係がやって来た。上段・中段のベッドを壁に倒し付け、下段のベッドに座るのだ。テツの下のベッドにも、いつしか中年の婦人が乗っていた。四人が向かいあって座った。

隣の婦人は、法事で鹿児島の加治木まで帰るという。西鹿児島駅から日豊線でさらに錦江湾沿いに北上するのだ。テツに甘露飴を差し出しながら尋ねた。

「あなたはどこまで」

婦人はテツに甘露飴を二個渡しながら、テツに聞いた。

「出水です」

「東京は　どげな用事で」

「受験です」

「どげな塩梅でしたか」

「駄目でした」

「そりゃあまた……」

「はい」

テツはこう答えて、婦人からの甘露飴をさわさわと剝いて、口に放り込んだ。まるで彼女の存在を丸呑みするように。すると彼女は今度は、前のふたりに飴を差し出して話しかけ始めた。

「はやぶさ」は岩国を過ぎ、小郡を経て下関を目指していた。窓から差し込む光が眩しかった。山陽だもんな。テツはそう呟きながら、頰を窓ガラスに押しあてるようにして外を眺めていた。さながらこのコンパートメントという水槽からなんとか逃げ出そうとする小鮒のように。そのくせ耳だけは、夫人と前の二人の会話にさりげなくそばだてていた。

ふたりの青年は川内《せんだい》までと言った。彼らは三年ぶりに会社から暇を貰って帰省するのだという。最初は夫人の質問に、とつとつと薩摩訛りの共通語で答えていたが、列車が関門トンネルを通って九州に入ると、途端に薩摩弁になった。本州と九州。なるほど、海峡というのは言い知れぬ力を持っている。

この一カ月のことが、思い出された。代々木上原の修道会の寮、そして都のあちこちのストリップ劇場、立ち食い蕎麦屋、街で見かけたヒッピーたち、受験日に「君が代」を唄おうと起立した奴、発表日の雑踏、そして校舎の隅で朽ちかけた銀杏の枯葉……。家に向かう自分が浦島太郎のようにも感じられた。

列車は門司を過ぎ、博多を過ぎ、鳥栖を過ぎた。三人はさらに声高になった。ふるさとへの近さが、声に元気を与えるのだろう。ふたりの青年はテツと同期くらいで、中学を卒業して集団就職したくちだ。

「んだあ　中学を出て　東京へなあ　おはんたちは優秀じゃったっじゃねえ」

婦人はしきりに頷いた。

「んにゃぁ　んにゃぁ」

ふたりは口を揃えた。

「まあ　これでも　食やんせ」

夫人は今度は、バッグの中から「都こんぶ」を出して、ふたりに勧めた。テツには夫人が森の石松のようにも思われた。ひとりくすりと笑いながら、しかしさらに強く寝たふりをした。

青年たちの座席の横には、大きな紙袋が四つもあった。袋の中には久しぶりのふるさとへの土産が溢れているだろう。だがテツの小さなバッグには、後悔と弁解しか入ってなかった。

「はやぶさ」はまるで低空飛行を続けるように熊本を過ぎ、八代から水俣を過ぎた。日差しが反対側の車窓から入りだした。テツは窓ガラスに付けていた額をおもむろに離した。眩しそうに太陽を見やった。不知火海が見え、獅子島や御所浦島や天草の島々が浮かんでいる。

列車が減速しだした。テツはバッグを手に、三人にどうもと頭を下げてタラップへ出た。

アルコール工場の煙突が見えた。「はやぶさ」は腹をこすりつけるようにして出水の駅に停まった。

改札口を出て駅前のロータリーを過ぎると、テツは裏道へと回った。いじける必要も威張る必要もないのに、なんとなく知った人と顔を合わせたくなかった。八百屋のおばさん、駅前の旅館のご主人、駄菓子屋の姐さん、あるいは顔見知りの友達――。農協の精米所とそれに隣接する製材所の横を抜けて、用水路を渡った。するとほどなく自宅だ。

玄関の扉を開けて、ぼそりと言った。ただいま。すると、母が居た。

「あらあ　おかえり」

「だめだった」

テツのひと言に、母が頷いた。

「だったね　まあ　はいはい　お風呂が沸いてるよ」

「うん」

テツは牛小屋の上のロフトに上がってバッグを置いた。居間に戻ると、母は炊事をしていた。湯がいたタケノコと灰汁取りをした石蕗が笊《ざる》の中にあった。蒟蒻《こんにゃく》の香りも漂っていた。今晩は煮〆なのだろう。そして大皿の上には、蛸と尾引かれた鰯が無造作に盛り付けられていた。

脱衣所には新しい下着とタオルと糸瓜が置いてあった。鼻歌も唄わず、口笛も吹かず、テツはただ、唸りながら風呂を済ませた。

「明日は学校　夕食の時は呼んでね」

テツは台所に居る母の背中にこう言って、再び自分の塒《ねぐら》に上がった。そしてもう着ることはないだろうと柳行李に詰めた学生服を引っ張り出して、ハンガーに掛けた。ボタンが二つ欠けていた。卒業式の時、下級生がふたりやって来て、すみません先輩、ボタンを下さいと言ったのだ。好きな上級生の学生服のボタンを貰うのが、流行りなのか風習なのか、テツは知らなかった。しかし、悪い気はしなかった。じゃあと下から二つのボタンを千切ってプレゼントしたのだ。ありがとうございました。ぺこりとお辞儀して、小走りに走ってゆく後輩の姿が可愛かった。

だが今、無いボタンと口だけを開けたボタンホールが無残だった。前歯が二本欠けた子どもの顔のように黒い学生服にしまりがなかった。かといってラ・サールの紋章以外のものは、まさに取って付けたようだ。机の抽き出しを開けてみると、安全ピンがあった。これでいい。テツは安全ピンを下のボタンホールに通した。カッコ悪い気がしたが、カッコじゃない。既にお前さん、中身が駄目になっちまってんだよ、そう言われそうな気もして、テツはベッドにそのまま倒れ込んだ。痛いっ、とベッドが叫んで舌打ちをした。おれに当たり散らさないでくれよう、と。

寝ころがって『仮面の告白』を読んだ。しかし、文章ががなかなかテツの頭に沁みて来なかった。しばらくすると、すぐ上の姉が、御飯だよと下から声を掛けた。

翌朝テツは、七時過ぎの列車に乗った。出水から西鹿児島駅までは各駅停車で二時間余り。

西鹿児島駅から谷山までは市電を乗り継いだ。学校に着いたのは十一時前だった。

授業中のせいもあったが、校内は静かで明るく伸びやかだった。空席が目立つスタジアムという感じだ。しかし、テツの気持ちは重かった。なるべく人と会わないようにと思いながら受付に行き、「カバ」先生を呼び出してもらった。

折よく先生は授業がなかった。おお、と言って先生は面談室に向かって歩き始めた。テツも従った。ラ・サールはこの頃、日比谷高校や開成高校には及ばぬものの、東の灘、西のラ・サールと並び称されるほどの地方の進学校となっていて、東大への入学者も右肩上がりで増えていた。だが、今期はクレヴァスに落ちたように急降下していた。

「まあ　座んなさい」

「カバ」先生は、鼻で息を吐き出すようにして、右手で椅子を示し、テーブル越しにテツの前に立った。容疑者を尋問する刑事のようだった。テツは膝を揃えて座った。先生の顔を見たら、眼鏡の奥に眦《まなじり》を決したような三白の目があった。尖っている。

テツの口から出た言葉は、どうも、だった。しかし、ヤバイと首筋あたりでは感じていた。テツは目を伏せた。右手で学生服の安全ピンを摘んだ。先生のスーツのボタンを見ると、ボタンが小刻みに揺れていた。

「きみは　東京に早く行って　なにをしてたんだね　遊びまくっていたそうじゃないか」

「いえ　ちゃんとしてました」

「ちゃんと　なにをしてたのかね」

「受験の準備です」

「ほんとか」

まさか社会勉強とは言えない。

「はい」

「カバ」先生は小柄で小太り、「豆タンクのような体軀だが、今日は相撲取りのように大きく感じられた。テツがそれだけ縮こまっていたからだろうか。そして先生はテツの横に躙り寄ってきたのだ。

「学校はね　きみたちみたいなのがいて　困ってるんだよ」

先生は指先で、テツの前の机を叩いた。テツは学校には迷惑をかけてないと思ったので、つい言ってしまった。

「いえ　困ってるのはぼくです　まさか落ちるとは思ってなかったもんですから」

「誰がきみを困らせたというんだね　きみやユウはとんでもない奴だ」

「カバ」先生の口から、ユウの名が出てきた。ユウもまた学校賞をもらって、東大を落ちた。東京へ行って、テツが社会の「下見」にかまけたように、ユウもまたパチンコ屋に入り浸っていたという。悪い噂は千里を走る。

「カバ」先生は、肩で大きく息をした。好結果を当て込んで、懸命に教えたのに、すっかりアテが外れた。しかもアテを外した当のご本人はケロッとしている。戦犯じゃないか。まさかそうは思わなかっただろうが、ケシカランくらいには思ったはずだ。

「テツっ　なにをにやついてるんだ」

「えっ」

テツが「カバ」先生を見上げた時、先生の平手打ちが真っ芯でテツの頬を捕えた。水中に潜った時のようなぼわっとした圧が、テツを揺さぶった。先生は机の対面の席に戻った。テツは黙って頭を下げていた。右手は相変わらず安全ピンをまさぐっていた。ここで口答えすれば、あと一発喰らいそうな気がした。一発で先生の気も収まったかもしれない。先生は大きく息をついて言った。

「ほんとうに　今年のおまえたちは……」

「すみませんでした」

テツは居ずまいを正した。右手を安全ピンから外し、膝の上に置いた。「カバ」先生の顔も台形から丸くなった。声もいつものバリトンに戻った。

「でなんだな　東京の駿台予備校が　おまえたちなら受講料免除で受け入れるそうだ　折

角ならそこへ行ったらどうか　来年も受けるんだろう　そして今度はちゃんと通れ　そして滑り止めもちゃんと受けるんだな」

「カバ」先生は、袋に入った書類をテツの前に差し出した。予備校の銘入りの封筒だ。予備校入校の手続きや案内パンフが入っているのだろう。

「おまえたち」と先生は言った。ということは、テツやユウをはじめ、今年は上位卒業者で落ちた者が多かったのだろう。だから今年のラ・サールのランキングが落ちているんだと合点がいった。ということは、ユウたちも「カバ」先生から一発見舞われるのだろうか。その数は、多い。やれやれ。叩かれる方も大変だが、叩く方も大変だと、テツは思った。

二年経った後のことだ。同じクラスで仲良くしていて京都大学に進んだサラが、テツに洩らしたことがあった。

「いやあ　おととしのあれね　文系トップのおまえやユウが落ちて　百何番かのコオが通っただろう　おれたちは　テツ―コオ事件と呼んでたよ　むろん　おまえにも　コオにも言わなかったけどね」

「そうか」

テツがタバコに火を付けると、サラは目を丸くしてお道化た。

「だけど　テツ　ああいう事件は　人を妙に　元気づけるんだよ　テツが落ちたんだもの

おれが落ちるのは当たり前だと　自分を慰めたり励ましたりする奴がいるんだよ　テツすら落ちた　いわんやおれにおいてをや　をやをや　というわけさ」

しかし、テツは笑えなかった。こんなことで人を元気づけても、と思った。ただ、人の不幸とドジは蜜の味がするものだ。

E♭mの裏声

予備校は中央線のお茶の水駅を下りた駿河台にあった。線路沿いの神田川は、大きな掘割だ。これも川と言うのだろうか。洲も葦原もごろた石も見えなければ、瀬もない。ただどんよりと水が溜まり、大きな水すましのような川舟が浮かんだり、釣堀があるだけだ。人口密度と川の透明度は反比例する。垢抜けていくということは、身についた垢や泥を、全て川や人ごみに捨ててゆくことなのだろう。

それにしても、どんよりと淀んだ川だ。ここには鮎はいないだろう。

予備校生のテツは、田無市の姉の家に身を寄せた。東京には四人の姉たちがいたが、中の二番目の所に部屋が空いていた。田無はその名の通り、田圃に乏しく、畑の多い土地だった。そこに西武新宿線が通り、その沿線沿いに住宅が建ち始めていた。

姉の家から、予備校に行くには二通りあった。ひとつは、西武新宿線で西武新宿駅まで行き、そこから新宿駅まで歩いて、中央線に乗り換えるのだ。新宿駅まで歩く途中、青梅街道のガード下近くを通る。まだガード下には靴磨きがいた。

今ひとつは田無からバスで三鷹に出る。途中米軍施設のグリーンパークの前を通った。そして三鷹から中央線に乗るのだ。

どちらもラッシュアワー時は押し合いへし合いだった。まるで高校の運動会の時の棒倒しだ。しかし、西武新宿線がふるさとを積み残した匂いとすれば、中央線はふるさとを振り捨てた香りだった。焼酎の匂いと洋酒の香りの違いといおうか。

だが積み残そうが振り捨てようが、猥雑だろうが上品だろうが、向学の心は日増しに薄れ、夕暮れになると眠っていたものが目を醒ますように、快楽への欲望が疼き始めるのだ。青春とは禁欲を強いられることだ。あるいは老人にせよ、もし我慢を強いられていると感じるなら、その人は若いと言っていいだろう。健全なストレスだ。

予備校では静岡から来たコンと友達になった。コンは東大と慶応を受けて双方とも滑ったという。黒縁の眼鏡をかけて、顎が野球のホームベースのように張っていた。しかし歯切れのよい声は、「カバ」先生にも似たバリトンで心地良かった。席が二度程隣り合って以来、話をするようになった。

「おまえもさあ　コン　ロイド眼鏡をかけてるんだね　ガスの集金人みたいだよ」

テツがこうからかうと、コンは澄まして答えたものだ。

「これはね　ロイドじゃないの　バディー・ホリー眼鏡だよ」

「おお　おまえもバディー・ホリー好きなのか　おれも好きだよ　残念だったな　あれいつだっけ　飛行機が落っこちて　リッチー・バレンスなんかと死んじゃったのは　たしか……」

「一九五九年だよ」

「そうか　もう七年になるのか」

「そう七年　おれ　こう見えて　ピアノを我が家で弾かされてたんだけど　ギターが好きでね」

「それで　バディー・ホリーか　じゃあ　おまえのこと　ペギー・スーと呼ぼうかな」

テツはこう言って、「ペギー・スー」を口ずさんだ。

〜ペギー・スー　ペギー・スー
ペギー・スー　というコさ
ほんとに　可愛い　最高さ
オレ　ぞっこん　イカレちまって

ペギー・スー　ペギー・スー
ほんとに　かわいい　最高さ　（原曲「ペギー・スー」）

他愛ない詞だ。しかし、「バディー・ホリーとクリケッツ」は、これを単純で力強いギターのカッティングとコード進行、そして乗りのいいドラムスの伴奏で、じつに他愛なく唄うのだ。男と女の駆け引きや抜き差し、恋のやりとり、惚れた腫れたなど一切ない。あっけらかんとしたラブソングだ。テツの内心のようなぐじゃぐじゃとしたものがない。

「バディー・ホリー　いいよなあ」

テツがこう洩らしたら、コンは眼鏡の縁よりも黒い瞳をぱっちり開いて言った。

「ねえ　みんなビートルズに大騒ぎしてるけど　ロックってビートルズだけじゃないんだよね」

「そりゃあそうさ　まあビートルズやローリングストーンズは氷山の一角さ　おれたちには見えないけど　その下にはいっぱいいろんな音楽やグループがあるんだよね　もちろんビートルズもおれ好きだけど」

するとまるで文明評論家のようにコンが腕組みをして言った。

「まあ日本人には　ビートルズしか聴かない人と　ビートルズだと聴かない人　この二通

りが多いね」

コンはこう言って、右手の人差し指で眼鏡のブリッジの所を押しあげた。お澄ましのポーズだ。

「おれはね　音楽も文学もなんでも好きだね　ロックだってクラシックだって　もちろんピアノは弾かされていたし　ギターは弾いていたけどね　文学だって宮沢賢治の詩も好きだし　太宰治やランボーだって面白いなあ　受験勉強以外は　なんでも好きだよ　まあ静岡じゃあ　おれみたいな男のことを　銀蠅と呼ぶんだ　なんにでもたかるからね」

コンは自分で言って、自分で苦笑した。テツが相槌を打った。

「銀蠅か　いいじゃないか　シルバーで　鹿児島じゃな　銀蠅のこと糞蠅《くそべ》と呼ぶよ」

「糞蠅かあ　シルバーじゃなく　シットか　そのものズバリ　だね」

こんなやりとりをしながら　ふたりは予備校のベランダに凭れかかって日向ぼっこをしていた。

陽差しが頬に酸っぱく感じられる五月の連休前、テツとコンは新宿の西口に行った。駅を出て、線路沿いに青梅街道の方へ行くと、そこがションベン横丁だ。焼き鳥横丁とか思い出横丁と呼ぶ人もいるが、テツにはションベンがぴたりと来た。戦後の闇市横丁がそのまま残ったような一角だ。ビルの谷間を歩くと、これが東京だと思うが、この横丁をうろつくと、これも日本だと思う。

ふだん、ふるさとを積み残したとか振り捨てたとか言ってるくせに、ここに来るとひとりでご先祖の墓参りに来たような気がした。皆、亡者なのだ。亡者が亡者の仲間を見つけて、束の間の安息を得るのだろう。

二カ月前、受験で上京した時も、ここに来た。心細さもあったが、それがかえって自分の一人旅をことほぐような気もした。

テツはこれまで二回行ったことのある店の暖簾をくぐった。というより、まさに暖簾を弾いた。そしていかにもなじみのような顔で、コンに言った。

「ここは好きな店だよ　コン　ちょっとバディー・ホリーとは違うけどな」

「いや　おれはスラムもスノッブも大好きだよ」

「なんだおまえ　カッコつけて」

「違うちがう　こんな店に来る人が　一番カッコつけてるかもしれないんだよ」

「まあ　そういうこと　そういうところだ」

テツは、チューハイと冷奴とカツ丼を注文した。コンもそれに倣った。チューハイと冷奴はすぐに出て来た。ふたりは大きなグラスを合わせて飲み始めた。冷奴をたいらげ、チューハイのおかわりをする時に、カツ丼が出て来た。

「ひゃあー　大きいね」

藁草履のようなカツを見て、コンは軽く口笛を鳴らした。そして食べ始めた。かぶりつくように。そして時折、テツの方を見たが、テツはそれには構わず、黙って食べ終わった。腹も減ってはいた。

勘定をして店を出てから、コンがテツに言った。

「いやあ　凄いね」

「そう　あのカツ　わかった」

「鯨だろう」

「そう」

「びっくりしたよ」

コンは今一度、口笛を吹いた。テツは笑いかけた。

「三度びっくりのカツ丼さ」

「それって　なにっ」

コンの問いかけに、テツは澄まして答えた。

「見てびっくり　食べてびっくり　安くてびっくりさ」

「なあんだ　しかし　なかなかだね」

「そう　前に来た時食べたんだけど　その前には　天丼頼んだんだよ　そしたら烏賊の下足だったよ　だけど旨かったよ」

するとコンが頷きながら言った。

「許せるチープさと　許せないチープさがあるからね」

「そう　その通り」

ふたりは今度はガード下を潜って東口に出た。コンが『クライング　ホーピング　ウェイティング』を唄う間に駅の改札口に着いた。口三味線というのがあるが、コンのは口ギターというのだろうか。彼は実に懇切丁寧にギターと時にドラムの音を口で奏でるのだ。ではと、コンは右手をキラキラ星のように回した。


田無の姉の家のそばには、東鳩製菓の工場があった。家に近づくとバタークリームのようなバニラのような香りがする。わが住まいの木戸口に、あのサブレの工場がある。予備校の前の通りを、前田美波里が颯爽と歩く。水道橋駅からは後楽園球場が見える。そして二時間余りかけて会社や学校に通う人もザラだ。新聞やテレビでおなじみのものと、直かに出会う。これも東京なのだろう。

ラ・サールの寮の時は、教室まで二分だった。スリッパや素足、中にはパジャマ姿で登校するものもいた。下宿だって歩いて十分足らずだった。この三年間があまりにも便利すぎたのだ。考えてみれば小学校の時は、ランドセルを背負って一時間余りの道を歩いていた。

かつては薩摩の芋侍などと言われたものだが、旅に出ることは、芋そのものから遠ざかり芋臭さを捨てることだと思っていた。テツの家の前はアルコール工場で、そこには麻袋入りの芋が、氾濫原《はんらんげん》のように積まれていた。そして夜は夜《よ》な夜《よ》な来客の焼酎を呑んでの宴があった。夏は藪蚊のように、冬は隙間風のように焼酎の匂いはテツを襲った。芋臭さに一刻も早いおさらばを、テツは願った。

だが、田無でも、姉の家の前に住むおっさんは、毎晩焼酎で晩酌をした。見たことはないが、用を足しに外に出るのだ。まだ水洗トイレではなかった。

「あなたっ　焼酎呑んだら　臭いから　外で小便してね」

奥さんの金切り声が聞こえる。すると、おっさんはゴム草履を引っ掛けて外に出る。テツの部屋の真下だ。テツは思わず灯りを消し、カーテンの隙間から覗く。すると彼は何やら唄いながらテツの家のアオキの生垣にじょびじょびと放尿する。

「――ばかやろう　なにいってんだ　たあかがあ　ひとりの　おんなのたあめえにい」

ああ、これは三船浩の『男のブルース』だ。やがておっさんは尿《ゆばり》のしずくを切るように、体と声を震わせる。テツは呟く。滝の音は絶えて久しくなりぬれど　匂い流れてなほ残りけり。こんなことでひとりほくそえんで救い難い奴だとテツは思った。

以来テツは、出がけにアオキの生垣を見るようになった。そのあたりが枯れてないか心配だったのだ。そんな心配も東鳩製菓の香りはおおらかに包んだ。

「汝の隣人を愛せよ」

聖書の中の言葉だ。だがテツはとてもこのおっさんを愛する気にはなれなかった。こんなおっさんにはなりたくない、いやなるんだろうか。そう思うことが、自分で自分の小便を浴びている気にさせた。隣人愛じゃない、隣人害だ。むろん昼間見る彼は、小真面目さを絵に描いたようなおとなしい人だった。蟷螂《かまきり》のように痩せていたが、邪悪なところは微塵もなかった。それが滝のような尿を迸《ほとばし》らせるのだ。

彼のせいではないが、姉は東村山に家を普請して引越した。テツもそのおともをした。六月の下旬だった。

ビートルズが来日した。ひと足早い台風のように。

コンはビートルズのコンサートに行った。ライオン歯磨の懸賞に応募したらチケットが当たったと得意気だった。テツは塩野木だろう、ライオンに替えろよ。コンは歯並びの良い歯を見せて笑った。そしてビートルズの四十分程のコンサートを二時間かけて語り終えた。

ビートルズがロックの全てじゃないよ、こう吹聴しながら、テツも髪を伸ばし始めた。テツの足も、西口のションベン横丁から、東口のジャズ喫茶のピットインや風月堂辺りまで延びるようになった。言葉遣い、いでたち、服装、おのぼりさんは故郷を捨てようと躍起になるものだ。

風月堂には、ヒッピーや芸術家や文化人というのか、そんな類の人間にあやかろうとする人間がたむろしていた。煙草の煙やマリファナの煙がたちこめ、明らかにションベン横丁とは違う匂いと雰囲気があった。いやいや一皮めくれば一緒さ、そうも思ったが、やはり風月堂にはそこにたむろする者だけが発する香り、そして胡散臭さが満ちていた、

夏になると、新宿の街には、ミニスカートの女性たちが溢れた。七月の晦日、授業を終えたテツとコンは風月堂に行った。中二階のロフトスペースに座るなり、コンが両肘をテーブルに付き、横のふたりに顎をしゃくるようにしてテツに言った。

「テツ　隣のとなりは　ベトナムからの帰還兵だよ」

黒人兵らしいふたりが、マリファナを吸っていた。ボーイがオーダーを聞きに来た。

「ホットね」

テツは即座に答えた。コンが言った。

「おれもホット　ブラックでね　黒い霧より　もっとブラックなやつ」

しかし、コンが言い終わる前に、すでにボーイはテーブルから去っていた。つまらん駄洒落を言うなあ、テツがそんな顔でコンを見ると、コンは今度は両手を組み、まるで占師のようにテツの顔を見上げて囁いた。

「お隣さんたちさあ　つい数日前までは　かれらは殺せ殺せと言われ続け　死ね死ね死ねと叫びながら　ベトナムのジャングルの中を走り続け　死ぬ死ぬ死ぬと怯え続けて　そして銃後に来て　日本あたりで数週間リフレッシュして　また前線に行くんだよ」

「元気というか　浩然の気を養って　また行くんだろうね　地獄から天国か　天国から地獄か　すると日本は天国だろうか」

「いや　天国と思わなきゃあ　やってられないよ」

「だけど　そんなにうまく人間の気持ちなんて　切り換えられないよね　そんな気持ちなんて　平気で押し潰してゆくのが戦争だよ」

「おまえの持論だけど　戦争と自転車はあと千年滅ばないか」

「そう　だけど　天国か地獄かわからないけど　ただここは天下泰平だよ　『ベトナムに平和を！　市民連合』というのも出来たけどね　鶴見俊輔や小田実たち　頑張ってるよ」

ボーイがコーヒーを持って来た。テツはバッグから缶入りピースを取り出した。すかさずコンがジッポで火をつけてくれた。そしてコンは言った。

「まあ『べ平連』の奴らの気持ちも　わからんでもないがな』

するとテツは珍しく声を荒げた。

「うーん　おれはわかろうと思わないな　戦ってる　あるいは喧嘩してるふたりに対してはたからやめなさいとか説教は出来ないんだよ　北ニケンカヤ訴訟ガアレバ　ツマラナイカラヤメロト言イ　これは宮沢賢治だけの世界だね」

「じゃあ　どうするんだよ」

コンは口を尖らせ、その唇に押し込むようにショートホープを銜え込んだ。

「自分の所で　自分でね　戦うしかないんだよ」

テツも口を歪めた。

「自分でって　自分は結構な予備校生の分際じゃないか」

テツもやりかえした。

「だってコン　喧嘩だって戦争だって　どっちも正しいと思ってるからやってるんだよどっちに非があるかわかっていれば　そんなもの　やらないんだ」

「だけど　どっちかが悪いんだろう」

「だから　その悪さが問題なのさ　おたがいに尺度が違うからね　片やメートル　片や尺寸なんだよ　ふつうの日本人同士の諍いや犯罪でもそうじゃないか　法律の専門家である弁

護士同士が　やったのやってないの　正しいのはこちらだのそうじゃないの　と言い張るわけだろう　どっちに理が　どっちに非があるかって　結構良い加減なものさ　国と国　個人と個人　国と個人の場合もそう　やむにやまれぬことばかりさ」

「いや　そういう一般論じゃなくってさあ　それじゃあいつまで経っても　戦争は終わらないじゃないか」

スーは眉をひそめ　声を押さえた。テツは煙草に火をつけた。

「まあ戦争も平和も　あと三千年くらいはこのままさ　小ぜり合いは大ぜり合いにはならないだろう　神様や仏様だって　しばらくは無くならないさ」

「するとテツ　おまえは　とりあえず局外中立ってわけか」

コンも三本目のショートホープに火をつけた。テツを下から見上げ　煙草を吸っては天井に煙を吹きあげた。首を振ってテツは言った。

「やる時はやるんだよ　中立なんて絵に描いた餅さ　ふだんいくら戦争はいけませんとかあんな悲惨なもの二度としちゃいけないと思っていても　やられたらやり返すのは当たり前だよ　だからやられる前にやっちゃえと言う人もいるし　おれなんかも喧嘩の時は　先手必勝　薩摩示現流じゃないけど　最初の一太刀なんだよね　まあそれは卑怯だけどね」

テツはふと高校の時、学校脇の松原で隣の高校の生徒に躍りかかったことを思い出した。

むろんコンにも話したことはない。コンが煙草を揉み消して言った。

「そうだね　自衛とか応戦とかいっても　なにが自衛で　なにが応戦か難しいからね」

話が難しくなってきた。バディー・ホリーの単純な循環コードのノリから、シェーンベルグの無調音楽を前にしているような気持ちになった。たまにはいいか、テツは喋った。

「そう　軍事力とか兵力とかの規定は　おれは知らない　だけど戦う力というのは　必要なんだよ　いつだってね　コン　おまえには柄の悪い話だろうけど　喧嘩をやめさせる時は中立じゃ　駄目なんだよ　たとえばやめなさいと止めるふりをして　一方の相手を羽交い締めにするんだ　背中からね　あの歌舞伎で浅野内匠頭を止めさせるみたいにね　するとそいつは身動き出来ない　そこをすかさず　あと一方にぼこぼことやらせるのさ　狷《ずる》いと言えば狷いんだ　あるいは本気で止めさせようと思えば　やってるふたりを双方とも叩きのめすくらい強くなきゃあ駄目さ」

テツはこう言ってコーヒーを啜った。ホットコーヒーは冷めていた。カップを置いた時に、底に褐色の小さな同心円の波紋が立った。そしてしばらくすると消えた。カップの中の嵐か、このひとときも。いい気なもんだよ、おれも。

コンはあきれたように口を空けていたが、慌ててそこに新しいショートホープを銜えた。火をつけた。思い切り吸い込んで、思い切り吐き出してからテツの目を覗き込んだ。

「じゃあ喧嘩の時　どっちの肩を羽交い締めにするか　どうやって決めるんだ」

「うーん　それはその時の成り行き　普段の付き合い次第だね　はなからこっちの加勢をと思うこともあるけど　まさか親分子分の関係じゃあるまいしね」

「へぇえ　おまえはそんなところで成長してきたのか」

「だから　言うじゃないか　おれ文系でも理系でもない　体育会系だって」

「だったら　今でも　いざとなったら　こいつは羽交い締めする方とか　いやこいつはしない方とか　そんなことを普段から考えてるのか」

コンはさらに大きく煙を吐き出した。おまえさん、おとなしそうな面構えだが、仮面とれば、本性はピースどころかビーストじゃないか、そう言いたげだった。

「いや　そんなことばかり考えてはいないさ　いざとなったら　おれはやっちゃうクチなんだよ　偉そうにああだこうだと喋ったり注釈してる評論家や文化人なんて　大嫌いだよそれとやたらと強がったり威張ってるやつもね　やつらもまた　自分の利益のために凄んでみたり　戦いをけしかけたり　あれこれ画策したり下知したりするくせ　いざとなれば自分は高見の見物さ　人を殺し合いの現場にけしかけといて　自分はのほほん面してるんだからね　戦争を始めといて　戦争に行きもしないやつがわが身の安全を確保しながら　会議室で地図や地球儀を見ながら　人殺しをさせている　そんなポンチ絵みたいなのをおれはよく考

えるね　そしてそれが戯画であればいいんだけど　残念ながら現実なんだ」

テツは一気にまくしたてた。喋りながら自分の言っていることはいかにも薄味の一夜漬けみたいな気もした。おれにあるのは威張ってる者に対する逆恨みだけではないかとも思った。それでも喋らずにはいられなかった。コンは唇に付いた煙草の滓《かす》を、ペッと吹き出しながら頷いた。

「そうだね　そういう大本営みたいな所にこそ　一発爆弾を放り込むか　機関銃で殴り込込みをかけりゃあいいいんだよね」

「まあ　それはコン　おまえ映画の観すぎだよ　だけどとにかく厄介なことさ　だって命からがら戦って日本に来ている米兵たちと　ベトナムで米軍相手に必死こいてる人民とどっちを応援しろというんだ　判官びいきしたい気持ちもわかるけど　戦ってる連中には罪はないんだよ　義だってね　ああ　少し　お冷もらおうか」

テツは指を鳴らしてボーイに水を頼んだ。水が来るとそれをひと口飲んで、またコンの方に身を乗りだした。

「アメリカの帝国主義が悪いからといったところで　じゃあそれと戦ってるベトナムの後楯はソビエトや中国の帝国主義だからね」

「まあ代理戦争か」

「そうだよ」

「だけど　みんながみんな帝国主義のパシリじゃないからね」

「そう　まあ　話は飛んじゃうけど　おれの姉のひとりは　アメリカ人と結婚してるんだよ　彼の話では　そのアメリカの中でも　エスタブリッシュされた者とそうでない者との格差が開いてきてると言ってたよ　そのご本人は　いわゆるインテリの部類だけどね」

コンは大きくため息をついた。

「テツ　なにがなんだかわからない難しい世の中だね　だけどギリシャの誰だっけ　どんな帝国も崩れる時は　外圧じゃない　内側から崩れてゆくと言ったのは」

テツは思わず吹き出した。なにが可笑しいのかと、けげんな顔をするコンに、自分の鼻を指さしながら言った。

「コン　その内側から崩れてゆくって　おれへの皮肉かな　それともおれの現実かな　おれの中の東大というのも　入りもしないのに　なんとなく波に洗われる砂山のようにじりじり崩れてゆく感じだよ」

コンも吹き出した。

「それはテツ　単におまえが　受験勉強から逃げたいと思ってるだけのことさ」

「たしかに」

苦笑しながらテツもピースを取り出し、吸口を爪で弾いた。コンが呟いた。
「まあ　さっさと今の宙ぶらりんというか　モラトリアムを　卒業することだね」
「卒業したって　やることは同じさ　だけどこの浪人には　おれも三月で飽きが来たよ
家に居たら　姉が妙に気を使う　だからおれは言うんだよ　ガキじゃないんだから　そんな
腫れ物に触るみたいに気を使わないでくれとね　すると今度は　おれが居るのか居ないのか
わからないくらいに　ざっくばらんだ　こっちはいらいらする　そして言いたくなるんだ
少しはおれが浪人ってことも察してくれよう　とね――」
「ははは　いずこも同じだね　テツは大家族や野球少年だったから　人の中で揉まれて
こそなんて　言ってるけど　やっぱり揉まれすぎるのも考えもんなんだよね」
「おれなんか我儘で　怯え性のない奴だと言われてるけど　昔の人たちから見たら　随分
といい加減に見えるだろうな」
「ちゃらちゃらして　ぐにゃぐにゃして　煮ても焼いても喰えない奴さ」
ふたりはこんな話をして小半時を過ごした。隣りの黒人兵たちも席を立った。テツたちの
目の前には、話の残骸のような吸い殻の詰まった灰皿があった。コーヒー椀の底には焦げ茶
模様がこびりつき、グラスには溺れかかった氷が浮いていた。そしてコンがさり気なく置い
たブックベルトには、レイ・ブラッドベリの『FARRENHEIT 451』が括られていた。はじめ

てブックベルトを見た時、テツは変わった大学弁当箱を持ってる奴だと思った。しかし、中身は米粒ではなく、活字だった。

テツはコンに尋ねた。

「『華氏451度』と『長いお別れ』か　コン　おまえそれ原書で読んだの」

コンは澄まして答えた

「ううん　全然」

そして、和訳じゃ読んだけどね、と付け加えた。中身は読まなくても、いや読めなくても、原書を持ち歩くのが嬉しいのだろう。格好つけ。お洒落。とんだ思わせぶりだ。いや予備校にもギターケースを持って来る奴がいた。中を覗いてみたら、参考書と着替えが入っていただけだ。コンは神田の古書街を歩く時にも、必ず洋書店に立ち寄った。

「なに探してるの」

テツが訊くと、彼は笑ったものだ。

「いやあ　装丁が洒落た本を探しているんだけどね」

とんだ伊達男だ。本来なら、ふたりともほかのことには目もくれず、受験勉強に打ち込むべきなのだ。だが、浪人という身には長居すべきじゃないと思いつつも、そこをさっさと出る工面はしようとはしなかった。勉強に慣れることより、都に慣れることにテツは忙しかった。あるいはそれに日々流されることが、その日を過ごしやすくしたのだ。

秋風が吹く頃には、テツの髪もマッシュルームカットを通りこし、肩近くまでなった。予備校には通っていた。授業もあったが、コンと会ったり、帰りに寄り道をするのが楽しかった。模擬試験の結果は、目立って上昇もしなかったが、目立って下降することもなかった。

だが、なんとなく法学部に行くのは億劫だった。

永田町は黒い霧に覆われていると言われていた。国有地の払い下げや転売、また政治家の脱税やマッチポンプと言われる人が世間を騒がせた。マッチポンプとは、みずから火種となって起こしたトラブルの収集を、みずから火消し役を演じて利を得る人のことだ。

テツはそれを奇異には感じなかった。

テツの父は馬喰だ。大日本帝國海軍の御用商人と称し、呉の海軍に牛を納入した人だ。馬喰は自分の両隣に、牛を売る人と買う人を従え、お互いの指を符丁のように握って商談を成立させる。たとえば売り手の右を三本握って三万円を意味し、買い手の親指一本握って五万円を意味する。それで双方がウンと頷けば商談成立だ。その差額が自分の手数料となる。

テツは父が、着物の袂《たもと》、炬燵布団の中、そして時にはタオルを被せた手の中で、相手の指を握るのを見て来た。だから金額の多寡はあっても、馬喰だってブローカーだって代理店だって同じようなものだと思っていた。賄賂にもあまり驚かなかった。マッチポンプだって、似たようなものだ。ただ自分の手柄だけにしようというのが大人げないと思った。父ならばもっと上手くやる。一両損どころか、一両得になるようにするだろうと思うこともあった。しかし、そう思えば思うほど、父が俗世間の代表選手のようで父への疎ましさはつのり、それがなんとなく法学部への疎ましさにもなってきた。

そんなことより姉が言うように、合格しさえすれば、あとはどうにでもなるということなのだが、意固地になるというところが、本人も気付かない本人のひねくれた臍なのだろう。

東村山の姉の家から櫟林の丘をひとつ越えれば、所沢の西武遊園地だ。東村山駅から西武遊園地までは電車が通じ、競輪の開催日には混雑した。ホームには耳に赤色鉛筆を挟んだ予想紙屋や、それに群がるお客もたむろした。人が博打をする時の目は、決してその人を裏切ることがない。

皆、暗く光る目をしている。蛇《うわばみ》のような目だ。目元から青空が広がる、そんな目はない。欲に血走った目だ。しかし、テツはこんな目を見ると、逆に妙な親近感を感じた。おれもきっと、人から見れば似たりよったりだろう。

予想屋に喰ってかかる人もいる。

「なんだてめえ　この前　てめえの言う通りに買ったら　みんな外れて　オケラになっちまったじゃねえか　このホラ吹き野郎」

すると予想屋は、しれっとして答えるのだ。

「なにい　外れた　そりゃあそういう時もあるよ　全部当たるくらいなら　おれがひとりで買ってるよ　人に教えるもんか」

こんなやりとりを聞くのがテツは好きだった。

姉の家から自転車で丘を越えて競輪場へ行くこともあった。血走った人々を眺めるのは、妙にテツを慰めた。テツは勝ちも負けもしなかった。車券を買わなかったからだ。観客を眺めた後、また林の中を家に帰るのだ。

武蔵野の櫟林も好きだった。そして思った。ひょっとして林の中を行くおれの姿は、エッシャーのだまし絵のように足も体も魂も、ばらばらになっているのではないか。そう思うことが血走った群衆の目と同じようにテツを慰めた。自嘲し自傷するものにありがちな自足だ。

一九六七年が明けた。

コンは東大法学部と慶應義塾に願書を出したと言った。慶応はね、義塾とちゃんと言わなきゃあ駄目なんだよ。

そう言い添えるコンに、テツは言った。

「まあ　通ってからなら　なんとでも言えばいいさ」

こういうテツも、今年は文学部に変え、第二志望として早稲田大学に願書を出した。「カバ」先生の言い付けを守った。いや、もう浪人は絶対イヤだと思った。

受験まで一週間と迫った。国語と英語と数学には自信があった。だが生物は、この一年、放ったらかしだった。授業も出なかったし、教科書も四月にもらったまま、パリパリだ。サボっていた自分が腹立たしくもあったが、なるようになれと、この一年分の空白を一週間で埋めようとした。

試験の日――。

テツはGパンとセーターとダッフルコートを着て駒場に行った。すっかり世慣れたというか、浪人ずれした格好だ。昨年と違ったのは、「君が代」を唄わせて下さいという受験生もいなかったが、女子が多かったことだ。うむ、文学部だからだろうか、テツはふと自分の長髪を手櫛で梳いた。

試験は恙なく終わった。躓きもなかったし、生物も大きな穴を開けることはなかった。翌日の新聞紙上の模範解答も落ち着いて見れた。

早稲田大学の試験も受けた。ここの試験も手際よく進んだ。最後の数学は、こんなにすらすら解けていいのかと思うほどだった。しかし、油断は禁物。テツは二度も三度も解答を確かめた。時計を見た。まだ三十分ある。

テツは試験官に手を挙げた。試験官が近づいて来た。まさか、ここで「君が代」を唄わせて下さいではない。小声で言った。

「すみません　帰ってよろしいでしょうか」

試験官は一瞬驚いた。しかし、テツが解答用紙を軽くかざすと、頷いた。テツは一礼して筆記用具を片付け、横に置いていたバッグを取って席を立った。周囲の視線をちょっぴり感じた。そして校門を抜け出る時、テツは振り返って呟いた。

「ありがとう大隈さん　ごきげんよう大隈さん」

高田馬場まではスキップするような気分だった。それから新宿に出て、吉祥寺で降りた。まっすぐに井の頭公園手前のロック喫茶「BE BOP」に向かった。

ここに寄りたかったのだ。この二カ月我慢していた。まるで恋人に会うような足どりだった。地下に降りる階段の所で、揺すりあげるようなドラムとベース、そして底曇った声が聴こえてきた。ジム・モリソンの声だ。テツは扉を開けた。

ドアーズの『Break On Through』だ。

〽ねえ　昼が夜をぶっこわし
夜は昼を占うのさ
走ろうぜ　隠れようぜ
突きぬけるぜ　あっちの方へ
さあ　もっと　あっちへ
突きぬけようぜ　あっちだ　あっち　（原曲『Break on Through（To the Other Side）』）

反対側に、あっちへ、突き抜けよう。あっちになにがあるのか。あっちで、なにをするのか。あっちの水が甘いか苦いか。そんなことどうでもいい。ここから一歩踏みだすのだ。いや、今日から、一歩が始まったのだ。こことという場は、誰かに嵌められた罠ではない、突き落とされた穴でもない。みずから入った墓なのだ。そこから抜け出るために、まずはここで自分をすっからかんにすることだ。覚醒剤よりはっきりとドラッグよりふしだらに、アルコールよりしどけなく、あっちの方へ、なんとなく一歩踏み出せそうな気がした。テツは曲に合わせて、手で自分の膝を叩き続けた。何曲、叩いただろうか。痛みすら心地良かった。

発表の日、テツは駒場のキャンパスに行った。不安もないかわりに高揚もなかった。受験番号はちゃんとあった。二度確かめた。校内の賑わいをよそに、テツはそそくさと校門を出て、公衆電話から姉のところに電話した。

「よかったよ」

東村山の姉は一〇〇ワットのような声をあげた。

「良かった　良かった」

わがこと以上に喜んだ。テツは姉に、鹿児島の自宅や西荻窪の兄のところなどに電話するよう頼んだ。それから忘れ物を思い出したように、今一度キャンパスに引き返した。文科Ⅰ類のコンの受験番号も聞いていたからだ。コンとも会えるかもしれない。しかしコンの番号はなかった。十分程近くの銀杏の木のかたわらに立っていたが、コンの姿は見えなかった。

「まあ　あいつのことだ　慶応に　いや慶應義塾にうかるだろう」

テツはそう思いつつ、井の頭線に乗った。なんとかあっちの方へ突き抜けたな。浪人生活ともおさらばだ。しかし、突き抜けて着地したと思った途端、そこがまた新たな泥沼やクレバスってこともある。

テツは呟いた。一難去って、どうせまた一難さ。あっちの側へ突き抜けるといったって、どこまで行っても鏡の国、振り出しに戻るだけさ。だけど、自分が幸福の時は、不幸な人の顔を見つけたがるものらしいな。とんだ頓馬、極楽トンボだ、おれは。それにしてもコンは落ちたんだな。コンがどこかの駅のホームに取り残されているような気がした。

ただ電車は、確実に走り始めていた。池ノ上・下北沢・新代田・東松原を過ぎた。次は明大前か。テツは駅名を必死に覚えようとしている自分に気付いた。なあんだ、ガリ勉と一緒か。

それでも駅名やバス停、その町の名やそこから見える山や丘、目を引く川や森の名前を覚えるのがテツは好きだった。町の姿やそれを取り囲む丘や山陵を見ると、なぜかこの町を攻める時は、あの麓に陣を敷き、この川のどこを渡るのか、そんな昔の兵法や軍隊の配置をゲームのように考えてしまうのだ。近代の戦さで、そういうのはありえないに決まっている。しかし、ここが突然、昔の兵戦の場となったらというのを考えるのは、楽しかった。さながら自分が軍師となった気分だ……。

こうして西永福までは辺りを見ていた。だが吉祥寺に着いた時には、椅子にだらしなく寝ていた。駅員さんから起こされた時、ふとその顔がまるっこい「カバ」先生に似ていた。テツは思わず微笑みかけたが、四角四面の彼はしっかりと無視した。

入学式の前日、テツは髪を切った。一年間伸ばした髪は肩まであったが、未練はなかった。ヒッピーじみた格好よりこざっぱりとしたアイビールックがいいと思ったのだ。むろんキャンパスにとってでなく、自分にとってだ。合格した翌日買ったローファーの靴になんとなく長髪はそぐわなかった。それにしても高校卒業の翌日のウイングチップ、そして大学合格後のローファー。新しくどこかへ歩み出そうとする時、テツは足元から固めてゆく癖があった。中学時代だって、野球の試合の前夜は、ピカピカに磨いたスパイクをグローブとともに枕元に置いたものだ。

「スーツとか着なくていいの」

姉は聞いたが、いいのいいのとテツはうてあわなかった。スーツは持っていなかった。

入学式の日、テツはひとりで本郷まで行き、初めて赤門を潜った。時間があったのでぶらぶら歩くと池に出た。三四郎池だ。なるほど夏目漱石もこの池を見てたんだなと思った。学生と家族連れが多かった。中には一人の新入生に四人程が連れだって写真を撮っている人たちもいた。テツはふと、母のことを思ったが、それだけのことだ。池には鴨らしきものが群をなして泳いでいた。その向こうに上野の森が春霞の中に浮かんでいた。

そして安田講堂だ。

——早稲田の大隈講堂がチューダー様式を取り入れた日本の洋風建築とすれば、安田講堂はゴシック様式を取り込んだ大正末期の代表だね。

かつてコンが、テツにこう教えたことがあった。おまえ、そんなどうでもいいことを、よく知ってるなとテツはからかった。

階段状に両翼からせりあがった建物は、中央の時計塔で大きく宙へ伸びている。しかしゴシック様式らしい尖塔や壁面の飾り文様はなく、すっきりとした煉瓦の壁面で覆われている。玄関前の石畳、そして駒寄せの上の砂岩をあしらった花弁型のアーチが、えもいわれぬ違和と調和をかもしだしている。

そこから振り返れば、なんというキャンパスの広さだ。立木の古さだ。さすが明治の賜物だとテツも感服した。もっともこの建物だって出来上がった当座は、こんな落ち着きどころか、人を圧するような偉容だったに違いない。

——安田講堂というのは通称でね　本来は東京大学大講堂だよね　あの安田財閥の安田善次郎さんが匿名で寄付したんだ

コンがこう囁いた気がした。お前、自分が落っこちた大学のことよく知ってるな、とテツが呟くと、コンはついでにと眼鏡のブリッジを押さえた。

——そしてその善次郎さんは殺されたんだよ　テツ

大講堂の中は無数の雛たちの産ぶ声のようなざわめきに包まれていた。その中でテツの耳元でコンが囁くのだ。さながら鼓膜にこびりついた蟻の呟きのように。コン、おまえもここに居たかったのか。テツは最初はこう思っていたが、度重なるとそれがうるさくなった。コン、安田さんだって、おまえだって、おれだって、どんな人にも、どんな建物にも他人にはおいそれとは言えない事情があるんだよ。コン、静かにしろ、おまえも結構往生際の悪いやつだな——。

コンが黙ったような気がした。それではという司会者の声で、講堂のざわめきも引いた。

型通りの入学式の中で、テツが爽やかになったのは、学生のオーケストラが舞台脇のオーケストラ席で演奏したブラームスの『大学祝典序曲』を聴いた時だった。ブラームスにしては陽気で華やかな曲だ。厳めしく荘重で暗い男が、無礼講ではしゃいでいるのか、それとも本当はおれこんな男なんだよと、ネクタイとベルトを緩めた感じだ。それよりもテツはオーケストラをナマで聴くのが初めてだった。吹奏楽は耳にしてきた。しかし弦楽器やティンパニーまで入った楽団は初目初耳だった。ライブがいいのは、ロックだけじゃない。そんな当たり前のことを当たり前に感じたのが、いともフレッシュだった。逆にテツは、耳の奥のコンに呟きかけた。コンよ、バディー・ホリーもバッハもいいが、ブラームスもいいもんだね——。

いかん、とテツは頭《かぶり》を振った。コンのこと、考えるの止めよう。それはテツのコンへの友情とか思いやりじゃなく、コンへの厭味だ。テツはロックを聴くように、右手で太腿を叩きながらブラームスに乗っていった。

駒場での前期が始まった。

テツのクラスはLⅢ8Dだ。文科Ⅲ類の8組。7組と8組は外国語がフランス語のクラスだ。

担任は谷口陸男。彼はヘミングウエイの翻訳者として知られている。筑摩世界文学全集の訳者が目の前に居るというのは、入学式のオーケストラと同じく心ときめかせるものだ。なんのことはない、テツをミーハーにさせてくれた。

谷口先生は、簡単な自己紹介のあと、ヘミングウェイについて語った。

——ヘミングウェイたちは、ロストジェネレーションの作家と呼ばれています。ロストジェネレーションとは、第一次世界大戦を経験して故国や世界というものが疑わしくなり、ついつい酒や享楽に溺れるようになった世代の総称です。政治や世界が疑わしくなるといっても、また享楽に溺れるといっても、まあ単純・簡単ではないですが——

こう言って先生は黒板に「Lost Generation」と書いた。いきなり授業が始まった気配だ。慌ててそれをメモする者もいた。

「このロスト・ジェネレーションは　ヘミングウェイが自作の『陽はまた昇る』のエピグラ

フに使ったことから　こう呼ばれるようになりました」

しかし、と谷口先生は舌で軽く上唇を舐めてから力をこめた。

「このロストというのは　失われたという意味じゃなく　迷うという意味です　失われた世代じゃなく迷える世代です　現に世界はある　あるはずなのに　なぜかそれが実感できない　浮き草のように　故国や自分のアイデンティティに根を張ることが出来ないんですね……」

先生は温和な顔で熱く語った。この「迷える世代」、そしてビートニクと呼ばれるアメリカの「怒れる若者」たちの作品を日本に紹介している学者が、足元の若者にどんなことを教えるのだろうか、ちょっぴり楽しみにした。先生の話のあとは、銘々の自己紹介があって、ホームルームはお開きとなった。クラスを出て正門前の本館でクラスの記念撮影があった。女性が前列に、男たちは後に立ったり、椅子に乗ったりした。髪を切ったテツは焦げ茶のカーディガンにベージュのシャツ、細身のGパン、ちょっぴり転入生のような気分だった。

クラスは小さな坩堝《るつぼ》だ。高校の時以上に全国各地から様々な人間が集まっていた。都道府県で来ていない所を数えた方が早いくらいだ。女子学生も十余名。セーラー服そのままといった人から、お洒落をしてきちんとルージュもアイシャドウも塗った人まで、まさに十人十色だ。

男の中にも学生服がいた。聞けば早稲田大学に八年いて満期退学となり、二浪か三浪して入ったという。もう三十路手前のおっさんだ。だが、この学ランを着るのが夢だったと、銀杏マークの金ボタンを見せた。しかし　彼の人差し指と中指は、煙草の吸いすぎだろう、茶色く脂《やに》に染められていた。夢だってイブリガッコみたいにかさかさに白茶けているだろうとテツは思った。入学三日目にして、彼には皆が「オッちゃん」と言うようになった。

授業の最初は、もっぱらオリエンテーションだ。方向付けやならし運転というところだ。しかし、担当教授やテキストなんかそっちのけで、もっぱら先輩と称する人が来て、クラブ活動や政治セクトの勧誘に明け暮れた。それが終わるとクラスの人間は三々五々渋谷に出て、お茶を飲んだり延々と喋ったりした。

東大には開闢《かいびゃく》会というのもあった。その出身校始まって以来初の東大生の会だ。へええ、それはそれで出身校の名誉と本人の誇りなんだろう。そしてその時唐突に、テツは自分がひっぱたかれたカバ先生の顔を思い浮かべた。開闢会があれば、常連会もあるのか。

歓迎コンパもあった。キャンパスには合宿所のような宴会場のような会館があった。先輩が来て、歓迎の挨拶をぶち、それではこれから恒例の行事に移ります、と言った。てっきり乾杯かと思いきや、全員外にと言われて、皆はけげんな面持ちで外に出た。外は運動場だ。そこで先輩が叫んだ。

「諸君　健全なる精神は　健全なる肉体に宿る　諸君の前途洋々たる未来でのご奮闘と今宵の和気藹々たる酒宴を祈念して　この運動場を速やかに一周されてのち　乾杯と参ります　いいですか　用意　スタートッ」

クラスの仲間は走り始めた。先頭が走るから、それに付かぬわけにはいかない。中には猛然とダッシュする者もいる。女子ながら早い人もいる。早い奴は群から抜け出ようとするし、遅い奴はなんとか群を作ろうとする。ほとんどが履いてきた革靴のままだ。靴の形が崩れないか、そんなことを思いながらテツはゴールした。

わずか一周といっても二〇〇メートル以上はある。息がすっかりあがった。それからまた全員とぼとぼと会館に帰った。そのあがった息で、全員で乾杯である。ウイスキーだった。胃が燃えあがり、脳髄に火柱が立ち昇った。テツは思わず吐きそうになった。すると先輩のひとりが来て、テツの背中をさすりながら言った。

「呑みっぷりがいい　おまえはいい奴だ」

なにがいい奴なものか、畜生嵌めやがって。テツはひとり呻いた。

一気呑みや一気呑ませは、やがて禁止される。だが、往時は、先生から叩かれることを暴力とは言わなかったし、アルコールを無理強いされることをハラスメントとも呼ばなかった。中学の頃は、先生を体育倉庫の裏に呼び出して談判することだってあった。

日本の社会が変わったのか、良くなったのか、おかしくなったのか。それとも日本の言葉が勝手に転がり、人々がそれに乗っかっているだけなのか。時代が進歩したわけではない。明らかに変わってきてはいたが。

テツはしばらく、トイレに座っていた。

だが、クラスという坩堝は、アルコールや水のようなお喋りや体育の授業の中で、人間関係の化学反応を起こしてゆく。似た者同士、気性やソリの合う奴、そういう者が、しだいに結合と融和と反目を繰り返してゆく。我こそはと思っていても、一緒にいるうちに、あいつには敵わぬと兜を脱いだり、上には上が居るものだと感服したり、これならば負けないと自分に言い聞かせたりする。そのためには、さらに必死こいて、自分の好きなものに打ち込む。どうでもいい、と思いながら結構しゃかりきになる。その結果……。

いや結果なんて、空ゆく雲にでも聞いてくれ。そう思わせる仲間が出来た。それだけがテツにとっての大学だったし、やがてそれが忘れ形見ともなったのだ。

むろん二十歳《はたち》前の若者は、友達の効能や賞味期限やそのメリットなどを考えていちいちつきあわない。反発しながら溶融する。寄り合いながら弾き合ったり、時には忘れたり、逆に忘れ難くなったり。だが、それを友情と呼ぶのもかったるい。

愛には棘もあるかわり、時には香り高く美しい花も咲かせる。しかし、友情は野末の彼岸花だ。時折、鮮やかな花を咲かせるが、すぐに田圃の畔に埋もれてしまう。

それでも、リーチ・ツネ・クリ、この三人とテツはウマが合った。リーチは大阪出身だ。しかし大阪弁を使わない大阪人で、体と心と見てくれの一切から大阪色を払拭しようとしていた。しかし気障を気障と感じさせないトッポいところが憎めなかった。

――いやあ　赤坂ヒルトンみたいな名前の所に住みたいんだけど――

こう言いながら、彼はL型の狭い木造の階段と共有便所の平井荘という六帖一間のアパートに住んでいた。

お父さんは高校の美術教師だった。詩人では長田弘、小説家では大江健三郎のファンだ。麻雀も好きだが、仲間からは文才はあっても博才はからっきしだと言われていた。事実、麻雀は弱かった。天然パーマのような長髪を七・三に分け、グループ・サウンズのボーカリストのような出でたちだ。

ツネは広島出身だ。呉市と聞いて、テツはおれの親父もかつて呉の大日本帝国海軍の御用商人だとふざけた。ツネの広島弁訛りが、父の口ぶりに似て懐かしかった。むろんガキの頃は父の口調に、なぜこの人は地元の人たちと違う言葉を喋るのだろうと訝しんだこともあったが。テツはツネと話をするたび、まだ行ったことのない広島という父の里のことを思った。

ツネは小柄だったが、この世の全てのことにハリネズミのように突っかかってゆく。負けず嫌いだった。

「好きな作家は　武田泰淳だよ」

ツネはいささか恥ずかしげに言った。当節流行りの作家の名をついつい出したくなるところでこう答えた。ツネの思い切りが、広島訛りとともにテツには心地良かった。

クリは新宿高校からやって来た。家は小田急線の生田だ。

「おいテツ　マルクスの『ドイツ・イデオロギー』の読書会をしようぜ」

五月の連休明け、クリはオッちゃんとふたりで、テツにこう誘いかけた。テツは入会した。しかし、二回出席して止めた。読書会というよりもマルクス主義にかぶれた先輩たちの説諭と折伏まがいの会だったたから。

「クリ　読書するのもいいが　もすこし娑婆を知れよ　絵に描いた餅の学説だよ」

テツはクリにこう囁いた。クリはエへへへと笑って、テツに返した。

「お前の娑婆って　飲み打つ買う　そんなところだろう」

テツは首を横に振った。

「いや　飲み打つ書くさ」

クリはまたエへへへと笑った。会って二カ月も経つと、こんな軽口を叩けるまでになっていた。しかし、クリの瞳には妙に澄んだところがあった。世間ずれしてないのだ。だからなんの衒いもなく、世界革命なんて口走ったりするのだろう。まるで最後のツモで国士無双の九萬を引き当てるように。だが、時折、クリの家に行き、麻雀をするのは有り難かった。朝、彼のお母さんの手作りの味噌汁と御飯、焼き魚と玉子焼きにありつけるからだ。

「いつも　うちの息子の相手をして下さって　すみませんねえ」

クリのお母さんは、お茶やお菓子を持ってくるたびこう言った。こちらは、手を動かしながら口先だけで、すみませんとか、いいえどういたしましてとおざなりに言うだけだ。クリは大事にされてるんだな、とテツは思った。

しかし、ある時、クリが夜食の用意を頼みに行った後、台所に灰皿を換えに行こうとして、クリがお母さんにこう言ってるのを聞いた。

「おふくろ　ちゃんとするからよう　ちゃんとするからさあ」

この時、テツはぎくりとした。一瞬イタズラを発見されたガキのような気持ちになった。娑婆を知れとクリには言ってるくせに、テツ自身も随分といい加減だった。

クリも麻雀は強くなかった。たいていはツネが勝つのだが、クリは負けた分を蔵書で払った。吉本隆明の本が多かった。ツネが口を尖らせる。

「クリ　この本は書き込みとか傍線が引いてあるじゃないか　こんなのは古本屋に持って

行っても二束三文だぞ」

クリは相変わらずエヘヘと笑いながら、じゃあおまけと、あと一冊『自立の思想的拠点』を付け加えたりした。

本棚は、その人を知る格好のリトマス試験紙だ。どんな性格判定テストより正しくその人の人となりを示してくれる。

テツもまた友達の部屋に行けば、まずそこの本棚をそれとなく見てしまう。その人の品定めでもするように。そこにどんな本が並んでいるのか、自分と同じもの、自分にあって彼に無いもの、彼にあって自分に無いものを、瞬時に見取る。あるいは彼が一番飾りたい本は何なのか、本棚の中の主力に素早く当たりをつける。どんな天井灯が付いているか、どんなカーテンがあるのか、あるいははたして女っ気はあるのかどうか、そんなことは二の次だ。だから、人を迎え本棚を一瞥されると、まるで自分の臍を覗かれているような気持ちになる。テツにとって本棚は、本の整理と部屋のインテリア、そして自分のポートレイト代わりのものだ。たとえ読んでなくても、飾っておきたい本というのもあった。自分が読むためでなく、人に見せるためにも。

野球のピッチャーの球筋でいえば、自分の好きな本がストレート、目先を変えた専門書や当節話題の本がスライダーやカーブ。そこに幅を持たせたり意表をついたりするチェンジアップやフォークのようなものとして、『ガロ』や映画や絵画、そして演劇や音楽関係の本を並べた。

しかし、学生になりたてが持つ蔵書なんてたかが知れてる。本に埋もれた生活をしたいならば、図書館で日がな一日過ごせばいい。ただ自分の好きな本やレコードの眼差しを感じながら寝ることは、好きな女性の寝息を聴きながら眠るのと同じくらい愉しいことだ。

好きな本を買いたい。もちょっと映画も観たい。もちょっと麻雀のレートもあげたい。ちょっぴりいいウイスキーやセーターも羽織りたい。当然出費が嵩む。のべつ家に無心も出来ない。テツは学生課でアルバイトを探した。

家庭教師の口があった。教えるのは広尾の邸宅のお嬢さんで、聖心女子学院の高等科の生徒だ。大学進学のためという。

「聖心といえば　あの美智子さまの」

皮のソファに座ったテツは、膝を揃えて尋ねた。

「そうなんですの」

奥様は大きく頷いた。かたわらでお嬢さんが恥ずかしげに俯いた。

「優秀じゃないですか　高校だって　入るの大変だったんでしょう」

「いえいえ　おたくの大学ほど」

奥様はにっこり笑い、どうぞ紅茶でもと、碗に軽く手を添えた。ふくよかな手は色白で、爪の透明なマニキュアがシャンデリアにきらりと光った。テツはふと母の手を思い浮かべた。母も色白だったが、手は霜焼けに黝《くろ》くやられることがあった。

ご主人は麻布で骨董屋をしているという。麻布でか、昔ながらのか、道理でと思いながら、テツはウェッジウッドの碗の紅茶を啜った。庭を見ると、和風の石組みの中に、腰の入った曲がりと差し枝の松が三本植え込まれ、下草には躑躅《つつじ》が燃えるように咲いていた。路地の白砂が眩しかった。

「では　早速」

テツは奥様にお辞儀して、お嬢さんの方を見た。彼女は発条《ぜんまい》仕掛けの人形のようにぴょこりと立ちあがった。早速、授業が始まるとは思ってもいなかったのだろうか。テツも苦笑した。まあ、今日はオリエンテーションだな。

「では　よろしくお願いしますね」

奥様が応接卓に両手をついて深々とお辞儀した。掌が「く」の字に反りかえった。

テツは立ち上がり、お嬢さんの後に従った。緩やかでゆったりとした階段を上がった所に彼女の部屋はあった。低く落ち着きのある音をたてて扉が開き、扉が閉められた。ああこういう個室もあるのか。テツは素早く周りを見た。本棚には教科書と参考書だけが整然と並んでいた。壁にはゴッホの「向日葵」、むろん複製だろうが、レトロな感じの四枚扉はクローゼットの扉だろうか。その取手に掛けた木製の分厚いハンガーに、制服が下がっていた。カーテンは白いレースとゴブラン織りの二重だ。お嬢さんの机の横には、マホガニーの椅子がひとつ置いてあった。これが家庭教師の椅子だ。

週に一回の広尾行きが始まった。奥様からは週に二回と言われたが、テツはやんわりと断った。そこまで追い込むことはないでしょう。事実、お嬢さんの屈託のない頬を見ていると、しゃかりきになって勉強を教え込むのは、棘いっぱいの掌で風船をいじるようなものだ。東大生に見てもらっているという安心感も奥様は得たかったのだろう。それと上級に進学させたいという願いも。しかし、なにより助かったのは、お嬢さんのやる気だった。テツはありきたりのことを教えればよかった。試験問題のクセと対策だ。なんのことはない東村山駅の競輪の予想屋と同じだ。

それでも週一回の山の手での給金とお茶とデザートは有り難く楽しかった。

難関を突破した人間にはふた通りある。自分が難関を突破したのは凄いことだとつい威張ってしまう人と、いや自分はさほど頑張らなくてもと謙遜する人だ。どちらも自分を自慢したがることには変わりがない。結果が全てだ。だからどうとでも言える。聞く方から言えば、どういわれても空々しいし、白々しい。

自分の努力とか頑張りとかはもともと他人には喰えない代物だ。だからそう思う人は、自分の周囲に対しても、やたらと勉強しなさいとか頑張れとかは言えない。また逆にそんなのは必要ないよなんて、言い辛かったりもする。言えばそれがどこかで自分の自慢につながるからだ。むろん努力することや頑張ることは大切なのだが。

一方、叩きあげた人にとっては、難関突破や名利地位を得ることが一大事だ。自分はさしてエリートではないが、彼らに負けてなるかと頭角を現した。努力・忍耐・根性こそが、自分の今日を築きあげた。逆に彼らは、自分の子どもには、せめてスムースにストレートにちゃんとしたコースを歩んでもらいたいと願う。家や族や閥じゃなくても、ひとりの頑張りは報われるものだ。そのためには、やはり幼い頃からルートに乗るのが一番だ。なるべく無駄なことや無理なことは省いてね。それがエスタブリッシュされた人間への近道だ。

むろんこんな単純な思惑とは関わりなく、出来る者もいるし、成績はからきしという者もいる。当時はアメションという言葉も、よく聞いた。富裕な良家の子どもが、アメリカの大学に進学することだ。カタカナ表記の大学卒業だと、なんとなくカッコ良かった。舶来品のような気がして。アメションとは、あれはアメリカに留学したんじゃない、ションベンしに行っただけさ。だからアメションである。

しかし、テツが教えるお嬢さんは、アメリカやヨーロッパに行かなくても、広尾や白金台で楽しい大学生活を送れそうな人だった。なによりもこんな思惑や御託とは無縁の人だった。

人生の中では、勉強や野球やサッカー、ピアノや刀剣など好きなことに熱中する時期があっていい。恋だって愛だって、あっていい。だが三つ児の時から、そのためにのみとかそればかりというのも侘しい。それこそ誰もが、モーツァルトや神童になれるわけではない。人生にはそれ以外のことも、それ以前、そしてそれ以後のことも遙かに多いのだ。それのみ、あるいは自由のみを求めすぎて生きると、やがてにっちもさっちもいかなくなり、ギプスを嵌められたような人間になる。

テツは閉所が苦手だ。あるいはそれは子どもの頃、大家族の中で押し潰されそうになって暮らした後遺症かな、と思ったりもする。いいえ、あなたほど可愛がられて、わがままに育った子はいない、と姉たちは言うのだが。

素直にのびのび育ってる人を撓めるべきじゃない。テツはお嬢さんに言った。

「あなたは地アタマのいい人だから　授業中　先生の言うことをよく聴いて　教科書を読めば　それで充分だよ」

すると彼女は尋ねた。

「あのう　地アタマってなんですか」

「地アタマって　アタマ本来のというか　持って生まれたアタマのことだよ　まあ言うならば　試験の成績だけじゃなく　心や脳味噌の感覚もいいってことかな」

彼女は頬を紅らめた。

「あっ　あたし　そんなに凄くありません」

「いやいや　あなたはいい　ぼくにはわかる」

「まあ　易者さんみたい」

「易者さんみたいって　別にあなたを占ってるわけじゃなくってさあ……」

「いえいえ　そんなことじゃなく　あたし地アタマって聞いた時　地玉子は知っていたから　自分の頭が　どこか庭先にでも転がってるのかと思ったんです」

こう言って彼女は吹き出した。

「まあ　その地は　だから　地力がある　地道にやる　地声がいい　地金が出る　そのものの本来のっていう意味さ　地が出るって　ほら言うでしょ」

「じゃあ　地獄の地も同じですか」

地獄と言われて、テツはびっくりした。まさか彼女は自分の置かれている状況を受験地獄と感じてるわけじゃあるまい。テツは話題を変えようと思った。

「地獄の地は　ちょっとちがうね　とにかく　あなたはビートルズのコンサートに行ったり　熱狂したりもいいから　授業をしっかり　そして教科書をなんべんも読むんだよ」

ビートルズの一言はてきめんだった。一瞬、彼女は目を丸くした。

「えっ　どうしてわかるんですか　ビートルズのコンサートに行ったってこと　易者さんだあ　やっぱり」

テツは易者というより、シャーロック・ホームズのように足を組み直し、肘掛けに両肘をつけて答えた。

「だって　あなたの本棚の端っこに　ビートルズの公演パンフレットが立ってるじゃない」

「なあんだ　で　先生も行ったんですか」

「いや　友達が行ったんだよ」

そしてテツは落ち着いて言った。

「そしてあなたは　ポールが好きなんだ」

「えっ　どうしてわかるんですか」

彼女はさらに目を見開いてテツの方に身を乗り出した。

「だって顔に描いてあるもの」

「ええっ」

彼女は両頬を押さえた。良かった、当たって――。実はポールの名は、テツは当てずっぽうで言ったのだ。ビートルズ四人のうちの一人、二五％の確率だ。ええっ、と言いたかったのはテツの方だった。多分彼女のような人は、リンゴ・スターやジョン・レノンやジョージ・ハリソンより、ポール・マッカートニーがと思っただけのことだ。

ただひょっとして、彼女は二五％増しくらいの好意をテツに持つかもしれない。それが二五％増しのお勉強のやる気になればいい。傍《はた》から教え込まれるのでなく、ちょっぴり自分で、なんとかどうにかしようと思うこと。そうなればしめたものだ。心なしか彼女の顔がリラックスしたような気がした。

ビートルズの話で小一時間はあっという間に過ぎた。そろそろコーヒーブレイクの時間だ。ドアがコンコンと鳴ったとたん、はあと言って彼女は英語の教科書に目を落とした。テツはドアを振り返った。コーヒーの香りの中から奥さんが現れた。テーブルの上にコーヒーとバームクーヘンが置かれた。

「どうですか　先生」

奥様がコーヒー碗を手渡しながら声をかけた。

「ええ　なかなか筋はいいです　これからが　いやこれからもっと楽しみです」

テツは当たり障りなく答えた。

「甘えてばかりですから　厳しく指導して下さいね」

そう言われたが、さすがにハイとは言えなかった。

「いやあ　がんばってますよ」

お嬢さんは、首をすくめてぺろりと舌を出した。

しかし、一カ月後、彼女の考査の成績は上がった。見違えるほどの急上昇ではなかったが、潜水艦のようにじんわりと浮上した。ミニスカートの妖精と騒がれたツイッギーが来日した頃だ。割り箸を半開きにしたようなその細い脚にテツは驚いたが、それにあやかる日本女性の丸太のような太腿にはさらに驚いた。

「スカート丈が短くなった分　わたしの成績もアップしたのかな」

彼女はそういって喜んだが、家庭教師としてのテツの好感度がアップしたのは間違いなかった。むろん、彼女そして彼女の保護者のそれも。それはしばらくは家庭教師の口が断られないことでもある。これで少しは映画が観れる。呑みにも行ける。テツはほっと胸を撫でおろした。

娘の成績に喜んだ骨董屋のご主人が夕食をご馳走してくれた。というより娘の家庭教師を憎からず思った奥様が一席設けるようご主人に談判したのだろう。自宅でのささやかな、しかし爽やかな晩餐だった。

ご主人は髪を後ろにふんわりと撫でつけ、陽焼けした顔はゴルフのせいだろうか、その真ん中に鼈甲の眼鏡が鎮座していた。仕立ての良いグレンチェックのダブルのスーツからは、ワインレッドのネクタイと茶色のポケットチーフが覗いていた。

「娘が大変お世話になってます　おかげさまで――」

ご主人がこう言って大様に頭を下げた。奥様がそうよそうよと頷くのと、テツがいえいえと言うのと、お嬢さんが俯くのは同時だった。

ご主人はテツに学部のことや出身校のこと、そして故郷のことをひととおり聞いた。まるで身上調書をとるように。しかし厭らしさは感じられなかった。骨董商が品定めをする前に、品物に添えられたクレジットにひととおり目を通すようなものだ。悪い人じゃない。それが奥様やお嬢様の大様さも生んでいるのだろう。

「それより　あなた乾杯よ」

「あっ　そうそう」

そう言って、ご主人は白ワインのグラスを掲げた。そして発声した。

「では　そういうことで　乾杯」

グラスが触れ合った。風鈴が鳴るような音がした。かしこまった席に、和やかな風が流れた。よく噛んで、ゆっくりと食べること。テツは自分に言い聞かせながら、ナイフとフォークを手に取った。

しばらくして、少しお腹も落ち着いたところで、テツはご主人に尋ねた。

「ところで骨董と言えば　アメリカではアンティークブームとか言われてますが　あれはどうなんでしょう」

そう言ってテツはご主人に、そうなんですよ、よくご存じですねという答えを期待した。だがその問いは、ちょっぴりソッポだった。ご主人はシャブリを一口飲んでから言った。

「アメリカは歴史のない国ですからね」

はあっ、テツは一瞬呆気にとられた。ご主人が語った。

「アメリカは新しい国なんです　フロンティア精神で西へ西へ　そして世界へ世界へと前しか見て来なかった国です　ある時ふと振り返って　自分たちの過去やルーツって　なんなのだろうと思ったんじゃないでしょうか　それもあってのアンティークブームなのかな」

ご主人はきちんとテツの話に戻ってくれた。テツは合槌を打つしかなかった。

「行け行けどんどん　だったんですね」

「その通りです　だからアメリカの今のブームというのは　温故知新と言うのでしょうか　おれたちは今まで　なにも力と知恵にまかせてやって来たんじゃない　これには深い裏付けと強い使命があったんだ　まあそんなものが　自分たちのバックボーンのようなものとして

古いものへの愛着を生んだんじゃないでしょうか　むろん　アメリカといっても広いです
これは私の群盲巨象を撫でるような勝手な理屈ですがね　それに今のブームとは別に　江戸から明治にかけて日本や東洋へのブームが起きてます　日本の骨董や美術品の大半はほとんど海を渡ったと言ってもいいくらいです」

「国が膨張する時は　逆に自分のアイデンティティのようなものを内へ内へ　深いところへと　求めようとするのでしょうか」

こう言ったあと、テツは話が次第に拡散してゆくと思った。大風呂敷のようなものだ。しかし、ご主人は大人だった。

「そうですね　ただ日本という国には　どうも良いものはすべて海外にあると思い込みやすいふしがありますよね　文明開化や廃仏毀釈でもそうです　古来のものは姑息なもので新しいものがハイカラなものだと思い込みますよね」

「そうですね　日本では新しいのを求めるのも流行　古いものを尊ぶのも流行　そんな気がしますね」

今度は無理なくうまく言えた。テツはワインを飲み干した。

「そうです　不易すら　流行りです」

ご主人はこう言ってテツのグラスにワインを注いだ。その時、奥様が言った。

「あら　不易って　糊じゃ　ございません」

テツは黙って下を向いた。お嬢さんは、ぽかんとしていた。ご主人は大きく空咳をして、奥様に網でも被せるように口を開いた。

「しかし　アメリカのアンティークブームとわたしの商売とは　違いますね　わたしはもっぱら明治以前の陶器や美術品　絵画ですね　ただ日本の美術品の良さに気付かせてくれたのは　残念ながら欧米人でしたけど」

「そうですか　ぼくはふと思ったのですが　永仁の壺事件とかありましたね　加藤唐九郎さんでした　あの本物と贋物はどうやって見分けるんですか」

「落款やサイン　また科学的なX線など使っての見分け方がありますが　やはり物を言うのは目です」

「目ですか」

「そうです　自分の目です」

「目ねえ」

「目を鍛えるしかないんです」

「目にモノ言わせるんですね」

テツはつまらぬだじゃれを言ってシラケさせてると後悔した。しかしご主人は真面目に応接してくれた。

「そうです　あなたもご存じの小林秀雄さんも　いっぱい贋物を掴まされて　自分の目を鍛えたと書いてます」

「ええ　それ　読んだことあります」

「ただ本物だろうと　贋物だろうと　良いものは良い　そういう物もあります」

「本物より本物らしい贋物はあるし　贋物より贋物らしい本物もあるんですね」

「そうです　作品の出来不出来や作者の名前の大小以上に　オリジナリティとしか言えない物もあるんです　オリジナリティですね」

「それに井戸茶碗みたいに誰が作ったのかわからないけど　良い物ってありますよね」

「そうです　歌にも詠み人知らずってある　あれと同じでしょうか　いや違うかな」

「どこの誰だか知らないけれど　ですね」

テツはすっかり話に取りこまれた。ご主人を麻布の骨董屋で分限者の大旦那くらいにしか思っていなかったが、どうしてどうして話は楽しく、しかも押し付けがましくなかった。

だがふたりの話が、女性ふたりから大きく外れているのも確かだった。

「まああなた　そんなお仕事の話は　いいじゃありませんか　先生　どうかゆっくり飲んで下さいな」

いやこの話に誘導したのはぼくです、とテッは言いたかったが黙ってご主人のポケットチーフを見た。ご主人が言った。

「そうだったな　おい　ナイフとフォークじゃなく　箸をくれないか」

「あっ　ぼくにも」

テツも付け加えた。お嬢さんが下を向いてくすりと笑った。

築地から取り寄せたという刺身と鱸のムニエル、鯨ではない牛のステーキ、それにシャブリとブルゴーニュの赤ワイン――。出されたものをきれいに食べて飲んで、午後八時半、宴はお開きとなった。帰りしな玄関口でご主人が、これはほんの気持ちです、今日は酔ってらっしゃるのでと封筒を渡した。テツは恭しく頂き、ここで結構ですと玄関を出て門を潜った。

食事の美味しさもだったが、なによりも御車代と書かれた封筒が嬉しかった。月明かりの中で見ると、白い規矩がさながらこの世の通行手形のように思われた。テツはくすんと笑って呟いた。他愛ない奴だな、おれも。

懐も胃袋も満ち足りた時には、なぜか鼻歌が出る。

水の盃　血の名残り

テツは十四人兄弟の末っ子だ。ただ上の三名は腹違い。父が広島県福山市の実家に、その妻とともに置いてきた姉ひとり兄ふたりだ。捨ててきたと言ってもいい。テツが生まれ育った鹿児島県出水市の家の子どもが十名。じゃあもうひとりはどこに。物心ついた頃、テツは姉のひとりに尋ねた。すると彼女は教えてくれた。あとのひとりはね、今の母さんの子で、その人は天草の母さんの実家に預けて来たという。種違いだからね、と。彼はやがて佐世保の海兵隊に入り、終戦後は八幡製鉄にいると教えてくれた。ここだけの話よ、と念を押して。

ちょっぴり複雑な家だった。

父の家は福山の素封家だったが、父が東京の大学に在学中、父の父が薄荷相場に手を出してスッテンテンになった。父は家を守り、姉や弟たちのためにと大学を辞めて帰郷する。父は伝手《つて》を頼りに、呉市の海軍に牛を納入する仕事を始める。牛といえば南九州、薩摩の黒牛、肥後の赤牛だ。父は天草・北薩一帯の牛の仲買いをした。

天草の本渡に出かけた時だ。当時はむろんビジネスホテルなどない。本渡市楠浦の庄屋の家を定宿にして、父は島の牛を買い漁った。そこにかつて台湾に嫁いだものの男の子ひとりを連れて出戻りしている娘がいた。そしていつしかふたりは、わりない仲となった。大正が終わろうとする頃だ。

その頃父は、不知火海沿岸で買い集めた牛を、出水の米ノ津港から船で熊本の三角港まで送っていた。三角港からは鉄路が呉まで続いていた。だが昭和二年、熊本県の八代と鹿児島県川内の間に鉄道が開通した。従来の八代から人吉を経て隼人に至る山の辺の鉄路は肥薩線となり、海の辺の道が鹿児島本線となった。出水にも駅が出来た。

新しい物流と商流。それに目を付けたのかどうか、父は妻と三人の子を福山に置き、母はひとりの子を本渡の実家に預けて、ふたりして出水にやって来た。それが開拓者魂なのか無責任な挑戦なのか、駆け落ちなのか逃避行なのか。

「だから　わたしはおかあさんの実家の苗字　むこうの養女だったみたい」

この話を終えた後、テツが長女と思い込んでいた姉が洩らした。

「ということは　あとひとり長女となる姉さんがいるんだね」

「そう　その人は今は大阪に嫁いでいて　ご主人は横堀川の糸ヘンの社長さんよ」

「会ったことあるの」

「あるよ　しっかりした人でね　子どももふたり　長男はあなたと同じくらいよ」

姉はこう言って、今一度念を押した。これ、内緒話ね。

まだ会ったこともない姉や兄たち。まだ行ったこともない父や母の実家。そして甥たち。

テツはあれこれ思いを巡らせた。しかし広島県福山と熊本県天草という言葉以外は、なにも浮かんではこなかった。ただテツにとっては初めてのことを姉がつぶさに知っているのは驚きだった。はたち違いの姉とはいえ。

「昔はよくある話だったのよ」

姉はぽつりとこう洩らしたが、その昔が二十年前か五十年前か、あるいはもっと前のことか、テツにはわからなかった。テツが十歳の時だ。

中学校の時は野球にかまけ、高校になってからは勉強や自分のことにかまけ、家とか父母のことを思う暇がなかった。とりあえずさしたる不自由もなく生きていけるテツにとって、家はうざったいものであり、親は疎ましいものだった。

だが大学に入って、テツもアンティークブームではないが、自分の出自や故郷のことを振り返るようになった。月並みな言葉だが、事実は小説よりも奇なり、とふと呟くようになった。そして大きくため息をついた。おれは万巻の書を読んだなどとほざいているが、肝腎の自分の足元のことについては、なんにも知っちゃあいない。

長女の子、つまりテツの甥はヒロといった。テツよりひとつ年嵩で、学習院大学に通い、目白に住んでいるという。

紫陽花が雨脚に顔を灌《そそ》ぐ日、テツは彼に手紙を書いた。

「入梅の候となりました　いかがおすごしでしょうか

突然のお便りを差しあげます　小生はテツと申す者で　あなたの叔父に当たるものですといっても年はあなたが一歳上とか。あるいはあなたも小生のことを　どなたからかお聞き及びかもしれません

つきまして小生は現在東村山に住んでおりますが　お会いできないものかと　お手紙さしあげた次第です　あなたは小生の甥　わたしはあなたの叔父というより　ひとりの人間とひとりの人間として　いささかその縁のほど　確かめられればと思っております

ご多用とは存じますが　どうかよろしくお願い申し上げます　お返事をお待ちしています

敬具」

一週間程経て、返事が来た。オーケーだった。彼の目白のアパートの住所と電話番号も記されていた。その夜テツは勇んで電話した。父の遺品、そんな言葉も浮かんだ。

ふたりは新宿の紀伊國屋の一階で待ち合わせすることにした。七月七日、午後三時、七夕

の日だった。

目印は、いや目印なんて要らない。赤い風船を揚げたり、黄色いタオルを首に巻いたりなんて、喜劇じゃないか。いやしくも血が繋がった甥と叔父だ。すれ違いなんて映画みたいなことはない。それでもやはり気持ちは昂る。当日テツは、紀伊國屋に定刻二十分前には着いた。煙草を吸いながら道行く人を眺めた。人々はまるで能面を付けたような顔で、蒸し暑い夕暮れの道を歩いている。

父の面差しにどこか似てるだろう姉。その姉の血を引く男、つまりはどこかしら父を彷彿とさせる若者、そして自分よりはきっと真面目そうな身なりと物腰の人だろうとテツは思った。学習院大学、という名がそう思わせた。人出は多かったが、テツは心配してはいなかった。

あとまだ十二分ある。テツは上の本屋で雑誌でも眺めてこようかと思ったが、万一、相手を待たせるようなことがあってはいけない。こちらが面会を申し込んだのだから。まあ煙草でもあと一本と、バッグの中の缶入りピースに手を伸ばした時、後から肩を叩かれた。振り向くと父、いや父の顔に似た人が、にっこり笑っていた。白と水色のストライプに紺の綿パンをはいた眼鏡かけの若者だ。あれっ、この人は、さっき自分の横を通り過ぎた人だ。黒いショルダーバッグに見憶えがあった。

向こうだって、一度確かめてから引き返してきたのだろう。テツは慌ててお辞儀をした。

「あっ　すいません　テツです」

「ああ　ヒロです　どうも」

顔をあげて　初めて相手の顔をしげしげと見た。相手もまたテツの顔を、なにかを確かめるように眺めていた。これが父の血を引く貌だろうか。どこかに面影があるようなないような。しかし、テツは改めて父の顔を思い浮かべようとしたが、大本の父の顔がうまく浮かんでこなかった。

だがテツよりひとつ年嵩のヒロは、テツより遙かに世慣れていた。

「この人だと　ぼくはすぐにわかりました　俗に言う　顔に描いてある　という奴ですね　だけど　いったん通りすぎて　肩口あたりを見て間違いないと思いましたね　お父さんの弟さんなんかは知ってます　そしてあなたもやはり福山の福田の顔です　口元のあたりです　うちのあたりじゃあ　福田づるというんですが　あなたもそのまんま福田づるです」

ヒロは一気に喋った。寡黙な男を勝手に想像していたテツは、びっくりした。気勢を削がれたような気になった。しかし気詰まりな沈黙に覆われるよりはよかった。

「つる」というのは蔓、つまり系統を指す言葉なのだろう。血の系譜とともに骨格や顔立ちの系譜もあるというのが、なんとなく家の亡霊のようにも思われた。福山の福田に行けば、この手の顔が多いのだろうか。

ヒロの母、つまりテツの長女や長男や次男たちは、父から見捨てられて実家で育てられた家族である。父がいなかった分、逆に背負い込んだ家や父というものへの思いは強かっただろう。大人数で育ち、なんとか家を飛び出したい、なんとか親兄弟と縁を切りたい、それだけを願って生きてきたテツとは雲泥、月とスッポンほどの差がある。父不在の家族の中で、影ながら語り継がれてきた父というもの、それが残響のように「福田づる」という言葉で残っているのだろうか。

だが、テツはそんな勝手な妄想にかまけてはいけないはずだ。ここは甥と叔父のいささか感動の対面でなければならない。テツは道々思っていたことを口にした。

「その先に　ぼくが知っている居酒屋があるんですが　いかがですか」

「いいですね　ただ　テツさん　その妙な敬語だけは　やめて下さい　ぼくは甥なんですよ」

「はい　まあ　一応わたしは年下ですからね」

苦笑しながら、ふたりは肩を並べて新宿駅の西口の方へ歩き始めた。夕陽が山の手線の向こうのビルの谷間にさしかかっていた。

出会いの幕が開いた。喜劇でも悲劇でもない。小さな寄席のようなふたりの舞台だ。テツは思わず二歩程スキップをした。呵呵呵呵呵。ガードを渡る電車が金蚉《かなぶん》を億万匹集めたような笑い声をたてた。

行く先はションベン横丁ですと言おうとして、今日は別名の方がとテツは思った。

「思い出横丁という所です」

ヒロも頷いた。

「ああ　あそこですね」

「行ったことありますか」

「いえ　話に聞いたことあります」

でしょうね、学習院ですからと、テツは勝手に決めつけて人ごみの中を歩いた。菊屋という店だ。店には椅子が空いていた。

「チューハイとか　飲んだことありますか」

「もちろん」

「焼き鳥とか」

「食べますよ　普通に　ぼくたちはもっぱら池袋や大塚が多いんですけどね」

「そうですか」

テツは合槌を打ちながら、苦笑した。

自分がヒロを甥というより、昔の華族の人を相手にしているような口ぶりが可笑しかったのだ。学習院といえば乃木大将そして皇族の方々の学び舎、その程度のことしか知らなかった。なんで大学で相手のことをいちいち決めつけなきゃならないんだと思いながらも、ついついそう感じてしまう。乏しい先入主ほど、手強く滑稽なものはない。ヒロが言った。

「叔父さんじゃなく　もちろん叔父さんなんて言いませんが　テツでいいんですね」

「いいですね　じゃあ　ヒロとテツ　ふたりの出会いに乾杯」

ふたりは改めて乾杯した。ヒロもチューハイを威勢よく呷《あお》り、テツも負けじと流し込んだ。小さな氷の欠片《かけら》が喉を通ってゆく。嚥《の》み下くだしてゆくうちに小さく丸みをおびて胃に落ちる。その冷たさが気持ちよかった。串焼きも来た。

唇についたタレをヒロはバッグから出したハンカチで拭いた。ベージュのハンカチに茶色い染みがついた。おれとは違うな、テツはハンカチを持たない自分に再び苦笑した。串焼きとモツ煮込みを食べ、三杯目のチューハイを呑み終える頃には、店も混み始めてきた。ヒロがチューハイの氷を口で含みながら言った。

「どうです　ぼくのアパートで　ゆっくり　まだ六時半ですよ」

「いいんですか」

「じゃあ　ぼくはちょっとお勘定を」

「いやワリカンにしましょう」

「いや今日は　ぼくが言い出しっぺですから　ここくらいは」

ほんとうはテツは、ここくらいでなく、これくらいと言いたかったのかもしれない。ションベン横丁の飲み代である。

「初対面の人にご馳走になって」

「まあ普通なら　叔父が甥には　ご馳走するもんですよ」

「だけど　わたしが年嵩ですよ」

「そんなことは　まあどうでもいいじゃないですか　ひとりの人間とひとりの人間の出会いですよ」

テツはヒロに書いた手紙の文言を思い浮かべた。それがかえって、じゃあひとりの人間とひとりの人間なら割り勘をと言われそうな気もした。まあ、面倒なことだ。テツは立上がりざま、ご愛想と叫んだ。

目白のアパートは、ゆったりとしていた。リーチやツネの部屋とは段違いだ。部屋付きのトイレと小さなシンク、それに風呂シャワーもあり、洗濯機まで置いてあった。うーむ、なるほどね。テツは唸るしかなかった。

「ウイスキーでいいですか」

「もちろん」

「安物ですが」

「いやなんでも結構」

「じゃあ水割りに」

こう言ってヒロはキッチンに行き、冷蔵庫の中から氷を出した。その背中を見やってから、テツはヒロの本棚を眺めた。社会学・経済学の本が多かった。テツが持っている文学書は一冊もなかった。それは専攻学部の違いや趣味の違い、あるいは母親の違いでもないのだが、改めて人さまざま人それぞれなのだと考えさせられた。むろん女っ気もなかった。

お待たせ——。ヒロがお盆にウイスキーと氷入りのグラスと水差しを乗せて来た。マドラーまで乗っている。おれとは違うなと思いながら、テツは水割りを作った。ふたりは、ではあらためてと乾杯した。

書架の横の壁には弓と矢が飾るともなく架けてあった。

「これ　アーチェリーですか」

「そう　アーチェリーです　ぼく　いちおう大学のアーチェリー部のキャプテンです」

「キャプテンですか　凄いですね」

「まあ　やれと言われたから　やってるだけで　そんな凄いことじゃありません」

「だけど腕前は凄いんでしょう」

「それはどうでしょう」

「だけどキャプテンですからね」

一瞬テツには、ヒロがロビンフッドのように見えた。そしてキャプテンじゃなく、キャップテンと発音すべきだったかなと思った。

ヒロは水割りを舐めるようにして飲みながら、テツに聞いた。

「ところで　あなたは風の噂で　野球で鳴らしたと聞きましたが　大学でも野球をやってるんですか」

テツはグラスを置いた。

「野球は止めました　おまえは野球選手を目指しているが　長島や王みたいな人は何十万人にひとりなんだよ　それよりこれからは勉強の時代だと言われましてね　ぼくはその何十万人にひとりが　あなたの目の前に座ってるんですと答えたんですが　誰も本気にはしてくれませんでした」

「まあ　そうでしょうね」

ヒロがふふふっと笑った。テツもそこでは笑えるようにはなっていた。

「反対に　こいつは野球に真っ黒になって　いよいよおかしくなってきた　と言われる始

末でした」

「あなたは　体格だってまあまあですよね」

「そうです　ただ体は硬いかなあ　それが自分の欠点くらいには思ってました　しかし考え方は柔軟だと思ってますよ」

「まあ文学部目指すくらいですからねえ」

「ぼくは自分で自分の野球の芽を摘み取ったんですよ」

「まあそこまで大げさに考えなくとも　いいんじゃないでしょうか　それはトラウマになったり　自分の意固地やヘソ曲がりの素になったりしますよ　まあそれはそれで筋は通ってますがね」

「筋なんか通ってませんよ　ただ一貫してひねくれているだけなんです」

テツは水割りの二杯目を飲みほし、三杯目のおかわりをした。ちょっと自分のことだけを喋りすぎている気がした。そしてちょっぴり自分がカウンセリングを受けているような気にもなった。だが、野球と文学のこと以外、なにを語れというのだろう。ヒロの本棚には話しの接ぎ穂になるようなものはない。おたがいの家族のこととも思うが、テツは福山の実家のことはなにひとつ知っていなかった。知らされなかったし、知ろうともしないで十九年間生きてきたのだ。

ヒロの机の上の置き時計が、九時の時報を知らせた。その時、フライビーンズを押し出すように口に放り込んで皮を皿の上に置いたヒロが、上目遣いにテツを見上げた。なにか来る、とテツは思った。

「あなたはひねくれひねくれと言いますけど　それは贅沢な悩みじゃないですか　恵まれた者の」

来たっと思って、テツは身構えた。

「どうしてです」

テツはゆったりと心の中でバックスウィングをした。ヒロが振りかぶって投げた。

「だって　そうでしょう　家や親に反抗したくても　うちの母たちにはその父が　ぼくにはその祖父がいなかったんですからね　たとえ無視されようと　影が薄かろうと　嫌がられようと　父がいたということは　やはり大事です　まあこれは　無いものねだりでしょうが　あるいは　無いものが有るものを嫉むことでしょうかね」

こう言われると、テツは一言もなかった。ヒロも二杯目の水割りを作った。マドラーで混ぜると、氷はさわさわと溶けてゆく。しかしグラスの中の氷は、ますます角立ってゆくようだった。ヒロは続けた。

「おふくろが言ったことがあります　父が居なかったから　まあ見棄てられたわけじゃな

いでしょうが　尋常でない苦労したと　むろん経済的にも精神的にもです」

テツは自分が弾劾されている気持ちになった。父の不始末の矢面にどうして自分が立たなければならないのか。父は父、自分は自分、姉は姉、あなたはあなたじゃないか、そうも言いたかったが、凝《じ》っとグラスの中を見つめていた。まるで水晶のように溶けない氷だと思った。むろんヒロにしても、テツをやりこめたい気持ちで言ったわけではない。離ればなれになった父と娘、その娘の子が二十年ぶりに末の子と会うのだ。これくらいのこと当たり前の挨拶だろう。

グラスの中の氷が、カチャリと音をたてた。羽虫が一匹、テーブルの上を飛んでいた。ヒロはそれを叩こうとして二度空振りした。

「アーチェリーで射たらどうです」

こう言って、テツはしまったと思った。そして立ち上がって、その虫を両手で潰した。

「野球選手の方が　ミートは上手いですね」

ヒロがお返しをした。

テツはやおら立上った。ヒロが言った。

「トイレはこっちです」

「いや　明日　バイトもあるので　今から帰ろうと思って」

「泊まっていってもいいんですよ　せっかくですから　ゆっくりと」

「ありがとう　ただ　今日はすみません　今日はほんとに　ありがとう　また会いましょう」

テツはこう言って、バッグを肩に、そして飲んだグラスを流しまで持っていった。

「いいですよ　そのままで」

「いやいや　まあまあ」

「じゃあ　そのうち」

「そうですね」

「駅まで送ります」

「いえ大丈夫です　近いですから」

テツは何度もお辞儀をして　玄関を出た。外は無性に暑かった。雲間の片割れ月が笑っていた。だから言わんこっちゃない、と言いたげだ。

テツとヒロ、叔父と甥の出会いからは、劇は生まれなかった。劇を期待する方がおかしいのだ。ただ現実というのは、こういうものだし、実際に会ったからこそこうも思うのだろう。

やれやれ、とテツはホームで呟いた。とんだ買い被りだよ。つまり、自分で自分を買い被り、自分で自分に酔いすぎていたのだ。中天に近い月が、今度は冷笑しているように見えた。

そんな自分の思いを押し拉《ひし》ぐように電車の轟音が近づいてきた。

この世は海と同じだ。凪の日ばかりではない。時化《しけ》の日もある。嵐の日もある。それが逆に、単調な日々に彩りを添える。凪に慣れた心は、たまには怒濤が押し寄せないかと思ったりもする。時化にやられ続けた人が、静かな海を待つように。こうやって人は何十年何百年、いや何千年と生きてきたのだ。今まで何万人、何億人という人が、こんなふうに生きてきたことか。そして、つかのまの波やつかのまの凪も、いつしか大きな時のうねりの中に抱きこまれてしまうのだ。

ヒロとの出会いも、一週間前に食べた学食のランチのように、やがてテツも忘れてしまうだろう。

そしてテツは思った。ヒロと会うことも、しばらくはないだろう。

から潮の夏

夏休みに入ると、クラスの十余名で西伊豆の戸田《へだ》に行った。大学の合宿所がある。研修という名目だが、格別の研究テーマや目論見があってのことじゃない。皆で行って海に遊び、夜はキャンプファイヤー、合間に討論というか口論をする。それだけのことだ。女子も四名参加した。合宿所の値段は格安だ。当時の国立大学の授業料が月千円だったが、合宿所の安さもさすがに国立大学だと妙に感心させられた。

行きは沼津まで電車。沼津から戸田までは船で行く。テツはギターを片手にリーチは麻雀パイを片手に東海道本線に乗った。リーチは得意気に言った。おれな、寮に電話して、聞いたんだよ、麻雀パイありますかって。そしたら無いって言うんだ、これはゆゆしきことだ、だからちゃあんと持参したんだよ。

「寮は消灯とか　あるんじゃないか」

ツネが言った。リーチは平気なもんだ。

「いいんだよ　そんなもの　なんとかなるよ」

だがリーチは、沼津駅でヘマをやらかした。渋谷から百円で乗った彼は、キセル乗車をしようとしたのだ。

すみません、熱海から乗りましたとか、三島からですとか言えばいいのに、彼は駅員に真顔で言ったのだ。

「すみません　隣の駅から乗りましたが」

すると駅員が尋ねた。

「隣の駅って　どこですか」

駅員には、彼がテツたちの連れで、東京から来たことは明白だった。それでもリーチは答えた。

「だから　一番近い駅です」

それで通るわけがない。

「リーチ　おい　ヤバいぞ」

ツネが囁いた。テツたちは一刻も早く、一歩でも遠く、改札口とリーチから離れたがった。

すべてを察知した駅員は、おもむろにリーチに告げた。

「不正乗車が発覚すると　所定の三倍の運賃を取られますよ　いいですか　で　あなたは

どこから乗ったんですか」

リーチが素頓狂な声をあげた。

「あっ　思い出しました　渋谷からです」

リーチは慌てて財布を開いた。駅員がにやりと笑った。テッたちはホールの出口で笑いを噛み殺していた。女子たちは、こんな人と一緒だと思われたくないという顔で顔を見合わせた。清算が済んでお待たせとやって来たリーチに、クリが笑いながら言った。おい、渋谷って沼津の隣なんだなあ。

沼津から戸田までは小さな連絡船だ。不知火海や錦江湾という内海を見慣れたテツには、外海の波は驚きだった。そして戸田の汀は、谷山の汀より砂が白かった。桜島ほどには火山灰が降らないからだろうか。鉄分が少ないのかな。テツの疑問にツネは聡く反応した。

「だけど韮山《にらやま》には反射炉があったというし　反射炉には多分砂鉄も要る　だから見かけより鉄分は多いかもしれんな　それに炉のためにはコークス　つまり椎や樫の特殊な木炭も要るからなあ　その意味ではこのあたりの照葉樹の植生は最適なんだよ　テツ　薩摩の山と見てくれは似てるじゃないか　薩摩にも反射炉があったよな」

「うん」

テツは慌てて答えた。鹿児島市の桜島を臨む島津家の仙巌園には、たしかに反射炉の跡があった。それに山の手の吉野には、かつてコークスを製造した巨大な窯跡もある。それにしてもツネは、まるで観光ガイドのような口ぶりだった。クリがからかった。

「ツネ　おまえ　そんなことまで　一夜漬けして憶えてきたのか」

すると　ツネは平然と答えた。

「馬鹿　常識だよ　こんなこと」

付き合いきれんな、というような顔で、ツネは把んだ砂をしげしげと眺めた。

五時半から夕食、六時半から八時半までが自由討論会だ。それぞれが自分の好きなことや好きな本、あるいは興味のあることを勝手に語り合う。自由時間と同じ、自由な討論の時間だ。むろんアルコール付きだ。

畳敷の広間に、十余名はひとつの輪を作っていたが、それが二つになり、三つになり、四つになり、さらに三つになったりした。アルコールと女性がその中には核のように存在した。中には選挙前の議員のように、そのいずれにも万遍なく顔を出し相槌と握手だけをして酒を飲む者もいた。

さて麻雀はどうするのだろうと、テツがリーチのいる座に行こうとした時、かたわらにいたニシがテツに訊いた。

「テツ　君は詩が好きだと言ったね」

テツが頷いたら、ニシがテツの方に膝を進めて、テツの目を覗き込んだ。

「で　きみは　自分でも書いてるの」

「たまあにね」

すると彼は突然言ったのだ。

「で　きみ　誰ばりの詩を書いてるの」

「えっ　誰ばり」

思わずテツは聞き返した。

「そう　お手本にしてる人」

「誰ばりとか　誰もどきとか　そう言われてもねえ」

「だけど　好きな詩人っているだろう」

「そりゃあ　いるよ　中原中也や立原道造　伊東静雄や萩原朔太郎とか好きだよ」

「だったら　似てくるよね」

「まあ　そういう時もあるよ　当然」

「そう　学ぶは真似ぶ　最初は皆物真似から始まるからね」

それがどうしたんだ。テツはムッとした。みんなオリジナルを目指していても、誰かの亜流、どこから派生してきたのだという議論と同じだ。無から有は生まれない。それと一緒だ。

そんなことを言ってどうなるんだ。それは詩だけじゃない。テツは胡座を組み直した。

「ニシ　それは詩だけじゃないさ　おれは野球少年だったけど　長嶋選手の構え方　打ち方　一塁へのスローイング　ユニフォームの着方まで全部真似してたもの」

「そりゃあ　そうだね　おれが言いたいのはつまりさ」

「つまり　どういうことなんだ」

「まあなんというか　所詮猿真似なんだけど　いっぱしの人間ぶった文学青年が多いからね」

それはおれやリーチのことを言っているのかと、テツはカチンと来た。しかし、テツは穏やかに切り返した。

「まあニシ　真似で始まって真似で終わる時もあるし　自分なりのスタイルが生まれることだってあるからね　瓢箪から駒みたいにね　似てることや真似てることを恥ずかしがったり恐れたりしているうちは　なんにも始まらんさ　習うより盗めって言葉もあるけど　憧れることだって大事さ　憧れるっていう漢字　リッシン偏に童　こどもの心はいつも誰かに憧れてるんだよ」

テツは一気に喋った。ニシはそれを躱《かわ》すように天井を見上げた。蛍光灯の周りを飛んでいる一匹の蝿がいた。

「いや　きみがさ　誰ばりの詩を書いてるのかなって　ふとそう思ったものだから」

まるでテツが迷い込んで来た蠅のような言い草だ。

「誰かの影響が見てとれるにしたって　やっぱりその人らしさは出ると思うよ　それが大事なんだよ　ことさら似てるとかことさら違ってるとか　そんなことで悦に入ったって　仕方ないじゃないか」

するとニシが口を尖らせた。

「じゃあテツ　今度きみが書いた詩を見せてくれないか」

なあんだ、おれの詩に興味あるのか、それならそうとはっきり言えばいいのに。

「でニシ　きみはそれを見て　ああこいつは誰ばりの詩を書いてると評定するの」

「いや　そういうわけじゃなくってさあ　ちょっと　きみに訊いてみたかっただけさ」

ちょっと訊いてみたかっただけだと。そういうことをここで訊くなよ。テツはこう言いたかった。リーチやツネは、女性を囲んで話が弾んでいるようだった。笑い声も聞こえてきた。

テツはニシに聞こえないように舌打ちをして、ニシに言った。

「ニシ　おれたちも向こうへ行こうよ」

テツとニシは、女性三人と男性四人の座に割り込んだ。男はリーチとツネとクリとオッちゃんで、レイたちも交えて楽しそうだった。

レイがテツを見上げて言った。

「あなたたち　なに難しそうな話をしてたの　オリジナリティがどうのこうのとか」

「ああ　聞こえた」

「聞こえたわよ　ふたりとも声が大きいもの」

するとと車座の向こうからリーチが声をかけた。

「オリジナリティが　どうしたんだ」

「いやあ　ニシがね　おれに　おまえさん　誰ばりの詩を書いてんのと訊くんだよ」

するとリーチが、まあ一杯と、テツとニシの紙コップにビールを注ぎ、ついでに自分のにも注いでから言った。

「ニシ　そんなとってつけたようなオリジナリティなんて　やめろやめろ　おれたちは所詮　猿真似の天国と亜流の地獄の中から　生まれてきたんだよ」

ニシが笑った。

「それくらいは　おれだって知ってるよ　ただテツに挨拶がてら聞いてみただけさ」

今度はテツが返した。

「ニシ　挨拶がてらとか　ちょっと訊いてみただけとか　そんな言い方が失敬なんだよ
どんなオリジナルな人間だって　父親と母親がいて　生まれるものさ　その中から鬼子とか

突然変異とか　鷹の子のような子どもが出てくるんだよ　処女懐胎なんて人間にも芸術にもありっこないさ」

　ああおれは、話を飛び火させようとしている、とテツは思った。すると、ツネがすかさず食い付いてきた。

「処女懐胎なんて　瓜の蔓に茄子がなるより難しいものだぞ」

　するとクリが混ぜっかえした。

「だけど　童貞マリア様と言うじゃないか　どうしてマリア様のこと　童貞と呼ぶんだよ」

　話がそれてきた。ニシは首を傾げた。クリはオリジナリティや処女懐胎より、話を処女や童貞の方へ持って行きたかったのだ。

　ツネが予審判事のような口ぶりで言った。

「きみらは話を脱線させるからいけない　味噌も糞も一緒にしちゃいかんのだわ　人間と作品のオリジナリティと処女懐胎そして童貞マリア様のことは　別々の問題だよ　まず童貞というのは汚れなき人をこう呼ぶんだよ　それがいつのまにか稚児さんじゃないけど　男の子のことを指すようになったんだよ　だけど修道女のことは　今でも童貞様とよんだりするんだわ　おれは修道高校　テツはラ・サールだから　そこいらのことはよう知ってるよなテツ」

突然話を振られて、テツはうろたえた。

「うん　まあ　近頃じゃ　平たくシスターと呼んだりもするけどね」

「そう　だから当然　男の修道士はブラザーだな」

「なんだ　ヤクザの連中が　おい兄弟とか　姐さんというのと同じじゃないか」

クリが半畳を入れた。ツネが口を尖らせた。

「クリ　ふざけちゃいかん　それよりテツとニシ　おまえたちが来てから　ここの座の話が　どっかに行っちゃったじゃないか」

ツネは予審判事から、追い詰めた犯人を寸前に取り逃したような警部の口調になった。しかし、どっかに行った話題というのは、テツには聞こえていた。なんのことはない、組織と個人、政治と文学というありきたりのテーマだった。

そんなのは白と黒、光と影、生と死、自分と他人といった対位と同じで、どこまでいっても終わりの見えない問題だ。しかもニシは女性陣の横に座って相好を崩している。テツはカチンときた。

「ところでニシ　また問題を蒸し返すようだが　きみはどんなものを書きたいんだ　いやどんなものを書いてるんだ」

ニシがにんまり笑った。

「おれはね　創作というより評論だね」

するとリーチが人差指と親指で、ニシをまるで狙い撃ちするように叫んだ。

「評論家かあ　ニシ　評論なんて一番わかってないくせに　一番わかってるような口をきくやつだよ　おまえ犯罪的だな」

「いや　おれはまだ何も書いてないよ　それに　人がなにを目指そうといいじゃないか　おれはテツに　ちょっとさっきのことを訊いてみたかっただけだよ」

ニシはそう言って、自分のグラスに手を伸ばした。手探りする手が、さながら座頭市のようだった。レイがハイハイと、グラスをニシの手元に置いた。ニシの眼差しはテツにうつろに注がれたままだったのだ。ツネが舌打ちをして言った。

「まあオリジナリティとか個性といったって　目指してるものと現実は違うからなあ　オリジナリティと叫んでるくせに　当のご本人は真似乞食以下の者もいるしなあ」

予審判事から警部のようなツネの口ぶりが、漫才のボケのようになった。

「まあオリジナリティといったところで　せいぜいこの座で　この仲間内でなんとか目立ちたい　一目置かれたい　こんなことくらいだよ　だけど　本当はそんなことじゃないんだよなあ」

そう言って、ツネはナベの方をちらっと見た。テツは思った。なあんだ、おまえ、ナベの気を引きたいのか。

群れをなすと動物の雄たちは雌の前では、ついついカッコをつけたがるものだ。自分が人なみはずれて強いとか大きいとかカッコいいとか。テツたちも女性を前に、派手な立ち回りこそ見せないものの、自分の雄性を発揮することに躍起となった。つまり、盛《さか》るのだ。

するとナベの隣りにいたノブという女性がぽつりと言った。

「あなたたち随分と威勢がいいけど　だけどわたしたちどうせ籠の鳥と一緒だわ　自由を謳歌して勝手に囀っているけど　じつは籠というか目に見えない檻の中で飼われていること に気付かないだけよ」

一座にまるで冷水を浴びせかけるような言葉だった。皆は一瞬、落雷に打たれたように静まった。

うーむ、それは違うんじゃないか。テツはこう思ったが、言い出せなかった。

意外だった。ふだん大人しくお淑やかな彼女から、こんな言葉が飛び出すとは。サッカーでいえば、ノーマークのプレイヤーからシュートを打たれた気がした。それはゴールしなかったが、ゴールポストを叩き皆の驚きを誘った。人は見かけによらないものだ、なんて単にテツがふだん見ていなかったにすぎない。

その時だ、レイがコップを置いて言った。

「自由そうに囀ってもいいんじゃないの　たとえ鳥籠の中だとわかっていても　大学だってこの戸田の寮だって　別天地よ　わたしたち与えられた安全と自由の中で　好き勝手に青春を謳歌している　いい気なものよ　そう言われてもいいと思うわ　だけど　ここは鳥籠の中かもしれない　コップの中の嵐か蜜月かと思うのは大切よ　ただその時　ああわたしたちがこうしている間にも　世界では大勢の人が飢えてる　多くの血が流されてる　罪のない人の命が亡くなっていると　あまりに思い込みすぎるのはどうかしら　それはどこか　わたしたちの良心や後ろめたさにつけこもうとする　逆になにか作意みたいなものも感じるの」

ノブは頷きながら、しかし、しっかりと答えた。

「別にわたし　水を注すつもりはないわ　だけどいろんな見方や感じ方が出来た方が　いいんじゃないかな」

レイは水割りの紙コップを置いた。くたびれたコップの縁にルージュが付いていた。

「合宿に来て　手放しではしゃぐのもどうかと思うけど　こんな所に来てまで　この世の矛盾がどうのこうのって　気にするのも　どうかと思うわ」

するとリーチが、異議なしと唱えながらニシの方を見た。

「嬉しい時には嬉しい　楽しい時には楽しい　苦しい時には苦しい　そうしっかり言えることが大事だよな　おいニシ　評論家志望はどう思う」

突然指名されたニシは、眉間に皺を寄せながら答えた。

「辛い時には辛い　幸せなら幸せ　言わなくても顔や色に出る　それでいいんじゃないのかな　辛い時に笑みを浮かべるのも　嬉しい時に逆に辛そうな顔をするのも　あまり自然じゃない　ちょっと考えものだな」

クリが突っ込んだ。

「ニシ　おまえのその　あまりとかちょっととか言うのが曲者なんだよ」

テツがまぜっ返した。

「だけど　ニシにしちゃあ　上出来だ　ニシ　その自然というのが　オリジナリティというか　その人の素というか地というか　その人らしさなんだよ　じゃあ素とは何か　地とは何かというのが問題なんだけどね」

言った後、テツは、なんだ堂々めぐり、同語反復だと自分で思った。

はたしてリーチが突っ込んだ。

「テツ　それはさっきの問題の蒸し返しだぞ　蒸し返し　テツ　おまえの方がニシより余程評論家じゃないか」

テツも苦笑した。

「そうだなリーチ　おれが理屈っぽくなったり　言うことが説教臭くなった時は　まあロ

クでもないことを言ってるに過ぎないんだよ」

「へへヘッ　テツ　今日は馬鹿に素直じゃないか」

クリがテツの紙コップにウイスキーを注ぎ、手でこほこほと氷のかけらを入れた。

自由討論といっても、まさに籠の中の鳥たちが、籠の中でめいめいの歌声と毛並みを自慢し合っているようなものだ。座からはきっと青臭い自我が煮詰まり焦げている匂いがたちのぼっていることだろう。

ツネが叫んだ。

「まあ　しようもない話より　歌でも唄おうか　おいテツ　ギター持って来いや」

テツは首を横に振った。

「今日は無伴奏でもいいんじゃないか　俺は歌声喫茶みたいなのは苦手なんだよ　さあみなさん　手をつなぎ　声と心を合わせて唄いましょうなんてね」

するとそれを聞いていたもうひとつのグループの五人もこちらに来た。そしておたがいになにか唄え、いやいやと尻ごみし合っていた。

その時、タカが立ちあがった。彼はサッカー部で、なかなかの偉丈夫だ。

「じゃあ　おれが唄うよ」

皆がほうと彼を見上げた。

「まあ　ドン・コサック合唱団とまでは行きませんが」

リーチが茶々を入れた。

「なんだ『ワルシャワ労働歌』か『インターナショナル』か」

「いいや　そんな野暮なのは唄いません　『ヴォルガの舟唄』です」

皆ひとが、おおおっと唸った。タカはふだん口数が少ないだけに、逆にこうして名乗り出た時には、存在感がある。彼は直立し、少し顎を引き気味に唄い始めた。

〽エイコーラ　エイコーラ
誰もが「も一度エイコーラ」と呟いた時だった。彼はその後をロシア語で唄い出したのだ。むろんテツはロシア語は皆目だ。だから、多分そうだろうと思ったに過ぎないのだが、朗々とまではいかなくとも、立派なバス・バリトンだった。

ワンコーラスで彼はお辞儀をして座った。拍手が湧いた。クリは、アンコール、アンコールと叫び続けた。リーチが言った。

「ロシア語か　迫力あるなあ　ただロシア語だったら　発音が良いのか悪いのか　間違ってるか正しいか　まるっきりわからないもんなあ」

レイが言った。

「またまた　そんなことを　それって負けおしみよ　あなたの東京弁より　遙かに上手よ」

ツネは、タカにウイスキーを注いだ。

「ごめんな　ウォッカじゃなくて　ところであんたは　第二外国語　ロシア語を取ればよかったのに」

するとタカはしれっとして応えた。

「いやロシア語は　一応修得してるんだ　フランス語が出来ないから　ここを選んだんだよ」

これには、皆ひとが再び驚いた。面白い奴もいるものだ、能ある鷹は爪を隠すか。テツはタカの横顔に眺め入った。タカの面差しは写真で見た広瀬武夫になんとなく似ている気がした。

後は続かなかった。タカの『ヴォルガの舟唄』に度肝を抜かれたのか、皆はまためいめいもとのお喋りに戻り始めた。すると二十八歳のオッちゃんが突然手を挙げて立ち上がった。

何を唄うのだろうかとテツは思った。彼はタカを名指しした。

「ええとタカ　さっきの舟唄のことだけど　そのロシア語でも　掛け声はエイコーラと唄うのかね」

タカは答えた。

「原語では『エイ　ホウニャ』と聞こえます　ミリイ・バラチェフが採譜したものですけど

ね　日本では門馬直衛さんの訳詞が知られてますけどね」

　オッちゃんはわが意を得たりと　煙草で茶色に染まった人差し指を立てた。

「ということはだな　『エイコーラ』というのは　きわめて日本語的な意訳だな」

「はあ」

　タカは怪訝《けげん》な顔をした。皆も、何を言い出すのだろうとオッちゃんの顔を見た。その視線を意識しながら、オッちゃんは皆の顔を眺めまわした。

「つまりこの『エイコーラ』は『最上川舟唄』で『ヨイサノマカショウ』とか別の民謡でも『エンヤトット』とか『エンヤコラ』などと囃されるけど　これらとも相通じるところがあるんだよね」

　この人がつまりという時は、ちっともつまっていないのだ。ニシのあまりやちょっとと似たりよったりだ。それに素直に快演したタカが可哀相だった。唄ったことで矢面に立たされてるみたいじゃないか。テツはタカを庇うようにして、少しお道化てオッちゃんに呼びかけた。

「オッちゃん　労働歌や舟引きの時の掛け声は　万国共通というかどこも似てるんじゃないですか　感嘆詞や間投詞など　そんなに違わないと思います　犬が吠えるのをワンワンといったり　バウワウと言うようなものですよ　名詞だって　お茶のことを日本語ではチャ

英語でティー　もちろん中国語は原語でチャ　そのままですけどね」

するとオッちゃんは色めきたった。

「だからテツ　おれが言いたいのはだ　つまりだな　なにがオリジナルかと　さっきからお前たちは議論してた」

また始まったと言いたげに、今度はリーチが突っかけた。

「オッちゃん　だからどっちもオリジナルなんです　どっちがオリジナルとか　誰がオリジナルと決めつけるのは　ナンセンスなのです」

リーチは突っかけた上、オッちゃんの言葉をいなしてはたいた。テツは崩れたオッちゃんの態勢をさらに押し出そうとした。

「オッちゃん　オリジナルの議論は終わったんです　『エイコーラ』でも『エイ　ホウニャ』でもそれぞれに一理あるんですよ　現地の人がどう唄おうと　日本人がどう唄おうといいじゃありませんか　なぜロシアの舟唄にアメリカの清涼飲料水の名が登場するのか　まさかそれでクレムリンは文句をつけないでしょうよ」

しかしオッちゃんは、簡単に土俵を割らなかった。腰を下ろすと、煙草に火をつけ、アルミの灰皿を手元に引き寄せた。深く吸って緩やかに吐き出しながら、次の言葉を考えているようだった。そして口を開いた。

「いや　そういうわけじゃなくってさあ　つまり　おれの言いたいのはだな　吉本隆明の『言語にとって美とはなにか』によると　言語発生における段階で　労働歌や祝詞における自己表出と指示表出の……」

ここまで言ったところで、テツはとどめを刺した。

「オッちゃん　それはまた次の機会にして　おーいツネ　オッちゃんにウイスキー　ウイスキーと氷ね」

座が柔らいだ。オッちゃんは無念そうに、注がれたウイスキーを飲み始めた。茶色い指が、ぷるぷると震えていた。オッちゃんの理路の重たさは疑わしかったが、皆より十年近く生きているという歳月の重みだけは、皆が感じていた。

「おい　夜風にでも吹かれてみるか」

テツがリーチに言った。リーチが頷いた。

「そうだな　おれたちだいぶヒートアップしてたからなあ」

「しかしオッちゃんの話は　尻切れトンボだったな」

ツネが言った。

「いやあれはテツが尻尾を切ったんだ　尻切れトンボじゃなく蜥蜴の尻尾切りさ」

クリが笑った。テツも笑った。

「いやあれからは　オッちゃんの話は　頭も尻尾もなくなるんだよ」

玄関に出ると、海の匂いと波の音が押しよせて来た。外灯の中、砂浜に松ぼっくりが手榴弾のように夥しく落ちていた。青春と同じだ。触われば危い。こんなこと言ったのは誰だっけ。いや誰も言ってない。そう思いながらテツは足元の一個を思いきり蹴とばした。スリッパが飛んだ。リーチとクリとツネが笑った。笑いながら四人はめいめい自分の足元の松ぼっくりを蹴った。

テツはリーチを振りかえった。

「ところでリーチ　おまえ『言語にとって美とはなにか』を読んだか」

「いや読んでない　おれは吉本さんのは詩集と『擬制の終焉』しか読んでない　クリおまえは読んだの」

リーチの問いにクリは鼻で笑った。

「いや　買ったけどね　だけど読んでない　まあ今は言語論より世界革命論が先さ」

すると後からツネが言った。

「おれは『言語にとって美とはなにか』だけ読んでないんや　まあどうせ今度クリから　麻雀のカタにもらうわ」

松が枝ごしの月が、薄くて短い四人の影を砂地に落としていた。穏やかな松籟とは裏腹に汀に寄せる波の音は大きくて重かった。テツはまた谷山の汀を思い出した。あれがたをやめぶりとすれば、ここはまさしくますらおぶりだ。木の間越しに合宿所の明かりも見えた。ほかの者も連れ立って外に出てくるようだった。

「ちょっと待った」

そう言ってクリは一本の松に向かった。両手を出して木立を抱くかと思いきや、彼の手は股間に行った。クリの大きなため息とともに、砂地と松葉がかもす仄かな音が立ちのぼった。そして彼はバスーンのようにゆるやかに放屁した。

「なんだ井伏鱒二みたいじゃないか」

リーチが呟いた。

「松を抱擁するかと思えば　松に放尿か」

ツネが駄洒落をひとり言い、ひとり笑った。

奥多摩のおくつき

伊豆から帰ったテツに、分厚い手紙が届いていた。宛名の筆跡にも覚えがない。差出人を見たら静岡市そしてコンの母親からのものだった。胸騒ぎがした。

コンが死んだのだ。コンは東大にも慶應義塾にも落ち、四月から再び予備校に通っていた。ところが五月の連休にちょっとと言い置いて外出した。夜になっても帰って来ない。外泊は今までもあったことだし、大方テツの所に厄介になってるだろうと思っていた。二日目も帰って来ない。電話もない。三日目も沙汰がないので、おかしいと思って部屋を覗くと、机の上に書き置きがあった。

「読みさしの本の
右と左とを重ねるように
ぼくは生きさしの　ぼくの人生を閉じよう
透谷もバディー・ホリも

ぼくよりちょっと長生きしたね
ありがとう　お父さんお母さん
なぜかのどだけが　かわいているのです
五月三日」

手紙の中にはコンの書き置きも同封されていた。母親の手紙の中には、バディーさんや透谷さんというのは予備校のお友達でしょうか、というお尋ねもあった。そして四十九日の儀も内輪で済ませたので、テツに連絡に及んだと記してあった。手紙は、どうかあなたはコンの分も存分に生きて下さい、と結ばれていた。

――北村透谷は静岡は小田原の生まれ、詩人と評論家でしたが、変革と恋愛でこっぴどいものを背負い自死しました。バディー・ホリーは、一九五九年にはたちそこそこで死んだコンお気に入りのロックンローラーでした……

ここまで書いて、テツはコンの母親への手紙を書くのを止めた。自死にせよ、ふたりの死がコンに影響を与えたと思いたくなかった。ふたりは教祖でもアイドルでもない。ただ五月三日、コンからテツの家に電話があった旨、姉が伝えたが、深夜酔っぱらって帰宅したテツはそれを打っちゃらかしていた。どうせコンの愚痴か何かだろうと思って。

テツはコンの母親への手紙を二つに破り、さらに四つに破り、さらに小さくひきちぎった。かぎりなく小さくひきちぎったら、米粒のような紙がそのまま涙になったような気がした。

コンの母親には、一行の手紙を書いた。

「ショックです　無念でたまりません」

次の日曜日、朝食を済ませると、テツは姉に言った。奥多摩湖に行って来る。

「あっ　そう　奥多摩湖　えっ奥多摩湖　多摩湖じゃないの　奥多摩湖って　小河内ダムでしょう　あそこは遠いよ」

姉は驚いた。

「いや　コンが入った所に　花でも挙げて来ようと思ってね」

姉もコンは知っていた。東村山にも遊びに来たことがあった。

「花はいいけど　大丈夫」

「大丈夫」

「気をつけて行くのよ」

姉はそれならと、弁当を作ってくれた。高菜で包んだお握りを三個と玉子焼き、それにタコの足のように刻んだウインナーの弁当だ。

「地図はあるの」

ないと答えたら、姉は言った。

「とにかく西へ西へ　まずは青梅街道を走ればいいからね　だけど遠いよ　四〇キロ位はあるんじゃないの」

「大丈夫　それくらい」

「夜までには帰ってくるのよ　絶対に」

コンのようにならないでね、そう念を押されているようだった。もちろん、と頷きながらテツは姉のママチャリに乗った。

東村山から東大和、武蔵村山、瑞穂町を経て青梅に着いた。青梅街道。あの新宿駅のガード下を通る道がここまで続いているのだ。川が見えた。多摩川だ。ダムはこの上流だ。心もち登りになった道で、テツはペダルを漕ぎ続けた。太腿と足首に力が入った。だが、そこからが大変だった。川は山峡をめぐり、その山肌に纏いつくように道路と線路が走っていた。御嶽《みたけ》、川井《かわい》、古里《こり》、鳩《はと》の巣《す》、白丸《しらまる》そして鉄道の終点が奥多摩だった。着いた。テツは駅で行商の人らしいおじさんに聞いた。

「奥多摩湖は　どこですか」

すると彼はテツのいで立ちとママチャリをしげしげと見て言った。

「奥多摩湖に」

「はい　小河内ダムです」

「まあだ　ダムまでには　ざっと二里　一〇キロ近くもあるよ」

「えっ　そんなに」

「そうそう　トンネルが　さあ五つか六つもあるか　暗いからねえ　気をつけてね」

ありがとう。そう言ってテツは一瞬肩を落とした。

しかし漕ぐしかなかった。谷は深く、その底の川は青大将の腹のようだった。かつての旧道にとってかわったダム工事のための新道は、尾根を迂回するかわりにそこを率直に隧道で貫いていた。

奥多摩の山塊は南九州の山並みとはいささか違った。関東ローム層と火山灰層との違いか、山は大地の力瘤のように盛りあがり、そこを縫う川はいくつもの深い沢を山肌に刻んでいた。

「この道をずっと行けば大菩薩峠だ」

テツはふと呟いた。しかし、その前に奥多摩湖だ。七曲がりの道と地肌丸出しの隧道。ああ、来なきゃあよかったという思いも、チラッと頭を掠めた。しかしコンが待っているのだ。それにしても、コンは奥多摩駅からダムまで、この道を歩いたのだろうな。テツは立ち漕ぎを続けた。

道が平坦になった。テツもサドルに腰を下ろした。すると開けた視界のまん中に、真一文字の白線が通り、その下に灰色のコンクリートの壁が見えた。緑の山間《やまあい》がその股間に白い大きなブリーフを穿いているようだった。小河内ダムだ。やっと着いた。テツは自転車を下り、ため息をひとつつき、挨拶するかのように表示看板を見た。

大正末期に計画されたダムは、太平洋戦争期に工事を中断、戦後再開され、一九六七年に完成した。堰堤の高さは一四九メートル、長さは三五三メートルもある。

テツは堰堤道路を渡って引き返し、さらに湖沿いに上流に向かった。見晴台から大麦台に行くと、湖に小さな島が浮かんでいた。陽は高く白く輝いていた。突然ギターのAとDとEのスリーコードが鳴った。テツはあたりを見渡した。誰もいない。バディー・ホリー得意のシンプルなギターのカッティングだ。

ここだ、とテツは呟いた。自転車を止めた。ガードレールを越えた所に岩があった。テツは再び呟いた。ここだよな、コン。おまえがこの世の景色を最後に見たのは。テツは岩の根っこにあった小石を湖に向かって放り投げた。石は岩の下の藪にかさりと落ちた。届かない。テツはふりかぶって、思い切り投げた。ジュボッという音がした。さらに一個、さらに一個。テツは石を投げ続けた。花を投げ込むように。

「バカが」

コンに言ってるのか、自分に言ってるのか。ただテツは石を投げ続けた。AとDとEのスリーコード。まるでそれがストレートとカーブとスライダーの捕手のサインのように。テツはひとり頷いては石を投げ続けた。手向け石だ。

「すみませーん」

道の上の方から声がした。たしかに人の声だ。ギターの音でも鳥の鳴き声でもない。テツが振り返ると、そこに作業服と腕章をした人が立っていた。首からはタオルと双眼鏡を下げていた。

「すみません　そこで　なにしてんのかね　ここで釣りはできねえよ」

湖辺のパトロールの人だった。

「すみません　ちょっと用事が」

「用事がって　どんな用事か知らねえが　ここはダムの中　立入り禁止区域だよ」

「いえ　二月程前　友だちがここで入水《じゅすい》したもんですから」

「ああ静岡の青年ね　ちょうどこの下だったたよ　ホトケさんがあがったのは」

「あなたは　家族かな」

「いえ　友人です」

「友達ね　そうか友達か　しかしここは今　柵の中には入っていけないことになってるんだよ　あなたはこの自転車で来たんかな」

「はい」

「はいって　静岡から」

「いえ　東村山からです」

「だろうね　静岡は遠いもの　だけど東村山だってだいぶあるよ　ここから」

「はい四時間近くかかりました」

パトロール員の顔が柔らかくなった。

「ご苦労さん　ただね　ああいうことがあると大事《おおごと》で　これは言っちゃあなんだけど　ああいうことは後を引くんでね　それでわたしら　こうして巡回パトロールしとるわけよ」

「すみません　ぼくは大丈夫です」

「いや　みんな口じゃそう言うんじゃよ　大丈夫だって」

「いや　本当にホントです」

「そんならいいけど　ただ　ここは立入り禁止区域だからね」

「わかりました　そっちに行きます」

テツはズボンに付いた泥や草の葉っぱを払って道に出て、パトロール員にあらためてお辞儀した。

「あなたの友達かね」

「はい」

「そりゃあ不憫なことだった　わたしらが見つけて引きあげた時には　もう手遅れでね」

「そうですか　ご迷惑をおかけしました」

こう頭を下げながらテツはふと思った。そりゃあそうだろう、あのコンが、途中で見つかるようなヘマをするわけがない。

「いやいや　なんのなんの　わたしの仲間が　やっぱりこうしてパトロールしとったら道のぐるりにバッグとギターと靴と眼鏡が置いてある　なんじゃろうかと付近を探していると　湖に人が浮いとる　薬を飲んで入水したみたいだったな　そこいらのことはあなたも知っとるでしょう」

テツは、詳しい事情は知らぬままただ黙って頷いた。巡回パトロールの彼は、テツの自転車を見て、さてはまたかと色めき立ったのだろう。テツは徐行する彼のジープの後を追って管理事務所に行った。

「今からお昼じゃ　ああ　あなたも弁当はあるか　そりゃあいい　お茶をあげよう」

事務所の奥に行った彼はほどなく薬罐と茶碗を持って来た。

「ほほう　それ自分で作ったの」

彼は目を丸くして尋ねた。

「いえ　姉が作ってくれました」

テツが答えたら、彼はお茶を注ぎながらにっこり笑った。

「いいことだよ　これから死のうなんて人は　こんな旨そうな弁当なんて食べないもんね」

テツは漸く不審な侵入者から、縁あっての来訪者になった。管理人の言葉も表情もすっかり緩んできた。

「昔はな　ここは山の奥の奥　青梅街道だってあと三里も行けば　甲斐丹波山や小菅さ」

「あと三里ですか」

「行くのかい」

「はい　せっかくここまで来たから　山梨県にもちょっと挨拶しようと」

「そしたら　早目に出た方がいいね　帰りは東村山だろ」

「はい」

「七曲がりの道にトンネルが出来て　昔よりは近く楽になってるけど　トンネルは暗いからね　道もまだ狭いし　気をつけて　とにかく気をつけてね　対向車なんて滅多にいないけど　出会ったら止まることだな」

彼は昔の集落の長老のようになにくれとなく助言してくれた。あるいは久しぶりに里の人と会った懐かしさだったのだろうか。そして出来上がったばかりの奥多摩湖の周辺地図を手渡した。これもまあ持って行きなよ。それからその弁当の包みはここのゴミ箱でいいよ。

「はい　じゃあ行ってきます　どうもありがとう」

「あなたも気をつけてね　そして頑張ってね　ヤケなんか起こさずにね　山で暮らす人間のごと　気を長う持ってね」

「気を長くですか」

サドルに跨がりながらテツは思わず聞き返した。

「そうとも　心は太く　気は長くじゃ　海の漁師は　一晩の一網で一年分を稼いだりもする　農家は春に種を蒔き　秋に穫りとる　半年じゃ　しかし山はな　木が成長するまで　どう見積もっても六、七十年はかかる　わが代では済まん　人間の寿命より気長く構えんことにゃあ　やっていけん」

「おじさんは　山育ちですか」

「そう　根っからの山育ち　この下の氷川　生まれも育ちも氷川じゃ」

「わかりました　気を長くね」

といっても、テツは来年のこともわからないのだ。それでもつい口に出た。

「ところで　おじさん　氷川って　氷の川でしょう　冷え込みの厳しい所だったんでしょうね　だけど　この先に　熱海ってあるでしょう　あの静岡の熱海と同じですよね　どうし

て熱海なんですか　温泉でもあるんですか」

「さあなあ　山のことはわかっても　地名のことはなあ　よう考えたこともなか　あなたも妙なところに気のゆく人じゃな　あんまり余計なことは考えんようにな　考えは悩みのもとじゃ　まずは前方と道をしっかり見て　よおく見てな　自転車はそれが大事じゃ」

緩みなくテツはペダルを漕ぎ続け、つづら折りの道を登り続けた。二時間かけて峠を越えた。大菩薩の峰が見えるかと思ったが、峠からは聳えたつものはなにも見えなかった。たんなる山道じゃないか、そう思いながらもテツは峠の標識にひと息ついた。そして一礼し、峠に棲むという塞の神に十円銅貨をピンと爪で弾き飛ばして、今来た道を引き返した。

下りはさすがに楽だった。しかし、陽は早くも山影に沈みかけていた。加速した自転車でトンネルを走るのは恐かった。削り貫かれたトンネルの岩肌が妙に生々しく腸の内壁のように見えた。冥府への入口。そうも思った。テツは必死に目を凝らした。道と前をよおく見てな。パトロールのおじさんの言葉がライトの中で点滅した。ダムの管理事務所の前を通る時、テツは軽く片手を挙げた。

自転車は青梅の町に入った。空が広くなり、傾きかけていた陽が、また空に押し戻された。

東村山までは夕暮れの中を、懸命に漕いだ。一刻も早く、一歩でも近く、コンが入水した奥多摩湖から遠ざかろうとするかのように。それまでテツにとっては、死ぬことなんか上の空だったし、浮き雲のようなアクセサリーでもあった。しかし、ペダルを漕ぐテツを絡めとるように、宵闇と悲しさがしのびあがって来た。蒸し暑い宵闇の中、テツはふと丸裸になった因幡の白兎になった気がした。


蒸し暑い夏、テツは今ひとつの別れに立ち合った。

フィリピン人のテオさんだった。姉のひとりのカヨは、武蔵野市にポールというアメリカ人と所帯を持っていた。そこに行くとパスタやチーズやシチューなどバタ臭い料理にありつけた。テツはそれを目当てに時折、その借家を訪れた。

ポールはアメリカはボストンの出身で、大企業の通訳や国際基督教大学の講師などをしていた。借家は広くはなかったが、ステレオがあり、ピーターという生後数カ月の赤ちゃんがいた。バタ臭いメニューを食べながら、バタ臭いポップスを聴き、アメリカ語で話すのは悪い気がしなかった。

カヨは竹を割ったような性格で、六つ違いのテツを可愛がってくれた。わたしはあなたをよくおんぶしたおかげで、こんなに出っ尻になって、というのが口癖だった。ただ一度だけテツに文句を言ったことがあった。それはテツがポールに初めて会った時だ。ポールは流暢な日本語を喋るので、テツは言ったのだ。ふつつかな姉ですが　よろしくお願いします。すると彼女は眉間に皺を寄せた。

「テツ　ふつつかなんて　悪いけどいい　いいかも知れないけど　ひょっとして気に障ることがあるかもなんて　そんなニュアンスの言葉は使わなくていいの　いい姉です　よろしく　これでいいの　とりあえず白か黒か　良いか悪いか　はっきりさせた方がいいのよ」

しかしそう言われても、面と向かって開口一番いい姉ですなんて言えない。そんな風土や環境に育っていない、そう言いたい気もした。今にも降りだしそうな空のもと、グッドデイとかファインデイを連発するようなものだ。だがポールが姉にぞっこんなのはよくわかった。蓼食う虫も好きずきだからなとテツは思い、はてこれはどう訳するのかなと思ったりした。

ただポールのことで、あれっと思ったことがあった。テツが少しはサービスのつもりで、アメリカのポップスでは、パット・ブーンの「I'll Be Home」が好きだと言った時だ。ポールはあまり良い顔をせずに言った。

「パット・ブーンはライト　右翼だから」

ということは、ポールはどちらかといえばレフトなのかと、テツはうっすらと思い至った。既にアメリカのベトナムへの北爆開始から二年が経っていた。ポールはまた暗にアメリカの政府を批判する時もあった。なぜこの人はアメリカ人なのに、母国を離れた日本で母国の悪口を言うのだろう。テツはそう思ったが、美味しいごちそうと音楽を前に、あまり立ち入った話はしなかった。というより、テツは単に腹が減っていただけのことだ。

そこで何回か一緒に夕食を食べたのがテオだ。彼はフィリピン人。色黒で扁平な顔でいつもサングラスをかけ、開襟シャツを着ていた。

お盆過ぎのある日、夕食がいつにもまして豪華だった。聞けば明後日、テオは横浜港から出港するという。

船で帰るのか、横浜港に行ったことがないテツは、自分も見送りに行きたいと言った。

「テツ　よろしく　嬉しい」

テオがテツと握手をした。じんわりとした掌だった。掌に熱帯性低気圧があるのかと思った。眼鏡の奥の目が細く光った。カタカタ鳴る扇風機の横で、ピーターは大らかに寝ていた。

二日後テツは、朝武蔵野市の姉の家を尋ねた。そしてポール一家と横浜へ向かった。正午前に着き、中華街でお昼を済ませた。テツはシューマイを初めて食べた。

一時半にテオと約束だといって、ポールは待合室の方へ向かった。フィリピン行きの桟橋はどこだろうと、テツはあたりを見回した。きっとマニラ行きだろうなときょろきょろした。見当たらない。しかも、行き先にアジアの都市らしい表示はない。間違えたのかな。と思った時、先を歩いていたポールが振りかえった。

「ハーイ　コッチヨウ」

見るとポールの向こうに、いつもながらの開襟シャツにサングラス、バッグを下げたテオが手を振っている。

ポールとテオは手を握り合い、抱き合って別れを惜しんでいる。テオは姉が抱いていたピーターを抱きしめ、頬ずりした。ピーターがぐずった。おなかかな、お襁褓《むつ》かな、姉がホールの隅に消えた。ポールはアメリカ語で何やら語りかけ、テオに紙袋を渡した。餞別だろうか。

だが待合室はフィリピン行きにしては変だった。人の顔、衣装や出でたち、聞こえる会話やアナウンスから、アジアの匂いがしないのだ。テツはあたりを見回して、はっとした。「ナホトカ航路」という看板があった。

ということは、テオは南のフィリピンでなく、北へ行くのだ。観光旅行か、まさか。留学か。まさか、亡命か。まさかまさかまさか……。

フィリピンでは一九六五年にマルコス大統領が就任していた。彼はアメリカ政府と手を組み、反共産主義のリーダーとして腕を奮っている。一方、彼に反抗するのはモロ民族解放軍や再建共産党の新人民軍の一派だ。とすると、テオはソビエトに渡り、なにをするんだろうか。彼は母国にも日本にも居辛くなって、ソビエトに行くのか、それともなにかの目的があって渡航するのか、テツには分からなかった。テオとポールは相変わらずふたりで何か話している。

赤い喫水線をちょっぴり出した黒と白のツートンカラーの船は、積み荷も終わったのか、手持ち無沙汰気味で埠頭に浮いていた。

船体にはいかにもロシア語という感じで「Байкал」。ウォッカで酔っぱらったアルファベットのような文字だ。「バイカル」たぶんそうだろうとテツは思った。クラスメートのタカならこの文字だって、出発前のロシア語のアナウンスだってすぐにわかるだろう。

それではと、ポールとテオは抱き合った。テオは姉と握手して、ピーターの頭を撫でた。テツとも握手してタラップを登っていった。しばらくして、彼は再びデッキに現れた。汽笛が鳴った。ポールとテオは、なにやら叫び合っていた。なにかはエンジン音で聞きとれなかった。ピーターは姉の腕の中、日傘の影の中で寝ていた。

湾内で船は緩やかに旋回し、テオがまた見えがかりの甲板に現れた。汽笛が鳴った。ポールとテツは手を振り続け、姉は傘を上下に揺らし続けた。

この世には、わけのわからないことが多い。いや多すぎるのだ。それをわかろうとすることも大事だが、わからぬままそのままにしとくのも、まあいいか。テツは消えてゆく水脈にそう呟いた。

夏休みが来た。テツは家庭教師以外にアルバイトをした。飲んだり映画を観たり好きな本を買うには金が要った。二回程家に金の無心をしたが、のべつとなると気が引けた。手っ取り早くしかも高い金になるのは、地下鉄の工事現場か深夜の道路工事現場だった。一九六四年の東京オリンピック後も、東京はまるでみずからがブルドーザーになったように蠕動し続けていた。蛸が足を広げたように延伸する地下鉄、高速道路や環状線。そして私鉄沿線沿いのアメーバのような団地や宅造地。建設工事現場には事欠かなかった。地下に潜るか、夜の果てに潜るか。しかしテツは高所と閉所は苦手だ。道路工事現場なら我慢できる。それに体力には自信があった。

中には、米軍関係でベトナムから死体となって帰還した兵士の管理が凄い、と言う仲間もいた。しかしなんとなくヤバそうだった。やはり地に足をつけて汗水垂らす。地道でいい、地道がいいんだ。そう呟きながら、テツはヘルメットと作業服と作業靴に身を固めた。まるで野球のユニフォームを着た気分だ。そしてバットのかわりに鶴嘴かシャベルを握った。

土方仕事は体力まかせでなくペース配分だ。テツはやり方を弁えていた。肉体労働は長距離走だ。体と力に物を言わせて、一気呵成にやりすぎると、必ず途中で息があがる。バテる。倦まず怠まず、ちょっとずつだ。ヨイトマケの唄がそうであり、エンヤトットの舟唄がそうだ。力の込めどころはあるが、ハナからいきり立つ必要はない。

むろん古参の者がいる所では、多少なりとピッチを上げる。しかしピッチを上げようと下げようと、その道のベテランたちは、打ち込む鶴嘴の力強さ、突き込むシャベルの勢いを、ちゃんと音で見抜いている。ふりは、通じない。一日土方をすれば、掌や指が肉刺《まめ》だらけになるだけじゃない。人間の化けの皮だってすぐに剝がれてしまう。

昼となく、夜となく、首都圏の大地の下では、さながら砂糖壺に群がる蟻のように労務者たちが蠢いていた。町中からは昔ながらの木と紙と土の家作が消え、大通りからはチンチン電車が消えようとしていた。テレビ・冷蔵庫・洗濯機・車が家庭のものとなりつつあった。核家族という言葉が唱えられた。まるで電化製品やマイカーの謳い文句のようにBGMのように。そして日本の豊かさの象徴のように。

夏休みが終わった。夕立を浴びたようにテツの懐はちょっぴり潤った。九月になっても相変わらずの蒸し暑さだったが、テツの目に映るキャンパスにも日本にも、そして昭和という時代にも、まだ火照りと輝きが感じられた。休み明けのクラスも暑く熱かった。

ホームルームのたびに、八月三日に公布された公害対策基本法やベトナム戦争についての討論会が行われた。

水俣病とともに富山県のイタイイタイ病や四日市市でぜんそくが公害病と認定されたのだ。

かつて工場の煙突、そしてそこからの旺盛な煙は、戦後日本の繁栄と発展のシンボルだった。人々は得たものの大きさとともに失ったものの重さにも漸く気付こうとしていた。

水俣はテツの故郷出水市の北隣の町だ。潮の流れにも風の流れにも県境なんてものはない。テツの家の隣のお兄さんは、チッソに勤めていた。そして汽車で水俣に通うということは当時の出世頭でもあった。また同じ町内会で、「当店では水俣で獲れた魚は売っていません」こんな貼り紙をした魚屋もあった。水俣の魚を食い続けると、「猫踊り病になるげな」そんな噂が囁かれだした頃だ。まだ「水俣病」という名前が定着する前だった。一筋縄ではいかない。この世の仕組みやからくりを、テツもいささか感じ取れるようにはなっていた。

クラス討論会で威勢がいいのは、政治セクトに属する面々だ。彼らは理論武装と称した理屈や意見を、実に淀みなく述べた。すらすらと、まるで春の小川のように。

「テツ　おれたちのクラス　なんだか学生運動のアジトというか　巣窟だよな」

リーチが麻雀パイを掻きまぜながら言った。

「まあ　あいつらは立看板と同じ文言さ　よくもまあそのまんま喋れるもんだね　かなわんなあ」

ツネも口を尖らせた。

「オッちゃんは革マルだろう　ノムは社青同解放派だろう　クリ　おまえは革マルシンパ

か　中核じゃないよな」

リーチの言葉にクリはエへへヘッと笑った。テツが付け加えた。

「おれもさんざん恫喝されたよ　お前は右か左か　どっちだ　はっきりしろとな　おれは言ってやったよ　おまえたちより上だよ　あるいはさらにさらに下だよと」

「そうしたら　どうした」

ツネが聞いた。

「あきれて黙ってたよ　おれは言ったんだ　きみたちの首都は　モスクワかペキンらしいけど　おれの首都は東京　ふるさとは鹿児島だよって」

「それで」

クリがまたエへへヘッと笑った。

「この反動がっ　と唾を吐いて　諦めたように去っていったよ」

外にどんな嵐が吹こうと、どんな暗雲が立ちこめていようと、まだそれはテツにとっては他人事だった。おそらく他の三人にとっても。

では他人事でないことって、なにがあるんだ、どこにあるんだと問われれば、ここで麻雀やってる、呑んでいる、たまに好きな本を読んで好きなレコードを聴いてる、それだけさと言うしかなかった。こんなテツたちを刹那的享楽主義者だと語る手合いもいた。

「おれのツモるパイ一個の重さが　ゆうに世界の憂愁と希望とに匹敵するんだ」

リーチはそう呟きながら、引いた八萬をそのまま捨てた。

「ロン　はい八萬あたり　満貫」

ツネが叫んだ。

「なんだ　五萬切ってるじゃないか」

「五萬は通っても　八萬は通るという保証はないんだよ」

「引っ掛けか　陰険な策動だな」

ツネが腹を抱えた。卓と畳が揺れた。

「陰険じゃないんだ　深謀遠慮・周到綿密と言うべきやないか」


こんなふうに九月も過ぎた。一九六七年の秋だ。十月一日には、阪急ブレーブスがパリーグで優勝した。ラジオでは「オールナイト・ニッポン」も始まった。軽快な「ビター・スウィート・サンバ」のテーマ曲にのって登場するそれぞれのパーソナリティーたちは、いわゆるアナウンサーではなかった。杓子定規が無かった。ラジオという天下の公器をなんと心得おるか、そんな古老たちの叱責が聞こえてきそうな軽いノリだった。尺貫法じゃなく、メートル法で喋ろうよ。だってみんなしち面倒な世の中を生きてるんだもんね、そんな雰囲気だった。コミュニケーションが上下や優劣でなく、フラットになった。少なくともそう感じ取られた。ラジオは天下の公器ではなく、仲間の私器となった。キャンパスの立看板や活動家の連中の言葉には「佐藤栄作首相ベトナム訪問阻止」の文字が溢れた。またホームルームでは、なぜそれに反対するのかを、切々と訴える女子もいた。

しかし彼等や彼女たちが、懸命になればなるほど、テツの心には重く降りつもる砂塵のようなものがあった。曰く、どこか違うんだよね、どことは言えないけど。

佐藤首相が第二回目の東南アジア諸国を訪問する。その目論見がテツにはよくわかった。だって戦争に負けた日本はアメリカの属国、いや同盟国だろう。だったら親分への義理を果たすのが筋じゃないか。ただそれが気に喰わないか、気に障るかのことなのだ。向こうが訪問するのも必要なら、こっちが反対するのも必要なのだ。そして阻止闘争に立ちあがったところで、どうせ党派やセクトに体よく利用されるだけじゃないか。そんな思いもテツにはあった。テツに突っ込む者もいた。

なにもしないということは、現体制の思う壺だ。無関心、無関係ということは、現状を認めてるということなんだよ。テツはせせら笑った。それはそれでいいじゃないか。おれは少なくとも、反対だけで生きてるわけじゃないからね。すると相手は逆にせせら笑うのだ。フン、エピュキュリアンのエゴイストが——。

十月八日は日曜日だった。テツは東村山から所沢にかけて、櫟林の中を自転車で走り回って帰ってきた。遅目の昼食を食べようとした時、姉が言った。

「羽田は大変みたいね」

「うむ」

そんなこと知ってるさと言わんばかりにテツは頷いた。それよりたっぷりと油の乗った鯖の塩焼きが旨そうだった。すぐ隣りの魚屋の大将が、いつも新しい魚を届けてくれる。塩焼きにせよ〆鯖にせよ、やはり活きの良さが勝負だ。傷んだから、〆る、塩漬けにする、こりゃあ邪道だよ。これが大将の口癖だ。しかも今日は味噌汁の具が、間引きした大根葉だった。テツは御飯をおかわりして、味噌汁もおかわりした。食べた後は、二階の自室で太宰治を読みながら、いつしか寝ていた。

眠るにも元気がいる。三時間寝てもほんの一瞬にしか感じられなかった。目が醒めたら、陽は傾き始めていた。この薄明は朝ではないと思いながら下のトイレに行った時、姉が言った。

「羽田で　学生さんが　死んだね」

「えっ」

それは知らなかった。テツはテレビのある居間に行った。テレビはどのチャンネルも、佐藤首相の東南アジア訪問と、その反対闘争でなくなった学生のニュースで持ち切りだった。学生は山崎博昭という京大生だった。文学部で中核派の活動家だ。

　この日反対闘争の人々は羽田空港横の海老取川にかかる三つの橋に集結した。弁天橋に中核派、稲荷橋に革マル派、穴守橋に構造改革派などが陣取った。そこから空港への乱入を図ったのだ。むろん、そうはさせじと機動隊は阻止する。片やヘルメット姿に角材、片やジュラルミンの盾と放水車とガス弾――。

　そのさなか、山崎君は死んだ。殺されたのか死んだのか、さまざまな人がさまざまな意見を述べていた。まくしたてている人もいた。ただ山崎君が死んだという事実だけが、ぽっかりとブラウン管から離れて、テツの頭にへばり付いた。ふと、死んだコンのことも思い出された。

　お昼の塩鯖の時には無関心を装った気持ちが、夕方足払いを喰わされた。宙に舞っている気分だった。とにかく明日は、早目に大学に行こう。そう思ってテツはしばらく散歩に出た。店のシャッターを閉めながら、魚屋の大将が声を掛けた。

「テッちゃん　羽田に行かなかったんだって　良かったなあ」

「はあ」

　テツは生返事をして、頭を下げた。魚屋の大将は、テツがちょっぴりはねっかえりの学生ということは知っていた。テツは彼の軽トラの助手席に乗って、清瀬の療養所や近所のお店や施設に、配達の手伝いをすることもあった。おれは東大生を助手に使ってるんだもんね、彼のそんな軽口を聞くのは、テツは嫌いじゃなかった。大学で権威と自足を匂わせている人間より、冷え臭い魚の匂いをした主人といる方が楽しかった。茨城出身と言ったが、そのべえべえ言葉は東京でなんとか根付こうとするホトクリ草《ぐさ》の香りがした。


「だけど　学生さん　なに考えてんだろうね　死んじゃってさあ」

「はあ」

ほんと、死ぬ間際、山崎君は何を考えていたんだろうとテツは思った。

「テッちゃん　その人知ってんの」

「いや知りません」

「京都の人だってね」

「はい」

「東京まで出て来て　死んで帰るって　ご苦労なこったね」

「はい」

「親御さんにしてみりゃあ　こりゃあ　悔やんでも悔やみきれないな　ご本人だって　死んでも死にきれないいんじゃないか　そうだべ」

「はい」

「テッちゃんも　気をつけなよ」

「はあ」

「姉さんとこ　カサゴの新しいのを　届けといたからね」

ああ、アラカブですね。そう口の中で呟きながら、テッはお辞儀をして畑の中の小径に入っていった。大将は、三枚のシャッターを下ろし、店の前を素早くホースで水洗いし始めた。陽は多摩の丘の彼方に沈もうとしていた。踏切の警報機が鳴り出した。西武園からの帰りの電車だ。競輪か行楽か。今日も電車は混んでいた。踏切を渡ってしばらく行くと、大根畑から七、八羽の烏がいっせいに飛びたった。見ると、そこに狸が一匹死んでいた。

翌日は、六時に目が醒めた。七時、テツは東村山駅から国分寺駅まで行き、そこから寿司詰めの中央線で吉祥寺まで揺られ、井ノ頭線でキャンパスに着いた。駅の階段やキャンパスの道を、急ぎ足で歩くのは初めてのことだった。まるで火事場へ急ぐ野次馬じゃないか。テツはそう自嘲した。

立看板には早くも「10・8羽田闘争　山崎博昭君虐殺さる」といった文字が踊っていた。やはり中核派の看板が威勢が良かった。山崎君の死を武勲のように讃え、合わせて国家権力の横暴と日本＝アメリカ帝国主義の跋扈を断じて許さないといったものだ。

山崎君は特攻兵か、それとも人柱か生贄か、ああいやだいやだ、テツはこう呟きながらクラスに入っていった。今日は一時限目はクラス討論に切り替えようということになった。皆が賛成し、教授に掛け合いに行った。よろしければ教授もご同席して頂いてもいいですよ、というとんでもない申し出を添えて。

革マル・中核・社青同解放派、それぞれの活動家たちから、昨日のことについての報告があった。それぞれが山崎君の死を自分たちのものにしようと躍起になっていた。さながら山崎君の「死」後の遺産相続争いのように。中には、あなたたちトロツキストや暴力学生が、とんでもないこの世の混乱と無秩序を生み、それが国家権力に介入という格好の口実を与えていると言う学生もいた。

ただ自分が殺したわけじゃないのに、自分が見殺しにしたとか、死なれてしまったと思う時はあるものだ。もちょっとこうしてたらとか、もしこうだったらという気持ちが、自分を苛め苦しめ悔やまれる時もある。

だがそれは、生きている者の身勝手にすぎない。コンが奥多摩湖に入水した時もそうだった。その一年前、近所の爺さんが列車に飛び込んだ時も、中学生の同級生が首を吊った時もそうだった。

白球を追いながら、汀を歩きながら、テツはいつもどこか死のほとりで、ひと息ついてきたような気がした。だからというわけではないが、自分の体が野球で鍛えられたように、自分の心はいつもどこかで死で洗われ続けて来たような気もしていた。むろんそれが甘美な夢想だとしても……。

だからだろうか。山崎君の死に対しても、驚いたが、後ろめたさや遅れてしまったという気持ちにはならなかった。チャンスとばかり、彼の死を食い物にしたり売り物にする言辞には辟易した。眉をひそめた。山崎君の死を乗り越えて戦おう。そんな立看板やビラを見ると、腹立たしさすら感じた。乗り越えるだって。人の死は踏み板でもハードルでもないんだよ。そんな言い方は、よせよ。テツは内心こう叫んだ。

そして逆に、自分ひとりだけを苛《さいな》もうとする時は、テツは内心こう叫んだのだ。テツ、自分を責めすぎることは、もっとも手安い自己陶酔だよ、と。

ただ山崎博昭くんの死が、テツの心になにかを落としたのは事実だった。党派的な人の言う死を遠ざけようとすればするほど、その死は密かにテツの心に忍び込んだ。

十月九日には、エルネスト・チェ・ゲバラが死んだ。アルゼンチン生まれだが、キューバ革命のゲリラ指導者でもあった。だが彼はカストロ兄弟と訣別し、コンゴに赴き、その後ボリビアに来て捕らえられ処刑された。

元医師・ゲリラ・髯もじゃ・長髪・ベレー帽・男前・夭折――。テツは彼のことをこれ以上は知らない。しかし、カリスマというより、天の星になるため、生まれ、戦い、死んだ男だった。志士だ。

十月二十四日。夕方、リーチとツネとテツは駅近くの喫茶店の『レオ』にいた。日本シリーズでは巨人が阪急に三連勝した。三人は映画の話に興じていた。話題になったのは『座頭市血煙り街道』であり『網走番外地 悪への挑戦』だった。

そこにクリがやって来た。夜、三鷹寮に行こうと誘った。

「麻雀か」

テツが聞いたら、クリが笑った。

「馬鹿っ なんで麻雀か 今日三鷹寮でな 吉本隆明の講演会があるんだ」

「ああ おまえは吉本信者だからなあ いや だったからなあ」

ツネはそう言って、煙草を大きくふかして付け加えた。しかし、この信者は、バイブルを麻雀のかたにするとんでもない信者だよ。

クリは苦笑した。

「そんな矮小なジョークは止せよ ともかく 吉本が来るってさ 三鷹寮に 行ってみないか」

するとリーチが口を挟んだ。

「だけどクリ　あそこは革マルが多いんだろう　よく吉本を呼んだなあ　呼ぶとすれば黒田寛一じゃねえか　まあしかし　吉本の話も面白そうだな　もちろんそれって　タダだろう」

「当たり前だよ」

クリが目を剝いた。

「じゃあ　今から行くかあ」

座っている三人は、半ばしぶしぶ半ば気だるそうに腰をあげた。

ゲバラをそうしたように、吉本隆明をカリスマ視する若者がいた。黒田寛一もまた革マルの理論的中枢だった。さらにべ平連を立ち上げた鶴見俊輔や、詩人の谷川雁もファンが多かった。

敗れた戦いからも多くの旗手が生まれる。太平洋戦争の敗戦後は、百花繚乱あるいは百家争鳴の時代だった。むろんそれが本物なのか贋物なのか、流行なのか便乗なのか、それともしっかりとした根っこを持つものなのかどうかは、わからなかったのだが。

五時過ぎ、四人は井の頭線の井の頭公園駅で降りた。夕暮れ近い公園をいかにも当節書生ふうなりとお喋りで流しながら、七時前に寮に着いた。

講演は食堂であった。だだっ広い食堂の片付けられたテーブルの所に、折畳み椅子が置かれ、中央に机が置かれ、背面に掲げられた紙の幕に「詩人としての高村光太郎と夏目漱石講師　吉本隆明」と墨書されていた。

「なあんだ　高村光太郎と夏目漱石のことか」

クリは不満そうだった。テツも一瞬、肩すかしを食った気になった。テツもクリもおそらく皆が、吉本隆明のこの状況に対する威勢のいい言葉を勝手に期待していたのだ。迷える小羊たちへの、こよない慰めと指針とアジテーションとなるような。

だが、まるでそっぽの高村光太郎と夏目漱石である。先だっての羽田闘争やゲバラの死、軋み始めた世界情勢、こういう時にこの人はなんと言うだろうと、テツたちは望んでいたのだ。

吉本隆明が登場した。彼の父は天草の舟大工だったらしいが、東京は月島に出て来たという。天草か。テツの母と同じ島だ。そう思うと、吉本の頬骨の尖りが、なんとなく九州西海岸の人々の顔立ちを思い出させた。吉本隆明は能弁ではなかった。しかし、ところどころつっかえ、言い淀みながら、思うところを蒸気機関車のように語り続けた。

……漱石の生涯にわたっての悩みは三角関係でした。三角関係というのはとどのつまりは、相手を殺して自分の恋を成就するか、自分が死ぬかというところに追いつめるほどきついものです。この二律背反として漱石をさいなんだということがあると思います……

えっ、こんなご時世、こんなおれたちに三角関係か。アルコールに酔いたがってる者に、水を勧めるような切り出しだった。しかし吉本の語り口に、テツはアルコールよりも熱いなにかを感じた。

……サルトルとぼくが世界タイトルマッチをやるとします。するとぼくは大差の判定で負けるわけです。しかし負けるのが能力の違いかといえば、そうじゃない。サルトルは日本に持ってきたら、むろんぼくより駄目なんじゃないかと思いますね。しかし世界の近代文学の舞台ということでいえば、彼の根っこが強いんです……

伏目がちに、時折虚空を睨むようにして、吉本は訥とつとしかし、とめどなく語り続けた。

……わたしはサルトルには負けるんです。しかし、日本の戦後や六十年安保以後、わたしがみずからに課してきた思想的課題との取り組みでは、わたしは誰にも負けてません。それは『言語にとって美とはなにか』や『共同幻想論』として結実しています……

わたしは負けようと思っていないし、負けてもいない。下手に勝とうとは思ってもいませんが。吉本隆明はそう自分にも、言い聞かせているようだった。そして文学を志すなら、二十五時間目の手仕事が大事だと言った。

……皆さんは秀才でしょうから　あんがい二十三時間で済むかもしれません。しかしやっぱり二十五時間です。つまりプロとアマチュアをなんで区別するかといえば、プロは書きたくなくたってやっぱり書く、二十五時間目の手仕事で書くんですよ……

漱石や光太郎の話の時は上の空だったテツにも、この二十五時間目という文句は響いた。そして彼は最後に締めくくった。

……日本の芸術家や文学者の大多数は、思想もへったくれもない。思想の問題や創造の本質的なところで、横すべりしているんです。しかし蛇足で付け加えるならば、ぼくはまだ横すべりしていません　勝負はこれから決着をつけるつもりです……

すごい自信だとテツは思った。潔いとも。終わった時、いっせいに拍手が起こった。吉本隆明はコップの水をぐっと飲んで一礼した。

司会者が、ここで皆さんからの質問を受けつけます。と言った。三人程が手を挙げた。ひとりが質問した。彼は、吉本さん、テロリズムについてどう思いますか、と質問した。どう思うかって、それはさっきの三角関係の中で触れられているじゃないか、そんなことくらい自分で考えろよ、テツはそう思った。

そして質問した者を、さながら身内の恥さらしのように感じた。

「ふん」

「ふうん」

「ふん」

クリとリーチとツネが三部合唱のように鼻で笑って、四人顔を見合わせた。しかし吉本は相手を笑うこともなく、丁寧にその質問に応接した。次から次へ、まるで田舎からポッと出の少年の人生相談のように吉本に質問が浴びせかけられた。さらに一時間が過ぎた。司会者もまた、ではこのへんでと切りあげることをしない。吉本も腰を上げない。その時誰かが叫んだ。外でタクシーが、ずうっと待ってるよ。

吉本隆明は、タクシーをずっと待たせておいて、丁寧に学生に向き合っていたのだった。それをきっかけに講演会とそれと同じくらいの質疑の時間もお開きとなった。

テツたちは夜道を吉祥寺へと向かった。誰も口を利かなかった。テツは空を見上げたが、月も星も見えなかった。ただ吉祥寺や三鷹の街の灯が、おぼろに輝いているだけだった。

クリの家は小田急線の生田、リーチのアパートは代々木上原、ツネは東横線の大橋だ。テツの国分寺線の最終までということで、吉祥寺駅前の居酒屋に飛び込んだ。腹も減っていた。十時を過ぎていた。

四人とも味噌煮込みホルモンと冷奴とチューハイを頼んだ。同じものを頼めば出て来方も早い。軽くグラスを合わせた後、クリが誰ともなく言った。

「どうだった」

テツは、ひと口味噌煮込みを食べてから言った。

「おれは面白かったね　あの人はやはり大真面目な人だね　そして本質論者だね」

ツネが付け加えた。

「そうだねえ　それに吉本さん　あの人は自分も奥さんに岡惚れして　もの凄い三角関係のはてに結婚したって聞いたけど　やっぱり凄いわ」

するとグラスを空にしたリーチが言った。

「三角関係が人間関係や文化論の根底にあるというんなら　おれも大いにその方面に頑張ろうかな」

「そういうことじゃないだろう」

三人が異口同音に言った。クリがかつての吉本通らしく付け加えた。

「ところで　どっかの講演会の時　どしゃぶりだったんだけど　あの人　黒いゴム長靴を履いて来たって聞いたなあ　だけど　あの人にはいかにも似合うね」

ゴム長と聞いて、テツはふと昭和天皇のお田植え祭の時のゴム長を思い出した。天皇のゴム長は黒光りしたそれだったが、吉本隆明のは艶のないものかもしれない。あるいは踵の磨り減ったものか。裏地は布貼りしてあったのか、それともゴムのままだったのか。だが、こんなことを考えるのはおれだけだろうと、テツはモツをかき込み、チューハイをおかわりした。

十月二十八日には、日本シリーズで巨人が阪急を四勝二敗で下してチャンピオンとなった。城之内邦雄投手が先発し、金田正一が締めくくったが、王貞治も長嶋茂雄もホームランを打った。

最高殊勲選手はキャッチャーの森昌彦だった。足は遅いし、肩も強いとは思えなかったが、彼はリードというか、打者との駆け引きの中で投手の良さを引き出すのが上手かった。状況と打者によって、投手のコントロールと緩急で、どんなふうに打者の打つタイミングを狂わせられるか、知能と感覚にたけた選手だった。しかも王や長嶋やエースでなく、言うならばどん臭い裏方が受賞したのが、テツにとっては痛快だった。むろん裏方といっても、彼は王や長嶋とともに、クリーンアップを打っていたのだが。

漣と艀

波——。寄せる波、返す波。大波小波。男波、女波、人波。嵐の波と凪の波。うねりや津波。波に乗り、波に揉まれ、波に流され、波にくすぐられ、波に呑まれる。時に波にもんどり打ちながら、人は汀に打ちあげられる。あるいは沖へと流されゆく。それとも、海の藻屑となるのだろうか。波間に漂うのだろうか。

テツには波濤に向かう船長のような目と、遠い星から海上の波を眺めているような目もあった。しかし、自分がどこへ流されてゆくのか、あるいはやがて訪れるさらに大きな波のことには考えが及ばなかった。

十一月になると、クラスは教養学部の駒場祭のことで持ち切りとなった。学園祭だ。クラスやサークルや同好会が発表会やバザールやさまざまな催し物や出し物をする。

テツたちのクラスは、ベトナム戦争についてのティーチ・インのようなものを催すことになった。テツは乗り気じゃなかった。しかし各セクトの巣窟でもあるクラスでは、そんなことてもやるしかなかった。

テツもとりあえずベトナム戦争に関するスクラップを集めた。『世界』や『展望』や『現代の眼』といった月刊誌から『朝日ジャーナル』などの週刊誌、四大紙から「産経新聞」や「東京新聞」から英字新聞に至るまで、いろんな記事に目を通した。姉婿のポールからはアメリカの雑誌の記事を見せてもらった。むろん大半は、アメリカに対して批判的なものが多かったが。

テツはベトコンは、ようやるなと思っていた。アメリカが自由と民主主義のための世界の警察官として、共産主義勢力と戦うのもわかる。朝鮮戦争のこともある。日本や朝鮮に比べれば、ベトナムの地を平定するのは難しいとは思われなかった。だからやりすぎではないか、弱いものいじめではないか、つまり判官びいきだ。

そしてベトコンにテツは、かつて竹槍と肉弾でアメリカに立ち向かおうとした旧日本軍や沖縄の人たちを思い重ねたりもした。どう見ても分《ぶ》がない。あるいは、どう見てもベトコンに、かつてアメリカに立ち向かった日本人以上の力があるとは思えなかった。アメリカがベトコンを甘く見たように、テツもまたベトナムの人を甘く見て、その上で妙なひいきをしていたのだ。つまり日本人がああも見事にやられたのだもの、きみたちもそれ以上にやられるよという勝手な蔑視だった。あるいは、プロレスで力道山が外国人をやっつけるように、アメリカ人をやっつけるベトコンに、どこか色の浅黒い牛若丸を見るような快哉をおぼえていたのだろうか。

十一月十二日、佐藤栄作首相は、アメリカを訪問するという。先月八日の山崎博昭の弔い合戦。そのための闘争参加の呼びかけも学園祭に劣らず賑やかになった。世間も道行く人々もふだん通りの日々の中で、キャンパスだけが熱く燃えていた。駒場寮にも、いかにも他大学生とわかる者が大勢寝泊まりしていた。

大学は治外法権の聖域だ。ただテツは、その熱気に飛び込むよりは、その火の粉を浴びながらも、なんとかそこをくぐり抜けようとしていた。活動家たちからは、プチブルとか小市民とか日和見主義と嗤われたが、逆にテツは彼らを嗤い返していた。

リーチは創作に励んでいたし、ツネはリーチの小説を読んで、とてもおれは敵わないと創作を諦めかけていた。そしてマルクスの『資本論』を読むクリに彼は言った。クリ、いかにたくさん読んだかなんて自慢にはならんわな、いかに深く読むかだよ。

クリは笑いながら答えた。まあ今は、吉本はちょっと卒業した気分だよ。

テツは活動家たちの、死者を踏み台にするような言葉におぞましさを感じながらも波間の海月のように文学の海に漂っていた。

十一月十一日のことだ。

体育の授業を終えたテツたちは、学生会館で落ち合うことになっていた。麻雀のためだ。ホールの椅子に座っていたテツのところに、ツネが息せききって走って来た。

どうしたと訊くより早く、ツネが喋り始めた。

日本エスペラント協会員の由比忠之進という老人が、訪米する佐藤首相を諫めるため、首相官邸の近くで焼身自殺を図ったというのだ。

由比忠之進、七十三歳だった。テツの父より遙か年嵩だ。彼のことは、ベトナム戦争反対と佐藤訪米反対、そしてエスペランティストの外にはなにもわからなかった。

十月の山崎博昭の死、十一月の由比忠之進の死。とりわけ由比の死は、若気の至りとか血気にはやってというものではなかった。テツはふと気骨というものを感じた。むろんなにが気骨かということはわからない。なによりもテツ自身が気骨から遠い類だ。

ツネは号外のような由比の抗議の写しを持っていた。

「ベトナム民衆の困窮を救う道は、北爆を米国がまず無条件に停止するほかはない。ジョンソン大統領と米国に圧力をかける力を持っているのはアジアでは日本だけなのに、圧力をかけるどころか北爆を支持する首相に深い憤りを覚える。私は本日、公邸前で焼身、死をもって抗議する。戦争当事者、すなわちベトナム・米国人でもない私が焼身することは物笑いの種かもしれないが、真の世界平和とベトナム問題の早期解決を念願する人々が、私の死を無駄にしないことを確信する」

なんときちんとした日本語だろう。テツはそう思った。国会でやりとりされる言葉、各セクトのアジビラに比べて、久しぶりに地の底から湧いて来る水を飲んだ気がした。

四人が座るテーブルの上には由比忠之進のビラと灰皿が置かれていた。揉みくちゃにされた紙の中の七十三歳の言葉は、なんと艶な活字だったろう。それにひきかえ四人が揉み消した吸い殻は、居汚く焦がれた言霊のように灰皿の中に盛りあがっていた。

明日は佐藤訪米阻止のための第二次羽田闘争があるという。クリが三人の顔を見回した。

「ところで　お前たち　どうするんだ　明日　羽田へ行くのかよ」

「うーん　気が向いたら行くよ」

こう答えたテツは、行かないということを既に決めていた。臆病者、ビビったな、日和見めが、耳の後ろで、こんな囁きも聞こえた。しかし、頭をぶるんと振って、テツはそれを振り払った。

「どうも　革マルや中核とはな」

ツネが首を傾げると、リーチがクリに言った。

「クリ　お前　ちゃんと逃げろよ　絶対無理するなよ」

「大丈夫　余計なお世話だよ　へへへッ」

由比忠之進の自死のニュースと明日のクリの闘争参加で、麻雀はお流れとなった。別れしなリーチがテツに訊いた。

「テツ　エスペラント語で　さよならって　どう言うんだ」

「知らないよ　ツネ　知ってるか」

「いやあ　おれも知らんわ　クリも知らんわなあ」

「あたりまえよ」

リーチがクリに突っ込んだ。

「いやあクリ　世界同時革命の暁には　エスペラント語が公用語になるかもしれんぞ　ひょっとすると」

「そんな　おまえ　国語を変えることは　国を変えることより難しいに決まってんじゃないか」

クリが口を尖らせた。ツネが付け加えた。

「だろうな　おれたちはある国に住むのじゃない　ある国語に住むのだ　こんなこと言ったのは　シオランだったっけ」

「そりゃあそうだな　母国すら持てない流浪分割の民と　島国で万世一系とやらのおれたちとは違うもんな」

リーチがやんわりと釘を刺した。そして彼はクリに言わずもがなのことを言った。

「クリ　おまえそんなことを言うわりには　英語もフランス語もドイツ語もパッとしないじゃないか」

「馬鹿っ　日常会話が出来るってことと　きちんと異国の人の心や思想を理解するってのは　また別問題なんだよ」

クリが口を尖らすと、さらにリーチは追い打ちをかけた。

「いや　おまえの日本語だって　時折　おかしいよ　宇宙人が日本語喋ってるような時があるもんなあ」

「おまえたちは　すぐそんな矮小化されたことに　現をぬかすからなあ　陰険だよ」

座に白茶けた空気が拡がった。ツネが席を立ちながら、それを元に戻そうとした。

「まあ　国のことも国語のこともあるけど　明日はクリのご無事を祈らせてもらうわ　テツは明日は」

テツは唇を真一文字に噤んだあと言った。

「おれか　おれは明日は　昼寝でもしとくよ」

四人は腰を上げた。リーチは裏門の方へ、三人は正門の方へ歩き出した。

テツは吉祥寺のロック喫茶に寄った。好きなグループの好きな曲もかかったが、今日は耳をそばだてるものも、脳味噌を震えさせるものも、腸をゆさぶるものもなかった。

東村山駅に着いた時は十一時前だった。改札口を出て、ふと振り返ると股線橋の上に赤い月がぽかりと浮かんでいた。十日余りの月だ。歩くテツに、月も後ろから従いてきた。

駅から姉の家までは二キロ足らず。北へ向かって歩くと、こんもりとした森影に出会う。正福寺の境内だ。テツは山門の前で歩みを止めた。両脇にひと抱え以上もある大きな銀杏の木がある。まるで門柱のようだ。山門をくぐり抜けると参道の奥が地蔵堂だ。

テツは山門を潜った。月の光を浴び、地蔵堂の甍は怪鳥のように翼を広げていた。鋭い隅《すみ》棟《むね》、日本刀のように撓って反りかえる軒先、この黒い鳳はどこへ飛び立とうとしているのか、それとも、どこから舞い下りようとしているのか。

テツは地蔵堂に掌を合わせて、脇道に抜け、境内を後にした。その時、ふと金木犀の香りがした。テツはあたりを見回したが、それらしい木は見当たらない。ただ金木犀の香りの中に、大伽藍が翼を広げ、それを余りの月が穏やかに眺めていた。

金木犀か。テツを包んだ香りは、ふとテツに故郷の鶴のことを思い出させた。金木犀の匂う十月の終わりにかけて、出水にはシベリアから鶴がやって来る。それだけのことだが――。

小さくただいまと言って扉を開けると、上がり框に段ボールの箱が置いてあった。奥から姉が出て来た。まだテレビの音が聞こえる。

「お母さんからよ」

テツは包丁を借りて包みを開けた。上には母の手紙が添えられていた。たどたどしい文字だ。

「お元気ですか　こちらも元気です　新米とおミソを送ります　ふたつとも妙子さんにやって下さい　よろしく伝えて下さいね　それではお元気で　母より」

箱の中には、米と味噌のほか、「ハイクラウン　チョコレート」が入っていた。テツは封筒の中をもう一度見た。空だ。そして米や味噌を出した後、箱の下や隅まで今一度見直した。なにもなかった。小遣いとして、封筒の中か段ボールの底にもしや御札でもと思ったのだ。無いとわかった時、がっかりしたが、同時にそれを期待した自分にさもしさと調子の良さを感じた。

「はい　米と味噌」

テツは居間に箱ごと持っていった。姉が言った。

「エスペラントの人って　大変だったね」

「うん」

生返事をすると　テレビを観ていた小学二年生の姪がテツに尋ねた。

「ねえおじちゃん　エスペラントって　どんな言葉なの」

「そうねえ　ラテン語で書くみたいだけど　まあ数学みたいな言葉かなあ」

「数学みたいな言葉って　どんな」

「簡単だけど　難しいってことだよ」

「ふーん」

おじちゃんなんにも知らないんだね。そう言いたげに姪はまたテレビを観た。しかし、もしそう言われたら、そうなんにも知らないのと開き直るようなところもテツにはあった。幼児のひとことにも、すぐムキになったり、すぐヤケになったり、すぐ傷ついたり、すぐウケにいったり、あるいはちょっかいを出された鮑《あわび》のようにとたんに口を噤んだりするのだ。じつに他愛ない、子どもより子どもの餓鬼だ。もう少し大人になれと、西荻窪の兄も言ったものだ。

「テツ　自殺とテロル　自嘲と自愛は　紙一重さ　そしてどちらも熱病のように流行するからね」

だから気を付けろというのか。お前さんはそれに人一倍感染しやすい世間知らずというのか。むろん兄がこんなことを言い出す時は、テツはそそくさと席を立つのだが。

十一月十二日、テツは宣言通りベッドに横になり、本を読んで過ごした。太宰治を読んでは萩原朔太郎の詩集を開き、また太宰の『晩年』に帰っては、北村透谷の『三日幻境』のページを開いたりした。合間には、テレビのニュースを観た。ニュースは佐藤首相のベトナム訪問とその阻止闘争がトップだった。逮捕者は出ていたが、誰も死んではいなかった。テツはほっとした。しかしどこかで誰かが死ぬことを願っているのではないかと思う自分や、いやおれは人が何人殺されたって驚かないという自分にも気付き、イヤなこったと自己嫌悪に駆られた。

十三日は月曜日だった。早目に教室に行ったテツは、クリを捜した。おとといと同じ顔だった。しかし心なしかクリはくたびれていた。

「大丈夫だったか」

「ああ　ボコボコやられたよ」

「そうか　しかし逮捕《パク》られなくて良かったじゃないか」

「まあな」

テツとクリが立ち話をしているところに、リーチもツネもやって来た。ふたりもクリに同じことを尋ねた。

「おお　大丈夫だったか」

クリは、テツと同じことを答えた。ああ、ボコボコやられたよ。

リーチが言った。

「クリ　おまえ消耗すんなよ」

「わかってるよ」

クリはいつものように薄笑いを浮かべた。しかし、このところクリはセクト活動にのめり込んでいた。吉本隆明のものより、マルクスや黒田寛一のものを読むようになっていた。クリが薄笑いを浮かべれば浮かべるほど、それがテッたちになにかを隠そうとする仮面のような気がした。あるいはテツは、クリがセクトに奪われたような気になったのだろうか。

色づいた銀杏や欅の葉が散り始めた。草木黄落。季節はめぐる。時は無常にすぎてゆく。いや時は情容赦なく、無情に過ぎてゆくのだ。


十二月三日は、テツの誕生日だった。昼休み、レイがテツにちょっと、と声をかけた。

「ねえ　八ヶ岳の別荘に行かない」

「ふたりで」

驚きなかば喜びなかばで、テツの声は思わず裏返った。レイが団栗眼になった。

「なんでよう　馬鹿ねえ」

「なあんだ」

「あなたと　リーチやクリやツネなど五人でよ」

レイの言葉が、あなたとその他三名というようにテツには勝手に聞こえた。悪い気はしなかった。

「だけどレイ　八ヶ岳の別荘って　あなたん家《ち》は凄いね」

「なんでえ　友達ん家《ち》の別荘よ　わたしが車を運転するから　クリスマス前の土曜日なんだけど」

「そりゃあいい　土曜日日曜日　おれもバイトは無いし」

「じゃあ　あなた三人を誘って」

もし三人の都合が悪ければ、ふたりで行くのと言いたかったが、それは黙っていた。

「いやあ　おれが誘うより　あなたが言えば　みんな行くよ」

「そうかな　だけどあなたからも念を押しといてね」

「了解」

そしてテツはすぐに三人と連絡をとった。

クリとリーチは二つ返事だった。羽田闘争も由比忠之進も、どこかへすっ飛んだ。ツネだけ用事があるといった。

リーチは言った。おれはトランペット持っていくよ、八ヶ岳の麓でマイルス・デイビスや日野皓正なみに吹きまくるんだ、と息まいた。クリは雀牌を持って行っていいだろうかと尋ねた。テツは答えた。まあ、麻雀牌は封印だな。飲んで喋って温泉に入れば、それでいいんだよ。

クリスマス前の土曜日、四人はキャンパスに集まった。オリーブ色のコロナがいた。レイはサングラスを頭にのせていた。男三人はいつもながらの出でたちだ。

高井戸から中央高速道路に乗った。

「これが出来たばっかりの中央高速道路　これに乗れば山梨まではあっという間よ」

男三人は、凄いなすごいなを連発した。テツとクリは免許を持っていなかった。リーチは免許は持っていたが、車が無かった。東京での運転の経験もなかった。ペーパードライバーだ。

男たちは勝手に喋りちらし、レイから時折、あなたたちうるさいわねえと叱られた。しかし、レイのサングラスの顔も笑っていた。

甲府で高速を下りた。夕食のための買い出しをした。車を下りて、テツとリーチが背伸びをしていると、後ろから来た車がふたりの後にすっと止まった。ふたりが振り返ると、慌てて発進して加速した。リーチが吹き出した。

「あいつら　おれとおまえを　女のコと勘違いして　ナンパしようとしたんだよ　馬鹿だ

なあ」

「練馬ナンバーだよ　東京から来た奴らだよ　しかし　こんなボサボサ髪の大女なんているわけないのになあ」

たしかに、テツもリーチも髪はマッシュルームを通り過ぎて肩近くまであった。しかもテツは臙脂のタートルネック、リーチはベージュとブラウンのボーダーのセーターだった。

買い物から帰ったクリたちにその話をすると、とたんに吹き出した。

「そこがそれ　東京の男たちの　浅ましさ　いや　浅はかさだよ」

リーチは煙草に火を付けながら言った。

「人を見る目が無いんだなあ　女に目が眩んで　おれたちすら女に見えるんだからな　単に飢えてるんだよ」

テツも笑った。

「まさにその通り　まあ　あまり大きなことは言えないけどね」

するとレイがたしなめた。

「あなたたち　なに言ってんの　みんな似たりよったりよ　さあ夕食の支度　夕食の支度！」

別荘の四人は、さながら女王蜂一匹と働き蜂三匹だった。男たちは風呂の掃除をしたり、乾き物のつまみを並べたり、野菜や肉を刻んだり炒めたりした。ベランダで乾杯という段取りだったが、外はとても寒くてビールなど飲めたもんじゃなかった。

ストーブの近くに四人は陣取った。その中に皿が並んだ。ペンションの宴というより飯場の酒盛りという感じだ。

ひとしきり飲食《おんじき》の音と薪の爆ぜる音が部屋に満ちた。食べ方の後は喋り方だ。それも落ち着いたところで、レイがリーチに言った。

「あなた　トランペット吹くんじゃなかったの」

あっそうだ、と言ってリーチはケースからトランペットを取り出した。

「出るのかよ　音」

クリがからかった。

「馬鹿　おまえ　おれの実力を知らないな」

「だって　聴いたことないもの」

クリがさらに口を歪めて笑った。

「じゃあ　今日は軽くマイルス・デイビス　というよりも乗りのいい『ウォーターメロン・マン』を」

こういってリーチは、トランペットを口に持ってきた。八ヶ岳連峰に向かって吹き放つような姿勢だった。みんなが固唾をのんで見守った。しかし出て来た音は、ププペッという音だった。

「どうしたの」

レイが訊いた。

「おかしいなあ　ペットが冷えてんのかな」

首を傾げ唇をすぼめて、リーチはペットを今一度握りしめた。軽く息を吸い、それを吹きつけた。目が吊りあがり、頬っぺたがサッチモのように張らんだ。だが音は出ない。

「おいリーチ　そのペット　風邪ひいてんのかよ」

テツが言ったら、クリが付け加えた。

「いや風邪じゃないね　下痢してんじゃないか」

もういい、では、とリーチはペットを床に置き、今度は気をつけをした。

「では口三味線でなく　口ペットで『ウォーターメロン・マン』を」

こう言ってリーチは両手を鳩笛のようにくっつけて、プーペーとやり始めた。しかし、音はまるで外れていた。

「リーチ　そんなに勝手に原曲を変えないでくれ」

テツが言ったら、レイが女王陛下然と言った。

「もう　いいよ　呑もう」

そこでまた、てんでんばらばらのお喋りのクァルテットが始まった。呑んでめいめい喋る。ひとりが温泉に入る。出てはまた呑む。夕刻からの座はハーモニーもリズムもない、永遠に振り出しに戻り続ける四人の即興交響曲になった。

十二時が過ぎた。クリが言った。

「おいリーチ　消灯ラッパくらいは吹けるだろう　八ヶ岳に聴かせろよ」

よしっ、とリーチが立上がった。その時レイが、リーチのセーターを引っ張った。

「もういいって　寝てる山を起こすもんじゃないわ　テツ　おひらきを」

テツが立ちあがった。

「話は尽きませんが　酒が底をつきました　ということで　片付けは男どもが」

レイが二階、男たちはストーブの前に雑魚寝した。

酔いが醒める時は、不思議と目も醒めるものだ。夜中、テツは目が醒めた。四時過ぎだった。風がすうすう入ってくる。リーチもクリもおたがい背を向け合って蒲団にくるまっている。テツはクリをそっと跨いだ。

「トイレか」

下からクリが言った。

「いや　隙間風がちょっと」

テツがそう言うと、リーチも体を起こした。

「あっ　忘れてた　酒の匂いが臭いからと思って　窓をちょっと開けてたんだ　ごめんごめん」

テツは窓を締め、トイレに行った。ちらっと二階を見やったが、二階からは灯りはむろん、なんの気配も感じられなかった。テツは再び蒲団に潜りこんだ。

眠りが醒める時は、夢を見やすいものだ。

……テツは大きなアマリリスのような三連のトランペットスピーカーを背負い、被告席のようなところでひとり陳述を始めていた。夏が近いのに氷の上に座らされているみたい。そう思いながらテツは語り出した……

「思い出は勝手なものです　いつも自分を語るのに　都合の良い出来事を連れてきます　皆さんが百の状況証拠で　ひとりの人間の犯行を立証するように　百の思い出がひとりの人間の過去を飾りたてるのです　いかにもそれが赤い糸で結ばれているかのようにね　あらゆる歴史が　勝者によって語られるのと似たようなものでしょうか」

白い鉄砲百合のような裁判長がぷっと吹き出した　吹き出したその顔が顰蹙という字に歪んだような気がした　テツは構わず語り続けた

「過去にしか目がゆかない老人と　未来にしか望みを抱けない若者は　暢気なものです　それと同じくらい現在のことしか考えられない者もノーテンキです　現在といっても　一秒前　一分前　一日前でも随分と違いますからね　まあ　これはどうでもいいことです　わたしがこの重たいスピーカーを背負いながら述べたいのは　もっと違うことです　その前にこのスピーカーを　裁判長どうにかして下さい　頸椎にのしかかるうえ　わたしの心臓の鼓動までが　バスドラムのようにわたしを揺さぶるのです　もっと軽くなったら　わたしはもっと正直に　もっと気楽に真実が語れます　苦しいのです　裁判長　おねがいします　おねがいします」

裁判長が木製ハンマーで　二回大きく打撃板を打った

「裁判長　おねがいします　このスピーカーは重たいのです　わたしは押し潰されそうなのです　潰れてしまっては　本当の言葉　本当のことを言うことが出来ません　おねがいします　三つのうち　せめて二つ　いや一つでもいい　スピーカーを取ってください　はずしてください」

しかし鉄砲百合はその花よりも鼻白んだ顔になり　さらに小槌で打撃板を三度叩いた　わかった　わかった　おまえの言うことなんか　わかってる　黙れだまれだまれ　と言わんばかりに

するとすると傍聴席の茉莉花の群れが口ぐちにささやいた「ミカラデタサビ　ミカラデタサビ　ミカケダオシ　ミカケダオシ　ミカケダオシ　……」

テツは目が醒めた。今度は汗ばんでいた。七時を過ぎていたが、皆はまだ寝ていた。カーテンの脇から漏れる光で、今日も上天気ということがわかった。テツはトイレに行き、温泉を出し、しばらく横になった。部屋の香りは、昨夜の酒臭い匂いから、八ヶ岳山麓の匂いに戻っていた。あと朝風呂で、自分の毛穴に染みついた昨夜の匂いを洗い出せばいいと思った。まるでミカラデタサビを洗い落とすように。

時化日和

一九六八年になった。姉からお屠蘇を頂き、おせち料理を食べた以外はなにごともなく松の内が過ぎた。正月中は珍しく読書に明け暮れた。それも自分の好みとは正反対のものを。マルクス＝エンゲルスの『経済学・哲学草稿』や『ドイツイデオロギー批判』を読んだ。上部構造、下部構造、物質的生活の生産様式が社会的・政治的・知的生産過程を決定する。——漢字熟語の多い翻訳調の文は、お経と同じで、なるほどつまり難しいと思わせても、テツにはチンプンカンプンだった。ノートも取ったが、ノートはほとんど漢字の書き取り帳のようになった。下部構造の大切さ、それはあたかもおれが理知よりも下半身の疼きで生きてるようなもんじゃないか。そんな下世話なことを思い浮かべながら、気分転換にもやはり、西欧のものを読み飛ばした。

教材となっていたフィリップ・ソレルスのものや、ブルトンの『シュールリアリズム宣言』。『ナジャ』、そしてロートレアモンの『マルドロールの歌』などだ。文学書はマルクスのものよりは、やはり面白かった。そこで作者や作品の真髄に触れるというより、先輩や友人たちが得意気に語るなにやらカッコいい言葉の、その出典に出会うようで、テツはひとりで微苦笑する時もあった。なあんだ、ここにあったのか。

テツは幽霊ならぬ友人たちの正体を見た気がした。

新聞やテレビでは、チェコスロバキアの「プラハの春」が、しきりと報ぜられていた。それまでのロシアへの追随路線から独立と自由への道を歩もうとするものだった。

一方、自由主義諸国にも軋みと罅《ひび》が入りつつあった。世界全体が右も左も、西も東も南も北もそうなんだもの、この大学だって、そしてこのおれだって軋みますよ。怪しいもんだと、テツも思った。むろんその怪しさが、どこに起因するのか、どのようにして自分にやって来るのかわかりはしなかったが。

チェコスロバキアだって、テツが知っているのは東京オリンピックで活躍したベラ・チャスラフスカヤ選手だけだった。金髪とふくよかな肢体は、テツを悩殺した。

バニーガールなんて問題にならない。テツは地図帳を開き、あらためてチェコスロバキアの位置を確かめた。

ドイツ・フランス・イタリアやポーランドなら、だいたい当たりが付く。だが、チェコやルーマニアやユーゴスラビアとなると、もうわからない。島根県と鳥取県以上にわからない。むろんわからないからといって、なんの咎めだてもないのだが。そしてわからなくても、わかっていても、そこで人が生き、国というものがあり、人が死んでゆくのだ。

「そうなんだよ　テツ　おれたちがこうしている間にも　世界のどこかで血が流れ　こどもたちが飢え　罪もない大勢の命が失われているんだよ」

テツは幾度、この手の言葉を聞かされてきたことか。たとえば活動家たちは正義の鎧と良心の錦の御旗を打ち振りながら、恫喝にも似た脅し文句ですごむ。親の脛を齧《かじ》りながら、自分のことと二日後くらいまでの生活のことしか考えられぬ者の気の弱さに付け入るのだ。そんな人間にテツは言ったものだ。

「それがどうしたんだ　おれの良心も正義も　人から無理強いされるもんでは断じてないんだよ」

すると相手は、苦虫を嚙み潰すことにも飽きたようにして鼻でせせら笑うのだ。

「そんなこと言うから　おまえは反動だとか　甘ちゃんのプチブルだとか言われるんだ　右翼より始末が悪い」

「だってそうじゃないか　罪のない人が殺されるのを黙って見すごすのが罪なら　じゃあおれが死ぬ時　世界の何人が悲しんだり立ちあがってくれるというんだよ　おれは　そんな

ことは望まないね」

テツがこう言うと、相手はすっかり鼻白むのだ。どうしようもない奴だと言わんばかりに、まるで烙印を押すようにテツの前に唾を吐いて去ってゆく。


松の内が明けた一月八日、マラソンの円谷幸吉選手が自殺した。彼は前回の東京オリンピックのマラソンで、エチオピアのアベベ、イギリスのヒートリーに続き銅メダルを獲得した自衛隊体育学校の人だ。東京大会の時、彼は競技場には二位で入って来たが、トラックでヒートリーに抜かれた。なぜ後ろに気付かなかったのか、なぜあとひと踏んばり出来なかったのか、さまざまなことを言う人もいた。死力を尽くして走ったこともない輩がなにを言うか、勝手なことを。テツはテレビを観ながら、こう呟いた。

マルクスの翻訳本を読んでも、その難解な用語や熟語はわからなかったが、円谷選手には粉骨砕身、朴訥律儀、誠心誠意といった言葉が似合った。日本人が戦後捨てようとし、忘れようとしている道を、彼は必死に走っている気がした。それは四二・一九五キロより、遥かに遠くて寂しい道のりだった。メキシコ・オリンピックでの期待も、当然のように高まっていた。なのにカミソリで頸動脈を切って死んだというのだ。彼は国民の期待の波に翻弄されたのではない。みずからの渦の真芯で往生したのだ。二十七歳だった。

正月以降、活字漬けになっていたテツだったが、円谷選手の遺言からは、活字じゃなく、思いの塊りのような日本語が伝わってきた。

「父上様母上様三日とろろ美味しうございました。干し柿もちも美味しうございました。敏雄兄姉上様おすし美味しうございました。勝美兄姉上様ブドウ酒リンゴ美味しうございました。巌兄姉上様しそめし南ばんづけ美味しうございました」

身内の一人ひとりに感謝し、若い人には「立派な人になってください」と書かれた遺書は、食べることによって彼がふるさとに昇華するというより、さながら土に帰るような文章だった。そして次のように結ばれていた。

「父上様母上様　幸吉は　もうすっかり疲れ切ってしまって走れません。何卒お許し下さい。気が休まる事なく御苦労、御心配をお掛け致し申し訳ありません。幸吉は父母上様の側で暮らしとうございました」

テツは、湯気が出るような魂胆を掌に乗せ、そっと目の前に出されたような気になった。赤裸々でありながら慎み深い。人は真心がなければ、こんな文章は書けない。テツは肺腑を一突きされた疼きをおぼえた。

円谷の死はたしかにスキャンダラスだった。だがそれに銀蠅のようにたかり、それをハイエナのように食い漁るのは、メディアも政治セクトも同じだ。三島由紀夫は書いている。

「崇高な死を、ノイローゼなどという言葉で片付けたり、敗北と規定したりする、生きている人間の思ひ上がりの醜さは許しがたい。それは傷つきやすい、雄々しい、美しい自尊心による自殺だ」

そして三島は述べている。

「地上の人間が何をほざこうが、円谷選手は〝青空と雲〟だけに属してゐるのである」

テツはぼんやりと、三島由紀夫は三島由紀夫らしいと思った。また川端康成も述べている。

「相手ごと食べ物ごとに繰りかへされる〈美味しうございました〉といふ、ありきたりの言葉が、実に純ないのちを生きてゐる。そして、遺書全文の韻律をなしてゐる。美しくて、まことで、かなしいひびきだ」

これもいい文章だった。

そしてテツは円谷が書いた、父上様母上様、姉上様といった言葉の向こうにわがことを重ねた。おれは果たして自分の両親や兄姉たちに、こう言えるだろうか、言えやすまい。おれのどこを押しても探しても、こんな感謝と親愛の情は出て来ないだろう。盲腸にすら宿っていまい。おれは感謝のかわりに我儘を甘受する権利があると言うだけだろうな。

帰るのか、それとも還るのか。おそらく円谷幸吉にも、コンにも、そこしかなかったのだ。それは幸とか不幸とか、正とか誤でもない。そこしかありえない。それが最後で、全てだったのだ。

円谷へのそんな思いを木菟《みみずく》頭巾のように被りながら、十一日、テツはクラスに行った。しかしクラスは佐世保港のエンタープライズ寄港阻止闘争のことで持ち切りだった。

エンタープライズはアメリカの海軍戦略を象徴する原子力航空母艦だ。長さは三〇〇メートルを超え、幅は八〇メートル程。サッカーコート五面分はあろうかという、とてつもない空母だ。一九六五年からアメリカの第七艦隊として北ベトナムの攻撃にも与っている。それが佐世保港に寄港する。

日本社会党や日本共産党は五万人規模の寄港反対運動を繰りひろげようとしていた。三派全学連はこれとは別にそれぞれの寄港粉砕を目論んでいた。鋼製のとてつもない海上要塞に、棒きれで立ち向かうもなにもないのだが、三派全学連は羽田での山崎博昭の死以後、さらに勢いづいていた。時代のマグマのようなものに乗っかって。

クラスでは授業をボイコットして、つまり教授にお引き取り願って、「エンプラ阻止」についての討論が行われた。テツには「エンプラ」が天婦羅に聞こえて仕方がなかった。ベトナム戦争反対はむろん、あの被爆地長崎に近い佐世保に、原子力空母を寄港させるとはけしからん、と息まく者もいた。

しかし動力が原子力だろうが、重油だろうが、蒸気だろうが、テツはどうでもいいと考えていた。良い動力とか悪い動力とかはない。使いようによってどうにでもなる。そして、どうにでもする。それが人間なのだ。ダイナマイトを見ればいい。ただそこに、人間の謙虚さがあればいいだけだ。

その謙虚さが無いから戦いが起きる、おれたちはそれに対して戦ってるんだよ、と言う者もいた。また、おまえは政治や社会運動を「私」的に、文学的に語り過ぎるんだよ、もう少し歴史を学べと口角泡を飛ばす者もいた。またある活動家がテッに言った。

「おい　おまえは九州鹿児島だろう　その九州で　こんなに戦争と原子力が露出してきてるというのに　平気なのか　なんとも思わないのか　おかしいと思わないのか」

テッは平然と答えた。

「おかしいとは思わないね」

「なにいっ　おかしいことをおかしいと思わない　そんな自分をおかしいとは思わないのかっ」

相手が喰ってかかるくらい熱くなると、こちらは却って醒めてくる。テッは平然と答えた。

「いや　おれはおかしいと思わないんだよ　だって佐世保は日本の名だたる軍港だよ　呉や横須賀と同じ」

「それがどうした　軍港なんて　今の平和憲法には存在しないはずだよ」

テツはわざとやんわりと答えた。まるで売り言葉のように。

「軍港というのは　なにも海軍の港じゃないよ　軍事上の港ということさ」

「それがどうした　軍事上の港が」

「だからそこに　同盟国の空母や巡洋艦が寄りつくのは　自然のことじゃないか」

「そんなのを屁理屈と言うんだっ」

相手はさらにテツに詰め寄った。一瞬テツは拳を握りしめた。握りしめる時は、手の甲と二の腕を真っ直ぐ握りしめる。ナックルパートだ。こうやって打たないとパンチは効かないし、いたずらに拳を痛める。やるかっと思って打つのじゃない。やるかっと言った時には、殴っているのだ。

その時、リーチが体当たりをするように、テツと相手との間に割り込んできた。

「おいっ　テツ　ちょっと用事が」

そう言ってテツの手をひったくると、相手に言った。

「ごめん　この話は次だなっ」

そして彼はテツに呟くともなく言った。あんな奴とやったたって消耗なだけだぜ。まあな、そう言いながらテツも大きく息をついた。そしてひとり佐世保という名を呟いた。九州は長崎県だが、テツは行ったことはない。

しかし、テツの頭の中で佐世保という地名は燠のように懐かしかった。

昭和二年生まれの姉から聞いた話だ。テツの異父兄の一人が、かつて佐世保の海兵隊にいた。母が父と一緒になる前にもうけていた子だ。母はその子を天草の実家において、父と駆け落ちのようにして出水にやって来た。

タモちゃんという名だった。姉がその人の写真を見せてくれた。母を真ん中にして、モンペにセーラー服を着た姉と、水兵服を来た青年が立っていた。姉は語った。


この人が佐世保の海兵隊員になる時　あたしも小倉の女子挺身隊に軍事奉公に行ったのこのタモちゃんとあたしとお母さんと三人で鳥栖で会ってね　昭和十八年の頃よ　もうタモちゃんもあたしも　これが最後かもと　写真を撮ったのよ　写真を撮ったあと　別れしなにお母さんが言ったのよ　ああ　あなたは北の小倉へ　タモちゃんは西の佐世保に　あたしは南へ帰ります　みんな元気で　縁があったら　また会いましょう……


佐世保と言えば、テツはこの話を思い出す。テツがこの話を聞いたのは中学一年生の時だった。むろんこんな些細な思い出や大きな空母の寄港があろうとなかろうと、佐世保は佐世保であり続けるのだが。

クラスからは七名程が、佐世保に行った。程、というのは、テツが知りえた中でということだ。中にはこっそり行った者もいたかもしれない。

だが、日本の反体制勢力に大動員をかけさせたエンタープライズにも、ベトナムの戦場以前の変事が待っていた。

一月二十一日、朝鮮人民軍の特殊部隊が大韓民国の大統領官邸である青瓦台を襲撃したのだ。彼らは大統領の暗殺を企てたが、未遂に終わった。それだけでも事件だったが、今度は北朝鮮の元山沖で通信傍受任務に当たっていたアメリカのプエブロ号が銃撃戦の末、北朝鮮に拿捕されたのだ。エンタープライズは、急遽日本海へと舵を切り、日本人の前から姿を消した。一月二十三日午前九時のことだった。

佐世保に行ったクラスの有志たちも帰ってきた。それぞれのセクトによって行動は違ったという。しかし、いちように憔悴しきった顔をしていた。テツに挑みかかった者も、逮捕されず負傷もせずに帰ってきた。

お疲れさま。テツが言ったら、彼が口を歪ませて答えた。

「やるのは別に大変じゃなかったが　言葉が通じないのには参ったよ　外国に行ったみたい」

なるほど、きみは宮城県だからね。テツはこう言いたかったが、ただ黙って頷いた。しかしベトナムでも韓国でも、佐世保でもない足元に火が着いた。波が噴きあげた。

一月二十九日から、東大医学部が無期限ストライキに入ったのだ。一体なにが、どうなってるんだ。もっとも医学部のことや、医学界のことは、テツも野次馬並みには知っていた。一九六五年から『サンデー毎日』に連載された山崎豊子の小説『白い巨塔』は映画化され、田宮二郎主演で大当たりをとった。権威と金まみれ、天皇と独裁者を合わせたような医療界のドンが話題になっていた。それはまあしかし、高度経済成長のわが国では仕方ないこともテツは思っていた。テツだって腹に札束を巻きつけた馬喰の息子だ。それがさらに大がかりにシンジケートのような仕組みになっているのは、ヤクザも商社も医学界や学会や芸能界だって同じだ。

だが、医学部の友人の話を聞いて、テツはあきれた。イワは言った。

「医学部にはインターン制といってね　医学部を卒業した学生には　一年間の実地研修が義務づけられているんだよ　それが済んで晴れて医師国家試験を受けられるんだよ」

「そりゃあそうさ　大工や左官　それにどんな手仕事の世界にも見習いや実習や徒弟制度みたいなものはあるよ　まあ金回りのいいお医者だから　一年くらいは我慢だよ」

テツが何気にこう言うと、イワは顔を真赤にした。

「なにを言うんだよ　きみはなにも知らないんだね　それが一年で済めば　事は簡単さだけどたとえば東大病院に勤めるとするだろう　大学病院の診療科は　ほら第一外科とか第

二外科とか内科とか　いろいろあるだろう　ここは教授をトップに　医局員で構成されている　しかしテツ　大学が給料を支払う有給医局員は　数が定められてるんだよ　文部省が定める数が決まってるんだよ」
「へえ　厚生省じゃなく　文部省なんだ」
「まあ　まぜっかえさず　人の話をよく聞けよ　各講座には　教授が一人　助教授が一人　助手が三人　附属病院には　講師が一人　助手が三人と決まってるんだ」
「ということは」
「そう　ということは　その外の人は無給なんだよ　医局員が　何十名とか百名を超すところもあるわけさ」
「つまり　大半が無給というわけか」
「そう　おれの先輩なんかも　アルバイトで食い繋いでるよ」
「アルバイトって」
「開業のお医者さんたちが休んだり　旅行に出かけたりするだろう　ほら『白い巨塔』でも薬品会社やプロパー丸抱えであちこち物見遊山するじゃないか」
「ああ　大名旅行だね」
「そうそう　そんな時に留守番に行くわけさ　むろんそんな旅行の嫌いな先生もいるけど

ね　個人の診療医なら本日休診で済むけど　入院患者がいるところなんかは　そういうわけにはいかんからねえ」

「おれたちのアルバイトよりは　高いんだろう」

「そりゃあ　そうさ」

お前さんたちとはやってることが違うとでも言いたげに、イワはコーヒーを啜った。だったらいいじゃないかとテツは言おうとした。だがコーヒーを飲んだ口元を素早く拭くと、イワはまた喋り始めた。まるでテツの容喙《ようかい》を阻止するように。

「そりゃあ　うまくアルバイトが見つかる奴はいいさ　それすら教授が口利き料を裏で貰うところもあるくらいだよ　だけど　バイトが上手くやれない奴や上手く出来ない奴は　本当の無給なんだよ」

「だけど　当直とか　手術の時とか　若い人たちは　よく頑張ってるじゃないか」

「そう　手術の時でも　まあ平たく言えば　結果が良ければ教授の手柄　悪かったらそれは　部下のしでかした不始末さ」

「まあ　それは医学部だけじゃないよ　どの世界にも業界にもあることとさ」

「だけど　これだけやってもね　たとえば学部長選挙の時の投票権すらないんだよ　無給医局員には」

「学部長って　どうやって選ぶの」

「教授会の互選さ　まあ　たいていは出来レースの談合だよ」

田舎の迷妄なおっちゃんたちならいざ知らず、最高学府と呼ばれているところで、こんな迷妄以上のことが行われている。テツは学部長とか教授会という言葉に、虫酸《むしず》が走った。イワは少しは分かってくれたかというような安堵のため息を洩らした。

「まだこれは氷山の一角さ　それらが積もり積もって　今回のストライキになったんだよまあ向こうには向こうの言い分もあろうけどね　こっちは　もはや失うものはなにもないんだよ」

テツは東大医学部で無期限ストライキなんて、最初は嘘だろうと思った。みんな真面目、みんな秀才、みんな何不自由なく医療の道を歩んでる。おれたち文学部の奴らとは違うと思っていたのだ。そんなところでも、ストライキをやる。逆にテツは田舎のおっさんたちがよく使う口癖を思い出して、ひとりにやついた。チンポコ立ってる奴もいるんだなあ――。

イワがテツの顔を覗き込んで訊いた。

「なんか言った」

テツは慌てて手を振った。

「いやいや　別に――」

イワはさらに話し続けた。怺えていたマグマが次々と溢れ出したようだった。学則のこと、協約のこと、一日二十四時間のことを、二十八時間かけて喋る勢いだった。だがテツには、もう充分だった。いやどうでもよかった。

学則や協約。約束や規則を知ることは大事だ。守ることもまた。しかし、守るということは、考えるうえでも行動するうえでも縛られるということでもある。だが、大学についてのことで、テツはこれ以上縛られたくなかった。これ以上規約や法令などを知ってどうするんだ。それは法学部の学生にまかせておけばいい。

逆にそれだけたくさんの規約や慣行や取り決めや申し合わせがあるってことは、ここにはもうひとつの世間があるってことだ。だから大学の自治が叫ばれるんだろう。自治は自由ともどこかで繋がっているのかもしれない。しかし、おれはこれ以上は御免だな。そんなまるで子ども用のプールの中で、自由に泳いで下さいなんて。それにしてもどうだ。この築きあげられた権威の構造は。築きあげられたのは安田講堂だけでいい。フラットなのがいい。フラットだ。天下泰平、世はことも無しと言いながら、とんでもない蜃気楼のようなものに額ずき平伏《ひれふ》すなんて……。

フラット、フラット、フラット――。鼻歌をうたい、スキップでもするようにテツはコーヒーの伝票を持ってレジに向かった。

「いいの」
イワが言った。そういえばメガネを掛けたイワの顔は、どことなくコンに似ていた。少し気が良くてお節介屋で、少しはにかみながらついつい自分を曝け出すところも。ふたりは、喫茶店を出た所で、おたがい片手を振って別れた。イワと別れた後も、テツは妙に気分が踊り出すような気がした。道脇の銀杏の葉までが、金色のカスタネットのように跳ねていた。

〽フラット　フラット　フラット
おれとおまえは　フラット
この世とあの世も　フラット
地獄極楽　色即是空
フラット　フラット　フラット
敵と味方も　フラット
昨日と明日も　フラット
水はめぐるよ　三千世界
フラット　フラット　フラット

背水の乱

二月には肩が凝る。冷え込みと着込み。ついつい肩をすぼめたり、背中を丸めたりするからだろう。凝りが幾重もの張りや硬い瘤となって、頸のあたりに甲羅のように張りついている。しかし世相はもっと肌寒く嘘寒かった。

この半年、クラス討論の話題は、羽田闘争・エンタープライズ闘争・ベトナム戦争・東大医学部の無期限ストライキ・そして三里塚闘争で持ち切りだった。それが大学の教養課程の必修科目かと思うほどだ。学生活動家にとっては戦いの場が目白押しで、まさに繁忙期書き入れ時だ。

自分のことだけを考えてればいい。麻雀の時も、本を読む時も、なにかを書く時も音楽を聴く時も、そんなありきたりのテツの日々に、揺さぶりをかけるようなことが続いた。あるいはそれらはかつて野球少年だったテツに、この世で大事なことは個人プレイじゃなく、チームプレイだぞと陰に陽にプレッシャーをかけ続けた。たしかに、世界のどこを見ても、社会の矛盾が凍てきった氷のようにぴしぴしと罅われ軋みだしていた。

二月十日、建国記念日の前の日だった。珍しく麻雀も始まらず、テツとクリは夕刻の井の頭線に乗った。時折、霙が降った。ものみなが沈んだ一枚の風景画を荒い刷毛でなぞるように霙は降った。陰惨な日暮れ刻だった。

ふたりとも吊り革にだらしなくぶら下がっていた。クリは、駅の階段を上る時からの話を続けた。

「チェコだってそうだし　アメリカだってベトナムだけじゃなく　公民権運動だってそうだぜ　ソビエトだって怪しいもんだ　むろん日本だって危ういもんだぜ　これはひょっとするとひょっとするな」

クリはそういってひとり頷き、頬を緩めた。さながらこの暗欝な景色の向こうの春を待つ少年のように。

「ひょっとするとって　なにか　まさかおまえは　世界同時革命なんて言い出すんじゃないだろうな」

テツが言うと、クリはにやりと笑った。テツが突っ込んだ。

「同時にってことは　東側は西側に　西は東に　右は左に　左は右に揺れるってことか」

「そうだよ」

クリは得意気に鼻を膨らませた。

「まあ　そううまくは行かんでしょう　で日本はどうなるの　日本はアメリカの五十番目の州と言われてるけど　そんなにバケツをひっくり返すみたいにはいかないよ」

「同時にって　なにもヨーイドンじゃないんだよ　世界史的尺度で見てってことだよ　とにかくおれは　なにかが起きる　そんな気がするんだよ　現に起きなくても　なにかが変わる　そう思うんだ　医学部だってそうだぜ　それに起きるのじゃなく　起こすんだよ　変わるのじゃなく　変えるんだよ　それが主体性さ」

またクリの一つ憶えが始まったと思いながら、テツはまぜっかえした。

「クリ　そしたら　世界みんなが　プロレタリアートになることかい　それともみんながブルジョワジーになることかい　それとも世界がひとつの帝国になることかい　どうなんだ」

「またまた　テツ　おまえはすぐ極端な例を持ちだすんだから　それって評論家じゃなく漫才師だよ　だから　世界がどうなるかじゃなく　おれたち一人ひとりがどうするかなんだよ　とにかく世界が　テツ　おまえの好きな言葉で言えば　潮目を迎えているんだよ　転換期そして過渡期さ」

「潮や風が変わりつつあるのは確かさ　おれにだってわかるよ　だけどおまえ　闘争じゃ

あ　メシは食えんぞ　単位だってもらえんぞ」
「テツ　おまえまで　そんなことを言うのか」
「だってそうじゃないか　なにも学生だから勉強しろって言うんじゃない　学生の本分なんてものにも　おれは興味ないね　だけど　そんな簡単に　世界は変わらないよ　変わってたまるかってんだ」
「テツ　おまえにとっては　すべてが外在的なんだよ　外在的」
「それって　すべてが他人事ってことだろう」
「そう　まさにその通り」
「そうだよ　おれにとっては　おれが全てで　そのおれから橋渡しされたものだけが　おれの世界　おれの日本　そしておれ自身なんだよ」
「おまえ　それって　ふた昔前の唯我論と同じだよ」
「おまえが言ってるのも　半世紀前のパルタイと一緒だよ」
「度し難い奴だなあ」
「そう　おれは神様からも仏様からも度し難いと匙を投げられた奴さ　今更お国やお上やあるいは革命政府から　お墨付きを貰わなくたっていいんだよ」
「お前　いつもそれだからなあ　じゃあ　おれはここで　またこの続きは後で」

クリはこう言って下北沢で下車した。テツはクリのまるで合板が撓んだような猫背気味の背中に手を振った。窓に降りかかる霙がクリの背中に、実に無造作な斜線を入れていた。時代の渦にみずから飛び込もうとしている。テツにはそんなクリが、危なっかしく見えた。みずから望んだ夢、あるいはかぶれた夢、本当はそれに飛び込んでゆくクリが羨ましかったのかもしれない。そんな政治活動じゃなくても、飛び込むに値するものは、恋、ギター、文学、アルコール、いっぱいあるじゃないか。そう思いながらも、どこかで、なんとなくクリだけでなく、時代にも先を越されたような気持ちになった。

それはコンや山崎博昭や由比忠之進の死に接した時も、朧気に感じたことだ。死なれた、と思ってしまうのだ。それが自分が生きてることの妙な後ろめたさとなってくる。自分の踏ん切りの悪さだけが疎ましく感じられる。妙に僻みっぽい。

「紅旗征戎吾が事に非ず」

藤原定家はさすがだ。紅いの戦旗を押し立てて戦をする。そんなこと、おれは知らねえよ。はっきり他人にも自分にも言い聞かせている。クリはよく言った。

「おまえは　一見体育会系だけど　わかりにくいなあ」

すると、珍しくテツも理屈っぽく答える時もあった。

「いやあクリ　おれは　喧嘩の時は　手は早い方だよ　先手必勝さ　後の先なんて　カッ

コ付けじゃあ駄目なんだよ　ただ　ヘルメットとゲバ棒でシュプレヒコールをあげる　それは革命じゃなく　ごっこさ　おれがさんざん昔やったりやらされたりした　お祭りの御輿かつぎや野球と同じさ」

クリと別れた後も、テツはこれまでのクリとのやりとりをあれこれ思い出していた。テツやリーチやツネが、自分のことに引き寄せてしか世の中のことや今日を考えられないとすれば、クリは政治に引き寄せてしか自分のことを考えられないところがあった。政治や社会のことを言うわりには、はっとするくらい彼はロマンチストだったのだが。世界革命なんて口走るのもそうだった。おれみたいなスレっからしに、そんなこと言っても無駄だよとテツは幾度もなくクリをからかった。

「クリ　運動なんて絶対の理由があってするもんじゃないんだよ　絶対なんて嘘っぱちに決まってるさ　ゲバ棒　暴力学生　トロツキスト派　なにが暴力だよ　そりゃあ素手の人に角材で殴りかかるのはアウトだよ　しかし　ゲバ棒なんて玩具だよ　こどもが初めて玩具《おもちゃ》の刀を買ってもらって　はしゃいでるのと同じさ　まあ武器と権威は持ってると振り回したくなるけどね」

するとクリは煙草の吸い口を舐めながら笑ったものだ。

「だからおまえは　右でも左でもなく上だと言うんだな」

「そうさ　上といって語弊があれば　下だね　奈落だよ」

「おまえのどうしようもなさはわかるけど　ただ　大学のアカデミズムというか　医学部の奴らと連帯しようとする前に　やたら自分にこだわったり　味方同士いさかいをしたり貶《けな》し合ったりしてどうするんだ」

そんなこと言われなくてもわかってる、と言わんばかりにテツは言うのだ。

「小異を捨てて　大同につけと言うんだろう」

「その通り　そうしなかったら　敵の思う壺さ」

その敵や味方という言葉は止めろよ、とテツは言いたかったが、クリの瞳はまるで赤ちゃんのように輝いていた。テツは言った。

「そりゃあ　そういう時もあるさ　だけどおれは自分たちの権威と偉さに凝り固まったアカデミズムや病院は嫌いだけど　それと同じくらい党利や党略や良識にかぶれたような反体制運動とやらも嫌いなんだよ」

「まあテツ　そう言わずに　その純粋さが　おまえの文学なんだけどね」

「おまえから純粋と言われてもなあ　おれのは文学じゃない　たんなるおれの好き嫌いだね」

「またまたあ」

「だけどクリ」

テツは身を乗り出して、囁くように訊いた。

「お前　本当に世界革命なんて信じてるのか」

「いやまあ　なんとなくな　そう思わないか　そんな気がしないか　世界のあちこちのあれこれを見て　むろん　まだ前兆なんてもんじゃないけどさ」

テツにとって世界革命なんて、地球滅亡と同じくらい遙かな単語だ。

「そんなクリ　おまえ　願望と期待で喋るのは　自称革命家とスポーツ評論家くらいのもんだよ」

「だけどテツ　おまえはどうするんだ　異を唱えてばかりで　利いたふうなことを言ってそれこそテレビのコメンテイターじゃないか　結局なにもしないんだろう」

「そうだね　おれは反革命反動で結構だよ　だけど医学部の連中はイイネ　頑張ってるネなんとなくそう思うよ」

「なんとなくか」

クリがまた口元を歪めて笑った。

「そう　そのなんとなくが　おれには全てなんだよ」

意気込んでも、リラックスしても、テツの口から出て来る言葉は、なんとなくのひとことだった。観念と言葉でこしらえた砦や力瘤なんて、ツマヨウジ一本でポシャる風船のようなものだ。

大学は入試の一次試験と二次試験を控え、ほとんどが休日だ。

三十路前のオッちゃんは老いた占師のように、テツを見ながらこう言った。

「雛祭りの頃　入試の発表　その頃必ず忘れ雪が降るんだ　散り終えた梅が枝にも米粒ほどの緑が芽ぶく　そうするとおまえたちの無聊も芽ばえてくるんだ」

やがて芽ぶく時に備え、冬こそじっくりと眠り、英気を蓄えておかなければならない。しかしテツは二月はアルバイトに徹した。英気を蓄えるより、先立つものが欲しかった。

後期の試験が済んでから春休みとなるが、それでも学校には通った。正確には、大学の前の喫茶店だ。そこで漫画を読んだり、友達と会う。レイとコバがいた。

レイは日比谷高校を首席で卒業したという。たしかに怜悧そうな顔立ちとワンダーフォーゲルが好きなだけあって、引き締まった体と足首の持ち主だった。そして『ジャパンタイムズ』を小脇に抱えていても、ちっとも無理のない物腰だった。入学早々の体力測定の持久走の時も、テツの前を走った。つまり一点非の打ちどころがないというのが、非と言えば非だった。

ある時、男同士の席で、オッちゃんが言った。

「おれはあの人がいいな　そしてあの人もおれには　いろんなことを訊くんだよ」

するとナカも、とぼけたふりをしてノロけた。

「いやあ　おれのこと　あの人が　あなたは面白い人ねって言うから　おれブルトンの『ナジャ』貸しちゃったよ　そしたら喜んでね」

するとリーチも負けじと言った。

「おまえたち　そう勝手に言ってるけどね　だけどレイがおれを見る目付き　知ってるか」

皆人が、知るかあという顔でリーチを見た。すると彼は続けた。

「いやあ　あの目付き　あれは格別だよ」

みな好き勝手なことを言ってらあ、と思いながらもテツは黙っていた。自分もと、名乗り出るつもりもなかった。自分も憎からず思ってはいるが、相手がこちらに気があるかどうかは、また別のことだ。

しかし、おたがい無視出来ない程度には思っている。そんな気持ちがテツにはあった。まあ眼中にないならば、仲間うちではあるが、八ヶ岳の山小屋に行こうなんて言わないだろう。それとふたりで立ち話する時もあった。

後期の試験が終わった日のことであったか。話はたまたま岸上大作という歌人のことになった。レイから短歌の話が出て、テツはびっくりした。テツはデモやシュプレヒコールを歌ったいわゆる闘争ものより、次の一首が好きだと言った。

「美しき誤算のひとつわれのみが昂ぶりて逢い重ねしことも」

するとレイが言った。

「わたしもその歌は好きよ」

テツは旧知に出会ったように喜んだ。そしてレイがテツの顔を覗くように尋ねた。

「ねえ　誤算って　美しいのかしら」

うーんと唸ってからテツは答えた。

「そうねえ　美しいと言っちゃうような人だから　相手を責めることも詰《なじ》ることもなく死んじゃうんだろうね　生きてゆこうなんて人間は　とても美しきなんて言わないさ　こん畜生ッて叫ぶかもしれないね」

「そうかしら」

「そうだよ」

テツのどこかには、ぼくのあなたへの思いも美しき誤算に終わるのか、それともよくある男と女のご破算に終わるのか、どっちだろうという思いもあった。むろんそれはおくびにも出さなかったが。するとレイが言った。

「あなたって　とんでもない歌が好きなのね」

「そうかな　あなただってそうでしょう」

そうとしか言いようがなかった。だって、これがおれなんだから。

テツは漫画雑誌ごしにレイとコバをちらりと見やった。ふたりは、ゼミの話に忙しそうだった。

小半時が過ぎた。白いコーヒーカップの底に飲み残しのコーヒーが枯葉のようにへばりついていた。テツがマガジンラックに『少年チャンピオン』を返して、出ようとする時、レイが声をかけた。

「ねえテツ　今日はあなた　渋谷の方へ行かないの」

「渋谷ねえ　ああ　行ってもいいよ」

するとコバが冷やかした。

「行ってもいいよなんて　まあっ　行きますよって言ったらどうなの」

「ああ　ちょうど用事もあるから」

「わざとらしい」

コバがからかった。

「じゃあ　一緒に行こうよ」

テツはコバにも会釈した。コバがふんと挨拶がてら鼻を鳴らした。コバの鼻の穴からタバコの煙が八の字に吹き出した。コバもタバコを吸うんだな、とテツは思った。そして社会学の試験の前、彼女にノートを見せてと言った時、彼女がピシャリと撥ねのけた言葉を思い出した。ダメっ、そんなの自分でやらなきゃ、ためにならないでしょ。

ところで、レイはおれを誘ってどこへ行こうと言うのだろう。どこへとも言いだせなく、テツは黙ってレイに従った。

渋谷に着いた時、レイがテツに言った。

「あなた千鳥が淵に行ったことある」

「千鳥が淵って　あの戦没者の」

「そう」

「ないね　千鳥が淵も靖国神社も　お玉が池も」

「なに言ってんのよ　お玉が池は神田よ」

「そうか　で　千鳥が淵は　今日は春彼岸過ぎだけど　誰かのお参りにでも」

「馬鹿ねえ　桜狩りよ」

「ああ　花見か」

「そう」

「九段　日比谷　麻布はあなたの庭みたいなところだからね」

「まあね　わたし　あそこの桜が好きなの　わたし好きだなあ」

「じゃあ　お供するよ」

なあんだ花見か、と思いながらも、テツは嬉しかった。レイの家は麻布の古川橋にある。おのぼりさんのテツがきょろきょろするような所を、彼女は朝晩歩いているのだ。テツは桜を見る前から、既に華やいだ気分になった。テツは畏まってレイの後を歩いた、目だけが異様にきょろきょろしていた。

ふたりは新しく出来たばかりの地下鉄の九段下で下りた。地上への階段を上る時、さながら異次元の世界に降り立つ探検隊員のような気分になった。外に出た。空気も周囲の音も変わってはいなかったが、初めての風景だった。

「ほらっ　この先　ちょっと早いかな」

言われなくてもわかるさ、とテツは言いたかったが、しかし来てみなければ、この風景はわからなかった。濠を挟んで、巨きな桜が立ち並んでいた。幹はおばけの蛸の足のように曲がりくねり、蕾まじりの花が空を覆い、その間から都会の夕闇が朧に染み出していた。テツはVの字の濠に、ふと昨年訪れた小河内ダムの峡谷を思い出した。しかしここのVの字の涯には白いコンクリートの擁壁ではなく、出口の見えない桜の洞門があった。花霞、花朧……。

「はなおぼろかあ」

テツが呟いたら、レイが頷いた。

「やっぱり桜はいいね　桜の木の下には死体がって　梶井基次郎は書いてるけど　ほんとなにか尋常ではないもののこやしの上で　この桜は見事に咲いている気がするよねえ」

「まさか無名の英霊たちの　声なき声のこやしじゃないだろうけどね」

テツはちょっぴり皮肉をこめた。するとレイが、すかさず訊いた。

「その英霊だけど　テツは英霊ってどう思うの」

「英霊という言葉にすがるのはイヤだね　お国のために戦った人には　ありがとうと掌を合わせるしかないんだよ　戦争が日本の近代化と富国強兵の結末だろうと　帝国主義のとどのつまりだろうと　大東亜共栄圏のためだろうと　鬼畜米英の征伐だろうと　死んだ人たちには　黙って掌を合わせるしかないんだよ　だけど……」

「だけど　なんなの」

「だけど　その無名の戦死者と有名の戦死者を区別するのは好きじゃない　死には有名無名　有限も無限もあるもんか　そう思ってる　だから千鳥が淵のこの慰霊墓地はなんとなく好きだね　判官びいきかな」

「靖国は　どうなの」

「うーん　死んだ人が神様になったり　生きてる人が現人神になったり　また人間になったりするのは　あまり好きじゃないね　だって人を二束三文で召集して戦わせといて　死んだら神様よ　神様にしてあげたから　文句言わないでねというのは　あんまりだと思うな」

「そりゃあそうね　だけどテツ　あなたの言うことって　それが好きとか嫌いとか　それが全てなのね　だからあなた時々　お前には情緒はあっても論理がないなんて言われるのよ」

あなたもそんなことを言うのかと思ったが、図星だから仕方がない。テツは居直りたい気持ちにもなった。

「だって　好き嫌い　それが全てさ　というより　それが根っこだね　むろん嫌いだけど好きにならなきゃいけないってものもあるけどね　好き嫌いに理屈をくっつけたのを　論理と言ってるにすぎないものが多いよ　思いますと言えばいいのに　認識しておりますといえば　いかにも上等に取り繕えるんだから世話ないよね　まあこれはたとえばだけどね　本当の論理は　数学と物理学にあると　ぼくは思ってるよ」

話が飛んじゃった、しかし言っちゃちゃえ、この際という気持ちもあった。しかし、今日のレイはいつもより優しかった。

「そうねえ　この千鳥が淵だって　日本の軍人や軍属や民間人の身元不明の引き取り手の

ない人のお墓って言うけど　だけど英霊って　どこか中空のような所を彷徨っているような気がするの」

「そうさ　お帰りなさいとも言えないし　行ってらっしゃいとも言えないのが　おれたちだよ　うちのおふくろなんか　お墓は心の中にしかないと言ってたよ」

「あっ　それはいい言葉ね」

「まあ自分の実家も飛び出し　父の実家にもおいそれと出入りできない身の上だったからかもしれないけどね」

「そうお墓があるからお参りするんじゃなくて　心で掌を合わせるからお墓に行きつくのかな」

「そうだと思うよ」

「お寒い世の中ね」

「うん　花冷え以上に冷たいね」

「あなた　寒いの」

「少しね」

こう言ってテツはレイのコートのポケットに手を伸ばそうとした。手を組めればもっと良かった。しかし、桜の花びら一枚いちまいに目玉が付いている気がした。テツをためらわせるなにかがあった。しかし心はどこかときめいていた。レイは桜をあちこち見やりながら、時折テツの横顔を見やった。まるでテツの心を盗み見するように。

桜の木の下を、まるで桜など眼中にないように歩いている男がいた。女がいた。数人で輪を作り、花見をしているグループもいた。手をつないで歩いている男女がいた。肩を寄せ合っているふたりがいた。みんな何を考えてここにいるんだろうとテツは思ったが、テッたちふたりこそ、何を考えているのか、何をしようとしているのかわからないふたりだった。

花びらが舞っている　散っているのではない　湧きあがり　大きな渦をなし　うねり　ただよい　テツとレイを包んでいる　ふたりは水深数千メートルの海の中で吹雪のようなマリンスノーに包まれている　静かな世界だ　なぜここで息ができるのだろう　なぜここでふたりは出会えるのだろう　なぜここに桜の花があるのだろう　すると　小さな泡を出しながらレイが　呟いた

ワタシタチ　イツモ　コウナノネ　リクツッポイノネ

テツは小さく頷いた　レイの髪が大きな鹿尾菜《ひじき》のようにゆらめいた　テツは泡にもならぬ声を心の中に降らせる

ソレハソウ　キミガ　ナニカキイタラ　ボクハ口頭試問官ニアッタヨウニ　ツイツイ答エ

テシマウンダヨ　マルデソレガ　キミヘノ誠意　キミヘノ礼儀ミタイニネ
花びらが舞っている　ドライアイスの煙のように湧いて流れる中で　レイの羅衣《うすぎぬ》がそよ風
のように揺れた　レイが唄った
散ル花ハ　雪カ涙カ　ソレトモソレトモ
するとテツはレイを振り返った
ソレカラ先ハ　唄ワナクテ　イインダヨ
テツはレイを抱き寄せた　なにか言いたげなレイの唇を自分の唇でふさいだ　海の匂いと
桜の香り　花びらが舞っている　舞っている　レイは一度目を開け　テツの顔を見てから
すぐに目を閉じた

夢か。目が醒めたテツは天井の杢目《もくめ》模様をぼんやりと眺めていた。昨日の夕方から夜まで
のことが思い出された。
「わたしたち　いつもこうなのね　理屈っぽいのね」
たしかにレイはこう言ったのだった。千鳥が淵に行った後、渋谷の居酒屋でチューハイを
呑みながら。そうだね、相槌を打ちながら、テツはレイの喉を眺めていた。グラスを煽る時、
白薩摩の生地のようなレイの喉があらわになった。のけぞる時、人は無防備になるものだ。

咽仏のあたりが艶やかに伸びて、蠕動を誘いながらチューハイが流れ落ちてゆく。ふとテツはそこにがぶりと噛みつきたい気になった。むろんそんなことはおくびにも出さず、別れたのだったが。

カーテンを開けたら。昨夜の続きのように窓に花びらが四、五片へばりついていた。ここもまた花朧か、そう思ってその花びらを眺めた。しかしそれは桜でなく、お隣の魚屋さんから飛んできた、鯛の鱗だった。

桜と風は南から

新学期が待ち遠しいと思ったのは、何年ぶりのことだろうか。春休みの間、テツはレイに渡そうと、サイモンとガーファンクルの「April Come She Will」を訳した。邦題は「四月になれば彼女は」だったが、テツは「四月になれば　あなたは」と勝手に変えた。

四月になれば　あなたは

四月　あなたは風とともにやって来て
川にも　春のせせらぎが
五月　わたしの腕に　あなたの温もり
夢ははかなく　まどろみのなか

六月　だけどあなたに　なにかがおきて
あなたは夜に　とけてさまよう
七月　あなたはどこかへ　去りゆくさだめ
なにがおこるのか　夢のかなた
八月　あなたははるか　十万億土
秋風だけが　ただ冷たくて
九月　わたしはひとり　ひとりになって
やっとはぐくむ　わが愛を

恋するものに捧げるには、不吉で不謹慎な詞だ。しかし、ポール・サイモンのギターとかすれて甲高いアート・ガーファンクルの声が良かった。まあしかし、おれの訳は小唄のようだと思いながら、テツは原稿用紙に清書した。新学期が始まるまで、三回書き改めた。

新学期の朝、クラスに急いだ。クリやリーチやツネもいた。久しぶりの挨拶をしたが、それはまあ、どうでもよかった。テツはレイの顔を捜した。いた。テツは、さり気なく近づき、レイに原稿の封筒を、ハイと渡した。あらっと言って、彼女はそれをバッグにしまいこんだ。昼休み、彼女はそれを読むだろう。なんと言うだろう。これ、意訳というより、異訳でしょう。きっとレイは、これくらいは言うだろう。もちょっとしっかりした訳語を練ればよかった。まあいいか。テツはひとり頷いた。

しかし、テツのこんな思惑とは裏腹に、クラスの話題はもっぱら四月四日のマルチン・ルーサー・キング師の暗殺と日本大学の多額の使途不明金のことだった。日大で二十億ものそれが発覚したのだ。それに対して秋田明大を議長とする全学共闘会議が結成された。日大もなかなかやるじゃないかという感想がもっぱらだった。中には日大なのになぜ明大なのかとトチ狂う御仁もいた。

「ありがとう　いいんじゃない」

「あっ　そう　ありがとう」

するとレイが言った。

「で　サイモンとガーファンクルじゃないけど　もちょっとしたら　この人たちの主題歌の『卒業』の映画が来るの　それ観に行こうよ」

「いいね　ダスティン・ホフマンとアン・バン・クロフトだっけ　歌は『Sound Of Silence』だよね」

「そう」

「行こうかな　いや　行くよ」

テツがあわてて言い直すと、レイが笑った。そして付け加えた。

「それとねえ　一年生のクラスに　高校の時の同級生が二人入って来たの　アベッチとイッショウという二人よ　よろしくね」

「いえいえ　こちらこそ」

お仰せはなんでも、という気持ちだった。そこでレイが声をひそめて、顔を近付けて来た。なんだろうとテツは耳を近づけた。おれの訳になにかヘボいところでもあったのか。

「あのね　上のクラスにカイさんって人いるじゃない」

「うん　あの人　原理研究会じゃなかった」

「うん　それで　あの人たちは国際勝共連合の人　つまり韓国の文鮮明の統一教会がらみの人だから　気をつけた方がいいわよ」

「あっ　そういうことか　おれも何回か声を掛けられたことがあったよ」

「でしょう　あなたは右か左かわからない人に見えるし　気をつけた方がいいわよ」

「わかってるよ」
テツは説教されている子どものような気持ちになった。
「どうかしら　あなた　結構調子いいところもあるからね」
「うん　おだてに乗りやすいよ　イヤだと思ってるくせに　おだてられると尻尾を振って
ついていったりするからね」
「そうよ　わかってんじゃない」
あなたまでそう言うのか、とテツは一瞬鼻白んだが、当たっているだけに黙って頷くほか
はなかった。
国際勝共連合が発足したのも四月だった。日本では「人類はみな兄弟」を提唱する大立者
も顧問になっていた。むろんテツは左を模索する人間と同じく、右に傾注する人間も苦手
だった。テツは日記の端っこにメモしたことがあった。
「左翼の右へならへ
右翼の左うちわ
おれはまっぴら御免だね
おれはまっすぐ落ちてゆく」

四月になればあなたは、などと浮かれているうちに桜は散り、連休が始まり、五月がやって来た。

桜流し、菜種梅雨、木の芽流し。沖縄では、この時節をウリズンと言う。潤いの旬なのだ。ものみなが雨にまぶされて、寒さにかじかんでいたものがほどけるように芽ぶいてゆく。

五月の連休明けの日、クラスに行ったテツをクリが待ち構えていた。

「おいっ　テツ　みろ　おれが言った通り　フランスで五月革命が起きたぞ」

クリは得意満面だった。

「誰かがギロチンにでもかけられたか　ド・ゴールか誰か」

「馬鹿っ　フランスの学生や民衆や労働者が一緒に蜂起したんだよ」

まあいいから座れよ、とクリはテツを落ち着かせた。落ち着いていないのはおまえじゃないかと思ったが、テツは言うことを聞いた。そこにリーチやツネも寄ってきた。クリはひと昔前の瓦版売りのように得意気に語った。

——パリでは　学生街のカルチェ・ラタンに解放区が出来たんだよ　そこで決起した者たちと官憲が衝突した　ド・ゴールは最初　子どもたちの悪ふざけくらいにしか思ってなかった　そりゃそうだろう　彼だってかつてはレジスタンスの一員として、ナチス・ドイツと戦った人間なんだからねクリは自分のまわりに、六、七人の輪が出来たのが嬉しそうだった。さらに得意げになって語り続けた。

――だが　自分を追い抜いていく者などいないと思っていた人間が、次から次へと追い抜かれてゆくのは、残酷でもあるが自然のことなんだ　ありえないことが起こるのが歴史なんだよ

中国の文化革命　キューバ革命　アメリカの公民権運動やベトナム戦争反対運動　すべては見えない糸で繋がっているんだよ　その見えない糸がどんな糸か　おれはわからないしすべてが一本の糸でもないし　一筋縄でもないけどね――

クリは一気にまくしたてた。クリの目が輝いているのを久しぶりにテツは見た。そして裸電球が切れる前のような一瞬の輝きにも似た危うさをテツは感じた。

ということは、とリーチが口を挟んだ。

「医学部の闘争も　日大も　これらとどこかで繋がってるということか」

「そう　その通りだ　原因は別々でもね　パリのスローガンは『自由・平等・セクシャリティー』だ　おれたちもまた　遅ればせながら　パリや世界に　熱い連帯のメッセージを送らなきゃあならない　かつてマルクスは　ヨーロッパに幽霊が出ると言ったが　今や世界が変革の妖気に包まれているのだ」

クリの声帯のブースターが点火されていた。

セクトの人間のアジ演説や言辞には眉をひそめるテツも、クリの話は真面目に聞いた。なによりもクリの顔が元気そうなのが嬉しかった。この明るさは、いつかは消えるのだろうが、今の輝き、それだけでも嬉しかった。むろん、テツは内心呟いたのだが。クリ、たしかに世界はそうなるかもしれぬ、そうなった方がおれも嬉しいね。だけど、おれはおまえの言うようには動かないよ。

一九六八年。第二次世界大戦が終わって二十三年。世界ではアメリカとソビエトの冷戦が始まり、両国はそれぞれの威信と命運をかけて陣取り合戦をしていた。それぞれがそれぞれの同盟国の盟主然としていたが、アメリカもソビエトも両手に余るほどの火種を抱え込んでいた。抱え込みながら膨張し、新陳代謝を図ってゆく。

しかもこの年あたりから、世界的なベビーブーマーたちが大人になろうとしていた。はたち前後の若者たちが、世界にごまんといる。

民族はその種の滅亡の危機に瀕すると、本能的に種を増やすものだと高校の先輩が教えてくれたことがあった。たとえばと、彼は物知り顔で言った。徳川家の最後の将軍の慶喜公だって、側室も多かったが、男十名女十一名の子どもを産ませている。むろん家と民族では違うけど、血筋が絶えんとする時は、皆それぞれ発奮するものなんだよ。

なるほどとテツは合点した。だが、とも思った。

わが父は二十七代続いた総領の座を一人の妻と三人の子を捨てて、鹿児島は出水の地に住みつき、そこで新たに十名の子の父となった。この父もまた、家や民族の滅亡に頭を痛めていたのだろうか。単に母の腹を痛めさせただけじゃないか。

しかしこんなことは先輩には言い出せなくて、テツは感服したように彼の話を聞いていた。甲斐性と好色はどこかで通じているのかもしれないが、まさかお国のために父がせっせと励んだとは、思っていても言えないことだった。

それはさておき、日本に限れば、かつて太平洋戦争で辛酸を舐めた人々は、戦後その子たちを自分たちのような目に遭わせたくないと躍起になった。滅私奉公から自由平等と平和の世の中になったのだ。

戦争は御免だ。滅私も奉公も御免だ。世のため人のためというより、家族のため自分のために、ひたすら頑張る。そう、ベビーブーマーたちは、時代のというよりまさに先代の遺産でもあった。その遺産たちが成人する前の一時期、わがままな蕩児のように暴れだしたと言えないこともない。蝶よ花よと可愛がって育てた子どもたちが、いつしか手の付けられない大人になろうとしていた。

春先の猪にも似ている。

猪たちは土中の筍の匂いを嗅ぎあて、あちこちを掘りくりかえす。筍が誰のものであるか、竹林が誰に属するか、誰が丹精こめて育てたか、そんなことは関係ない。美味しいものはいつだって境界を越える。手当たり次第に掘る。天地がえしだ。そう、上のものが下になり、下のものが上になる。下剋上。陽の目を浴びているものより、隠れたものにも味がある。主と客、男と女、幸と不幸、反対語辞典の全てを書き改めなければならないほど、全てのものの意味と価値があやふやになる。どんでん返しになる。若者たちにとっての革命は、体制にとっては許しがたい危機だ。ピンチとチャンスは常に硬貨の裏表だ。

そして情報というものが、核弾頭かパンデミックみたいに威力と感染力を持つ時代がやって来た。それを象徴する合言葉が自由・平等・セクシャリティだ。

クリからパリの五月革命の話を聴いた夜、テツは夜っぴてこんなことを考えた。世界革命、カルチェ・ラタン、コミューン、解放区。そんなに浮かれるほど簡単なことじゃない。そしておいそれとそれに加わるほど、おれはお人好しじゃない。人の輪にすぐに加わらぬ侘しさもあったが、むしろテツにはそれが心地良かった。なんのことはない、臍まがりのひねくれなのだ。

芽ぶきどき

銀杏が芽ぶき始めた。鰐皮のような幹からいかにも無神経に伸びた枝、その梢に膨らむほっちりとした芽を見ると、テツの中では銀杏の実のあの臭みとえぐみが蘇る。銀杏の芽は、青年の面皰《にきび》に似ている。青春にはいつも青臭さと生臭さがある。

木の芽どき、クリは相変わらず元気だった。

五月八日には、富山県の神通川流域でのイタイイタイ病が公害病に認定された。その後のクラス討論会で公害のことが話題になった時も、クリは会を仕切った。そして、突然テツに話を振った。

「ところでテツ　おまえの住む出水は　水俣市の南隣だけど　なにか知ってるか」

突然の質問にテツは驚いた。知っているかも知らないかもないものだ。ただそう言えば、じゃあおまえは知っているだけなんだね、と誰かが突っ込んで来そうな気がした。これは問題提起でも基調報告でもない、ぼく個人のあくまでも感じていることだけど、と前置きしてテツは語り始めた。

「わがやの知り合いにも　たぶん水俣病の人は沢山いるよ　体がどうもおかしいなと思ってても　わがやの恥をさらすみたいで　人には言えないし　お上にも訴えないんだ　それにチッソという大企業城下町だから　おかしく言う奴は　町の風上にも置けないというようなところもあるしね　まあ詳しいことは石牟礼道子の『海と空のあいだに』にも綴られているけどね　ただそんな一般論じゃなく　おれの知ってるチリメンジャコ屋さんに働いてる娘さんがいるんだ　寒い日　選別やなんやかやで　手が引きちぎれるような日　普通の人なら冷たいからと途中で手を暖めたりするんだけど　その人は指先が感じないからね　いつまでもそのままやり続けるんだよ　すると指が紫色というかどす黝《ぐろ》くなってね　おばさんたちが言うんだよ　こりゃあひどか凍傷じゃ　ちょっと休《よ》くえ　休くえと」

クリが尋ねた。

「おまえ　黙ってたのか」

テツは当たり前じゃないかという顔をした。

「そう黙ってたよ　中学生の頃だったけどね　たまたま遊びで顔を出した小僧なんて傍観者だよ　家族でもない　漁師でもない　従業員でも　まして集落のものでもない　可哀相とは思ったよ　だけど『おてもやん』じゃないが　思とるばっててん言われんたい　なのさ」

「そりゃあ　そうだな」

クリが煙草に火を点けた。

「そりゃあ　そうだよ　公害基本法が制定されましたとか　医学部が無期限ストライキに突入しましたって　そうなってからはあれこれ言えるさ　市民権を得たというか　ひとつの常識になったからね　だけどその前というのは　ひどい状況なんだよ　誰も見向かない　それこそ村八分にされかねないんだよ　おれたちは　今がこうであれば　てっきり昔からこうだったと思い込みやすい　それはとんでもない思い違いさ　まあ評論家と馬鹿の理屈と猫のキンタマは　後から見えるからね　おれは水俣病らしきもののことは　ちゃんと知ってたよ　怯えたり怒ったりそうでないことを祈ったりしてたよ　ただ知ってたけど　それに対してなにもしなかっただけだ　そしてそれを恥ずかしいとも思ってないし　誇ってもいない　それだけのことだ」

「そりゃあ　まあ　そうだな　知ったとか　わかったからといって　押っ取り刀で水俣や富山や四日市に　なにか手伝いましょうかと言うのもな」

「そう　羽田だって　佐世保だって　三里塚だって同じだよ」

クリの頬が、ぴくりと引き攣った。しかし、彼はテツの挑発に乗らなかった。

「まあ　それはさて置くとして　うん　やはりそれを　連帯とか共闘とか　安易に言うの

も　なんだな」

「そう　出来ることはなんでもしますからと言ってみても　いいえお願いです　わたしどもでやりますから　出来れば　なんにもして下さいますな　そんな人だっているんだよ」

テツはこの言葉には自信があった。そして付け加えた。

「善意と良心に満ちた人はすぐ　いえ　わたしたちに手伝わせて下さい　とか　時にはこれはあなた方だけの問題じゃありません　日本的な　いえ世界史的な問題です　なんて言う人もいるけどな」

クリは大きく煙草を吐き出し、アルマイトの灰皿にぐいっと押しつけてから言った。

「まあ　テツの話は水俣病そのもののことより　運動論や　おれたちがどう社会にコミットするか　アンガージュするかの方に傾いてきたけど　とにかく水俣病にせよ医学部の問題にせよ　その病根は　どこか同じものがあるようにもおれは思うな　いや全世界が　今病んでるんだよ」

また始まったと思いながら、テツはやんわりと言った。

「クリはさあ　そんな着火マンのように　あちこちの社会の矛盾に点火して回るようなことを言うけど　それはちょっと怪しいと思うな」

「だけどテツ　明治維新以来　近代化のツケが　今またあちこちで噴き出しているんだよ」

「そりゃあそうだし　これまで地下にあったこの世の矛盾のマグマがあちこちで噴き出している　そうとも言えるけど　そんな簡単なもんじゃない　コミューンが出来ることと火山のカルデラが出来ることは違うよ　明治以降の殖産興国や富国強兵だって　人は多くのものを犠牲にしながら　どこかでかすかな生甲斐も感じてきたんだよ　滅私奉公や臥薪嘗胆　塗炭の苦しみの中でも　それをよしとして生きて来た人々のこともわかんなきゃあ　単に軍国封建の世が駄目で　平和と民主主義がオーケーという議論と同じじゃないか」

テツの喰い下がりに対し、クリも少し声を荒げた。

「テツ　おまえ　いつもそうなんだよ　物事の判断を論理じゃなく　好き嫌いやあれもある　これもあるの付帯条件付きの泥沼に還元するんだよ　さっきおまえが言ったように　ひとつの常識を破って　新しい常識をいかにして作るかどうかなんだよ　おまえの考え方は　ハムレットと同じ　あれもこれもと懐疑するだけで　いつまでたっても実践には結びつかないんだよ」

自分とクリとの対話集会になった。ちょっと意地を張りすぎたか、それともクリの持っているセクト性に意地悪しすぎかなと思った時、突然イシが手を挙げて、立ち上がって叫んだ。

「そう　クリの言う通り　全く異議なし」

するとコバも座ったまま手を挙げて言った。

「そうよ　わたしもイシに賛成　わたし　世界あちこちの火種が　そのまま決起に繋がるとは思わないけど　そういう時と所にこそ　粘り強いたとえばセツルメントが活きてくると思うわ」

セツルメント、懐かしい言葉だった。『キューポラのある街』の吉永小百合の顔が思い出された。しかし、目の前にいるのは蝦蟇のようなコバだった。テツも少しムキになった。

「貧しい所や大変な所に行って　さあ一緒に考えましょう　手を繋ぎましょう　ともに立ち上がりましょう　それっておれには慈善というより偽善だね」

コバも負けてはいなかった。

「あなたのそういうところが　懐疑主義とか観念論とか言われるんだわ　単にそれってヒネクレているだけの個人主義じゃないの」

「そうだよ　異議なし」

コバの言葉に、またイシが叫んだ。

テツはイシに、この革マルのふんどしかつぎめがと思い、コバにはパルタイのパシリがと思ったが、冷静さを装った。テツはレイの顔を窺った。そう冷静にね、そう言ってるように思った。むろんテツが勝手にそう思っただけなのだが。

テツは、イシとコバに一瞥をくれてから、クリを見て言った。

「おれは別に　ストライキ反対と言ってるんじゃない　やる時は四の五の言わずに黙ってやればいいんだよ　それがどうだ　医学部の連中に呼応して　この駒場でストライキひとつ打てずに　ああだこうだと小難しいことばかり言って　そのくせ自分たちは良識や正義の代弁者面している　おれはそういうのが好きじゃないんだ」

テツは今一度、イシとコバを見た。イシは目をそらし、コバは目を伏せた。するとクリがぽんと手を叩いた。

「なあんだ　テツ　おまえも駒場のストライキには賛成なのか」

クリは唇を舐めながら、さらに煙草に火を付けた。テツはクリに笑いかけた。

「おれはここのストライキを　革命なんて思ってないだけのことさ　活動家たちはひょっとして目覚めた人間かもしれない　しかし　なんにも言わず黙っている人間だってこの世には多いんだよ　それも意思表示さ　こんな活動家たちには何を言ったって無駄だと思って黙ってるんだよ　黙ってたらわかんないじゃないか　という人もいるだろう　しかしもし人を引きこもう　扇動しようとする時には　黙ってる人のこともわからなきゃ　単なるアジテーターさ　文学をやってる人間より　もっと自己陶酔型のね　おれはあまりに調子の良いことを言う奴の前では　黙ってた方がいい　そう思う人間だから」

テツもちょっぴり自己陶酔していたのかもしれない。人前でこんなにアケスケに喋ったのは久しぶりのことだった。ついでにと言わんばかりに、テツはクラス全体を見回した。

「自分たちは傷ついていないから戦うとか　恵まれているから戦うとか　良心のために戦うとか　おれは嘘っぱちだと思うね　傷ついていても　恵まれていなくても　良心がなくても　戦う時は戦う　人は戦うためにのみ戦うんだ　憎悪や復讐や欲望から戦うのは当たり前さ　だけど　戦うのは理屈じゃないんだ　それがわかんなきゃあ　面白くないね」

「ほら　それが面白いとか面白くないとか　すぐ情緒的になるんだから」

コバがまた横槍を入れた。するとそれを援護するようにイシがおずおずとテツに言った。

「そりゃあ　文学的にはわかるけどさ　レーニンも毛沢東も実践論としては　そんなことは言ってないぞ」

「レーニンがどうした　毛沢東がなんだ　おれは文学のことやおまえたちの革命ごっこのことを言ってんじゃないんだよ　人間のことを言ってるんだよ」

テツはこう言って、大きくため息をついた。それからクラスの代議員の選挙になった。テツも三人のうちの一人に選ばれた。やれやれ、とテツはまたため息をついた。

氷の栞

日記を書く時、人はなにを思って書くのだろう。決まってるさ、その日の出来事、自分の行状、心辺そして身辺のことさ。備忘録とも言うではないか。

反省や感慨、気付きや願望や決意。中にはこの世への喜びだけでなく、呪詛や失望、恐怖と戦慄に満ちたものもある。日記はさまざまだ。

ただなにかを書き留めたい望みとともに、なにかを隠したいという時にも、人はメモを残す。犯罪者があえてアリバイをでっちあげたり、逆に自分の足痕や指紋を消す作業にも似ている。書くことは、なにかを残すことだけでなく、なにかを隠すことにも繋がる。

テツには一九六八年五月二十九日から、日録のようなものが残っている。ようなものというのは、一旦書かれたものを、本人が改めて短く書き直しているからだ。自身のための手の込んだアリバイ作りだ。きっぱりと捨てきれぬなにかがあったのだろう。

削除され訂正され、要約されたメモは、きちんとした小さな文字でノートに転載されている。一九六九年、テツが大学を辞めようと思った時、テツはそれまでの日記を書き直したのだろう。書き革めたのは、それまでの日記が、よほど連綿としていたか、読むに絶えないものだったか、あるいはエエとこだけを残して、過去を精算しようという思いもあったのだろうか。そんなにまで自分が可愛かったのか。

やる時は四の五の言わず、黙ってやればいいんだよ。日頃そう言っているくせに、こと日記に関しては、おそろしい優柔不断ぶりだ。その時の自分の都合や気まぐれで取捨選択した出来事を、さらに書き直す。その挙げ句、残された文言は、どんな意味を持つのか。残ったものは、念の入ったこしらえ物だ。そこまでして自分を飾りたてたいのだろうか。

たとえば六月二十四日の日記にテツは書いている。

「日記には　冷ややかな嘘を書くべきだ」

冷ややかな嘘に隠れた、思わぬ本音もあれば、つまらぬ見栄もある。

昔の日記をさらに書き直したり、捨てたりするのは、昔の手紙を燃やすのにも似ている。その場で、過去におさらばしてせいせいすることも、後になってちょっぴり後悔することも。

むろんテツの日記なんて、なんの感銘も得も産まないのだが。

しかし、そんなことまでして取り繕いたい過去があるのか。

「一九六八年　五月二十九日　民衆もプロレタリアートの革命も　ぼくにとってはプラネ

タリウムの星」

「五月三十日　ぼくは　文学へも　革命へも憑かれない　それは星のような言葉だから

そしてぼくは反革命にも憑かれない　ただ憑かれたように現実と自己を凝視めるだけだ　眼孔へはいりこむ抒情の触手を炸裂しなければならない

ぼくは連帯をめざして

孤立をいとわない」

「六月五日　北川透より葉書　レイと三時間くらい話す　煤けたような苛立ち　風化の極みまで行きつくこと　頽廃をくぐりぬけない思想はありえない　頽廃とは縁が切れたと思ってる奴に　おれは戦いを挑むのだ」

北川透よりの葉書というのは、嬉しかったのだろう。当時彼は愛知県の豊橋市に居て、『あんかるわ』という同人誌を主宰していた。テツはその同人誌の定期購読を申し込んだのだ。申し込みついでに、何やら近況らしいことを書き添えたのだろう。北川透からは、胡麻を並べたような小さな字の御礼状と頑張りましょうという葉書が来た。

「物書き」から来た初めての葉書でテツは嬉しかった。おそらくテツは六月一日に出る彼の詩集『眼の韻律』も注文したのだろう。

「レイと三時間くらい話」しての、「煤けたような苛立ち」というのはなんなのか。煤けた苛立ちがあったから三時間も話したのか、あるは三時間も話した果ての苛立ちだったのか。うじうじぐだぐだと話して、なにが楽しいのか。あるいはそれ自体が相手にじゃれつくようなひとときなのか。

ふたりともおたがいを、さほど憎からず思ってるのに、とりわけテツはレイといると大切に、用心深く扱わなければという気になった。自分の心と体と欲望に幾重ものコンドームを被せてしまうのだ。

オッちゃんが年長のものらしく、自信たっぷりに言う時もあった。

「テツ　心優しい人間はな　敵を葬ろうとするよりも　ついつい味方を傷つけてしまうことがある　そしてしまいには自分自身を損なってしまうんだよ　まあおまえは　それだけを気を付ければいい　もっとも気付いた時は　遅いけどね」

テツがオッちゃんから聞いた言葉で、嬉しかった言葉だ。なるほど早稲田では八年間、この手で学生をオルグし、女性を口説いていたのだろう。テツには吐けない言葉だ。オッちゃんの煙草の脂臭さも、この時は不思議に気にならなかった。しかし、それからほどなく、テツは日記にメモしている。

「a 小学五年　b 中学一年　C 十七歳　d 十九歳　自殺を失敗するつもりで行ったなんてね――」

かと思えば、六月十一日の日記には――。

「おにいちゃん　大好き　ずっといてね　十歳の女の子のなにげないひと言に泣くわたし」

死にたかったり、泣きたかったり、さんざん喚きほざいた挙句には居直りが来る。

「ああ　おまえはロマンチスト　観念論者だ　こうおれにレッテルを貼る奴に対して　またこういうおれ自身に対して　おれは戦うのだ」

書いた本人ですら、後で読み返して、一体何を考えていたのか、わけのわからない記述もある。まず社会人としては不適合者、組織人としてはイの一番の失格者だろう。

「六月十四日　久しぶりに野球する」

明日は樺美智子さんの六月十五日の命日だよね、そう言いながら体育の時間、テツたちはグラウンドに集まった。明日の追悼デモを呼びかけるセクトもあった。だが、命日の前日に、悲劇が起きた。

テツはピッチャーだった。二回の表、ツーアウトを取って六番打者。初球のカーブを泳ぎながら、彼はセンターにフライを打ちあげた。センターは同じクラスのエスだ。彼は二、三歩後退りした。テツはてっきり凡フライだと思って、ベンチに向かった。その時、相手ベンチから歓声が湧いた。テツは振り返った。その一瞬エスの姿が消えた。
二、三歩そのままバックしたかと思うと、彼は仰向けに昏倒した。まるで案山子が倒れるように。敵は手拍子、テツも笑った。これが東大生の野球なんだよと。

「あとあと　あとをしっかり」

ファーストが叫んだ、しかし、エスは立ち上がって捕りそこなったボールを取りに行こうともしない。バックアップしたレフトが、ボールを内野に返した時には、バッターランナーは三塁を回ろうとしていた。

なんだよエス、ドジして。テツがそう言おうとした時、レフトが何か叫んだ。ばたばたと手招きをした。おおい、おおいと叫んだ。テツと何人かが、センターに走った。するとエスは目を剝き、顔面は蒼白になり痙攣していた。かたわらの外野の芝に、エスの吐瀉物が広がっていた。テツは、ベンチの方を向いて叫んだ。

「おおい救急車　誰かあっ　早く」

誰かが走って行った。エスは相変わらず目をかっと開いて震えている。エス、大丈夫かっ。テツが、エスの肩に手をかけた。

「テツ　触らん方がいい」

レフトが言って、自分のタオルを折って　エスの頭の下に忍ばせた。エスの周りに輪が出来た。覗き込んだ顔が、口々に言った。頭を打ったのか、なにかに躓いたのか、持病があるのか。靴は脱がした方がよくないか、救急車はここまで来るのか……。

テツはエスの顔の汗と口回りから喉にかけて、エスが吐き出したものをタオルでそおっと拭いた。しかし、吐瀉は無くなったが、エスの顔からは、汗のようなものがとめどなく噴き出してきた。命が噴き出すようだった。外野の芝の葉が針のように感じられた。救急車のサイレンの音は聞こえなかった。そっとエスの胸に手を当てるとエスの鼓動とともに、かすかな心臓の動きが感じられた。耳を澄ました。駒場の森のざわめきと時折の自動車のクラクションが聞こえるばかり。サイレンの音は届かない。ふと見上げると、青い空にぽっかりと雲が浮かんでいた。まるでテツたちの騒ぎを眺め下ろすかのように――。

来たっ。誰かが叫んだ。皆がいっせいにグラウンドの入口を振り向いた。構内では救急車はサイレンを鳴らさない。グラウンドの入口で止まった車から、救急隊員が担架を手にやって来た。エスの周りの人垣がほどけた。隊員はエスをそおっと担架に載せた。エスの目は閉じられていた。額からは汗が噴き出し続けている。

「誰かひとり一緒に付いてくる人はいませんか」

隊員の言葉に、じゃあぼくがとテツが答えた。グローブもそこに置き、テツもエスの横にしゃがみ込んだ。救急車は構内を穏やかに走っていたが、裏門を出ると、サイレンを鳴らし、エンジン音をあげた。しかし、エスの目は閉じられたままだ。額から汗は噴き出し続けている。

救急車は駒場から松濤の坂を下って渋谷に出て、渋谷から坂を登って広尾の日赤病院に着いた。停車した。後部の扉が開けられた。その時だ、やおらエスが上半身を起こした。目をかっと開けている。テツはびっくりした。しかし、嬉しかった。なあんだ、おまえ大丈夫かよ、心配したよ。テツがエスの肩に手をかけた時、エスが叫んだ。

「バックホーム！」

こう叫んでエスは、またバタリと担架の上に仰向けに倒れた。隊員が驚いた顔でエスとテツを見比べた。テツは笑った。

「ははは　大丈夫みたいです　今になって　バックホームだなんて」

そしてエスの肩を軽く叩いた。まるでバッターボックスに送り出す監督のように。しかし、倒れたエスは激しく吐き始めた。口の周囲が渋紙色の液体で溢れた。テツは隊員に、なにか言おうとしたが、ふたりは担架を抱えると、救急治療室の方へ向かった。テツは後に従った。エスは起きあがろうともしなかった。

治療室の外の椅子で、テツはエスの姓名や住所など訊かれた。テツはエスの姓名しか知らない。公衆電話をかけるお金もない。事務室に行き、事情を話した。そこから大学の学生課に電話した。そしてエスの家に電話してもらうようにした。五時間が経った。午後四時を過ぎた。

テツは治療室の外の長椅子に居た。中で慌しい動きもないようだった。救急隊員はではここでと挨拶して、とっくに帰っていた。ではここで、わたしたちは帰りますなのか、ではここで、あなたはお待ち下さいなのか、あとになって考えたが、それはどうでもよかった。

テツは今日の朝からのこと、野球の一回の表から二回表までのことや、センターフライを打たれたカーブのことなど思い出したが、それもまたどうでもよかった。四時を過ぎた。治療の人がなにも言わないところを見ると、エスは何事もなく回復しているのだろう。テツはあとのことはよろしくと受付の人に言い、すっかり冷えたジャージ姿のまま外に出た。病院の欅の若葉が鮮やかだった。

「バックホームか　エスも心配させる奴だ　しかし倒れてもバックホームと言うところはいかにも律儀なエスらしいな」

テツはそんなことを呟きながら、広尾から渋谷、そして再び松濤の坂を登ってキャンパスに戻った。グラウンドには誰もいなかった。テツはこんもりとしたマウンドに立ち、ホームプレートを見て、次に振り返った。むろん、センターには誰もいない。テツはマウンドを下りて、センターの方に歩いて行った。

ここだ。芝に灰皿ほどの白茶けた所があった、エスは後退りをして、ここで倒れたのだろうか。テツはあたりに目を凝らした。もしや大きな石でもと思った。

当たり所が悪くて、それで気を失ったのだ。しかし芝生には石らしい石も、目立っての凹凸もなかった。わずかに芝の切り株のようなものがあったが、せいぜい小さな亀の子束子《たわし》ほどだ。転んだり躓いたりするほどのものではない。エスがどこでどう頭を打ったのかは、わからなかった。一体、なにが起きたのだろう——。

ただ普通の野球部ならいざ知らず、東大の学生の中には、とてつもない頭でっかちや木偶坊もいるのかもしれない。こういう人は、とても普通には考えられないような動きをしてしまうのだ。しかし、エスはそんな類には見えなかった。なによりも、バックホームと叫ぶところが、さすがだ。テツはふと、死んでもラッパを放さなかったという、日清戦争の時のラッパ手、木口小平のことを思い出した。そしてひとりで苦笑した。おれも、古いな。陽はまだ駒場の森の、遙か上にあった。

テツはクラスに行った。着替えやバッグはそのままだった。リーチがいた。

「おい　エスが救急車で運ばれたんだって　大丈夫か」

リーチの心配そうな顔に、テツは答えた。

「大丈夫だよ　病院に着いたら　あいつはガバっと起きて　バックホームと叫んだんだよ
ふふっ」

「そうか　エスらしいな」

リーチはそう言って、煙草をふかした。ショートホープの香りがした。
数名いたクラスでの話は、エスのことから明日十五日の樺美智子さんの追悼デモのことになった。黒板には白チョークで歌が書かれていた。

「その日からきみみあたらぬ仏文の
二月の花といえヒヤシンス」

福島泰樹の『バリケード・一九六六年二月』の中の歌だ。

六月十五日は、今にも泣きだしそうな空模様だった。ヒヤシンスどころか紫陽花だって溜め息をつきそうな冴えない日和だ。
テツは日記に書いている。

「樺さんの八周忌　そこに行くな　おまえは悲痛な顔をして　そこに行くな
怒りと悲しみを誰とも共通するな
おまえの空洞を　そこで売るな」

まるでひとりでダイヤモンドのマウンドに立ち、ひとりで野球をしているような言葉だ。なあんだ、ひとりが可愛いだけじゃないか。背負《しょ》ってる以外の何物でもない。そして日記は続く。

「夕刻　デモだけに参加　したたかやられる　ヤケクソ　畜生　別れた女　エスの死をリーチから聞く　午前二時リーチの家に　テロリスト」

テツはデモに参加し、いちばん嫌っていたはずの仲間同士スクラムを組ながら、機動隊から蹴ちらされ、ジュラルミンの楯に押しまくられた。だが「別れた女」というのは、よくわからない。ただ「ヤケクソ」であったのはわかる。まるで演歌みたいなノリだ。そして「テロリスト」というのは、なにを意味するのか。

おれたちは徒党を組まず、一人一役のテロリストになるしかないと言うのか。それとも、口で言うだけで、テロリストにもなれない、と自嘲したのか。リーチの本棚には、たしかにロープシンの『蒼ざめた馬』もあったが。むろんふたりの本心は、凶器より楽器、楽器より食器を持つことに執着していたはずだ。

しかし、デモより、テロリストより、テツにはエスの訃報がショックだった。

「バックホーム」

救急車でエスがガバっと身を起こし、叫んだ声がテツの耳にはしっかり残っていた。そしてそれを聞いてすっかり安心し、エスの肩を叩き、救急隊員にも笑いかけ、途中で帰った自分の迂闊さが情けなかった。

十六日、翌日が告別式だという。リーチのアパートで、テツは電気の入っていない炬燵《こたつ》に、足を突っ込んでしばらく寝た。まどろみかけていると、リーチがなにやら呟いた。寝言のようでもあった。

「内ゲバ……やっぱり……ナン……センス……だよな」

この頃既に内ゲバと称する党派間の闘争が起こり始めていた。理論闘争だけでなく、相手をリンチし、潰滅する作戦だ。邪魔者は消せである。リーチが寝言で言ったのか、あるいは寝言めかしてテツに告げたのか、いずれにせよ、ナンセンスという気持ちがリーチの中にあったのは確かなことだ。

十六日の朝、テツとリーチはエスの告別式に出かけた。クラスでバスをチャーターして、千葉のエスの家まで行った。テツもリーチも昨日の格好のままだ。数人が喪服らしく黒っぽいものを羽織っていた。テツもリーチも、むろん持っていない。ただ胸に黒い小さな喪章を付けた。

葬式が済み、焼き場に行き、やがてエスの家での茶話会となった。喪主からのひととおりの挨拶が済んだ後、テツはエスのお母さんに、最期の様子を語った。

「こうなるとは　思ってもいませんでした　だって　救急車から下りる時　バネ仕掛けの人形のように起きあがって　バックホームと叫んだんですからね」

少しの誇張もなかった。エスのお母さんや家族も、頷きながら聞いていた。家族にとっても、あまりにも突然すぎることだった。朝には紅顔ありて、夕には白骨となる。これは喩えでも、修辞でもなく、目の前の現実だった。

しかし、テツの語り口や服装が気に喰わないクラスメートもいた。ヨシはテツのどこか文学青年みたいな道化者じみた言動をふだんから好いていなかった。

虫が好く好かないは、お互いが一番よくわかっている。引き合うか反発し合うか、敏感に感じ合うのだ。テツもまたヨシを、あいつは小真面目の国から小真面目を売りにやって来た、チンケな行商人だと思っていた。ヨシだって、おまえたちノンポリの気紛れ屋の跳ねっかえりの言動が、やがてとんでもない官憲の介入と弾圧を招くんだよ、とまくしたてたこともあった。

帰りのバスの中では、テツもリーチも悄気気味だったが、エスのことや一昨日からのことを語り合った。するとバスの通路を挟んで座っていたヨシが、テツに言った。

「おい　おまえたち　なにが嬉しくて　そんなに　ハシャイでるんだよ　エスが死んだんだよ　そもそもテツ　おまえがあんなボールを投げて　センターに打たれなかったら　エスも死んでなかったんだよ――」

「いやヨシ　それは――」

テツの答えを遮るように、ヨシが言った。

「おまえが殺したも同然なんだよ　少しはしおらしくしたら　どうだ」

いや、と言おうとして、テツは黙った。たしかにバスの中で喋り続けたテツは不謹慎かもしれない。だが人を殺人者か下手人呼ばわりすることはないだろう。テツは一瞬、ヨシに殴りかかりたい衝動を抑えて、窓の外を見た。リーチがそのままそのままというように、テツの膝に手をのせていた。


梅雨前の空はむっつりと曇っていた。雲を千枚通しで一突きすると、黝い溜め息でも洩れてきそうだった。羽田の離着陸の飛行機がまるで翼を付けた鯨のように飛んでいた。バスは千葉市を過ぎ、江戸川を渡り、荒川、隅田川を渡って、やがて駒場のキャンパスに着いた。テツは黙ったままだった。

次の六月十七日、テツは日記に書いている。

「生きるには　時　所を　わきまえること」

この日、大河内東大総長は、安田講堂を占拠した学生を排除するため、機動隊をキャンパスに導入した。むろんその時学生たちは、既にそこを抜け出していたのだが。

一部の過激分子の行動が、官憲の導入と大学自治の破綻を招いたというヨシのような意見があった。大学の対応もそうだった。一方、そのような考え方こそ、現在の大学の権威を守ろうとする、無意識のうちの利権の構造なのだと息まく者もいた。

「六月十七日　機動隊導入　「過激派」がその原因と元凶と言うが　しゃらくさい　学内のオールドリベラリスト　疑似インテリゲンチャー　これこそが社会ファッシズムの元凶だ　時代が美しかったためしはない　いつの時代も　時代は暗い」

頂きを目指してきたものが、それを極めた途端に、それにすがりつく、あるいはしがみつく、おさまりかえってふんぞりかえる。テツにはそれがしゃらくさく思えたのだ。それが大学の自治とかアカデミズムという錦の御旗を振っているだけだ。

六月二十日には、法学部以外の自治会が機動隊導入に抗議して、一日ストライキを行った。

翌日には、駒場の教養学部でも代議員大会が開かれた。ストライキ実行委員会が結成された。テツも代議員として参加した。群れることを毛嫌いするくせに、テツもまた群れの中にいる昂ぶりと小気味よさを感じた。そして、ここではストライキなど打てっこないだろう、提案もされないだろうと高《たか》をくくっていたが、なんとストライキは提案された。みんなやるじゃないかと思いながら、おれもいい気なもんだなとテツは思った。だが、ストライキは提案されたが、案の定、可決はされなかった。

「六月二十一日　睡眠不足　大学総長の回答は黙殺するに足りる　ぼくらの理性はストライキとなって爆発させなければならない」

随分と意気込んでいる。総長の回答というのは、大学の自治のためにも、学生は暴力手段や大学施設の不法占拠をやめよ、その排除のためにも機動隊導入はやむなしというものだ。テツはまるで活動家のように奔走しているが、否定されたストライキに落胆している。「皆疲れているのか　それとも僕が疲れているのか」と記した。翌二十一日、次のように認めている。

「二十一日　食欲なし　頭脳蓬瓢　思考錯乱　鈍痛　と書けるうちはまだよし」

六月二十三日　教養学部代議員大会での無期限ストライキは可決されなかった。予想はしていたものの、誰よりもくたびれているのがテツだった。

「無期限ストライキは行われず　（さほど　がっかりしてない顔で）　どこかへ旅へ出たい

今晩どこへ行って慰められる？　（えっ　まねごと）

疲れた　おれよ

ぼくは疲れた　レイよ

いつでも後ろ姿の太宰よ　中也よ

実感無しの　おふくろよ

思——

詩――
死――
私――

なにも考えないほうがいい」

事をなそうとする人間が、なす前からこうである。ストライキが否決されたくらいで、好きな女性や太宰や中也を思い浮かべられたら、誰だって迷惑だ。

熱しやすく醒めやすい輩の典型だ。慰めに値するのは、真底《しんそこ》戦った人間だけである。テツの呟きは、感情というより感傷そのものだ。

そして六月二十四日。

「なんの他愛もない文句　愚痴の羅列　羅列する甘え　日記には冷ややかな嘘を書くべきだ――

ぼくは弱く優しい人間が好きだ　視えないものが視える人間が好きだ　ひとりの無名の人の実存と世界を拮抗させうるような人間が好きだ　みずからの臆病さを　まるで鎧のような正義と大衆蔑視と前衛気取りで　飾ったり隠したりする人間が嫌いだ」

落胆と達観、勇気と臆病、懐疑と居直り、女々しさと男々しさ、まるで精神分裂症のような戯言《たわごと》だ。晴れ時々にわか雨どころか、照ったり吹き降りの気まぐれ日和だ。こんなにも組織を毛嫌いして、自分にこだわって、そのくせ無期限ストライキに応じない学友を詰《なじ》るなんて、どういう了見か。甘ったれもいいところだ。しかも、この日記というかメモは、それから四年後、東京におさらばする時に、書き改められているものだ。

二十歳《はたち》過ぎのメモにせよ、もう少しエエトコどりとか、面目を新たに出来なかったものか。それとも、敢えて自分を曝けだしたものなのか。

フランスや中国やチェコやアメリカ、あちこちで宴会をやっているから、うちも負けちゃいられないという程度のノリだったのか。むろんあちらは宴会どころか、命懸けだ。あるいはこども の頃、遠雷のように祭り太鼓が響くと、居ても立ってもいられない疼きをテツは感じたが、それと似たようなものだろうか。ムード屋、付和雷同、単純なゆきあたりばったり。人はこの程度のことで大学をロックアウトしたり、血を流したり、諍いを起こしたりするのだろうか。

むろんクリのように、そこに世界同時革命の気運を嗅ぎつける者もいたし、小さな変革の機運を見出す者もいたが、たったひとりを持て余しているテツに、そんなことが信じられるはずがない。

「なぜそうなのかって　あなたは自分を問いつめたりするくせに　なぜ客観情勢がそうな

のか　そうなるのかって　あなたはあまり厳しく見透かさないのよ」

時折レイが、こうこぼすことがあった。おれが世界に合わせるんじゃない、世界がおれに合わせるんだと言わんばかりの態度に見えたのだろう。しかしこう言われても、テツは黙って相槌を打つぐらいだった。

だが、こんなぐだぐだやうじうじとは関係なく、すったもんだの挙げ句、駒場は無期限ストライキを迎えた。

七月五日、東大闘争全学共闘会議が結成された。

「今日から無期限ストライキ　深夜のバリケード築き　デモ　面白い　疲れたふりをするなよ」

バリケードは、長椅子や長机などを積みあげ、正門を封鎖したものだ。学内でデモをしたのは、自分たちで気勢をあげるためと、民主青年同盟への示威もあった。新聞社の報道カメラマンのフラッシュが閃いた。それが夏祭りの花火のようにも感じられた。大学本館の古い建物と大きな木立ち、その中の横倒しにされた机のバリケード。さながら、古い神社の境内に出現した、一個の新しい御輿だ。たしかにテツには祭りの御輿を皆と一緒に担いでる喜びもあったのだ。そう、これは闘いだけど闘いじゃない。遊びみたいだけど遊びじゃない。つかのまの祭りなのだ。

七月六日の日記も相変わらずだ。

「要求なんて　いつでも貫徹できる　恢復できないのは　蝕まれたぼくの実存だ　一体おまえのほかに　誰を組織し　誰を論理化してゆくというのか」

自己中心の考えは、被害妄想にも陥りやすい。そして思い直したようにテツは書いている。

「戦うのにスローガンは要らない　戦っていることがすべて　あらゆる弁解を退けよ」

自分たちの要求は、いつでも貫徹できるという能天気さ、現にテツは医学部の学生たちが大学に突き付けた要求だって、つぶさには知らなかった。それは次の七項目だ。

「1　医学部処分撤回
2　機動隊導入を自己批判し　導入声明を撤回せよ
3　青医連を公認し　当局との協約団体として認めよ
4　文学部不当処分撤回
5　一切の捜査協力を拒否せよ
6　一月二十九日より全学の事態に関する一切の処分は行うな
7　以上を大衆団交の場で文書をもって確約し　責任者は責任を取って辞職せよ」
医学部の処分や文学部の不当処分がどういうものか、テツは知らなかった。ただストライキをやることで、世界の新しい動きに同調できたとは思わなかったが、自分が一皮剝けたような気分にはなった。

むろん無期限ストライキには突入したが、どのように終わるのか、その後どうなるのか、テツは知りえなかったし、知ろうともしなかった。祭りには必ず終わりが来るのに。

それにストライキの中でも、自分たちに理解を示したり、煽りたてるような教授よりむしろ自分の研究や専門分野に打ち込んでいる教授たちと会うのが、テツにとっては楽しかった。君たちが自分のことで忙しいように、おれも自分のことで忙しいのさ。

小田島雄志はシェイクスピアを教えてくれた。そして時折、自分の訳した劇のチケットを分けてくれた。越智治雄は夏目漱石や北村透谷について、学生の都合などお構いなしに喋り続けた。寺田透は和泉式部について、中世文学について語り続けた。まさに紅旗征戎吾が事に非ずだった。きみたちの戦い、それがどうした。おれたちにもおれたちの戦いがあったよ、ただそれが誇れないし、きみたちに言えないだけのことだけどね。

テツはいわゆる進歩的文化人が苦手だった。嫌いだと言ってもいい。この世には味方より敵に、いい人がいるものだ。

七月九日から、テツは大学に泊まり込んだ。泊まり込むといっても七月だ。寝袋がひとつあれば足りた。がらんとした研究室で、深夜本を読むのは良い気分だ。そしてクラスの仲間たちと出す小冊子のガリ版を切った。自分たちの時世に対する思いや、好きな映画や本の感想文、そして詩らしいもの、エッセイらしいものを載せた八ページか十二ページほどの冊子だ。

本郷の先輩たちは『変蝕』という雑誌を出していた。活字組みで背表紙付き、いかにもカッコいい、小難しそうな同人誌だった。『変蝕』というタイトルもだが、新しいことはなぜこう理屈っぽくなるんだろう。自分のことは棚に上げて、テツは深夜ぽつんと考えた。

——もっと学《がく》をじゃなく、もっと楽《がく》をね。寝袋の中でこう呟いていると、自分が大きな蚕のように思われた。この蚕はどんな繭になるのか、そこからどんな糸を紡ぐのだろうか……。

無期限ストライキといっても、大学は生産基盤ではない。開店休業のようなものだ。テツたちも、いささかのんびりとした学内で、無期限の休暇を過ごしているようなものだ。映画にも行った。コンサートにも行った。アルバイトにも行かなければならなかった。たまに学内集会や闘争委員会や自主講座があった。

満ちた月が欠けるまで——。二週間もすれば、潮もまた変わる。憑きものも落ちるのだろうか。大学もバリケードを築いたまま、むっつりとした夏休みを迎えた。テツのクラスでは合宿をした。今度は山中湖畔の寮に出かけた。

経済学・社会学・革命論・実践論、組織と個人、政治と文学、いろんな議論が夜っぴて繰り広げられた。そしてそれらは翌朝、寝覚めの汀に、夥しいぼろ屑や芥となって打ちあげられていた。言葉の残骸のように。

テツは討論会には気乗りしなかった。所詮は、自分の自慢じゃないか。それよりも楽しかったのは、ソフトボールをした時だ。女子も混ざってのこととはいえ、ボールとバットとグローブを手にするのは、エスが死んだ日以来のことだった。幸いヨシは合宿に参加してなかった。

バットを手にしたら、ボールを引きつけ、テツは思いっ切りひっぱたいた。ボールはセンターの頭上を遙か越えた。青空に吸いこまれてゆくように。フェンスのないグラウンドだった。ボールは汀まで転がった。ホームベースを踏んだ時に、ふとエスの顔が浮かんだ。なにかが始まったような気がしたし、何かが終わったような気もした。

八月になった。大学は休暇だが、ストライキも休暇を迎えるのだろうか。当局が休みを利用して、あれこれと懐柔活動をしたり、学生の厭戦気分を煽ることは予想出来た。またバリケードが撤去されるという噂も飛んだ。

テツは大学に通い、リーチの所に泊まったり、ツネの所に転がり込んだりした。そして麻雀したり、劇場に行ったり、酒を呑んだり、話し込んだりした。寝ないことが、この世のなにかに目を光らせているような気もした。全学ストライキ中のクラス代議員と言ってもなんのことはない、ホームレスの餓鬼と同じだ。おれの身体は都辺やキャンパスをうろつくが、心は六道《ろくどう》を彷徨する。いやいや六道じゃない、極道だ。こんな呟きとともに、毎晩どこかに転がりこまないと寂しかったのだろう。新宿駅地下のホームレスの人々と同じだ。主義や名分、志や夢や展望がないことも似ていた。ただ胸にドスならぬ、ちゃちな自恃の一物を抱いているだけだ。

「八月六日　今日もリーチの所へ
ああ　ぼくの日記はなんと
形而上学性に満ち溢れていることか
形而下のことは　苦しくて書けないんだ
なんて詭弁だ

おや　背後から覗くのは誰
気にするなよ

日記の恥ずかしい所は　破きました

これも噓

もう寝なさい

はい」

眠気が差して来たり、意識が集中出来ていない時には、太宰治もどきの痴れ言や戯れ言が出た。

この日も深夜からリーチの平井荘で麻雀となった。

炬燵板を引っくり返せば、緑の羅紗が貼ってある。その上にさらに音がしないように毛布を敷く。片手に煙草、片手で牌をツモる。ツネが言った。

「テツ　おまえはピッチャーの時は　右バッターの内懐をよく攻めるよな　それでバッターは詰まるんやけど　ふだん自分の懐をそう攻めて　どうするんや　そのうち煮詰まるぞ」

「いやもう　煮詰まってるかもしれん」

するとリーチが口を挟んだ。

「そうだよ　伊東静雄みたいに　わたしは強いられてと言ったところで　誰もなんにも強いてなんかいないんだよね　勝手にそう思い込んでるだけのことさ　強迫観念みたいにね」

「いや　わかってる」

テツの返事にさらに覆い被せるようにツネが言った。

「まあ坂口安吾ふうに言えば　テツみたいな自意識過剰ってのは　内気どころか　実はとんでもない野心の表れってこともあるからねえ」

「乳臭い　まあ自己陶酔さ」

ツネの言葉にリーチが乗っかる。テツも負けじとやりかえした。

「自分の手に酔ってんのは　リーチ　おまえじゃないか」

「いや　おれは煮詰まることなく　冷静にテンパるよ」

「リーチ　本当にテンパッてる奴は　冷静になんて言わないもんだよ」

ツネが煙草をふかしながら、三人を睥睨するように言った。テツの手は広がりすぎていたが、頭の中も拡散していた。

——チェコや北ベトナムや羽田や医学部問題　これらを自分たちの問題として受けとめなければならないなどと　もっともらしい顔をして言うけど　おれはそんなことをどの面下げて　他人に言えるかってんだ　そう言うくらいなら　黙ってそこに行って　そこの人たちとその他大勢で闘えば　いいんだよ　どうもあの前衛とか知識人ぶった奴の啓蒙や警鐘には虫酸《むしず》が走るな　なんでもかんでも自分の問題としてしまう　自分の問題にできるのは　まず

は五体と五感のことぐらいじゃないか　惻隠の情はきらいじゃないけど　なんでもかんでも心のちょっかいを出すのは　即淫の情だな　物見高い野次馬根性と　お節介屋だ　まあ　おれがその権化だけどな――

　クリが言った。

「おい　テツ　どうでもいいけど　早く切りなよ」

「あっ　そうか　はいっ　七索」

　するとツネが牌を倒した。

「七索　ロン」

「なんだって　四索切ってんじゃないか」

「ははっ　ペン七索　うまく引っ掛かったな　純一《ちんいつ》　一通　ドラ三　親の倍満」

「陰険な」

「ゲームには陰険はないんだわ　世界の深謀遠慮に比ぶれば　おれの辺《ペン》ちゃん待ちなんて可愛いもんだよ」

「わかってるよ」

　テツはバラッと点棒を投げつけた。

「おいテツ　麻雀で敵の思う壺に嵌まるんだから　おまえ現実社会じゃ　推して知るべし

だね　へっ」

「わかってるよ」

そう言って　テツは洗牌しはじめた。

「おい　あまり大きな声や音を出すなよ　下の大屋がうるさいからな」

リーチはそう言って流し場に行き、水道の水をコップで呑んだ。流れる水が排水目皿で、しゃっくりするような音を立てた。

その時、誰かが扉をノックした。夜八時前、三人は誰だというような顔で、リーチを見た。大屋さんか、それともリーチの彼女か。リーチが扉を開けに行った。

鎌錠を捻って扉を開けると、そこにバケットハットを目深に被ったオッちゃんが立っていた。

「なんだ　オッちゃんか」

リーチが言った。

「おう　いたか　みんな」

「ああ」

四人は同時に答えた。その時、リーチが素っ頓狂な声をあげた。

「どうしたんだよ　その顔は」

見ると、ふだんは浅黒い瓜実顔が、破裂寸前の風船くらいに膨らんでいた。しかも目は血走り、頬と唇からは血が滲んでいた。

「どうしたんや」

ツネが訊いた。

「へっ　やられたんだよ」

おっちゃんが吐き出すように言った。

「誰にか」

テツが尋ねたら、オッちゃんはまああと言いながら、炬燵に足を突っ込んだ。唇と歯がかすかに震えていた。寒気がするのだろうか。

「それより　水か茶かないか　喉が乾いてなあ」

ツネが水道の水を湯呑み茶碗に注いで差し出した。それを一口飲んで、オッちゃんが語り始めた。

「いやあ　油断だったね　第八本館の前でね　いきなり襲いかかられて　暗がりに連れこまれ　ひとりがおれを羽交い締めにする　ふたりがおれをサンドバッグみたいに打ちのめしたよ　ノックアウトだったね　こっちはなんにも出来なかったよ　あしたのジョーみたいにはいかなかったよ　ははははっ　痛いのは我慢出来るけど　眼鏡が割れたのが　一番痛かっ

たね　しかし　奴らもなあ」

「で　奴らって　誰だよ」

ツネが訊いた。オッちゃんは、とたんに口を噤んだ。やつらとは誰か、オッちゃんは言おうとしなかった。しかし、やつらは暗闇の中で、オッちゃんをきちんと識別していたはずだ。いわゆる内ゲバか。それともトロツキストと呼ばれる分子への制裁なのか。テツは横からオッちゃんの顔をあらためて眺めた。広島の柿羊羹さながらの顔だった。その一点に針でも突き刺せば、たちまち顔の皮がべろりと剝けそうだった。そしてオッちゃんの白目には無数の蛇の舌のような血管が犇《ひしめ》き、目はかすかに潤んでいた。唇も血を吸いすぎた蛭のように腫れ、しかも幾すじも血が吹き出していた。オッちゃんは、しばらく止血して、落ち着いてからここに来たのだろう。

「リーチ　タオルあるか」

テツはリーチに声をかけた。リーチは簞笥から薄水色のタオルを取り出し、水を潜らせてからオッちゃんに差し出した。

「片付けようか」

ツネがクリに言った。

「そうだね　まあ点棒の計算だけは　一応しとこうか　テツは箱天《はこてん》近いだろう」

クリが笑った。

「まあ　いいじゃないか　今日は」

ツネがとりなした。そうだね、とも言えず、テツはオッちゃんの鬼灯のような顔を眺めながら言った。

「オッちゃん　腹は」

「ああ　そういえば　四時にコーヒーを飲んだっきり　なにも食ってないなあ　もっとも腹にパンチはしこたま喰ったけど」

「そしたら　出前一丁があるよ　おれたちはさっき食ったから」

リーチが再び立ち上がった。クリもオッちゃんの顔をしげしげと凝視めていた。オッちゃんが、蝿を追い払うようにして言った。

「そう　じろじろ見るなって　おれの顔は見世物じゃないんだから」

「いや　なんか顔につけなくていいのかよ　消毒液とか」

クリが呟いた。オッちゃんは元気に答えた。

「大丈夫　ここに来る前に学生会館のところで　顔を洗って来たよ　それに顔いちめんに赤チンキを塗るのもなあ」

クリが笑った。

「それは　緑一色《りゅういいそう》じゃなく　紅《こう》一色だな　ツネ　紅って時は　コウと訓むの　それとグかな」

「まあ　コウでいいんじゃないの」

ツネがそんなことはどうでもいいじゃないかというように答えた。リーチがお湯を沸かしながら振りかえった。

「で　オッちゃん　やった奴の当たりはついてるの」

「………」

オッちゃんは、黙った。テツが訊いた。

「向こうだって　オッちゃんって分かっててやったんだろう　オッちゃんだって向こうをわかってんだろう」

「うむ」

オッちゃんは相変わらず黙って、煙草に火を付けた。

テツはオッちゃんの沈黙に覆いかぶさるように言った。

「いや　オッちゃん　今から　やり返しに行くと言ってんじゃない　だけど　どんな奴らがしたかってこと　知っといてもと思ってさ」

リーチが鍋の中に出前一丁の麺を入れながら、向こうむきで言った。

「そうだな　ひょっとすると　明日はわが身ってこともあるからな」

するとクリが即座に口を挟んだ。

「いやリーチ　おまえやテツやツネは大丈夫さ　おまえたちはノンセクトだから」

ノンセクト――。テツはちょっぴりカツンと来た。ノンセクトであることが、セクトの人間からすれば、半人前か半端者みたいじゃないか。テロやリンチの対象にもなりえない仲外れ。むろん　本気でそうは思わなかったが、ちょっぴり腹立たしさと寂しさも感じたのだ。そんなところから、人は入党したり入信したりするのかもしれない。テツはクリに言った。

「クリ　セクトって　そんなに大層なものかい　コップの中の嵐の　さらにその中の泡か芥のようなもの同士　相手を憎んだり　抹殺しようとか　殺られる前に殺れとか　ひと昔前のヤクザや戦争と同じじゃないか　もっとも戦争なんて　あと千年無くなることはないだろうけどな　おれだって好き嫌いは烈しいけど　嫌いな奴は無視すればいいんだよ　ただ　近親憎悪ってものもあるけどな」

するとクリが答えるかわりに、オッちゃんが血走った目をさらに血走らせながら呟いた。

「そう　近親憎悪なんだよ　似てる者同士が一番いがみ合うんだな　国家権力や大きな目的に向かう力がどこかで封殺された時　人は一番身近な違和を　当面の敵と思いやすいんだよ　そこで自分のストレスを発散させるのさ」

「それで内ゲバが始まるんだよな」

ツネが頷きながら、リーチに声をかけた。

「リーチ　出前一丁もういいんじゃないか　あんまり煮たら伸びて旨くないぞ」

「オッケー　はいお待ちどおさま　と言いたいところだけど　さっきおれたちの食った丼洗ってなかったからな　オッちゃん　もちょっと待って」

リーチは丼を灌ぐように洗い、鍋のラーメンをぶちまけ、胡麻ラー油を垂らした。炬燵板は既に裏返され、いかにもマホガニーという化粧板になっていた。

湯気を立てた縮れ麺が、オッちゃんの血の滲んだ腫れた唇から吸いこまれてゆくたび、テツは心を顰《しか》めた。音だけ聞いていると、オッちゃんは鼻をすすっているのか、麺をすすっているのかわからなかった。リーチがオッちゃんに水のおかわりを持ってきたのをしおに、四人は水割りを飲み始めた。ラーメンを半分程食べたところで、オッちゃんは溜め息をひとつついて言った。

「即席もなかなかだな　実はおれ　大学卒業したら　ロンドンあたりで屋台引きのラーメン屋でもしようと思ってるんだ」

「屋台引き　だったら別に大学に来なくたっていいじゃないか」

リーチがあきれた。

「学士のラーメン屋か　だけどオッちゃん　ラーメンの味は学歴じゃないからね　麺打ちの腕とその人の味覚　そして愛敬だよ」

テツが混ぜっかえした。するとクリがさらに畳みかけた。

「テツ　そんなに言えば　オッちゃんには　腕もセンスも愛敬もないみたいじゃないかまあ当たってるかもしれないけどな　まさか　世界同時革命のように　世界の主だった都市で　屋台ラーメンのチェーン店を画策してるんじゃやないだろうね」

するとリーチが人さし指を立てて言った。

「ラーメンのスープの横には　常にバケツいっぱいのニトログリセリンが置いてあるなんて　いいじゃないか」

テツもはしゃいだ。

「そしたら　客が来る前に　ポリスが来るさ　だけどオッちゃん　歯もやられているけど目も出血してるよ　しかしあいつら　目を狙うのは反則だな　叩き方も知らない奴が人を叩くなんて　嫌な渡世だな」

テツの言葉に、リーチが被せた。

「あいつらって　ねえオッちゃん　あいつらの正体って　誰なんだ　ねえ　オッちゃん誰なんだよ」

「いや」

丼を抱え込むようにしてスープを啜りあげたオッちゃんは、絶対に口を割らなかった。さながら犯人が共犯者の名を明かすことを頑なに拒んでいるように――。

早稲田大学で八年。そしてその後の三年の浪人。まさかオッちゃんはロンドンで屋台を引くために刻苦勉励してきたとも思われない。あるいは彼なりの革命の夢物語を、もっと深くもっと細やかに紡ぎだすために、この大学に来たのだろうか。

寒い時は学ラン、夏は昔ながらの開襟シャツ。ハイカラでもなければバンカラでもない。そんな三十路近いオッちゃんに、テツは太刀打ちできないものも感じていた。オッちゃんの語るマルクスやマルクス主義は屁とも思わなかったが、彼の語る女性遍歴には素直に脱帽した。

彼はこの十年の間、二回女性から逃げられ、三回目は叩き出されたという。フラれることなど朝飯前だ。むろん本当か嘘かわからない。彼がそれを吹聴する時、さもテツたちに勝ち誇ったような顔をするのは、むろん充分に脚色した上でのことだろう。そしてテツたちに自信たっぷりに言うのだ。

「おまえたちの恋愛体験は　なんて貧困なんだ」

しかし、逃げられたり叩き出されたりしたことが、豊かな女性体験とも思われなかった。

むしろ学習能力が欠けてるとテツたちはからかった。すると彼は得意気に言うのだ。

「おまえたちはまだな　異性や恋愛というものに幻想を抱いている　まさか男と女の弁証法的発展なんて信じてるんじゃないだろうな」

「それを信じて実践してきたのがオッちゃんじゃないんですか　その結末が十年で三回もご破算というていたらく――」

テツがこう混ぜっかえすと、待ってましたとばかり彼は言うのだ。

「ほらっ　そこなんだよ　おまえたちはすぐご破算だの　成就しなかったのと　結果から物事を見る　そんなことより　会うが別れのはじめ　別れは出会いのはじめ　なにかの始まりの中に既に終わりはきざしている　なにかの終わりの中にも　既に始まりの予兆がある　それが人の世だよ」

「そんな演歌みたいなことまで　マルクスは言ってるんですか」

「馬鹿っ　マルクスはこんなことまで言ってない　これはテツ　学問や哲学以前の人間の常識だよ」

オッちゃんは得意気に鼻を鳴らす。テツも負けじとやりかえす。

「だからぼくも人間の常識として　マルクスの著作と　太宰治やランボーの一行は同じだと思うんですよ」

「おまえは犯罪的な奴だなあ」

こんな話が出来るオッちゃんが、テツは嫌いではなかった。日本が太平洋戦争に負けてしばらくまでは、各地域にこんな若年寄のような先輩がいて、酒の呑み方や喧嘩のやり方や夜這いの仕方などを教えたものだ。世知にたけているのか、革命に凝り固まっているのかわからない彼の話を、テツたちは感服半分からかい半分で聞くのだ。たまに会うぶんには、昔の田舎の二才頭《にせがしら》に会うような懐かしさがあった。

金の匂いも権力のオーラも感じられない。しかもどう見てもドンファンとか女にモテるような男でもない、その安心感のようなものをテツはオッちゃんに感じた。その男が今真っ赤に腫れた顔で目の前にいる。オッちゃんにしてみれば、受けたリンチの痛みやわが身の不覚を、どこかで誰かにぶちまけたかったのだ。大学近くのリーチの宿は、テツたちのアジトでもある。リーチや誰かがいるはずだ。そんな思いで、ここにやって来たのだろう。二階への沓脱ぎの狭い土間には、四足の靴が脱ぎ揃えてあった。狭いL字型の階段を上ると、かすかにざわめきも聞こえる。オッちゃんはほっとして、リーチの宿の扉をノックしたのだろう。

丼の底のスープまで飲み干すと、オッちゃんは大きく息をついた。

「いやあ　落ち着いた落ち着いた　済まんなあ　折角の麻雀のところを　誰が勝ってたの」

「勝ちはツネ　リーチがちょぼちょぼ　おれもそう　テツがさっき親の倍満振り込んで大

沈み」

クリの言葉に　オッちゃんはことさら明るい声で言った。

「まあ浮き沈みは世の常だ　いや　今から二抜けで再開してもいいんだよ」

しかし、オッちゃんの幽霊お岩のような顔を目の前に、誰も麻雀する気にはなれなかった。

それにしてもと、テツには憤りと胸糞悪さが込み上げてきた。

テツは体力や腕力には自信があった。叩かれたり殴られたりして育ってきたから、それに対しても寛容だった。しかし群れてゴロを巻いたり、いたずらにイチャモンをつけるのは、チンピラがすることだ。リンチ、拷問、レイプ、他人を抵抗できないようにしておいて、自分の意を遂げるというのは最低で、相手を縄で、鎖で、人質で、刃物で、権威で縛るのは、戦争か小説の中ではあるとしても、ふだんにやるというのは解せなかった。許せなかった。むろんオッちゃんをやった相手にしてみれば、まさに今、おれたちは戦いの真っ只中と言うかもしれないが、闇討ち、不意討ち、騙し討ちは許せない。高校の時、松林で隣校の生徒に気勢を制する一発を見舞ったのとは明らかに違う。

テツの中からざらついた雨雲のようなものがむらむらと湧いてきた。映画の高倉健なら、あっしには勘弁ならねえと、立ち上がるところだろうか。テツはあらためてオッちゃんの顔をしげしげと眺めた。オッちゃんが笑った。

「テツ　おれの顔に　なにか付いてるか」

「いや　血と年輪しか付いてないよ」

テツが答えると、オッちゃんはリーチに水をもう一杯とせがんだ。喉も心も傷口も渇いているのだろう。リーチが流し台に立つと、オッちゃんは語り始めた。

「知ってるだろうな　おまえたちは　人間は恋と革命のために生まれてきたのだ　これは太宰の言葉だよな　まあ　おれなんか　こんなザマだから　大きなことは言えないし　革命も雲を把むような話だが　恋は自分の顔と一緒　鏡に映るからな」

「で　どうするんですか　はい　お水」

リーチが茶碗を置くと、オッちゃんは一息でそれを飲みほし、四人の顔を見渡しながら話しを続けた。

「まあ　おまえたちは革命より恋だな　男と女は結ばれるまでは　とにかく信じ合う　あるいは信じ合おうとする　嫉妬するのも含めてな　だが結ばれるにしても　紐と同じで　いろんな結ばれ方がある　一文字結び　真結び　ひっかけ結び　蝶々結び　いろいろだ」

一体この人は何を言いたいのだろう、殴られたせいで、どこかに血が上っているのだと、四人が四人とも思って、おたがい顔を見合わせた。しかし、この場は黙っているより仕方がなかった。

「まあ人と人の結ばれ方　人と組織の結ばれ方　自分と他人の結ばれ方　縁にもいろいろあるんだよな」

話があらぬ方へ飛びそうになった。そこに棹さすようにリーチが訊いた。

「オッちゃん　さっきのひっかけ結びってなんですか」

するとオッちゃんは背筋を伸ばし、大道芸人の口上のような口調になった。

「ひっかけ結びというのはな　俗に浮き結びとも言う　帯の端をすっと引くと　ぱらりと結びが解ける　いやあ　帯というものは締めるもんじゃなく　解くもの　襦袢は身に着けるもんじゃなく　脱がせるものなんだよ　リーチ知ってるか　あの歌舞伎の中で　切られ与三が言うじゃないか

〽しがねえ恋の情が仇

　命の綱の切れたのを

　どう取り留めてか木更津から

あの時　ほら　お富が洗い髪を長く垂らして黒繻子の昼夜帯を結んでる　あの帯の　結び方を　ひっかけ結びというのさ」

「知らねえなあ　だっておれ　歌舞伎観たことないからなあ」

リーチは、そんなことはどうでもいい、それにどうしてこの場にこんな話が出て来るんだろうという顔をした。ツネはこういう時はお利巧だ。
「あのオッちゃん　切られ与三って　原題は『予《よ》話《は》情浮名横櫛《なさけうきなのよこぐし》』と言うんでしたか」
「その通り　フランス文学だっておまえたちはやっていいけど　小説書くんなら　歌舞伎くらいは知っとけよ」
オッちゃんの話はだんだん説教臭くなってきた。袋叩きにされた腹いせを四人にぶちまけるとでも言いたげに。オッちゃんは、茶碗をリーチに差し出した。リーチが立って流しに行こうとすると、その手を引っ張り、ウイスキーの瓶を指さした。テツはオッちゃんが、少し元気になったと思って混ぜっかえした。
「まさかオッちゃん　今度キャンパスに行った時　オッちゃんを襲った奴らと会ったら
〽やさ　お富
　久しぶりだなあ
　おぬしは　おれを見忘れたかい
　こんな啖呵を切ろうと思ってんじゃないよね」
するとツネがそれに乗ってきた。
「まさかオッちゃん
〽死んだと思った

オッちゃんが
アッ　お釈迦様でも気がつくめえ
こう言うんじゃないだろうね」

オッちゃんが苦笑した。

「もういいよ　おまえたちは　年寄りをからかうんだから　まああらためて乾杯といくか」

「えっ　なんに乾杯　オッちゃんがやられたことにか」

クリが叫んだ。オッちゃんが答えた。

「馬鹿　さっきからおれが言ってんじゃないか　報われない革命と結ばれない恋に　乾杯だよ」

安アパートの二階から、雀牌のかわりに、茶碗とグラスの触れ合う音が聞こえた。

夢路はるかに

八月、九月は瞬く間に過ぎた。授業のない大学は、毎日が合宿か閑散とした学園祭のようなものだ。自主講座も開かれた。しかし学生やマスメディアに人気のある学者の講義は、テツには詰まらなかった。マスコミに人気があるんだってね、猿芝居じゃないか。学生に迎合する人は、マスコミにも迎合した。いわゆる進歩的文化人だ。

テツたちはクラスの中で小冊子を定期的に発行したり、映画を観たり、漫画や劇画の話題に打ち興じた。もちろんその合い間には、アルバイトと麻雀があった。

「十月六日
あらゆるたたかいは
ひとりでしかたたかえない
ひとりによって　しんにたたかえる
でもそれ　はいぼくしゅぎじゃないわ

といった　しょうじょのひとみには
しののめの夢のようなかがやきがあった
うつくしい夢はふうせんのように
いつかはしぼむ
（それとも　みずからわろうか
　あいさつのように）」

相変わらずの唯我独尊だ。個はまさに孤であり、組織や連帯なんかどうでもいいと言わんばかりの。黙っていても幾人かはおれに付いてくる、という甘えに支えられていたのかもしれない。そして言葉とは裏腹に、テツはついつい大学近くのリーチの所やツネの所へ行ってしまうのだ。

十月二十一日は、国際反戦デーだった。テツもクラスの仲間とともに新宿駅前に繰り出した。テツたちは東口広場で気勢を上げた後、新宿駅構内へと乱入した。駅の貨物ホームにはタンク車が止まっていた。これは米軍の立川基地に行く燃料だと誰かが叫んだ。旗竿と角材を持っていた白ヘルメットの数人が、そのタンク車に攀じ登った。ひとりがその頂きで旗を振った。その時旗竿が架線に当たった。とたんに火花が散った。彼はタンク車の背から、そしてテツの視界からずり落ちた。むろん電車も止まっていた。乗降客や野次馬を巻き込んでの、駅はまさに「暴徒」たちによる「騒乱」状態となった。そして機動隊が動き出した。群衆を分断し蹴散らすように。

駅舎と跨線橋の方からもジュラルミンの楯が雪崩をうってやって来た。逃げ場を失ったテツは、再び線路を横切り、東口広場への柵をよじ登った。

なにがどうなっているのか、誰がどうしているのか、ただ喚声と罵声と怒号と物が毀れる音、そして催涙ガス弾の音が一帯に満ち溢れていた。

「十月二十一日　新宿デモ　実に冷静に交番を襲い　ガス弾を足元にくらい　気絶しそうになり　パチンコ屋の親父に二階にかつぎこまれる　突然恐ろしくなった」

むろんガス銃は水平撃ちをしないので、路上に跳ねたのがテツの脛に当たったのだろう。テツが担ぎこまれたのは歌舞伎町へ抜ける小さな路地だった。一瞬テツは逮捕されたかと思った。が、気がついたら誰もいない。しばらくして、テツは無印のヘルメットを置き、新大久保の方へ歩いて行った。

クラス仲間では、イシが逮捕されていた。翌日それを聞いてテツは、メモを残している。

「逃げ方の練習せよ　虚弱児　心配だ　イシの家族も」

イシにクラス討論などでの、意趣も少しはあったのだろう。だが騒乱の中で逮捕される時は、逃げ足が早いも頑健さもへったくれもないのだ。

新宿騒乱から一週間経った日、テツは三鷹の不動産屋に出向いた。空いているアパートを探すためだ。駒場から東村山までは、二時間近くかかる。東京ではそれが当たり前の通勤通学時間だが、毎晩のように友の部屋に転がり込むのも迷惑な話だ。

リーチやツネだってプライベートな時間がある。解放区さながらのキャンパスから遠すぎず近すぎず、程良い所がよかった。それに東村山の姉の家に居ると、ついついわが家から監視されているような気にもなる。ひとりになればもっと気儘に気楽に、女性だってリーチやツネやクリだって部屋に呼べるだろう。

空いている部屋がすぐ見つかった。三鷹駅から歩いて三分。六帖一間に押入れと一口ガスコンロ付き。ただトイレと流しは共用だ。六部屋あるアパートのうち、一室がたまたま空いていた。しかもあとの五室は全て女性の住人だという。裏に銭湯もあった。

ハレムじゃないか。リーチが言った。家賃は七千円。アルバイトでお釣りが来る。次の日曜日、テツは机と木箱、そして折畳みベッドを魚屋の大将の軽トラックに積んだ。

「テッちゃん　しっかりやんなよ　だけどヤバいことしちゃダメだよ　たまには　東村山に来て　おれの配達の助手してな」

大将はこう言って鯵の開きを一箱持たせた。テツはそれを持って大屋さんの所に挨拶に行った。大屋さんはアパートの一階に住んでいる。

机とスチール製の本棚三つと、ベッドを組み立て、姉が縫ってくれた紺に白の水玉模様のベッドカバーを被せた。ここで魚屋の主人は配達があるからと帰った。


本棚に本を並べ終えて出窓に腰かけると鼻歌が出た。テツはふと高校の時、初めて下宿に入った時のことを思い出した。窓の向こうに桜島は見えなかったが、銭湯の煙突が聳え、窓の下には大屋さんの庭の植込みがあった。木蓮の葉が黄ばみはじめていた。ラジオをつけた。FENでは、四時のニュースをやっていた。ヴェトナムという単語がやたら飛び交っていた。

ひとりだな。ベッドの上に大の字になり、テツは大きく深呼吸した。手足を動かすとベッドが軋んだ。まるで外洋に出た小船だ。それでもひとりになれた。笑いがひとりでに込みあげてきた。そのくせこの部屋のことを、一刻も早くリーチやツネやクリ、そしてレイに教えたかった。

十一月になると本郷での動きが慌ただしくなった。加藤一郎総長代行との大衆団交が安田講堂で行われた。団体交渉といっても、吊しあげだ。入学式の時、ブラームスの「大学祝典序曲」を聴いたステージが、この日は喧騒に包まれた。

十一月六日には林健太郎文学部長が交渉の場で軟禁された。彼は十二日に、なんと百十三時間ぶりに解放された。八日には教官有志が「基本的人権の重大な侵害、大学を無法地帯とする愚挙」だという声明を発表した。またこれに呼応するように三島由紀夫や阿川弘之らが学生に対する抗議文をものした。気持ちはわかるが、やり過ぎではないかという声が次第に拡がりつつあった。

林部長が軟禁を解かれた十二日には、東大の図書館を封鎖しようという集会があった。テツはクリと二人本郷に向かった。

地下鉄の中で、テツはクリに言った。

吊るしあげとか軟禁なんて、いかにも数と力を恃むようなのは好きじゃないな、かといって、話せばわかるというようなことでもないしな。テツの言葉に、クリは大きく頷いた。そう、いくら話しても埒が明かなかったことが今日の事態を招いているんだよ。

テツは続けた。

「しかし　よくも百十三時間　やる方もやる方だが　やられる方もやられる方だ　クリ林さんはお前の新宿高校の先輩じゃないのか」

「そうだよ　全くもう」

「いやあ　あの世代は筋金入りだよ　林房雄とか　林健太郎とか　戦前のマルクス主義者

だよ　不破哲三だって先輩だろ　ああいう人は強い　なんせこっちの手の内や心の中がちゃあんとわかっているからな」

「やる気と根性　数の勢いだけじゃあ　圧倒されないってことか」

クリは舌を巻いた。

「だって軟禁されたって　人質じゃないからな　ただとっちめられるだけだ」

地下鉄は本郷三丁目に滑り込んだ。改札を出ながら、テツはクリに言った。

「林さんの世代は　戦争も潜りぬけてる　ひょっとしたら　いやひょっとしないでもやる気と根性はおれたちより数等上だね　そうやって築きあげたアカデミズムだし　東大の権威なんだよ　しかもその後盾は　政府だったり　英霊だったりするからなあ　始末が悪い」

「じゃあ　どうすれば　向こうは落ちるんだよ　本郷の奴らは　にっちもさっちも行かなくなったから　ストライキ打ったり　とっちめたりしたんだろう」

「まあね」

その挙げ句が図書館封鎖である。

赤門の奥に図書館が鎮座していた。

「テツ　図書館こそ東大のアカデミズムの権化じゃないか　象徴だよ」

「まあ　図書館には罪はないんだけどね　だけど　あそこには貴重な資料や文献があるか

ら　それは傷つけないようにしなくちゃなあ」

テツは図書館はよく利用した。御影石の円柱をあしらった正面玄関は、何式というのだろうか。中に入ると、やはりプラトンやソクラテスという名が自然と浮かんでくる。テツには大学の図書館が、なんとなく宝物殿のようにも思われてきた。ふたりは赤門の脇から入り、安田講堂に向かった。まだ目立った動きはない。

テツの気持ちに先回りするようにしてクリが言った。

「まあ　封鎖して　中をどうこうというんじゃない　とっくに扉は堅固に内側から閉められてるからね　ただこの宝庫を　差し押さえます　という実力行使さ　それで林さんたちを揺さぶるんだよ」

「揺さぶられるかな　あの人たち　おまえやおれたちより　ずっと剛直無比だよ」

「だから実力行使なんだよ　ところで　今日も機動隊来るんだろうか」

「そりゃあ　来るさ　本富士署の所には　既に待機してたよ」

安田講堂前での集会が終わり、テツたちは学内でデモをして、図書館前に来た。図書館前には人だかりが出来ていた。機動隊が待機しているにしては、ジュラルミンの楯がない。よく見るとそれは青いヘルメットだ。民青の連中が図書館前にバリケードを作っている。

「外人部隊もいる」

「あかつき部隊だ」

誰かが叫んだ。「あかつき部隊」というのは共産党の猛者《もさ》連中で構成された屈強の精鋭行動部隊だ。

そこにテツたちのデモも突っ込んだ。競り合い、蹴り合い、殴り合い、テツも太腿をしたたか蹴られ、肩をこっぴどく叩かれた。本気なんだな、と思った。

スクラムを組んで、といってもラグビーのように前のめりでなく、腕を組んで突入する。顔は無防備だ。そこで手を離して、押し合いへし合いをする。

そんな中、ひとりの男と目が合った。向こうはスクラムを組んで、一歩も引かじと踏んばっていた。これが「あかつき部隊」なのだろうか。陽焼けした顔に、青いヘルメットと白いタオルが眩しかった。彼はテツに蹴りを食わせて来た。

テツは彼のヘルメットを毟りとった。七分刈りの頭が表われた。テツはヘルメットの頭部で男の頭を思い切り叩いた。

ぼこっ、と音がした。男の頭からなにかが音とともに、スピーチバルーンのように立ちのぼった。魂が抜けていったんだ。そしてテツは軍手をした掌で、男の横っ面を思い切り引っぱたいた。ばちっ、という音がした。しかし、今度は男の顔からは何も立ちのぼらなかった。ただ歪んだ男の顔がそこにあり、揉み合い押し合いが寄せては返す波のように続いた。あとは手を出す隙間もなかった。

ひとりになって良かった、とテツは思った。しかし、家族からすれば、それは虎を野に放つようなものだったろう。

しかも総長との団体交渉の時、壇上で総長を取り囲んだ中にテツもいた。その写真がとある全国紙に出た。気がついた近所の誰かが、丁寧にわがやにご忠進に及んだ。入院している父には内密にして、兄たちの間で談合が進んだ。

西荻窪の兄が、テツを諌めた。誰にそそのかされて、お前はこういうことをするのかという電話が来た。いや、誰からか誘われたわけではなく、自分は自分ひとりの考えでみんなとやっている、いわゆるセクトではないから安心するようにとテツは答えた。すると彼は声を荒げた。安心するもなにも、こんなことをさせるために大学にやったんじゃないぞ、そう言って静かに恫喝した。

「ひとりでやれるもんなら　やってみろ　脛かじりの分際で」

売り言葉に買い言葉だった。テツはしっかり答えた。

「やります　やるつもりです」

まるでこのひとことを言うために、この数カ月があったというような口ぶりだった。そして受話器を置いた。大屋さんが、びっくりした顔でテツを見た。済みませんと言って、テツはアパートの階段を上っていった。

それから二日後、鹿児島の兄のひとりも上京した。

その夜、西荻窪の兄の家で、家族会議が開かれた。西荻窪が言った。

「アウトサイダーなんてのはな　書物か映画の中だけでいいんだよ　まあ今は麻疹《はしか》のようなものだけど　そのうち治るからね　だけど治ってからじゃ遅いってこともあるんだよ」

鹿児島の兄がおもむろに口を開いた。

「自分の筋を通すのもいいけど　こっちの言い分も聞いてもらわないとな　まあ親父もおふくろも言わんけど　みんなそう思ってるんだよ」

すると西荻窪が追いうちをかけた。

「そう　こっちの言い分　出し分というのもあるからな　このままじゃあ　昔なら勘当だよ」

なるほど兵糧攻め、そして勘当という恫喝だ。だが、十四番目の末っ子ながら、晴れて勘当されるのは、テツも予想していた。覚悟もあった。出された湯呑み茶碗に言いかけるように、しかし力強くテツは答えた。

「勘当されてもいいよ」

西荻窪が叫んだ。

「勘当って　おまえテツ　これからひとりでやって行くつもりかっ　この甘ったれが　ええ　どうなんだ」

テツは手拍子で答えた。

「はい」

「ということはだな　もう家の敷居は跨がない　ということだな」

「はい」

今度は、兄の目を見た。三角に煮え滾っているようだった。鹿児島の兄は能面の増女《ぞうおんな》のような目でテツを見ていた。

台所では兄嫁が夕餉の支度をしていた。彼女も背中で、話の成り行きを聞いていたのだろう。配膳の皿が音を立てた。

「おい　ちょっと　静かに」

西荻窪が声を荒げた。兄嫁が手を止めた。鹿児島がやおらとりなした。

「まあ勘当とか　そげん事を荒立てんでも良か　テツも好きなことをしながら　しかしもちょっと家のことや　親父のことなども考えろ　それくらいでどげんだ　若い時には　誰しもあることなんだから」

テツは黙って聞いていた。援助と縁とを切る。それでもいいと思っていた。家の話、父の容態、若気の至りなんてことが持ち出され、末っ子の甘ったれというテツの人柄が蒸し返された。黙って聞いているテツに、なにかを促すように西荻窪が喋り続けた。

「だから要するにだ　育てられた恩や育った縁がわからないような奴は駄目なんだ　実社会に出ても　屁の突っぱりにもならないんだよ　そんな奴は」

よく言うな、おまえはお袋をどんだけ泣かしたのかと言いたかったが、テツは黙っていた。ふたりが代わるがわる繰り出すパンチを、テツはコーナーでじっと脇を固めて耐えている気がした。それしかない、今のここでは。

それで五分経ったか、十分経ったか、あるいはそれ以上か——。

西荻窪が台所に声をかけた。

「おいっ　夕食の支度を早く」

ハイという返事がして、再び水道の蛇口を捻る音と賑やかな皿の音が聞こえてきた。すると鹿児島が言った。

「テツ　何か言いたいことがあれば　言うたらどげんか　さっきからウンともスンとも言わんが」

するとテツはやおら座り直した。正座して畳に手をついて言った。

「長い間いろいろありがとうございました　御恩は忘れません　たとえ縁を切られても皆さんにどうぞよろしく　お伝え下さい」

そしてバッグを引ったくると靴を履き、家の中にあらためて声を掛けた。では、さようなら。兄嫁が玄関口に駆けてきた。

「帰るの」

そう言われて、テツは笑いかけた。

「いいえ　出てゆくんです　お姉さん　いつもありがとうございました」

ぺこりとお辞儀をして、テツは外に走り出した。兄嫁の声がなにか聞こえたが、テツは必死に走った。振り切るように走った。兄嫁の声を、家というものを、ふるさとというものを、縁というものを。

井の頭通りを吉祥寺近くまで走った。車の往来はあったが、空は勦く広かった。さよなら、と呟くと、目頭がふいに熱くなった。テツは武蔵野市まで涙を振り落としながら走り続けた。ひとりになった、喜ばしい出発なのになぜおれは泣くのだ、そう思いながらも、涙は止まらなかった。

母はいろいろと

一九六九年、十二月になった。十二月三日はテツの誕生日だ。前日、母から葉書が届いた。

「お元気ですか　いつも　夜る　ユメを見て　あなたが顔色は　青白くして居るユメを見るのです　母は色々と考へて　夜る　良くネラレぬのです　しかし　どうにも出来ませんのです　母より」

母から初めての葉書だった。今まで母からの来信と言えば、封筒の宛名は必ず父が書いていた。達筆の父の筆やペンで、宛名と差出し人の母の名が書かれ、中にたどたどしい母の自筆の手紙があった。むろん今父は鹿児島の大学病院に入院している。代筆は頼めない。兄たちから事情のあらましを聞いた母は、やむにやまれぬ思いでテツの誕生日にことよせ認めたのだろう。かつての女学校を出た人たちの水茎の跡も麗しき字ではない。物心ついた時には天草から台湾に嫁いでいました、という人の文字と言い回しだ。

だが、テツも呟くほかなかった。おかあさん、こちらもどうにも出来ませんのです。そういえば自主運営された駒場祭のキャッチフレーズがふるっていた。

「とめてくれるな
おっかさん
背中のいちょうが　泣いている
男　東大どこへ行く」

学生会館でこのポスターを見た時、テツはリーチに言った。

「いいなあ　これ　誰が作ったんだろう」

リーチは作者を知っていた。

「これかあ　これ橋本治って奴だ　やっぱり文Ⅲだよ」

「そうかあ　彼もやっぱり　ヤクザ映画が好きなんだろうね」

「だろうね　まあ　あんな倶梨伽羅紋々のカッコいい奴は　東大にはいないけどな」

「だけど　いいじゃないか　コピーも　絵も　異議なしっ　だよ」

異議なしとは、ヤクザ映画で高倉健が相手をばさりと斬ると、その時客席から声が飛ぶのだ。異議なしっ、と。反対に　相手の主張がどうにも肯《がえ》んじ難い時には叫ぶ。ナンセンス――。一刀両断なのだ。大学総長や学部長は、どれだけナンセンスの集中砲火を浴びたことか。

だが母の言う、どうにも出来ませんのですという日々は、テツにはどうにでもなれというような、どうなるかわからないような日々だった。テツは一日三時間くらいしか寝ず、本を読んだり、創作したり、クラス文集のための鉄筆を握ったりした。

十二月四日は、レイと映画『神々の深き欲望』を観た。主演の沖山秀子の濃いごいとした欲望とあけすけな媚態を、ついテツはレイと比べてしまった。あるいはレイの方だって、この人はもっと素直に自分を表したらと思ったかもしれない。

しかしテツは、闘争の深みというより、自分自身で嵌った深みに、相変わらず沈んでいた。いい加減にしないかと、自分に言えないのが、テツのいい加減さだ。

「十二月八日　外面はいかにほの明るい道化にくまどられていようと　他者との断絶をどうしようもなく孕み込んでしまった人間がいる」

やれやれ、また自分自身か、おまえみたいな奴は、旗なんか振るな。自分の穴倉にすっ込んでいろ。こう活動家からどやされたこともあった。敵より始末に悪い味方だと言わんばかりに。だがテツたちのクラスは、下のクラスのメンバーも入って、その日その日の波を乗り越えていた。あるいは波の打ち寄せる汀に、ただ立っていたと言うべきか。

ストライキになって半年が経とうとしていた。人は自由や解放にも倦むのだろうか。十二月の半ば過ぎから、テツは占拠した駒場の第八本館に泊まり込んだ。ここは駒場共闘会議と呼ぶクラス連合や大学革新会議、それに共産党や民主青年同盟以外のセクトのアジトでもあった。

「十二月十八日　泊まりこみ体制　うまく行っている」

しかしかつて一陣の風となって大学に入ってきた風も、解放区が常態となると、淀みがちになる。単位はどうなるのか、進級はどうするのか、そして大学入試はどうなるのか、そんな疑問も湧いてくる。しかも駒場共闘会議は寄せ集めだが、大学側や民青は、じわじわと厭戦と旧態への復帰を狙って、ストライキを締め出そうとしている。

全学共闘会議といっても、むろん学生全てが賛成というわけではない。反対も無関心も同調も執心も含めてのことだ。それはテツを見ればわかる。最初はメディアだって飛び付く。だが新しもの好きのメディアも、すでに全共闘に物珍しさと物新しさを感じなくなっていた。全共闘か、全狂頭じゃないの、うんざりだね、まだやってんの。そう言わんばかりに。

「十二月二十日

金でのしあがった者は金で滅ぶ
運と女でのしあがった者は　運と女で滅ぶ
力でのしあがったものは　力で滅ぶ
メディアでのしあがったものは　メディアに滅ぼされる

これだけが歴史の真実だ
七項目の要求は　どうにか達成されるだろう
だがおれたちの戦いには　おれの戦いには
勝利も敗北もないのだ
不敗なんて　腐敗そのものさ」
大学は十二月二十九日、来年の東京大学の入試中止を発表した。それは全共闘の勝利でも、大学を追い詰めたことでもなく、単に世間を敵に回したようなものだった。
「助さん　格さん　もういいでしょう」
これはテレビの水戸のご老公のセリフだが、全共闘運動には、これを言う人がいなかった。指導格の人はいても、黒幕もいなければ、裏で立ち回って相手と談合する立役者もいなかった。医学部に端を発した社会運動は、いつしか頑張るセクトの人間によって政治運動の方に変質していった。
その意味では、実にフラットで気分の良い、悪く言えば烏合の衆にも似た熱狂の寄せ集まりだった。だが、沈着冷静に結果を見据えた運動や戦いがどこにあるだろう。テツもまた、その中の一人だった。麻疹の患者だった。
「東大解体」を叫ぶ者もいた。だが、テツは主張した。

「大学は解体されない　また解体しちゃいけないんだ　ギリシャ時代だって　日本の学寮だって　それなりの意義がある　衆愚の犠牲にソクラテスがなったとしても　民主主義にその存在理由があるようにね　カルチェ・ラタンだって全共闘だって　大学があるおかげで始まったんだよ　そんなに解体したけりゃ　自分が勝手に辞めりゃあいいんだ」

するとと相手は、お前は林健太郎より偏屈だなとこぼし、こいつは話にならぬ馬鹿だとあきれた顔をする。テツはそんな時思った。おれもオッちゃんのように、どこかでリンチを受けたり、総括を迫られたりするのか。だが、おれは小者だからな。

しかし、どう言われようとどうされようと、また自分で自分をどう思いなそうと、テツはせっせとクラス文集のガリ版を切り、封鎖した第八本館の最上階の踊り場で、レイと一緒に火炎瓶を作った。ガソリンとベンゼンとシンナー。アルマイトのバケツに作った液を、コーラの瓶に詰め、引き裂いたカーテンやタオルで導火線をつけるのだ。「カクテル・モロゾフ」と呼ぶ者もいたが、美味しそうにも酔いそうにも思えなかった。ただ砂遊びや水遊びをする子どものように、バケツと瓶と漏斗《じょうご》と杓で、ふたり無心に作り続けた。これまでふたりで映画を観ても、散歩しても、ご飯を食べてもこんなに熱中したことはなかった。それを揮発しないよう密封して棚に入れた。まるでお正月の飾りをしつらえるように。

年が明けた。

一九六九年一月一日は、九時に起きた。カレンダーの表紙を捲って香を焚き、お茶を服んだ。月餅を食べた。顔を洗って、ふらりと外へ出た。三鷹駅頭まで行くと、三社参りの帰りだろうか、晴れ着やおめかしをした家族連れが多かった。

さてどこへといって、どこも行くあてがない。まさか姉の家、まして兄の所など。勘当なんだぞ、自戒とも自嘲ともつかぬ薄笑いを浮かべてテツは、踵を返した。

寒くもあったが、北風に舞う枯葉のようにせつなく眩暈《めくるめ》くなにかがあった。ひとり、ひとりなんだという思いが、逆に温かい真水のように胸裡から込みあげてきた。そのくせ仲間に会いたいという気もしたが、皆おそらく帰省してるか、わがやでお正月だろう。さてさてさてと呟きながら、テツは銭湯を覗いた。「恭賀新年　初湯二日より」と貼り紙がしてあった。お隣の電器店にも「初商二日」の立看板があったが、シャッターの上のスピーカーからは、「春の海」が流れていた。テツは部屋に帰って、またお茶を飲んだ。そして五日までは机に座ろうと思った。

勘当か。しかしそれは、これから新しい出会いがあることでもある。いや出会いに新しい意味が見つけられることでもある。それが縁だ。永遠の旅人でいい。そんな昔ふうの言葉が浮かんだ。そのくせテツは日記の裏のページに、父の実家の住所を書き留めている。

「広島県芦品郡芦田町福田二九三の一」

日記や手帳の裏に書かれたもの。それこそが、本当の備忘録かもしれない。忘れてはならないもの。しかし、表立って公にするほどのものでもない。念のためにメモしておこう、いつか、なにかのために。

テツは父の故郷、ひとりの妻と三人の子を捨てて出奔したふるさとに行ったことがなかった。みずからが家を出て、初めて父に思いを通わせたひとときだった。

年明けの大学は、どこかざわつき、どこかうわついていた。入試中止というカードを当局が切ったのは、それはもはやこの学生たちは自分たちの手に負えないと、国や世間に宣言したことだった。そして東大全共闘も、医学部・文学部、それぞれに要求を掲げながら、どこにどのような形で向かい、どう着地するのか、はっきりとした目論見を持ってはいなかった。ましてや駒場の教養学部は呼応しただけのことだ。

セクトの人間たちには、世界革命や共産主義への道、あるいは日本の政変という政治的な目標があったかもしれないが、ひとまずこれを社会的にどう落ち着かせるか、その展望は皆まちまちだった。それを考えるには、あまりにも純粋すぎたのか、あまりにも稚拙すぎたのか。大学の海は、「春の海」どころか、時化模様だった。

討論し、集会をし、学内で示威行動をし、談笑し合いながら、テツの中には閉塞と敗北の予兆のようなものがきざしていた。いやそれはストライキ突入前からあったテツの性癖のようなものだ。なべてのものに、結果の良し悪しや事の裏表を見てしまうのだ。押さえつけていたものが、また頭をもたげてきただけのことだ。

「一月十二日　決定的転換期　勝利か敗北かという二分法は嫌いだ　出発と終焉という言葉も　すべては個人のなかで　ひそかに行われるべきものだ」

暖かい小正月だった。一月十五日は成人の日だったが、テツは現住所がある東村山市の成人式には出かけなかった。テツの中では薄ら寒い日が続いていた。

このままではやられるだろう。敗北の予感は、実感として芽ばえつつあった。二月は入試シーズンだ。国立大学一期校の入試も始まる。東大のストライキと入試中止という「無法」状態が続けば、大学も政府も示しがつかない。現に全共闘の火は、あちこちに飛び火しつつある。東大は全焼させても、延焼だけは絶対に喰い止める。無策呼ばわりされた者は、いつだって強権という最後のカードを切ってくる。

十八日が、安田講堂を占拠している学生たちを排除する日と決まった。

砦、と活動家たちは安田講堂を呼んでいたが、砦に立て籠もる人たちが、前日から続々と集結した。えっ、おれたちじゃないのか、テツはそう思ったが、他大学の活動家たちが多かった。自分のセクトから何人逮捕者を出すか、それがさながら戦功であるかのようだった。

ヤクザが身代わりでサツへ出頭するようなものだ。

立て籠もらないことへの負い目もテツは感じたが、中にはそんなテツをいたわる他大学の活動家もいた。あなたたち東大生は、ここは我慢して、おれたちにまかせてくれ、おれたちが捨て石になる、あなたたちは明日からの日本のために、力を温存してくれ。なるほど、そんな言い方もあるのか。

そしてテツたちは、安田講堂に警察の目と力が注がれている時、神田で「カルチェ・ラタン」を現出することになった。この司令はどこから出たのだろう。本郷の機動隊の背後での陽動というゲリラ戦だ。

「カルチェ・ラタン」はフランス語で、ラテン地区のことだが、これはかつてヨーロッパ各地からパリ留学に来た学生たちが、往時の国際語のラテン語を共通語として住んでいた地区のことだ。共通語としてのラテン語は明治政府を樹立した薩長土肥はじめ諸国の生き残りたちが、わかりにくい方言をやめて標準語を使おうとしたようなものだ。

一九六八年、パリの五月革命の時は、ここに解放区が生まれた。東京の学生街である神田に、それを再現しようというのだ。

「敷石を剝ぐと　そこは大地だ」

パリの若者たちが言ったのか、誰が言ったのかわからないが、この日から敷石は、剝がされるため投げつけられるために生まれ変わった。テッたちも至る所で敷石を投げた。乗用車を横転させる者もいた。横倒しにされた車は、火を点けられた。テツたちは解放区と息まいていたが、なんのことはない暴徒によるつかのまの無法地帯作りだった。

そして鬼ごっこのように機動隊から追い回され、蹴散らされ、路地に駆け込み、塀を乗り越えた。夥しい雀脅しのようにあちこちで催涙弾が放たれた。

「カルチェ・ラタン」と息まく者もいたが、テツは「ごっこだよ」と嘯《うそぶ》いた。だってまだ、自衛隊だって出動してないよ。

クラスでは、リンが逮捕された。ほかはリーチもクリもツネもレイも無事だった。テツは夜、リーチと渋谷の一膳飯屋に寄った。食堂の片隅にテレビがあった。

七時のニュースをやっていた。安田講堂、そして神田での騒ぎが流された。メディアのヘリコプターが飛ぶと、事件は事件らしくなる。しかし、テツとリーチは、テレビを観ることも顔を見合わせることもなく、目の前の塩焼きをつついていた。塩鯖の目がどんよりと光っていた。

「一月二十八日　撤退」

学内の半ストライキ勢力によって、バリケードは外された。小競り合いの外、なんの騒動も起きなかった。封鎖されていた第八本館も解放された。

三十日の日は、本郷で全学共闘会議の集会があった。そしてテツたちのクラス有志は合宿と称して伊豆の下加茂に二月二日まで出かけた。

二月四日には、再び全学総決起集会があった。本郷のキャンパスには、駒場からも四百人程が参加した。集会の合間、偵察員から、機動隊が動き始めたという情報が入るたび、テツたちは色めきたった。旗竿はともかく、角材や鉄パイプの持参には厳しい目が光り始めていた。

決起集会が済んでテツは、レイと赤門の前を歩いていた。その時レイが言った。

「ねえ　ジェットコースターに乗らない」

なにを唐突にとテツは思った。

「好きなの」

「うん」

「おれ　高所と閉所は駄目なんだよ」

「あらっ　ジェットコースターなんて高所とは言わないし　落ちる時のふわあっとした心細さが　なんとも言えないんじゃない」

「そのなんとも言えないのが　怖いんだよ」

だがそこで固辞したら、男が廃る。そんな古ぼけた言葉が浮かんだ。テツは宣言した。いいよ。ジェットコースターから飛び降りる気持ちだった。

ふたりは白山通りに下りて後楽園に向かった。プロ野球観戦以外で後楽園に来たのは初めてだった。巨人戦を観たのが、遙か遠い昔に思えた。チケットを買った。ジェットコースターのテツの初乗りだった。富士山が、筑波山が、東京湾が、皇居がとレイは言ったが、テツは何も見ていなかった。

長い芋虫のようなコースターは、坂を上り、そして下り、テツを心細くさせたりどん底に突き落としたりした。コースターがゴトンとプラットホームに着いた時、テツは救われたと思った。顔からは和紙のように血の気が失せ、腋の下は汗でびっしょりだった。

レイが訊いた。

「どう」

「なかなかの眺め　見晴らしだったね」

「怖くなかった」

「ちょっとね　だけど　安田講堂の時計台に登って下を見下ろした時の方が　足が竦《すく》んだね」

「まあ　強がり言って」

「べつに　あなたに強がり言ったって　仕方ないじゃない」

「それが強がりなのよ」

レイは冬の高空を見て笑った。ぽっかりと行きはぐれた雲がひとつ浮いていた。あの雲も首をすくめながら、下界を見下ろしているのだろうか。その時、肩を寄せてきたレイが言った。

「ねえ　高い所じゃなく　低い所に行こうよ」

そう言われても、テツにはピンと来なかった。低い所、どこだろうか。テツは訊き返した。

「ふたりで　伊豆に行かない　わたしこの前の合宿に行かなかったし」

いいな、とテツは思った。

「で　いつ」

テツが言った。

「明日からよ　一泊」

「うーん」

テツは明日、中央大学で闘争有志連合の集会があった。明日かあ、テツが明日の予定のことを話すと、レイがぽつりと言った。

「じゃあ　わたし　ひとりで行くわ」

レイの頬は、少し膨らんでるだろうなと思った。白い浮雲がじっとふたりを見下ろしている気がした。テツはなにも言えず、ふたりは水道橋駅で別れた。

二月七日には、駒場の第八本館を奪い返したが、翌日にはまた追い出された。

「二月九日　泊込み　明治大学　和泉キャンパス」

「二月十日　代議員大会　ケガ」

代議員大会では大学正常化の勢いが、テツたちを完全に圧倒した。多少の乱闘もあったのだろう。テツは拳を少し出血していた。

「二月十一日　日大総決起に　神田へ」

神田の街にはまだあちこちに二十日《はつか》前の「カルチェ・ラタン」の名残りがあった。まるで青春の燃えかすのように。

「二月十三日　「レオ」に　『人生劇場―飛車角と吉良常―』」

この日テツは、駒場東大前の喫茶店で、レイと会った。そしてふたりで映画を観に行った。映画は楽しかった。ジェットコースターの安全ベルト付きの椅子より、映画館のシートの方が遥かに心地良かった。テツはレイがひとりで行った伊豆のことを、敢えて訊かなかった。レイもまた敢えて言おうとしなかった。

映画館を出た後、レイが言った。

「ねえ　うちに寄って行かない」

　えっ、とテツは言った。しかし、家族に紹介されるということは、ふたりの仲が公然という感じで、悪い気はしなかった。とはいえ、安田講堂の騒動があって間もなくである。ただレイがこうやってクラスの闘争に関わっていると言うからには、家族の中にも暗黙の了解があるのだろう。ジェットコースターの誘いよりは、遙かに嬉しく映画の誘いよりはちょっぴり緊張した。じゃあお茶でも。テツはレイに従った。

　レイの家は麻布の古川橋だ。昔ながらの庭付きの二階建てで、ことさらの分限を誇らないところが、さりげなく麻布を主張していた。なるほどね、こういう所から、日比谷高校の秀才が育つんだな、テツはそう思いながら玄関に立った。

　お父さんは、まだ勤め先で、お母さんとお婆ちゃんが出てきた。その表情からは敬遠されてるわけじゃないと、テツは勝手に思いながら靴を脱いだ。

　挨拶のあと、お婆ちゃんが訊いた。ご出身は、ご家族は、将来は、まるで面接試験のようだった。テツも包み隠さず、しかし表しすぎることなく、丁寧に応接した。お婆ちゃんは快活だった。テツもすっかり気分がよくなった。

　お母さんが二煎目のお茶を持って来た。テツは出された羊羹を爪楊枝できちんと食べた。美味しかった。お婆ちゃんが言った。

「大学の騒動なんてものは　まあよくあることですからね　学生なんて昔の青年将校と一緒ですよ」

お婆ちゃんの言葉に、テツはほっとした。なあんだ、わかってらっしゃるんだ、レイのこともちゃんと知ってるんだと意を強くした。お茶を底まで飲み干した。レイは目を伏せた。その時、お婆ちゃんが言った。

「ただ　国賊ですからねえ」

コクゾク・コクゾク・コクゾク……。言われてみれば、いや言われなくても、テツたちは国賊、逆賊の徒なのだ。なにを調子に乗って、さっきは意気がっていたんだ。テツはふとレイを見た。レイの目が、いたずらっぽく笑った。ほらっ、だから言ったでしょ、と言わんばかりに。

出はなのお婆ちゃんの笑顔と愛想、お母さんのお茶と羊羹で、すっかりノーガードとなったテツに、このコクゾクという一語は強烈な一発となった。

テツの不意と独り合点を衝いたストレートパンチだ。夜のとばりも下りようとしていた。街路を走る都電の音が、やけに慌しく聞こえた。テツは、ではそろそろと腰を上げた。あらっ、御飯召しあがっていかれませんか、お婆ちゃんが引き止めた。いやバイトがと、テツは丁寧にお辞儀した。奥からお母さんも出て来た。電停までレイも送ってきた。そしてテツに言った。

「お婆ちゃん　いつもあんな感じよ」

「いやいや」

「びっくりしなかった」

「いやいや　いずこも同じさ　家というものはね　うちのおふくろだってそうだよ」

本当にそうかもしれない。「どうにも出来ませんのです」とたどたどしく書いたテツの母も、もうテツはわがやの敷居を跨がぬどころか、生きては帰ってこぬだろうと思っていたのだから。

レイのお婆ちゃんやテツの母は、ふたりとも明治生まれだ。こんな人たちの戦さや命に寄せる思いは、どこかしら違う。明治と昭和の違いだ。むろん、時代のせいだけではないが、テツが世間を肌のうわべで感じているとすれば、彼女たちはそれを骨身で感じとっているのだ。

如月の望月の頃を迎えようとしていた。

桃から桜へ

桃の蕾が膨らむ頃、駒場のキャンパスは静けさを取り戻した。むろん昔のようにといっても、誰も昔に帰ることなど出来ない。ただ鎮火したかに見えた東大や日大の全共闘は、あちこちに飛び火しつつあった。

「散りてのち
よそにも咲くか
若桜」

こんな川柳を呟きながら、テツは二月二十八日、京都駅に下りた。京都大学全共闘もまた入試粉砕のための集会を開くというのだ。

テツは、昨年十一月の佐世保エンタープライズ寄港阻止闘争の時は、佐世保に行かなかった。だが、京都には行った。入試粉砕、入試阻止なんてとんでもない。国は威信を賭けて強行する。東大以上に蹴散らされると思っていた。だからクラスの代議員としてより、個人として京都に行った。
京大には『邪宗門』や『悲の器』という小説を書いた高橋和巳という小説家がいた。またテツは当時『同志社詩人』という同人誌も読んでいた。同志社大学の文学研究会が出している詩誌だった。高田馬場の文献堂でそれを開いた時、ズキリと胸に届く作品があった。佐々木幹郎の『死者の鞭』という作品だった。

「浅い残夢の底
ひた走る野
ゆれ動く光は
耳を突き
叫ぶ声
存在の路上を割り走り投げ
声をかぎりに
橋を渡れ
橋を渡れ」

自分の身の周りの壁をなんとか突き抜け、底をなんとか穿とうとする疾走と焦燥と爆発、そして心の屈曲が彫刻刀で刻まれたような詩行だった。

また前年の羽田闘争での山崎博昭の死をも思い出させた。橋を渡れ、橋を渡れ、これって「般若心経」の「羯帝羯帝」ではないかとも。

テツは元来、アジテーションものや戦意発揚そして戦争の従軍レポのようなものは好きではなかった。肉体や精神の極限が、単に外側からなぞられているだけじゃないか、本人は高見の見物なのだ、と思っていた。片手に銃を、片手にペンやカメラを持って戦う、そんな器用なことが出来るものかと思っていた。

ただ、佐々木幹郎の詩は、体を張っていた。集団の戦いの中の、たったひとりを描いていた。正義の主張でも、良心の体現でもなく、ひとりでひたすら橋というより虹を渡っていた。同世代の人の詩に、テツの心が動いたのは初めてだった。

薄っぺらな『同志社詩人』が眩しく見えた。その頃東京でも、いろんな詩誌や同人誌が出ていた。吉本隆明の『試行』や村上一郎の『無名鬼』や北川透の『あんかるわ』や天沢退二郎等の『凶区』をテツは知っていた。だが『同志社詩人』には、それとは別の息吹きがあった。

うじうじぐだぐだのおれとは違う。こう思いながらテツは、リーチやツネやクリの名前のように、そこにある佐々木幹郎や季村敏夫や各務黙という名を心に刻み込んだ。その同志社大学にも行ってみたかった。

二月二十九日、閏日だった。朝早い新幹線で、昼前には京都に着いた。テツは市電で京大に向かった。駅の雑踏、駅員のアナウンス、道行く人の会話や車のクラクション、キャンパスの風情……。京都は東京に比べて万事がおっとりゆったりしていた。

学生だって、学生はんと呼ばれている。なべてのものが伝統という薄皮の餅にくるまれているような気がした。しかし、京都大学のキャンパスばかりは違った。大学当局も府警も躍起になっていた。京大全共闘に至っては、理不尽非常識な暴徒集団だった。着いたその夜は、同志社大学の学生会館に雑魚寝した。

翌日、京大の集会では、東大からの連帯の同志たちと紹介されると、どよめきと拍手が起きた。テツたちはお客様だった。だがその後は、集会は機動隊から一蹴された。入試粉砕どころか、自分たちが粉砕されたのだ。

三月一日は京大熊野寮の空きベッドに寝た。寮には小学・中学時代の友人がいて、空いてるベッドを教えてくれたのだ。ズラリ並んだ二段ベッドは、ラ・サール学園の寮を思い出させて懐かしかった。なによりも学生会館のロビーのソファーの上よりは心地良かった。

テツはほどなく眠りに落ちた。翌朝、慌しい物音で目が醒めた。すると寮の寝室の至る所に、機動隊員の制服が見える。踏み込まれた、ヤバイ。テツはすぐにヘルメットと軍手を自分の足元の方に隠し、ショルダーバッグを小脇に、トイレにでも行くような素振りで外に出た。熊野寮の周りも、びっしりと機動隊員に取り囲まれていた。テツは一般学生を装おうとしたが、さてどうすれば一般学生に見えるのかがわからなかった。

寝起きのぼんやりした頭を、物ものしさと厳しさが締めつけて来る。ええいままよ、テツは機動隊員に明るく声をかけながら外に出た。お疲れ様、ご苦労様です。

テツは大学に引き返そうとしたが、遠目から見る大学は、正門はじめあらゆる出口が警備で固められ、全共闘の学生たちは完全にシャットアウトされていた。入試は三月二日からだった。

東大からの連中も、みんなバラバラになった。テツにはセクトのツテもない。テツは同志社大学に行った。菓子パン二個食べて腹ごしらえして一服した。その時『同志社詩人』のことを思い出した。大人しそうな学生に『同志社詩人』の部室はどこですかと尋ねた。三人目が、ああ文学部研究室ねと階上を指さした。テツは喜び勇んで階段を登った。廊下を行くと、部屋の扉に『同志社詩人』という端正な字の看板があった。ああここか。ノックした。誰も出ない。テツはドアノブを回した。ドアは開いた。すいません、とテツは中に入った。むろん、誰もいない。ただ黒板に、白チョークでメッセージらしいものが書かれていた。

――盲蛇に怖じずという感じで
これまでやって来ましたが

しばらく活動を休みます——

そんな旨の告知だった。誰へのメッセージなのか、テツにはわからなかった。

だが、東京から来た自分への挨拶のような気もして、ひとり頷き、テツはホールへ下りた。

それにしても東大の連中とも連絡はとれない。また東京を出る時、細かな指令や行動表もなかった。携帯電話もない時代だ。いざという時にはどうするか、それも皆目わからない。

連帯の援軍といっても、物見遊山と何ら変わらなかった。逆に、ちりぢりになったことこそ、テツの本意かもしれなかった。

大阪にでも行くか。テツはふとそう思った。大阪には支路遺耕治という詩人がいた。彼の詩もテツは読んでいたし、一月三十日に、百二十部限定で『疾走の終り』という詩集を、他人の街社から出している。

疾走といえば、テツは吉増剛造の「疾走詩篇」も好きだった。

「走る

悲鳴の系統図

影ハシル、このトーキョー

精神ハシル

岩バシル

走る

青の破裂　おお狂気は永遠にひた走る」

吉増剛造が都会の洗練された繊細な狂気の疾走とすれば、支路遺の作品からはもっと泥臭い男と女と薬とどぶ泥の匂いがした。支路遺を尋ねてみようと思ったというより、テツはハナから京都のついでに支路遺を尋ねる気持ちだったのかもしれない。

港区の高速道路の高架の下近く、予想した通りの脂臭い海と黴臭い片隅に彼のアパートはあった。突然の来訪に驚いた様子だったが、東京から来た読者だと言うと、どうぞと言った。女の人がお茶を出した。これが詩の中に出て来る「エリカ」なのかとテツは思った。化粧っ気はなかったが、なんとなく「天井桟敷」のカルメン・マキに似ていた。

テツは『疾走の終り』を買った。百二十部限定のうちの三十番目だった。定価八百円。支路遺は無口の人だった。あるいは、自己紹介のついでに、東大全共闘という言葉を口走ったとたん、支路遺の口が重くなったような気がした。言わない方が良かったかなと思ったが、言った後は仕方なかった。テツは「エリカ」さんの横顔と、支路遺耕治の本棚をちらちらと盗み見しながら、ほどなく辞去した。けったいな奴やな、そう思われただろうと思いながら。

京都に比べ、大阪は駅も町も落ち着きがなかった。東京の忙しさ、京都のおっとりさ、そして大阪はうるささだと決めつけながら、テツは東京への夜行列車に乗った。新幹線で帰る旅費が勿体なかった。
夜汽車に揺られながらテツは買ったばかりの『疾走の終り』の裏表紙に、米粒のような字で、メモをしている。
「二月二九日　同志社に泊る
三月　一日　京大熊野寮
三月　二日　追い出されて　大阪まで足を伸ばす
羞恥のため　　　　　自尊心のため　　　　　逃亡のため
急場しのぎのため　　怠惰のため　　　　　　怯懦のため
これみよがしのため　汚名返上のため　　　　追憶のため
聖者のため　　　　　太宰のため　　　　　　牢屋にはいるため
泣くため　　　　　　性交するため　　　　　いやがらせのため
世界平和のため　　　秩序混乱のため　　　　この世に唾はくため
この世を抱きしめるため割礼のため　　　　　インポどものため
処女生殖のため　　　反革命のため　　　　　浮気のため
鎮魂のため　　　　　テロのため　　　　　　テロられるため
自慰のため　　　　　なんのためにと問いかえす記念のため

雪のため　溶けるために　京都に行く　ことば　音　ことば　こわい」
夜汽車の振動と安酒の酔いは　阿呆陀羅経のような御託を並べさせた。たいして戦ってもいない道化師が、体はホームレスとなり、心はジプシーのように夜汽車に揺られていた。

四月になった。新しい学期が始まった。新入生は入ってこなかったが、キャンパスは平静さを取り戻していた。わずかに路上の立看板だけが、燃え殻のように火照っていた。

テツが家庭教師をしていた女子高校生も進学した。喜ばしいことだったが、それはテツのアルバイトの終わりも意味した。家からの送金も一月で打ち切られた。テツはアパート近くの喫茶店で働くことにした。皿洗いとボーイだ。働かざるもの食うべからず。つまり自分でやってゆくしかないのだ。テツは勘当という言葉の意味と、自活という現実を、初めて体で知った。

「四月　あなたは風とともにやって来て
川にも春がやって来た」

かつてテツはレイにこう書いて渡した。しかし、この四月、テツの心は、雪解けどころか、冬のような暗さとみじめさで覆われていた。自治会が幅を利かした学内では、残党狩りが行われるという噂も飛んだ。

テツもちょっぴり肩身の狭い思いでキャンパスをうろついた。ひとりでは寂しく人気ない所には行かない。テツはオッちゃんの鬼灯《ほおずき》のように腫れあがった顔を思い出しながら、そう言い聞かせた。

テツたちは簡単なレポートを出しさえすれば、各教科の単位ももらえて進級できるとレイが言った。そりゃあ、そうだろう。騒動を起こしそうな跳ねっ返りの厄介者は、さっさと進級させ、さっさと卒業させればいいのだ。

レイは国際関係論だ。リーチとツネはフランス文学だ。しかしふたりは、レポートを出さず留年するといった。クリは体育の授業すらロクに出ていなかった。一年下のクラスに持ち下がって、単位を掻き集めることになった。テツは国文学をと思ったが、今更レポートを出す気になれなかった。自分はこのままじゃあやっていけないという思いもあったが、自分はここじゃあやってゆけないという思いに閊《せめ》がれた。そしてある日、レイに言った。

「退学届　出してくれないか」

そんなものは自分で出すべきなのに、レイに頼んだのは、あなたはおれの気持ちをわかってくれるね、という甘えもあったのだ。レイは言った。あらっ、休学届でいいんじゃない。

そう言ってテツの目を見て、煙草に火を付けてから言った。

「わかったわ」

ここはおれが居るべき場所じゃない、そう思いながらテツは、アルバイトの合間大学に行った。授業を受けにではなく、仲間に会いに。

四月下旬、連休前のキャンパスは、三島由紀夫が来るという話題で盛りあがった。三島由紀夫と東大全共闘との公開討論会は、五月十三日、駒場九〇〇番教室で催された。全共闘潰しに躍起となる自治会も、こと相手が三島由紀夫となると、下手なちょっかいを出すわけにはいかない。

テツは三島由紀夫の著作はほとんど読んでいた。彼にあるのは政治と文学でなく、祭祀と文学だし、彼のメディア受けする行為も彼が口走る死も、すべて彼の精神劇に収斂してゆくと考えていた。ただ彼の時代と日本に対する絶望はわかる気がした。

最後の仇花となったような全共闘との集会も、三島にとっては三尺玉程の花火になるだろうとテツは思った。

当日、テツはリーチやツネやクリと一緒に九〇〇番教室を覗いた。満杯だった。三島由紀夫という大きなオーラを持った兄貴に、じゃれつく子犬のように顔見知りの幾人かが登壇した。三島は存分なサービス精神で、学生を持ちあげてはいないし、しかしやんわりとしっかりと自分の筋を通した。三島への質問や反論を聞いていると、その語彙が青臭くて、生硬で、テツは自分が恥ずかしくなった。だが、おれだって、何か言おうとしたら、きっとこの程度だろうなと思った。

ただこの九〇〇番教室は、自分が居る場所じゃないとあらためて思った。

「おい　出ようか」

テツはリーチとツネにそう言い、クリも誘ってリーチの宿で麻雀をした。

麻雀をしながら、テツは言った。

「おれは大学辞めようと思う　だけど大学解体なんて　言わないな　だけどおまえたちはちゃんと卒業した方がいいよ」

するとツネが口を尖らせた。

「おまえだって　さっさと試験を受けて　さっさと卒業して　さっさと好きなことをやればいいじゃないか」

リーチも口を揃えた。

「そう　どんな人とも　うまく付き合えるのがテツだろう　どんな情況にもうまく付き合えよ　もっとも　どんな時でも　わがままを通すというのも　おまえだけどね」

テツが言った。

「リーチ　ごめん　その壱ピン通らないよ」

「えっ」

リーチが気色ばんだ。テツは言った。

「ごめん　黙テン　三九《ザンク》　三千九百点」

リーチは手切金のようにテツに点棒を渡すと、トイレに立った。戻って来てから、彼が言った。

「まあ　みんないろいろあるけど　それぞれ虹のように生きようよ」

「おまえ　それ言うため　わざわざ　トイレに行ったのか」

テツが点棒のお釣りを渡しながらからかったら、クリが笑った。

「キザだなあ　おまえ　相変わらず」

するとツネが混ぜっかえした。

「それよりクリ　おまえは　きちんと単位を取ることだな　下のクラスで　キザより講座だよ」

その夜は四人の口から、全共闘の言葉も三島由紀夫の名もついぞ出なかった。

五月二十三日のメモには、次の二行がある。

「試験を受けないという行動と
試験を受けなければという行動があるだけ」

試験をいやいやながら受ける者、喜んで受ける者、顔は笑っても心は顰《しか》めている者、顔は苦しげでも内心ほっとしている者、さまざまだろう。それをまた踏み絵のように思う者、通行手形のように使う者、これもさまざまだろう。しかし、テツにとってはどうでも良かった。既にテツの心は試験とも大学とも離れていた。

カッコ付きの革命ごっこ、カッコ付きの生活ごっこ、カッコ付きの恋愛ごっこ、ただカッコ付きだろうが、剝きだしだろうが、人は意思表示をしなければならない時はある。

革命のカッコは、左右にもカッコがついて円となり、その中まで塗り潰されてしまった。あるいは円になった途端、すかすかの中空になった。生活のカッコは、きれいに取れたが、そこには生業が露出してきた。だが、こんなことで悩むくらいなら兄たちは言うだろう。だから、言わんこっちゃない。

一九六九年五月二十六日の日記――。

「詩『夢暦』清書　しかし自己弁解と甘えそのものの作品だ　賭けるということは必要なのだ　文学に命を賭ける　捧げるんじゃない　自分のために賭ける　焦りや苛立ちは禁物　そんなものは思考のウンコだ　太宰ノートはしばらく渋滞」

文学に賭けるなんて、文学が競馬みたいだ。競馬なら、たまに大穴や小銭を把むこともあろうが、文学に賭けたら、魂がすっからかんになるだけだ。そんなものに血迷ったか。また兄たちの声が聞こえてきそうだった。大学闘争で、頭がおかしくなったと思っていたが、今度は文学か、いよいよ頭がおかしくなった。おまえひとりで世間に釣り合おうとする了見が、そもそも間違いなんだよ。もう少し手柄者《てんがらもん》とばかし思っていたが……。

脳味噌の分銅が重ければ、世界と釣り合うことが出来る。しかし思考の風体がいくらデカくても、生活の足しにはならない。喫茶店のアルバイト代でアパート代を払うと、あとはいくらも残らなかった。好きな本とウイスキー一本買えば、三日は飲まず食わずに暮らさなければならない。そんなことはむろんわかっていた。

三鷹駅武蔵野口の喫茶店のマスターは、親から貰った土地に店と貸しビルを建てていた。とても額に汗して働きそうな人じゃなかった。よく言えば洒脱、普通に見ても遊び人ふうな人だったが、なんとなく人の良さは感じられた。テツの採用の時も面談即決、じゃあ明日からお出でだった。テツにしても、駅から三分程のアパートの、その一分半くらいの所にあったから、つい飛び込んだという感じだ。

彼は夜飲みに行く前に店に寄り、売上を取り、パスタを食べコーヒーを飲んだ。テツが働き出して十日程経った時、彼がテツを呼んだ。

「きみは　大学にまた戻るのかい」

「いいえ　帰りません」

「そう　帰るつもりでも　帰らないつもりでもいいんだけど　きみみたいなのは　こんな

所に居ちゃあいけないんだよ」

彼はコーヒー皿の横に置かれたピーナッツを齧りながら切り出した。じゃあどんな所に居ればいいんです。そんなテツの顔を見ながら、彼はピーナッツの殻を灰皿に捨てた。

「まあ定職に近い方がいいね　ここはパートだから」

定職といっても、いわゆる会社員というのは、きちんとした大学生というのと同じくらいのイメージしかテツの頭には浮かばなかった。マスターが言った。

「駅の反対側に第九書房という本屋があるだろう　知ってるかい」

テツは肯いた。そこでは本を買ったこともあった。名前が面白いし、文芸書のコーナーも充実していた。それに『日本読書新聞』・『週刊読書人』・『図書新聞』、この三つの本読みのための週刊紙もきちんと売られていた。しかも一階が書店なら、二階は「第九茶房」という喫茶店になっていた。マスターが続けた。

「あそこのオーナーは　実はおれの兄なんだ　あいつは東大の仏文を出て　まあ今でも仲間と売れない同人誌で　小説みたいなものを書いてるけどな　きみは　ここよりあそこがどうだ　いや　ここを追い出すんじゃないんだ　昔の軍隊風にいえば　きみにここの撤退を迫ってるんじゃなく　転進を勧めているんだよ　ここでもきみは頑張ってるし　店長やお客さんの受けもいいから　おれも惜しいんだけどね」

慰めながら励まし、諭しながら勧める。テツはマスターの掌の中で、自分が孫悟空どころか、団子のように丸められてゆくのを感じた。しかし、悪い気はしなかった。ではお言葉に甘えましてと、テツはマスターに言った。そして三時間経った夜十時、テツはそこを辞めた。

翌日昼前、テツは第九書房に行った。入口に店員募集という貼り紙もあった。テツはレジに行き、その旨を伝えた。レジの人が奥に消え、すぐに表れた。すると奥の方から、目のくりっとした奥様らしい人が来て、社長がまもなく来ますからと言った。じゃあ、待たせて頂きます。テツはお辞儀をひとつして、本棚を眺めた。ベストセラーだけでなく、文芸書や学術書もきちんと置いてあった。そういえば『日本読書新聞』だったか『図書新聞』だったか、書店のベストセラーの欄に、新宿の紀伊國屋や各地の書店とともに、三鷹の第九書房の売上ベストテンが載っていたことも思い出した。きちんとした店なんだ。そう思いながら棚を見た。コーナーには、万引き防止のための凸面鏡があった。その鏡を見て、テツは髪を切って来るべきだったし、履歴書も持参すべきだったと思った。しかし、今さらどうにもならない。

二十分近くしたら、水色の上っ張りを着た店員が、おっとりとした人を連れて来た。タイプは違うが、面差しが喫茶店の弟さんと似ていた。社長だ。テツは名を名乗り、来店の旨を述べた。

「まあ　立ち話はなんでしょうから　上に行って　お話を」

テッは社長の後に従った。店員は消えた。一旦外に出て、横の茶房への階段を二階へと昇った。バッハの『ブランデンブルク協奏曲』の五番がかかっていた。テツは型通りの自己紹介をした。

「ほう　東大の教養学部ですか」

「はい　まだ進級してませんが」

中退するつもりですと言えば、話がややこしくなりそうだった。社長が尋ねた。

「で　どこへ　行かれるつもりです」

「まあ　国文でしょうか」

「そうですか　わたしは仏文でしてね」

テツは初めて話を聞いたように驚いてみせた。そして、じゃあ辰野隆先生のと言うと、社長はちょっぴり相好を崩した。そうですかあ、とテツが頷くと、しばらく社長の思い出話が始まった。そして社長が言った。

「で　今　東大はご存じの通りですが　あなたは迷惑をかけた方なんですか　かけられた方なんですか」

テツは笑って答えた。

「どちらかと言えば　いえ　はっきり　迷惑かけた方です」

ふとテツは、コクゾクの方ですと言おうとしたが、まあそれはここではと思い止まった。社長は呵々と笑った。

「でしょう　顔に描いてあります　明日からでも　朝八時からですが　いらっしゃい　細かいことはその時にでも　それと履歴書を持って来て下さい　念のため」

良かった、拾われた。テツはほっとして、コーヒーを呑んだ。すっかり醒めていたが、腹には心地良かった。

翌朝七時半過ぎ、テツは第九書房に出かけた。店のシャッターは閉まっていたが、裏へ回ると、配達用の大型自転車五台の奥に、通用口らしい扉があった。ひと声かけて中に入ると、鰻の寝床のような所に、昨日見た水色の上っ張りを着た数名の男女がいた。テツがその旨を述べると、年長者らしい人が、副店長のナガですがと名乗り出た。

「ハイ　あなたのことは　社長から聞いてます　まず今日は月刊誌の発売日です　月刊誌には五大附録とか七大附録とかついてますが　それをこのバックヤードで組み合わせて　本の中に挟み込みます　むろんバックヤードといっても　御覧の通り　この幅は二ヤード足らずですがね　その附録がダブったり　欠けたりしないことが肝腎です

それから取次店から送られてきた本のコンポを解いて　それを所定の棚に並べます　注文書はレジの所に持って行きます　棚に本を並べ終わって　十分前には朝礼　そこで新刊書や

話題の本や雑誌　申し渡し事項の話などあって　九時開店です」

ナガはこれだけを一気に語り終えた。それから伝票のバインダーなどを確かめながら、にっこりと笑った。

「あなたには文学書と専門書の棚の係をお願いします　文学部ということですから　それから　昼には配達もあります　あなたは自転車での配達をお願いします　自転車　あなた大丈夫ですよね」

テツが頷くと、彼も大様に頷いた。

「本は取次店から送られてきますが　それが全て売れるわけではありません　三カ月置いて売れない本は　原則　返本します　そうしないと棚が溢れます　飛ぶように売れる本　ぼちぼち動く本　やはり置いときたい本　それを見定めて返本するのです　この返本をいかにうまくやるか　そこに本屋運営の鍵があります　また棚の賑やかさだけでなく品《ひん》も大事です　あなたもすでにお気付きかもしれませんし　そのうちわかるでしょう　それにご存じかもしれませんが　このあたりはいわゆる文化人も多いのです　そういうことで　頑張って下さい」

語り終えたナガは、顎を絞めるように礼をして、廻れ右をして事務室に消えた。テツも慌てて礼を返した。ふと見ると、バックヤードからL字型に、事務室もまた鰻の寝床のような狭いスペースだ。

テツより少し年嵩でいかにも学生アルバイトふうな男が、ここにどうぞと段ボール箱を勧めた。荷物はそっちと指さした棚には、個人のバッグや弁当箱らしいものが並んでいた。

テツが座った前には、①・②・③・④・⑤と番号付きの箱と、中に附録らしい包みが入っていた。それを束ねてゴム輪で止め、雑誌に挟み込み、さらにそれに十字形にゴムを架けるのだ。

男はオタンと言った。

「一番忙しい日に　きみは来たね」

「そうですか」

「まあ正月号じゃなかったのが幸いさ　附録が多いからね」

「そうですね」

「そう　附録そろえの日に入社して来て　お昼休みに出て　そのままドロンの子もいたよ」

まさかきみはそういうことはすまいね、と言わんばかりにオタンは笑った。

「そうですか」

テツも笑うしかなかった。オタンは東京農大の学生だった。あの大根踊りで有名なとテツが言ったら、彼は澄まして答えた。

「大根踊りもだけど　おれはチェロを弾いてんだ」

大根踊りとチェロと本屋でのバイトが、どう繋がっているのか、テツは一瞬戸惑った。しかし、彼は機械的に手を動かしながら、口ではバッハを口遊んでいた。

九時十分前になって、奥の方から副店長が声をかけた。

「朝礼です」

全員がレジの前に集まった。八名だ。まず、テツのことが紹介された。配達専門の人も二名いた。それぞれが自己紹介をした。奥様が言った。

「仕事も名前も　早く憶えて下さい　そう難しいことじゃありませんので」

注文書の到着やベストセラー本の紹介がなされ、午前九時となった。それでは開店です。

副店長が叫んだ。かいてーん。

「ジャジャジャジャ　ジャーン」

その時鳴り響いたのはベートーヴェンの第九交響曲でなく、第五交響曲『運命』の冒頭だった。テツは思わず吹き出した。そしてオタンから促されて、表のシャッターを開けた。

オタンは言った。

「これはカラヤンのベルリンフィルだけど　ぼくはフルトヴェングラーの方が好きだね」

オタンがテツに耳打ちした。それがちっとも通ぶったところがないので、テツはオタンが気に入った。オタンは続けた。

「きみはわかってるだろうけど　本を憶えようと思ったら　ちゃんと見ること　そして触ることだね　人も本も一緒さ　触ってると　どの本がどこにあるか憶えるんだよ」

オタンの話には厭味がなかった。言われてテツも、ふと今日の新刊書の棚を思い浮かべた。なにも思い浮かばなかった。テツはスタッフの顔だけを眺めていたのだ。女性が奥様を入れて四人いた。三人が若い人だった。ただ新刊書の棚の下に平積みされた所には、NHKの大河ドラマをあてこんだ『天と地と』の上・中・下の三巻や、P・F・ドラッカーの『断続の時代』があった。

昼からは配達に出た。というより出された。牛乳配達夫が乗っていたような頑丈な自転車の籠に、定期購読の雑誌や業界誌、大日本百科事典『ジャポニカ』を入れて回るのだ。初めてのこと、初めての所だ。しかし、行って迷ううちに、そのうちにわかるよとオタンは笑った。住所を頼りに深大寺近くまで行った。武蔵野・三鷹界隈には医療機関や公共施設も多かったし、いわゆる文化人も住んでいた。かつて太宰治が住んでいたという家のあたりもうろついてみた。おれは丸山眞男の家に行った。おれはいいだももの所に配達した、そんなことを言う外勤者もいた。

帰ったらまた店番だ。遅番と替わる夕方は、万引き対策が大事だ。単行本の粗利が二割、ということは一冊盗まれたら五冊分の利益がパーになるんだよね、と副店長が言った。挙動不審の奴、必要以上にレジを見る者、ふたりで来てひとりがありそうもない本のことを尋ね、その応援をしてる間にもうひとりがちゃっかり本をくすねる者、コートやオーバーのボタンを外している者いろいろだね。特に高額グラビアを狙うよ。

副社長の言葉にテツは思わず言いそうになった。だったら、大丈夫です、今まで言われたこと、全部身に覚えがあります、自分も経験してますから。たいていホシの見当はつきます。むろんテツは真顔で、黙って頷いていた。時には、そうですか、と驚きながら。副店長は続けた。

「剽書《ひょうしょ》は盗みにあらずと言うけど　やはり万引きは立派な犯罪だからね　立派といっても褒められるべきという意味じゃないよ　わかってるよね」

「はい　わかってます」

テツは思わず、気を付けをした。

「期待してるよ　捕まえる前に　まず　させない環境づくりだよ」

「はい」

副店長は、テツの肩を叩いた。

本屋の裏とお隣との錆びた金網には、朝顔が咲いていた。茜色・水色・藍色、色とりどりだ。ぼろぼろの金網は朝顔に身を任せたようで、逆に蔓の方が逞しく見えた。しかし梅雨が明け、夏が盛りを迎える頃にはその花も藍色を残すのみとなった。

一九六九年七月二十二日の夕刻、銭湯を出ると、隣の電器店の街頭テレビの前に人だかりが出来ていた。覗いてみると、アメリカのアポロ11号が月面に着陸したという。テツは一瞬、空を見上げた。しかし、武蔵野の空は曇っていた。テツはすぐに近くの姉の所に急いだ。姉も夕食を作っていた。ご主人のポールも居た。テレビでは月面着陸の模様が何回も流れた。潜水服のような宇宙服を来た人が、やはり深海艇のような船から、月面に降り立っていた。そしてやはり水中を歩くように歩いていた。アームストロング船長といった。彼のメッセージも幾度となく流された。

「これはひとりの人間にとっては小さな一歩だが

人類にとっては偉大な飛躍だ」

なるほど、うまいことを言うなとテツは思った。こんな途方もないことを公開中継するのも凄いが、こういうことを言わせる、いや言ってしまう人も凄いと思った。やはり、日本より風通しがいいんだ、アメリカは。テツは内心そう呟きながら、姉の料理をパクついた。鳥賊とズッキーニのパスタ、それに牛タンのシチューだった。久しぶりの人間らしい食事だった。

姉は勘当されたテツに、説教がましいことは言わなかった。あるいは兄たちよりテツのことを心配していたかもしれないが、そんなことはおくびにも出さなかった。それにピーターという赤ちゃんにかまけて、それどころではなかった。テツははじめて、バーボンを飲んだ。

アメリカ人のポールは、月面着陸という快挙にさして浮かれた様子もなかった。なぜですかということを、テツはやんわりと訊いた。ポールはバーボンをちびりちびり飲みながら言った。

――月に行く　宇宙に行く　いいことです　ただ地球と月と人類という時　アメリカとロシア　アメリカとベトナム　アメリカの中のアメリカらしい問題　すべてがどこかへ飛んで消えるのです　宇宙ロケットみたいにね　人類が月にまで手を伸ばすのはむろんコングラチュレイション　そしてセレブレイションです――

この人もあまり素直じゃないんだな、とテツは思った。凄いことの裏には非道いこともある、というより凄いことも非道いことも同時にやっちゃうというところが、アメリカの凄さですよね。テツはこう言いたかったが、黙ってポールの言葉に頷いていた。ただこの世には、ひとりの一歩に狂喜することも、一刻が永遠の長さに匹敵することだってあるのだ。おれだってナイター中継でテレビを観ていて、王選手の一発に、万才を叫ぶことがあるじゃないか。

自転車配達の時、テツは麦藁帽子をかぶった。むろん、玄関口では帽子を取る。田舎臭いとか、本屋はボテ振りの行商人じゃないんだからと言う者もいたが、テツは構わなかった。世界が蒸し暑い時には、麦藁帽子と仕事あがりのロックがあればいい。そう嘯《うそぶ》いていた。やがて第九書房の人たちは、テツのことをムギボウと呼びだした。きみは、ゲバボウからムギボウに変身したんだね。オタンはこうからかった。

七月の晦日、テツは配達を早めに済ませて、吉祥寺に向かった。

村上一郎の家を尋ねたのだ。彼は桶谷秀昭と同人誌『無名鬼』を主宰編集していた。彼の住所は『無名鬼』の奥付に記されていた。成蹊大学近くのプラタナス並木沿いに地番を追うと、「村上」という小さな表札が出ていた。木戸を開けて中に入ろうとして　テツは一瞬ためらった。

かつてクラスのニシが、ゆうべ吉本隆明の所に行って、好き焼きをご馳走になったと得意気に吹聴した時のことだ。テツは思わず、無礼者と叫びそうになったことがあった。それと似たようなことをこれからしようとしている。名の知れた人に会う喜びと、そういう人にあやかろうとしている自分への疎ましさがあった。いやおれはそんなさもしい男でなく、単に

『無名鬼』のバックナンバーが欲しいのだ。

配達夫が本を届けるために木戸を開ける、それと同じように発行所に同人誌を買いに行くのは自然なことだ。テツは自分にそう言い聞かせた。

大学一年の国文学の授業で、テツは越智治雄から北村透谷や夏目漱石を教わった。その時彼は参考までにと、桶谷秀昭の名前と彼が『無名鬼』に連載している「北村透谷論―情況の奈落―」を紹介した。桶谷秀昭はその中で述べている。

「現実に自己をオリエンテートすることをあたうかぎり拒否することによって　好むと否とに拘らず思想者は情況の奈落に下降する。政治思想に見切りをつけ　生活の全敗を経て、透谷が辿りついた思想的乾坤を想定するとき、わたしは情況の奈落とそれを呼びたい」

情況の奈落か、これだよとテツは内心叫んだことがあった。暗い水底で提灯鮟鱇のようにかぼそく自ら発光しながら目を凝らしている。それがテツに、ぴったりときた。では本来なら村上一郎じゃなく、桶谷秀昭を尋ねるべきじゃないか、いや桶谷の品川は遠い。村上一郎は、吉祥寺だ。それにそんなファンがスターに会うのを夢見るようなミーハーではない。おれは『無名鬼』のバックナンバーを買えば、それでいいのだ。こんなあれこれ考えることからして尋常ではない。テツは麦藁帽子を配達箱の中に投げ入れ、村上家の呼び鈴を押した。そこに中から女の人の返事が聞こえた。良かった、留守じゃない。木製の玄関扉が開いた。そこに夫人とおぼしき人が立っていた。

テツは姓名をなのり、来意を告げた。すると、しばらくお待ち下さいと言い残して彼女は中に消えた。やがて入れ替わるようにして、痩身細面で油っ気のない髪をした人が表れた。テツは今一度姓名と来意を告げた。

「ああ　そうですか　では　そのバックナンバーを」

彼はこう言い置いて、奥に入った。テツは玄関や下駄箱や天井照明などをそれとなく見回した。慎ましやかな内装と調度だった。

村上一郎は『無名鬼』のバックナンバーを持って現れた。そして手渡しながら言った。まもなく、八月には新しい号が出ます。その時は、また受け取りにでもいらっしゃい。テツはその言葉が嬉しかった。同人誌の主宰であれば、読者や定期購読者が有難いのは当たり前のことだ。しかし、挨拶にしても嬉しかったし、この人は挨拶でそんなことを言う人ではないと勝手に思った。帰りの自転車のペダルは軽かった。本屋の通用口を入る時は、鼻唄が出た。

八月になった。仕事休みの昼過ぎ、テツは再び村上宅を訪れた。村上一郎は在宅していた。今度は書斎に通された。机の横には新しく出来たばかりの『無名鬼』十一号が積みあげられていた。一冊頒価、百六十円。六十二ページの薄さだ。しかし、テツの掌には重かった。当時は両切りのピース十本入りが五十円、焼酎の『白波』一升瓶が四百円しなかった頃だ。

あなたも詩か歌か書くのですかと問われ、テツはハイと答えた。村上一郎は煙草をくゆらしながら言った。

「思うところのものがありましたら　是非投稿して下さい」

テツは、ハイとかしこまるしかなかった。夫人がお茶を持って来た。彼が言った。

「この人　うちの真理子と同い年だって」

「あら　そうなの」

夫人の顔が柔いだ。

「東大だって」

「それはまあ　でも　この前まで　大変だったんでしょう」

「はい　ええ　まあ」

テツは座り直した。村上一郎が言った。

「まあ　ゆっくりどうぞ」

彼は夫人の方を向いて笑った。

「大変って　この人たちは　大変なことをしでかした口だよ」

「あらまあ　それはそれは　どうぞごゆっくり」

夫人は半ば驚き、半ば笑いながら、台所に下がった。テツはお茶を頂きながら思った。

きっとおれみたいな奴が、ここにもしばしば現れるのだろう。

久しぶりに飲む浅緑のお茶だった。碗から茶の香りが立ち上って来た。

テツは小さくかしこまり、村上一郎は伸びやかで大らかだった。

話はテツの身の上となった。テツはレイのお婆ちゃんや第九書房の社長で稽古は積んでいた。ただ村上一郎には、大学は辞めたいと洩らした。すると彼が言った。

「まあ大学なんて　さっさと卒業しちゃった方がいいんですよ」

テツは大学を辞めると言った時、村上一郎くらいはひょっとして褒めるかあるいは同情くらいはするのではないかと密かに期待していた。それがあっさりと、さっさと卒業しなさいである。なあんだ、みんな一緒。わがやの兄や世間の人やクラスメートと同じじゃないか。だあれも、わかってくれない。テツはちょっぴりがっかりした。

そして村上一郎は、三島由紀夫や詩人の清水昶や阿久根靖夫の話をした。阿久根靖夫は鹿児島市出身で、早稲田大学を中退している。しかも住んでいるのは三鷹駅近くというのだ。わたしは駅前の第九書房で働いているんです、とテツが言ったら、じゃあ尋ねてごらんと、彼は住所を教えてくれた。

村上家の木戸を開け空を仰ぐと、夏空にプラタナスの葉が緑色に輝いていた。夥しい天狗の葉団扇だった。吉祥寺北町から武蔵野まで、テツは歩いた。麦藁帽子を目深にかぶり、歩調正しく歩いた。

『無名鬼』に自分の詩が載るかもしれない。自分のもやもやとした行く手に、かすかな灯りがともったような気になった。車がクラクションを鳴らしながら、テツの横を走り抜けていった。埃が立った。どうぞどうぞ、お先にどうぞ。テツはふと室生犀星の「室生犀星氏」の一節を口遊んだ。

「みやこのはてはかぎりなけれど
わがゆくみちはいんいんたり
やつれてひたひあをかれど
われはかの室生犀星なり」

思わずテツはスキップした。犀星どころじゃない、おれはフーテンの寅じゃないかと、テツはひとり苦笑した。

テツはその足で、阿久根靖夫を尋ねた。三鷹市下連雀二三三番地清風荘が、その住所だ。第九書房とは、わずかな違いだ。いるかいないか、日曜日だ。いるだろうと思って、自宅の前を素通りして三鷹口への地下道を潜った。清風荘は第九書房から石を投げれば届きそうな所にあった。薄汚れ古ぼけた鉄筋コンクリート造りのアパートだ。清風とは名ばかりで、かび臭い階段室と擂り減った段鼻が年代を感じさせた。ドアの横の名刺大の紙に、宋朝体のようなペン書きで、「阿久根靖夫」と書いてあった。

思い切ってテツは扉をノックした。

ドアの向こうで人の気配がした。すると扉がちょっと開き、テツを認めると大きく開いた。

薄暗い中に小柄で総髪というより蓬髪の男が立っていた。部屋の中は暗かった。テツは尋ねた。

「阿久根靖夫さんでしょうか」

「そうですが……」

怪訝な面持ちだ。まさか何かの集金人と思っているわけじゃないだろう。テツはざっくりと来意を告げた。『無名鬼』という言葉を聞いた時、彼の目が眼鏡の奥できらりと光った。

「まあ　あがりませんか」

彼は手でさし招いた。しかし、あがれと言われても、八帖一間程の部屋だ。部屋のまん中には万年炬燵があり、しかも壁という壁には本が積まれていた。床にも本や雑誌の山があった。そのひとつを横にずらして、彼はどうぞと言った。炬燵板の上には、物を書くほどのわずかなスペースがあり、あと干涸びたコップが載っていた。腰壁の横には小さな流し台と一口コンロがあり、コンロの上にはかつて真鍮色だったに違いない小鍋が、どす黝い色をして乗っかっていた。

非道いではなく、凄いとしか言いようがなかった。部屋を見回したが、阿久根靖夫と本とアルマイトの鍋のほか、人と物の気配がなかった。

あらためて自己紹介したあと、テツは『無名鬼』や『あんかるわ』で阿久根靖夫の作品を読んでいますと述べた。

そしていきなり、詩は言葉遣いもむろんですが、志ではないでしょうかと言ったら、彼は少し相好を崩した。テツは、結論を先に言っちゃったと思ったが、阿久根靖夫の詩は、まさに切羽詰まった志を歌った作品が多かった。

彼は半ば鹿児島訛りのあるカライモ標準語で喋った。志は大事です、ただ現代詩の本流はそういうところにはありません、わたしの営為はですね、と彼は営為に力をこめた、そんなのに乗れるような器量でもないところから始まったのです。ここまで一気に言って彼は立ちあがり、黒いアルマイトの鍋でお湯を沸かした。

夏なのに彼はネル地の寝巻きを着ていた。尾羽打ち枯らした脱藩浪人の風体だ。手の届く所に積まれた書籍は、漢籍や幕末の志士のもの、そして毛沢東関連や中国の雑誌が多かった。そちらの方面で彼は学生運動をして、早稲田を中退したのだろう。村上一郎は「大文字いずくにか在る」というエッセイの中で書いている。

「ただ一人えいえいと孟子・孔子をよみ、松陰先生の解釈と旧軍イデオローグの解釈とを比較検討している苦汁の一青年詩人を知っている」

えいえいと、苦汁の一青年詩人か。テツは内心呟いた。おそらく、いや絶対にその人が今、目の前にいる。蓑虫の巣のような部屋に、蓑虫のような姿で――。

しかし、この部屋の暗さと埃と古本臭さはどうだ。テツはふと春先に訪れた大阪の詩人支路遺耕治のアパートの佇まいを思い出した。詩を書くって、こんな暮らしをしなければならないのか。阿久根靖夫は一九四二年生まれ。テツより五つ年嵩である。なのにこれは戦前のプロレタリア詩人以下ではないか。貧乏と結核と家庭崩壊の三点セットだ。物書きで生きるとは、こういうことなのか。こうなったらたまらんという気持ちと、こうなってでも生きてゆけるのかという気持ちが相半ばした。そして、きっとこの人は彼女なんていないんだと思った。

ただ本棚の前に、藤圭子のブロマイドが立てかけてあった。好きですか、と訊くと、最高だね、と口元を緩めた。唄がか、声がか、ルックスがか、まさか体ではないだろうと言いたかったが、しかしファンとはもともとそういうものなのだ。ファンにもスターにも罪はない。

詩の話と藤圭子の話のあとは、鹿児島の話となった。しかし彼はわがやのことや家族のことには口が重かった。彼にはおれ以上に、家族とのしがらみや葛藤があるのだ、人が話したがらないものを無理に訊きだすもんじゃない。帰る潮時だ。テツが、時計を見て腰を浮かすと、彼も言った。

「まあ近くだし　またいらっしゃい　いい詩が書けたら『無名鬼』にね」

テツは清風荘を後にした。八月の光がやけに眩しく、空が青かった。テツは深呼吸をひとつして、第九書房隣りのコロッケ屋で、コロッケを四個買った。一個二十円。アパートに着く頃は、包んだ紙袋にコロッケの油がうっすらと滲んでいた。

阿久根靖夫はたまに第九書房を訪れた。自分の欲しい本を、テツの名で取り寄せてほしいと言った。社員割引になるのだ。それは構わなかったが、彼が夏のさなか、ウールの袷《あわせ》を着て来るのには閉口した。仕事が休みだったのだろう。蓬髪、顎髭、そして着物姿にちびた下駄である。他の社員は驚いたが、テツも恥ずかしかった。

注文書を書き終えたテツに、彼は言った。きみは夜は空いてるの。テツは、ええと答えた。夜、ご馳走でもしてくれるのか。満更悪い気はしなかった。高額な本を社割にしてくれたことの御礼で、御馳走でもしてくれるのか。すると彼は言った。きみのアパートは近くだろう、夜一緒に食べようかな。えっとテツは言いたかったが、たいして食べるものはありませんよと答えた。すると彼は言った。ぼくは黄色い沢庵が一本あれば、それと御飯がね、それで結構——。

沢庵一本でいいと言われても、そういうわけにもいかない。テツは鯖缶と玉子焼きでもと思った。

その夜、阿久根靖夫は来た。本当に沢庵が好きと見えて、ウイスキーを飲みながら、沢庵の残りがあればと言った。テツがそれを見せると、彼は尻尾から丸齧りした。

はたちの男とはたちをとっくに過ぎた男。安アパートで長屋の花見のように冴えない呑み方だった。ただ阿久根靖夫から村上一郎や桶谷秀昭のことや『無名鬼』のことや現代詩の話を聞くと、テツはなんとなく自分が『無名鬼』というか文学の渦に近づいている気がした。一歩近づくことは、皆からそして家から、さらにはふだんの生活から一歩遠ざかることでもある。だが、そんなお別れ感すら、どこか爽やかだった。


秋になる頃には、仕事にもすっかり慣れた。武蔵野と三鷹の土地にも。十一月になった休みの日、テツは武蔵境の古本屋に行った。そこの棚に、『夏目漱石全集』が並べてあった。大正八年から九年にかけて刊行されたもので、一巻から十二巻、そして別冊の十三巻本だった。少し燻《くす》んでいたが、布表紙の朱色に草色の中国古代文字がモノグラムのようにあしらわれた装釘だ。それが欲しかった。しかも本の小口は天金と呼ばれる金色で彩られている。この全集が、インテリアとしても部屋に光芒をもたらしてくれそうな気がした。

埴谷雄高の『死霊』や現代思潮社の黒表紙もの、そしてみすず書房や未来社の白表紙ものの中で異彩を放つだろう。飾って楽しく、手に取って持ち重りのする落ち着きと贅沢さ。テツは値札を見た。六千六百円とある。

しかし、テツの財布には六千円と十円玉が三個入っているだけだ。テツは漱石全集をじっと眺めていた。すると銭湯の番台のような所に座ってなにやら書き物をしていた主人が、ずり下げた眼鏡ごしにテツに尋ねた。

「あなた　漱石が好きですか」

「ええ　はいっ」

「なにが好きかな　『猫』かな　『三四郎』かな　『坊っちゃん』かな　それとも『心』かな」

主人はハタキを持って番台から下りてきた。テツは答えた。

「まあ　よくわかりません　しかしイギリスに留学して箔をつけたのでなく　ミソをつけたというか　ノイローゼになったところが好きです」

「へええ　あなたも変わった人だ」

「これ六千六百円ですか」

テツが念を押すと、主人は凝《じ》っとテツを見た。

「高いかな　安いかな」

「ええちょっと」

「高いのかな」

テツは思い切って言った。

「幾らって　六千円しか持ってないもんで　六千円と三十円です」

「………」

「あとで六百円は届けてもいいんです　家は隣の三鷹ですから」

「好きなんだね」

「はあ」

主人は大きく頷くと、天金の漱石全集にハタキをかけた。

「持って行きなさい」

「えっ　いいんですか」

「六千円ね」

「はい」

テツはよしっと叫びたかったが、我慢した。財布を出し、主人の方を向かずに六千円取りだした。財布の中には部屋の鍵と三十円しか入ってなかった。

「じゃあ　これ」

テツはお金を払った。

「車か自転車に積むの」

「いいえ　抱いて帰ります」

「抱いてって　三鷹までだよ」

「はい　すぐ隣ですから」

「ほう　それはそれは」

主人はあきれたような感嘆したような溜め息をついた。そしてお金を受けとり、番台の方に帰りながら呟いた。まあ、なんさま、気ィつけてね。

漱石全集全十三巻を両手に抱え、テツは古本屋を出た。骨壷を三個重ねで抱いているようだった。しかも重い。それでもこの全集が自分のものだという気持ちが嬉しかった。しかし、いくら嬉しいといっても相手は本だ。しばらく歩くと手と腰に重みが来る。上体をそりくり返らせ、下にずり落ちそうな本を膝で蹴あげるようにして、テツは武蔵境の浄水場脇の道から玉川上水沿いを歩いた。腕が疼れて来た。途中で三度程立ち止まってひと息ついた。陽が傾きかけていた。

三鷹駅前を過ぎた。もうすぐアパートだ。銭湯の煙突も見えた。テツはようやくほっとした。アパートへの角を曲がる所で、向こうから女学生が三人やって来た。三人の目はテツに注がれた。それはそうだろう。昼日中、デパートの配達係でもない男が、しゃっちょこばって汗だくで重そうな骨壺みたいなのを抱えている。テツは彼女たちを避けようと路肩に寄った。その時、電柱の控えのロープに肩が触れた。拍子に上の二冊が落ちた。それを捕ろうとして、全巻がばらばらに落ちた。道に散らばった。女学生たちは、何か叫びながら小走りに駆けていった。テツは道に片膝を着いた。

テツは一冊ずつ拾い合わせ、順番通りに並べ直した。一巻と二巻の天金に埃がつき、八巻の表紙の角が少し潰れていた。抱える前にあたりを見回した。さっきの女学生たちが道の角の所で、まるで奇人変人を見るような目付きで振り返り顔を見合わせて笑い合っていた。

テツはアパートに客人を迎え入れるように、漱石全集を迎え入れた。書架にあったバタイユ全集やＭ・ブランショの本などを片付けて、そこに安置した。片付けた本は近くの古本屋に持参した。三十円しかなかった財布が、ちょっぴり膨らんだ。本は読んでためになる。飾ってためになる。売ってためになる。

一九六九年の暮れになると、テツは阿久根靖夫とともに、村上一郎宅へお邪魔するようになった。『無名鬼』の校正や販売先の書店への持ち運び、桶谷秀昭の所へ校正刷りを届ける「小僧役」を兼ねるようになった。

ただ『無名鬼』の十二号に投稿したテツの原稿掲載は見送られた。下手だ、つまらない、そんなことだったのだろう。人真似にもなっていないない、かといって赤裸々な本心も、歌えていない、そんなところだったのだろう。

村上一郎は言った。

「今の詩壇の流行や時めくもの　そういうのがあるとしても　ちゃちなもんです　そういうのを相手にするよりも　日本の詩歌『万葉集』や『古今集』　そして芭蕉なぞを　しっかり読みなさい　筆写しなさい　ちょっと気の利いたことを言ってるとか　鋭いとか　新しいとか　そんなものは考えずにね」

テツは黙って頷くほかなかった。個性だ自分らしさだといっても、おれらしさの中になにがしかの他人の影響はある。だが、他人の影響の中に、自分らしさがまるでないのだ。真似にもその人らしさが出る。村上一郎は続けた。

「言葉の使い手といったってね　ぼくは刀を持ってるから　多少なりともわかるけど　剣のような言葉を持ってる奴は　ついついそれを振り回したくなる　飴のような言葉を持ってる奴は　それをやたら捩じまげて悦に入りたがるもんですよ」

テツのあり余る自意識をやんわりと戒めるような言葉だった。

テツも思わず返した。

「ぼくは野球のバットは　一に強く　二に強く　三にさらに強く振る　これだけを心がけ

て来ました　上手く当てようとか　タイミングをとろうとか　そんなことより強く振ること
それだけを心がけてきました　詩でもあるいはそうで　強い言葉でなんとか決めちゃおうと
していたのかもしれませんね」
「その強い言葉が　しかし　ちっとも強く感じられないのですよ」
図星だった。村上一郎は続けた。
「強く振る　それは大事なことです　強く振る　刃でもバットでも　それは相手を切るこ
ともですが　時には自分だってばっさり切る　それがわかったうえのことであれば　いっこ
うに構わないのです　単なる精神論や根性論もだめですが　単に強がってみせただけ　それ
も駄目ですね」
「わかりました」
しかし、テツはわかってなかったのだ。
「意余りて　筆足らずだな」
阿久根靖夫はこう言った。自分がいかに思いつめていようと、苦しんでいようと、そして
楽しんでいようと、それが相手に伝わるように描かれてこそ、歌だというのだ。わかってま
すよ、そんなことくらい。テツはそう言いたかったが、掲載されないということは、やはり
なにかが決定的に欠けているのだ。あるいは、そんなものはそこいらの道端に、石ころか犬

の糞くらいに転がっているということなのだろう。阿久根靖夫からなんと言われようと、やはりガリ版刷りの詩と活字組みの詩には、なんとなく越えがたい溝があった。

「あなたの悶々には　とりつくシマがないのよ」

レイはこう言った。誰にもとりつかれないのか、だがそれは純なことではない。

縦書きのヨーソロー

一九七〇年、正月。三日は本屋の仕事始め。テツは正月、どこにも行かなかった。行くあてもなかった。勘当された身で、どこに団欒があろう。そんなセンチメンタルな気持ちが机に向かわせたし、自転車で風を切るのは心地良かった。

梅が蕾をもたげる頃だった。書店に来た阿久根靖夫が言った。

「次の『無名鬼』に君の作品が二篇載るよ」

テツはレジの前に立ちながら、ああそうですかと答えた。しかし、内心ヨシッと叫んだ。

「まあ　これからの期待も含めてね」

彼がそう言った時、なんだ情で拾われたのか、実力じゃないんだ。テツは一瞬ムッとした。それでも、阿久根靖夫に頭を下げた。有難うございます。

彼はまた今晩あたり来るのではないか。すると大根の漬け物と鯖缶と玉子焼きくらいは用意しなければならない。

それにしても阿久根靖夫の裾からはラクダの股引きがのぞいていたが、ちびた下駄の上に履いた黒足袋の親指の所には、ほつれというより大きな穴が空いていた。むろんそれは文学とも『無名鬼』とも関係ないピンホールだった。

五月の連休明け、『無名鬼』十三巻が出来た。

深夜それを手にしたテツは、何度も目次と活字になった自分の名前と詩に目を通した。初土俵の力士がまるで大相撲の番付表に眺め入るように。

目次の「詩歌」に、山中智恵子や北川透、阿久根靖夫の名に混じって、自分の名前が出ている。村上一郎は「抒情と憤怒——萩原朔太郎ノート（2）」を、桶谷秀昭は「自然と虚構（4）——明晴論」を書いていた。

自分は番付表で言えば、虫眼鏡で見なきゃわからないような男だが、それが同じポイントで印刷されている。テツは飽くことなく、それを見続けた。

翌日も、電車にいる誰彼、道で出会う人みなに、これはぼくなんですと『無名鬼』をかざしたい気がした。屋根裏ならぬ路地裏の思いつめた詩人も、一皮めくれば他愛ないものじゃないか、言っていることとやっていることがまるでちぐはぐだと、テツは自嘲した。

いささか平然とした阿久根靖夫の顔が羨ましかった。

十二時半になった。テツはフルトベングラーのブラームスの一番を聴きながら、密かに焼酎でひとり献杯をした。

明日は村上一郎宅に行き、『無名鬼』の発送や配布の手伝いをすることになっている。

一冊百六十円。六十ページ足らずの薄っぺらな同人誌だったが、テツには厚く重たかった。テツは十五冊買った。買った時、リーチやクリやツネやレイ、そして両親や姉兄たちの顔を思い浮かべた。

家も大学も飛び出した木っ端舟が、やっと外海に飛び出しましたよ、という気になった。むろん外洋といっても、それは村上一郎と桶谷秀昭が両腕を防波堤のように広げた外海に面した港だったのだが。


荻窪の兄なら『文藝春秋』や『中央公論』ならいざ知らず、まるで厚さも体裁も異なるこんな同人誌のどこが凄いんだと言うだろう。姉たちなら、体裁は別として、まあ大層な人たちが書いてるじゃない、凄さは別としてひどくはないわね。これくらいは言ってくれそうな気もした。

『無名鬼』の扉には、「生キテハ有限ノ身トナリ　死ニテハ無限ノ鬼トナル」というエピグラムがあった。あるいは母ならば、死んだら花実もないからね、せめて生きてるうちに、きちんとしてね、と言うかもしれない。

「しかし　なんだね　詩だけで食っていけるのは　谷川俊太郎くらいのものだからね　みんな二足の草鞋《わらじ》を履いてんだよ」

桶谷秀昭もやんわりと釘を刺した。これくらいでのぼせちゃいけない、むしろこれからだというのだ。

わかってます、そんなこと。テツは言下に頷きながら、しかし、次こそが本当のデビューだ、どんな作品を書こうかと考えていた。テツにしか書けないもの、テツだから書けるもの、そんなものが夢の中からでもない、生活の中からでもない、脳味噌の中でもない、啓示でもない、どこからかぽこりと生まれてくる、いや生んでみせると思っていた。

数日後、テツは新宿のションベン横丁で、リーチとツネと会った。テツは下駄に久留米絣の着流し、そして長髪、まるでフーテンが渡世人に化けそこなったような出立ちだった。テツはリーチとツネに『無名鬼』十三号を渡した。いや、ふたりに見せたくて、テツが声をかけたのだった。おうっ、とふたりも喜んだ。

リーチは一年前の『東大文学』の二号に、小説を発表していた。そこには藤原伊織の『ゲーム』、芝山幹郎の『酸性反応』、平石貴樹の『Hello Good-bye』が載っていた。藤原伊織がリーチのことだ。平石貴樹も同じクラスだった。彼はいつも授業の前に黒板に、自分の好きな演歌の詞を書いて、皆に披露していた。『宗右衛門町ブルース』とか『長崎は今日も雨だった』

とか。それがビートルズでお馴染みの『Hello Good-bye』だからテツは驚いた。

芝山幹郎は隣のクラスで、一緒に劇や映画を観に行った。蔵書家だ、と彼のアパートに行った時思った。テツがピッチャーをして、エスの不幸な死があったゲームで相手チームのサードを守っていた。

本郷では加藤典洋たちが活発な動きを見せていた。リーチは加藤の「手帖」がいいよと激賞した。しかしテツは、その翻訳調の文体が、なんとなく好きになれなかった。だが、テツにしても、自分がノートや日記に書いたり、クラス文章に出してる断章は、まさに持って回ったような翻訳調だった。

なるべく少ない言葉で多くを語る、それが日本語だと言いながら、やってることはまるで逆だった。コテコテの脂ぎった文章だった。そのくせその文章の底には、関西風の薄味の喋くりの血が流れていると感じていた。

喧嘩では口より手が先に動くのに、文章では手より口が先に動く。その口をなんとか矯正し扼殺しようと、テツは自分の口に韻律の、つまり七五調や五七調の鎖をかけた。定型のタガかギブスだ。なんのことはない、短歌にも都都逸にもならぬ長歌もどきだ。しかしこの寄り道をひと回りしたら、どこかへ出そうな気がした。

「おいテツ　おまえ作風が変わったんじゃないか」

りとした。

リーチがチューハイを呑みながら言った。テツは万引きの現場を見つけられたようにぎく
「ちょっとというか　だいぶな」

ツネは冷奴をつつきながら『無名鬼』を広げていた。おい、その奴のかけらを本に落とす
なよ。こう思いながら、テツは言った。

「まあ　あれこれ書いてるうちに　こうなっちゃったんだよ」

「おれが書いたんじゃない」と言わんばかりの口調だった。

その気持ちわからんでもない、とリーチが助け舟を出した。

「そうだな　村上一郎と桶谷秀昭の同人誌だもんな　これが吉本隆明の『試行』なら絶対ボツになっててんじゃないか」

おれは人一倍我を張るくせに、相手によっては急に忖度したり、なんとか気に入られようとして、手もなく捻られるところがあると、テツは自分でも思った。しかし書いた詩、掲載された作品は、弁解の仕様がなかった。ふと大学に入ってまもなく、ニシがテツに、おまえ誰ばりの詩を書いてるのと訊かれ、憤慨したことを思い出した。誰ばりじゃなく、誰かに気に入られようとして書いている。ああいやだいやだ、とテツは臍《ほぞ》を嚙んだ。それでも、リーチとツネは『無名鬼』を大事そうにバッグにしまい込んだ。ところでと、リーチが言った。

「おまえ　もう　大学は来ないのか」

「そう　一応　退学届をレイに頼んだからなあ」

「もう出したんか」

ツネが訊いた。

「ああ　頼んだよ」

テツは答えた。

テツはそう言うことで、自分とレイの関係の深さをふたりに伝えたかったのだ。おたがいに秘密を持つことは、おたがいを所有することでもある。あるいはそんな気にさせる。リーチやツネとも、この数カ月の間に、随分違う所まで来ちゃった、そんな思いもした。リーチは今は復学も進級も、卒業も留年も、どうにでもなると念を押した。テツは答えた。

「いやあ　おれは辞めるよ」

「そうか　それは　おまえのことだからな」

「そう　みんなそれぞれ　リーチ　おまえの言葉だけど　虹のように生きるんだよ」

するとツネが混ぜっかえした。

「リーチはキザだからなあ　虹のようにだなんて　みんな意地になってゆくんだよ」

「おまえだってキザじゃないか　つまらん語呂合わせして」

リーチは口を尖らせてツネを詰り、チューハイをおかわりした。それから話は、よど号ハイジャックのよど号の中に、クラスのキハが乗っていたことに飛び火した。

えっ、あいつが連合赤軍に。テツが驚いたら、ツネが笑った。いやあ、乗客のひとりだよ、犯行者のひとりじゃないよ。テツも永福町のキハの家には、転がり込んだことがあった。それから話題は、キハと連合赤軍の話になった。狭い小上がりの中で話は盛り上がった。テツもリーチもツネも、『無名鬼』のことなどすっかり忘れていた。

するとリーチの隣でひとりで呑んでいたチンピラふうの男が、リーチの方を向いて言った。

「おい　学生　てめえらは五月蝿《うるさ》いんだよ　ちっとは場所をわきまえろよ」

おそらく彼はテツたちの話を、糞生意気なガキっタレ奴が、一年前は新宿騒乱でここいらを滅茶苦茶にしやがってと思って聞いていたのだろう。いや話を聞かなくても、虫酸が走るようなところもテツたちにはあった。なにも彼の縄張《しま》を荒らしに来たわけじゃないが、たしかにテツたちは傍若無人だった。しかも二人は髪の長いフーテン、ひとりはおよそ場違いな着流しを着て悦に入っている。

男の文句を、テツはさらりと掬った。

「寂しいんですか　ご一緒にどうです」

すると、男は鼻でせせら笑った。

「脛かじりのくせに　偉そうな口ききやがって」

売り言葉に買い言葉だ。男は隣のリーチを睨みつけた。リーチが睨み返した。

「なんだ　てめえ」

リーチはかつて東大総長を糾弾した時のように、右手の親指を真っ直ぐ立て、人差し指を相手の鼻先に突きつけた。他の三本指は折り曲げ、なんのことはないジャンケンの昔ながらのチョキの形だ。

こうされて嬉しい奴はいない。しかし、他のお客様の手前もある。だがテツもまたチンピラの脛かじりという言葉に、鋭敏に反応していた。おれは自活してるぞ、と。だがテツはリーチの相手に丁寧に言った。

「お楽しみのところ　すいません　ご迷惑をかけちゃって　酔っぱらいと思って　今日はここのところ　あたしの顔に免じて許して下さいませんか」

テツの口調と気持ちは、すっかり鶴田浩二だった。

「なんだ　てめえは」

男がテツの服装を上から下まで、しげしげと見た。ヤクザにも堅気にもなれないこの半端者がという顔だ。テツは財布を懐に入れながら言った。

「あたしはこのふたりの友人です　しがねえ浪人ですが　ひとつここはあたしの顔に免じ

て　楽しくやりましょう　お願いします」

するとと相手は、今一度テツを見た。そして言った。

「てめえが　その面か　ふん」

その顔じゃないって、顔・カオ・面体・かお、顔のことを言われた途端、テツの中でなにかが弾けた。別に顔に自信があるとか、ないとかじゃない。精一杯自分では決めたつもりが、まるでハナも引っ掛けられなかった墜落感のようなものだ。と同時にテツの気は舞いあがった。

「すいません　この通り」

テツは男に、今一度頭を下げた。相手のせせら笑いが聞こえた。とたんにテツは相手の鳩尾に一発見舞い、崩れた背中をどやしつけて、リーチとツネを振り返った。

「おい　逃げるぞ」

ツネが言った。

「勘定は」

「さっき　済ませて来たよ」

「ご明察」

リーチは狭い階段を駆け下りた。テツは小二階から、線路脇の路地に飛び下りた。

「早くずらからないと　あいつ　仲間を呼ぶかもしれんぞ」

テツはそう言って、両手に下駄を持ち、鼻緒に人差し指と中指を通し、尻端折りして、奴さんの姿で走った。青梅街道を横切り、西武新宿駅の前を抜け新大久保まで走った。

「もう大丈夫だろう」

「あいつは今大騒ぎしてるだろうな　仲間を集めて」

リーチが髪を手で梳いた。

「まあ　いっときは　おれたちあそこに近寄らない方がいいな　おれもこんな格好じゃすぐバレるからなあ」

「いや　今日のテツの格好は　仮装行列だから　バレないよ　ふだんの格好してればね」

するとツネがリーチに顎をしゃくった
「しかしリーチ　お前　腕っぷしは弱いくせに　向っ気は強いというか　喧嘩っ早いんだなあ　すぐ喰ってかかるからなあ　大学総長から横丁のチンピラまで」

「別け隔てなく　平等に　ってやつだね」

テツがそう言うと　リーチが苦笑した。

「そうだなあ　そういうところは　どうもおれは河内かどっか　あのあたりの血を引いてるのかなあ」

テツが相槌を打った。

「そう　いつも東京弁っぽいの使ってるくせに　なんだてめえは　という時だけ　おまえのイントネーションは関西弁になるよ」

三人は新大久保駅から、新宿方面の電車に乗った。テツは新宿駅で下りた。

「おい　気をつけろよ」

リーチが声を掛けた。大丈夫、テツは軽く頷いた。

「テツ　良かったな」

ツネが『無名鬼』十三号をかざした。テツは後手に手を振った。ありがとう。

中央線に乗って、テツはさっきの出来事を反芻していた。あの野郎と唸ったり、拳を握り直したりしていた。しかし、高円寺を過ぎ、荻窪に着く頃には、なぜか笑いが込みあげて来た。テメエがその顔かっ。そうなんだ、なんでおれがデカイ顔をして、しゃしゃり出る必要があったのだろう。大学を辞めた浪人として、あの兄さんやリーチたちに、ちょっとは偉い所を見せようという魂胆でもあったのか。それとも自分の名前が『無名鬼』に出て浮かれちまっていたのか。

おれが逆上したのは、おれの顔を丸潰しにしたあの兄さんのひとことだ。だが、彼の言ったことは当たっている。てめえが、その顔か。なるほど、当たっているだけに、おれはブチ切れたのだ。まるで傷ついた尾を踏まれた虎のように。

テツはひとり、くくくっと笑った。電車は吉祥寺を過ぎようとしていた。足元を見ると、下駄もまた、太い眉毛のような鼻緒で、くくくっと笑っていた。


村上一郎はサトルとも引き合わせてくれた。彼は一橋大の学生で、ランボーや中原中也や象徴主義の文学を学んでいた。出口裕弘ゼミの秀逸といって紹介された。紹介された時、テツはほっとした。同世代だった。『無名鬼』の人は、村上一郎や桶谷秀昭や阿久根靖夫にせよ、皆先輩だったのだ。

おたがい、性急であることが、より天分や死や美神に近いと自分も思い、人にも思わせたがる時期だった。しかし、信州生まれのサトルとはウマが合った。軽口を叩いても、ケナし合っても、リーチやツネと一緒にいるような気がした。やがて十年後、サトルはテツの詩集の解説に次のように書いている。

「東京での岡田との交際は一年に満たなかった。最初に会ってから、連日のように会っては話し、話しては焼酎を小汚いバーで飲んだ。その頃、わたしたち学生は全共闘華やかなりし時で、大学解体が叫ばれていたが、岡田はそれら大学「問題」とは或る微妙な一線を画して、東大を止め、三鷹駅前の書店に勤めつつ、自己を虐待するほどに詩に、古典に没頭していた。

下宿には行く度に、食費を削って購った古典の山が積まれ、体力が続く限り明け方まで仕事に励む姿が見られた。（略）ともかく仕事はこのようにしてやるものだという形姿を同世代のうちにわたしは初めて垣間見た」

テツを買いかぶりすぎているところもある。青年の客気だろう。あるいはこれがテツの日記やメモより、テツの当時の様子に近いかもしれない。本人が本人について書いたものより、他人がその人について書いたものが本当らしいのはよくあることだ。なぜなら、本人は本人については、いつでも嘘がつけるからだ。都合のいいことしか書かないのだから。自分に嘘をついてどうするんだといっても、ついつい嘘をつくのだから仕方がない。嘘の中毒患者だ。

樋口はテツの部屋のことを次のようにも述べている。

「部屋はお香の妙な臭いで充満し、或る異様な雰囲気に涵《ひた》されていて、そこでは何が起きてもおかしくない感じだった」

たしかにお香には凝っていた。狭い下宿を花で飾るには花は高額すぎる。音楽で涵すには、お隣に迷惑だ。香は手っ取り早く、安かった。しかも、ちょっぴり贅沢しているという気分にしてくれた。

ただ休日には、古書市に行ったり、クリの所を尋ねたりした。クリは中野にクマという女性と暮らしていた。一戸建ての平屋だ。住宅というより、五間四方位の物置に水回りを付けたワンルームのような家だった。この家は四周を板壁に囲まれていて、入口にも雨戸のような引き違いの板戸があった。まだ同棲という言葉が流行る前だったが、ふたりで暮らしているたたずまいがテツには羨しかった。

住むのではなく棲む。ふたりはままごとのようだった。だが、どんな世帯だってままごとから始まるのだ。そう思いながら、おれは当分世帯は持てないなと思った。

クリがからかう時があった。

「テツ　おまえは　女の人は好きだけど　女の人と暮らすのはどうなんだ」

「ううむ　ちょっと無理かなあ」

「おまえを見てると　禁欲の権化みたいに見える時があるものなあ」

「愛欲の塊《かたまり》がだろう」

テツが苦笑すると、クマが笑った。

「そう禁欲の塊って人　快楽の塊っていうか　エピキュリアンそのものよ」

「ピンポーン　図星です」

テツはそうはしゃいで、ウイスキーを飲み続けるしかなかった。そして酔っ払った後は、三人で炬燵に足を突っ込んで寝た。

クリには妄想症というか追跡症のようなところがあった。自分が誰かに監視されている、付け狙われていると思い込むのだ。誇大妄想ならテツも得意だ。被害妄想の気味もある。しかし、クリは夜になるのを怖がる時もあった。それは生来のものか、それとも内ゲバがさかんになってからだろうかと、テツは思ったりもした。だからだろうか、夜テツが行くと喜んだ。夜っぴて呑んで語った。

しかし、図にノリすぎてヘマをした時もあった。

三月、クマの弟が大学受験で仙台から上京した時だ。たまたま訪れたテツも入れての夕食会となった。会はやがて宴となった。弟は翌日は、慶應義塾大学の試験日だった。まあ、今さらジタバタしても始まらない、なるようにしかならない、ここは腰を据えてじっくり呑みましょうとかなんとかテツが言い、テツは呑んで喋り、クリも相変わらずのらりくらりと呑みながら、ついには朝になった。弟は部屋の片隅で勉強どころか、仮眠していた。朝、皆で御飯を食べ、弟を見送る時、テツは門口でさながら出征兵士を送り出すように、大声で万歳を三唱した——。

弟さんは慶應義塾を見事に落ちた。だが、他の大学には受かったということを、テツは後で聞いた。いい気なものというか、いい加減な浪人だった。いい加減というのは、それをちっとも反省しなかったからだ。

レイが来る日もあった。ふたりで夕食を食べようとしていると、見合わせたように阿久根靖夫が来た。格別な用事がなければ、普通なら、お邪魔しましたと帰るところだ。しかし、彼は炬燵台の上のおかずに、ハイエナのように目を注ぎながら上がり込んでくるのだ。

彼の好物は黄色い沢庵だったが、レイが玉子焼きを作ると、少し砂糖が足りないとか塩甘いとか必ず文句を言った。テツは自分の詩に文句を言われたよりももっと癪だった。黙って食べればいいのに。そのくせ彼は、必ず沢庵でさらに一膳飯をおかわりするのだ。

同郷で先輩、しかも『無名鬼』という同人誌の番頭面をされると、ついこちらは丁稚のようになってしまう。諂《へつら》わざるを得ない時もある。好きな女の前なら、なおさらのことだ。それがテツには気鬱だった。帰って下さいとも言えない。自分もクリの家ではこう思われていると思うと、さらに嫌な気持ちになる。さらに彼はレイの前で、しち面倒な現代詩のことや幕末の志士のことを吹聴する。

こんなことは、かつて日本の私小説家が、自分の伴侶や家族にさんざんこぼし続けたことじゃないかと、テツは思って恥ずかしくさえあった。軽々しく身の不遇なことなどおれは呟かないぞ。

極端な臆病さが人を残忍にするように、極端な貧困も人をまた卑しくする。阿久根靖夫といるとこう思う時もあった。仮に友人が亡くなった時、二千円の香典を包めば済むものを、なぜ自分はそれを包まなくていいかということを縷々と言い聞かせる。そんな素振りを見るのを、テツは嫌った。二千円で済むものは、二千円で済ませればいい。二千万円じゃない。それはつましさじゃなく、単にケチであるにすぎない。ケチから革命なんて生まれるものか。

Mの変　冬の旅

大屋さんの玄関とアパートの入口の間には、土を盛ったトロ箱の花壇が置いてあった。そこからアスパラガスのような芽が出た。彼岸花だ。もうすぐ赤い花が咲くだろう。秋彼岸が近かった。

彼岸の前日、レイが来た。この日は珍しく阿久根靖夫もツネもリーチも来なかった。レイは玉子焼きを作り、テツは買い物に出かけ、鯖缶と豆腐と白菜と深葱を買ってきた。これで鯖の味噌煮込み鍋を作るのだ。さらにウイスキーを一本。少し贅沢して、サントリーの白にした。そしてテープで音を絞りながらも、フィッシャー・ディスカウの『冬の旅』をかけた。テツは冒頭の「おやすみ」が好きだった。夕食は楽しく、レイも食べては飲んだ。秋彼岸というより、春彼岸が来たような気分だった。『冬の旅』が「菩提樹」に来た時に、レイが、ねえと言ってテツの目を見た。テツが見返すと、レイが、ねえと今一度口ごもった。なんでもどうぞ、というように、テツはグラスに手を伸ばした。

「ねえ　あなたに頼まれた　退学届　あれねえ　わたし実は　休学届にして出しちゃってるの」

「えっ」

「そう　休学　だから　二年以内だったら復学できるんだよ」

「――」

「駒場で六年　本郷の二年入れて　八年だから　ひょっとして　いろんな身の振り方も考えられると思ったんだけど」

「――」

テツは、グラスにウイスキーを注いだ。

「氷は」

「いらない」

「水は」

「大丈夫」

「余計なことだった」

「いや　ありがとう　だけど」

「だけど？」

「いやまあ」

おれは行かないよ、と言おうとして、テツは黙った。退学届を休学届で出したのはレイなりの思いやりだった。テツの家族に限らず、誰でもそうするかもしれない。さっさと卒業すればいいのだ。それが嫌なら、はなから届けを他人に頼まなければいいのだ。文学への熱中、時に懸命、それは今だけではない。いつ始めても遅すぎることはない。あるいはレイは、文学に殉じようと思いつめたひたむきさの中に、ある種の胡散臭さも感じたのだろうか。ひょっとしてこの人は、わたしよりも文学の方が大事なのだと。

ただテツは、大学に戻らないとあらためて思った。休学は、月千円の授業料を払うだけのことだ。それよりも退路を断つ。自分で自分を追い詰めてゆく。そうでもしないと、おれはどこに行くか、なにをするかわかったもんじゃない。なんせおれは甘えん坊でお調子者だからな。

ウイスキーを飲みながら、テツはレイに言った。

「あと二年したら　なんとかなるよ」

「そう　あたしも　あと二年したら卒業だからね」

なんとかなると言っても、どうなるのか、テツにはわからなかった。文学でなんとかなるのか、それとも稼ぎでなんとかするのか。

『冬の旅』は、第十六番の「最後の希望」が終わり、「村にて」が始まった。テープの音量は絞っていたはずだが、前奏のピアノが大きく聴こえた。テツはさらに音を小さくした。そしてレイに言った。いろいろ心配かけてごめんね。

するとレイが言った。

「ねえ　八ヶ岳に登らない」

「八ヶ岳って　あの八ヶ岳」

「そう　中央線で美濃戸から南沢へ行って　赤岳に登るのよ」

テツはピンとは来なかった。八ヶ岳の写真は見たことがある。それと姉の一人は好んで八ヶ岳を描いていた。

「八ヶ岳って　三〇〇〇メートル近い山だろう　あなたはワンゲル部だからいいけど　おれはなあ」

「いや　あなたの体力なら大丈夫」

「だけど　おれ　下駄とスニーカーとスリップ・オンしか持ってないよ」

「ああ　わたしが借りてあげる　ワンゲルの人からね　あなた足のサイズは」

「二十七　いや二十八がいい」

「大きいのね」

「大きいよ　馬鹿の大足さ」

だが靴の心配より、テツの気懸かりは別のところにあった。

八ヶ岳に行くとなると、当然どこかで一泊だろう。そのことだった。金は多少はあった。仕事もどうにかなる。まさかふたりとも寝袋に入って、テントの中で寝るのだろうか。それとも山小屋かロッジか。地元の旅館か。テツは、安田講堂の一件が終わったあと、レイから伊豆行きを誘われたことがあった。その時は断った。しかし今度は行こう。行ってどうなるか、そんなことなどどうでもよかった。フィッシャー・ディスカウは、たっぷりとしたバリトンで歌っていた。「勇気」を——。


十月十日、体育の日。テツとレイは夜九時に新宿駅で落ち合った。長野行きの夜行に乗るのだ。レイは弁当を持ってきた。列車に向かい合わせで座ると、缶ビールで乾杯した。テツは弁当をすぐ膝の上に広げた。膝の下には、借り物の登山ソックスと登山靴が見えている。グレイ地に赤と青の縞模様の靴下がフレッシュだった。膝下まで靴下で包《くる》む。こんな履き方は野球のユニフォームと土方のアルバイト着以来、久しぶりのことだ。

「あなた　あしたは強行軍だから　一缶だけにしてね」

「うんうん」

どんな強行軍だろうと、良かった。テツは強行軍を捻じ伏せるように空き缶を押し潰した。

電車が動き始めた。つかのまだが、仕事におさらばする。バイバイ。気持ちが良かったのは、ビール一缶のためではない。なによりも、眼の前にレイがいた。

梅干しとメンタイコのお握りの隣には、刻み葱のたっぷり入った玉子焼きと唐揚げがあった。テツはそれらを頬張っては、水筒のお茶で流し込んだ。

「うまいね」

「そう」

「葱の香りもいいね」

「玉子焼きっていえば　阿久根さんはわたしの玉子焼きに　砂糖が足りないと言ったことがあったね」

「気にしない　気にしない　あれは小姑みたいなケチつけさ　誰も作ってくれる人がいないから　羨ましかったんだよ」

「そうかしら」

「そう　この唐揚げだって　竜田揚げふうで美味しいよ」

「あらっ　それはお婆ちゃんが作ったのよ」

「お婆ちゃんって　あのおれたちに　国賊って言った」

「そう」

そう言ってレイが笑った。まるでいたずらが見つかった子どものような笑いだった。あれは、いたずらだったんだろうか、遠い昔の物語だったんだろうか。

曇ガラスにもレイの顔が映っていた。その顔の向こうにレイのお婆ちゃんの顔が泛《うか》んだ。しかし、うまく思い出せなかった。ただやはり、国賊という言葉だけは残っていた。ありし日の国賊、今落人となりて唐揚げをぱ喰う。ひとりでに笑いも込みあげて来た。テツは弁当をさながら三日絶食していた山賊のようにたいらげた。腹が満ち足りて、ようやく明日のことが気になった。立川を過ぎるあたりで、テツは尋ねた。ところで　おれたちはどこで下りるの。

「茅野よ　そこから朝一番のバスで美濃戸口まで行って　そこから赤岳にね」

「赤岳って主峰でしょう」

「そう　二九〇〇メートル近い山よ」

「凄いね」

「凄いって　それに登るのよ」

「大丈夫かなあ」

「わたし　もう三回目だけど　あなたなら大丈夫　それにこの装備と格好なら　あなたす

でに中級って感じよ」

「あとは本人の体力と忍耐力か」

「そう　大丈夫」

あまり大丈夫を連発されると、かえって不安になるものだ。

レイは手早く弁当を片付けてから言った。

「大丈夫よ　ガイドがいいから」

よろしくお願いします。テツはお道化てお辞儀をした。缶ビールと弁当で満ち足りたせいばかりじゃない。テツの眼差しの中に、ずっとレイがいたからだ。食べて喋って、まるでストーブにあたっているようにテツの心はほわほわしていた。レイもまたいつになく穏やかな目をしていた。

テツはふと思った。おれたちは恋人同士と見えるのだろうか。それとも心中行のふたりのように見えるのだろうか。だが、どう見えるかなんてたいしたことじゃない。こうやってふたりでいるということが大事なのだ。後は野となれ山となれ……。そして野も山も畑も町の灯も過去も、すべてを置き去りにしたように夜行列車は走り続けている。

走り、走り続けよ。地の果てまで、夜の果てまで。

テツは時折、レイを見た。目を閉じたレイの顔を見ていると安心した。そして窓を見た。

そこににやけたような自分の顔を見た。顔がにやついているのは、列車の振動のせいじゃなかった。そして呟いた。恋する男の顔は、他愛ないもんだな。

「もうすぐよ」

レイの声で、テツは目を開けた。窓の外、山稜が近かった。テツは慌てて洗面所に立った。うがいをして、鏡を見ながら寝惚け顔の頰をぴたぴたと叩いた。

座席に戻ると、ほどなく列車は茅野に着いた。出水の駅よりも小さな駅だ。テツはレイの後に付いて下車した。改札口を脱け、駅前のバス停に行った。列車と接続しているのだろう。ほどなくバスが来た。そして小一時間かけて、バスは美濃戸口に着いた。いよいよ登山だ。といっても、テツは金魚の糞のようにひたすらレイの後にくっついて歩くだけだ。夜はしらじら明けになってきたが、朝日は雲隠れ、雨がちょっぴり心配だった。

だがレイは元気いっぱいだ。山で見るレイの方が、キャンパスや渋谷で見るレイより、遥かに生き生きとしている。やはりバンビのようだ。テツはそのバンビの後を猪のように追いかけた。

ハイ朝御飯、ハイ休憩、ハイ一服、テツはレイの指示通りに動いた。あいにくの雨模様だったが、雨の気配より、森の気配、そして周囲に人の気配がないことが、テツの心を和ませた。

だが赤岳への道は、たやすくはなかった。岩壁の鎖場やハシゴ場では、足が竦んだ。ジェットコースターどころの騒ぎじゃない。

「約束が違うよ　こんな所があるなんて聞いてないよ」

テツはこう叫びたかった。しかしレイは、ずんずん先へ、上へ上へと進む。ガイドというよりは、マラソンのペースメーカーだ。設定されたコースを設定したラップで寸分の狂いもなく踏破してゆく。しかもテツは高所恐怖症だ。疲れと恐ろしさと果てしなさの中で、幾度テツは呟いたことか。来るんじゃなかった。

しかし、この山行きで自分がレイのパートナーとしての資格を試されているような気もした。生き残りを賭けたサバイバルレースだな。自分が自分に蹴落とされそうになりながら、テツはひたすら体を動かし続けた。なにも視えない。ただレイのお尻が見えるだけだ。標高二八九九メートルというのは、伊達じゃない――。

「着いたわよ」

見上げると、レイが手招きしていた。鬼さん鬼さん、ここまでおいでというふうに。テツは、やれやれと思った。頂きを極めたというよりこれで今日の義務の半ばが終わったと安堵した。

「あっちが蓼科山　こっちに富士山　それから南アルプスも見えるんだけど」

レイはあちこちを見回し、指さした。しかし指の先には峰や雲海どころか、雨雲の雫が付きそうだった。冷たい霧のようなものが頂きに向かって攻め上がって来る。頂を占拠するレイとテツを排除するように。

「軽く食べて　雨の前に下山しようか」

レイがリュックからお握りとバナナを出した。テツも水筒を出し、チョコレートを出した。

「濡れたら　岩や鎖だって滑りやすくなるだろうね」

テツが心配げに訊くと、レイはきっぱりと言った。

「そう　危ないわよ」

「下の方は　降ってるのかなあ」

「そうね　合羽をつけたら　逆に歩くのが面倒だから　早いとこ　出発かな」

レイはバナナを頬ばりながら雲の流れを見ていた。雨が落ち始めた。テツは登ってきた鎖場や険路をあらためて思い泛べた。登山シューズの爪先に擦り傷が付いていた。

「さてと」

テツは腰をあげた。あらっ、もういいのとレイがテツを見た。オーケーとテツは目で答えた。テツは一刻も早く、ここから遠ざかりたかった。しかも登ってきた山道には、遭難以外、中退というのはないのだ。来た道を、帰るしかない。

雨は本降りになった。行者小屋の前を通った。ここで泊まって行こうかとテツは言いたかった。しかし、なに言ってるのよと言われそうで、黙々とレイの後に従った。

来る時にひと股ぎして越えた小川が、四、五メートル程の濁流に変わっていた。

レイがテツを振り返った。

「ねえ　どこが渡り口だったかなあ　すっかり増水しちゃってる」

ガイド役が、ちょっぴり不安気に洩らした。

テツの眼裏に、ふと朝方の景色が蘇った、その像に泥色の濁流をかぶせてみた。シラビソとダケカンバの木立、岸辺の岩や藪の形、沢の狭まり具合や煙る山合の遠景。するとたしかにここを通ったという確信が、啓示のように閃いた。テツはレイに言った。

「レイ　たしかここを渡った気がする」

「そう」

「じゃあ　ここはおれが初めに渡るよ」

テツは流れの中に足を踏み込んだ。押し洗うような流れはすぐに脛近くまで来た。テツは山道はからきしだが、川の流れには子どもの頃から慣れている。爪先で川底を探りながら、テツは呟いた。ここから向こう岸の、あの岩陰の藪のぽっかり空いた所、それがルートだ。

「おいで」

テツはレイの手を引いた。レイもテツの手を握りしめた。指と指、掌と掌が軍手ごしに繋がれていた。テツはふとミケランジェロの『アダムの創造』の絵を思い出した。あの絵では神様とアダムの指先はかすかに触れんばかりだが、おれたちは今こうしてしっかり握り合っている。たとえ軍手ごしでも。いやこんな軍手ごしでないと、手を握り合うこともないのかと、テツはどこか侘しかった。そして濁流を渡り終えた。

「あなた　よく憶えてたわね」

「まあね　おれ景色を憶えるのは得意なんだよ」

「ほんと　ありがとう」

「だって　こんなところで増水した川に流されたって　洒落にもなんにもなりゃあしない　太宰治は玉川上水で入水しちゃったけどね　おれたちはこんな所ではねえ　心中ならいいけど　事故死はね」

「馬鹿ねえ　あなた　そんなこと考えてるの」

レイが笑った。

「こんなことしか考えないのが　おれさ　まあガイドさんに褒められて嬉しいよ」

ふたりは軽口を叩きながら下山の道を急いだ。

美濃戸口からのバスも、さほど待たずに済んだ。茅野の駅前の温泉に行き、ふたりは着替えて蕎麦を食べた。ゆっくりしようかと言うテツに、レイが答えた。

「だってあなた　明日の昼から　また仕事でしょ」

「仕事は　なんとかなるよ」

するとレイがぴしゃりと言った。

「そういうわけにはいかないのよ」

テツは赤岳の頂きの岩のように黙り込むしかなかった。


八ヶ岳から帰ってもいつものような日々だった。ただテツは第九書房を辞め、九月から阿久根靖夫のいる金属科学研究所で働くことになった。

金属化学研究所。埃っぽくて黴臭い彼の部屋とはそぐわない職場の名だ。しかし、人は見かけによらぬもの。あんななりをしながら、結構お硬いしっかりした所に勤めているのかもしれない。あの風采は世を忍ぶ仮の姿なのだ。金属化学、そして研究所。硬質で光沢がある。文化系でも体育系でもない、理科系そのもの、そして化学だ。テツのこれまでの化学といえば、せいぜい火炎瓶を調合するくらいのものだった。

そして阿久根靖夫は言った。仕事は昼の十二時から、夜九時まで。それからゆっくり机に向かえる。あなたも夜型なら、それがいい。しかも彼はトドメを刺した。

「まさかきみは　本屋に勤めてることが　文学的とは思ってないでしょう　ぼくたちの使命は　人に本を売ることじゃなく　自分で本を書くことですよ」
勧誘のコツは、勧誘しているということを相手に絶対気取られぬことだ。テツは阿久根にまんまと乗せられてしまった。まるで豊かな未来へ向かう馬車に乗るように。むろんそれは阿久根の責任ではない。

だが金属科学研究所は、村の鍛冶屋に毛の生えた荻窪郊外の作業場だった。メスシリンダー用のガラス管の内側を整形する所だ。吹子《ふいご》付きの炉のかわりに、小さな電気炉があった。仕事場は土間、内壁も天井もない小屋に、火鉢のような電気炉が六機とグラインダーがあるだけだ。たしかに理科教室や実験室と直結した物を作るのだが、研究所とは程遠い。

十月の日記に早くもテツは書いている。

「睡眠不足と薬の乱用に祟られる
ぼくのやっていることは　なんだか
最後のあがきに似ている」

レイとのことは成就しがたいと思ったのかもしれない。貯えはおろか、喰うのもやっとかっとだ。稼ぎに追いつく貧乏なしといっても、いつも貧しさの方が、充分な足を残している。かといってテツは、文学に溺れても、性愛に溺れようとは思わなかった。逆に溺れぬためにも、レイを大切に扱おうと思った。そう、勝手にそう思っていた。むろん、レイの思惑など、そっちのけで。ちゃあんと名を挙げてから、晴れて――

まるで一本刀土俵入りじゃないか。しかも名はいつ挙がるのか。いつ生活がひと息つけるのか。その見当もなかった。かといって大学に戻るつもりもなかった。糸の切れた凧のようでありながら、大空に錐揉むのでなく、まさにどつぼに嵌ってゆくのだ。

それでも一九七〇年の十二月に出た『無名鬼』十四号には、「弔影歌」が載ることになった。人から気に入られるより、自分が気に入る詩を書こう。実はそれこそが村上一郎や桶谷秀昭が求めているものなのだが、テツは自分で勝手にこしらえた『無名鬼』のお眼鏡に適うという思いに、知らず知らずのうちに占められてしまっていたのだ。ええいままよ、大学の権威がいやであるように『無名鬼』の関門だって、どうでもいい。

テツの頭の中には、柿本人麻呂の長歌と近松門左衛門の心中物のような言葉が渦巻いていた。畳みかけるような切羽詰まった調子で、テツは「弔影歌」の中で歌っている。

「人の子ゆえ　なぜ　天に哭かねばならぬ」

「信じるか　けっして革められぬこころを」

まさに最後のあがきそのものだ。

知らず知らずのうちに、自分を伸るか反るかのところに追い込んでしまう。それはおまえの性癖というより病癖だよ。クリはいつもこう言って、テツを嗤った。自分のことは棚に上げて、なに言ってんだよ。テツはこう言い返したが、それにしても乱用した薬はなんの薬だったのか。睡眠薬だろうか、精神安定剤だろうか。

十一月二十五日、朝七時、大屋さんがテツの所に来た。電話です、と言うのだ。電話は村上一郎からだった。上旬の『無名鬼』十四号の編集や校正の時、彼は鬱状態で重く沈んでいたが、この朝は陽気だった。陽気すぎる躁感と言おうか。大屋さんの玄関口に上がり込んだテツが、ご用件はと訊くと、彼は受話器の向こうで、自作の短歌を朗々と詠じた。

「憂ふるは何のこころぞ秋の涯はからまつも焚け白樺も焚け」

そして彼は一方的にまくしたてた。この前三島由紀夫と対談した時、彼がぼくのことを褒めてくれてね、と続けた。テツはふと、東大での三島由紀夫との対話集会での彼の姿を思い出した。三島由紀夫さんは人を褒め殺すというか、それが絶妙な方ですからねと村上一郎に言おうとしたが、黙って相槌を打ち続けた。大屋さんは何が起こったんだろうという顔で静かにテレビを眺めていた。

村上一郎の電話は、十五分程も続いただろうか。やがて、ではそういうことでと村上一郎は電話を切った。そういうこととは、どういうことですかと問い返したかったが、まずは電話が切れたことにほっとした。大屋さんも、なにかテツの不始末の電話かと思ったかもしれなかったが、そうではないことに、ほっとしたようだった。テツは、どうも朝早くから済みませんでしたと詫びて、二階に上がった。テツは村上一郎からの直の電話で、気持ちは上ずっていた。しかし、階段を昇りながら呟いた。なぜ、おれのような若僧に、朝っぱらから電話をするのだろうか。

十一時過ぎ、テツはいつものように仕事場に行った。一時、テツたちが弁当を食べていると、社長が走って来た。血相を変えて叫んだ。

「おいっ　三島由紀夫が死んだぞっ」

彼は楯の会のメンバー四名と市ケ谷の自衛隊の駐屯地に行き、東部方面総監を人質とした上で、バルコニーから檄を飛ばし、その果てに自決したという。

テレビで速報が出てるよ、と社長が言った。阿久根靖夫が、ちょっとテレビ観せてもらっていいですかと言った。テツたちは皆、社長の自宅の居間に上がり込んだ。テツはふと朝方の村上一郎の電話のことを思った。あるいは村上一郎にも三島由紀夫の気が通じたのか、虫の知らせというものだろうか、単なる偶然だろうか。しかし、それは阿久根靖夫には言わなかった。

その日、テツと阿久根靖夫は夕方前に帰宅した。そして村上一郎の家に行った。『無名鬼』十四号のゲラが出ていた。桶谷秀昭も来た。手分けして校正しながらも、話題はもっぱら三島由紀夫のことになった。

村上一郎は躁のブースターに点火したようだった。村上家にはマスメディアから、コメントを求める電話、さらには追悼文の依頼などの電話がひっきりなしだった。テツたちは、それに耳をそばだてながら、敢えてというように校正に集中した。桶谷秀昭が眉を曇らせた。

村上さんが心配だな。

電話には村上夫人が出るのだが、彼女は困りましたわという顔で、桶谷秀昭の顔色を見た。村上一郎は電話口でも、そして席に戻ってからも、声高に三島由紀夫のことを喋り続けた。まるで問わず語りだった。村上夫人もこぼした。主人の方が心配で。

桶谷秀昭がやや憤然と言った。

「あまりわけのわからないメディアからなら　もう取り次がなくていいですよ　どうせ興味本位なんだから」

校正は九時過ぎに終わり、桶谷秀昭の後を阿久根靖夫とテツは吉祥寺駅まで歩いた。誰も口を利かなかった。三島由紀夫と村上一郎のことには敢えて触れないという黙約でもあるかのように。

桶谷秀昭を送って、三鷹駅に着く前、阿久根靖夫がテツに語りかけた。
「どうなるんだろうね」
なにがでしょうか。だれがでしょうか。テツが訊き返すと、彼が言った。
「いや　この日本がさ」
どうなるんだろうとテツも思った。しかし、黙っていた。むろん村上一郎も心配だったし、この国のことも気にはなった。三島由紀夫だって、この国と自衛隊はもはやどうにもならないと思ったから、最後の壮絶な芝居を打ったのではないか。それもそうだが、テツは自分がどうなるのか、それが大変というか一大事だった。それどころじゃないよ、おれは……。
それでもこの夜テツは、五十行程の詩を書いている。三島由紀夫への追悼もあったのだが、みずからを追討するような歌だ。
「白みゆく秋津洲《あきつしま》なれど　あけそむる胸裡《むなち》に　一点の悟りもなく
報われぬことをいとわず　弔われぬことをねがわず
白刃には　むらくもの慰めもない
漁火はあわく　過去《すぎこし》を明滅させ
わが旅が　不毛に始まるさまを　にがくことほぐか」
三島由紀夫の死にたじろぎながら、悶々とした自分とその周りへの呪いのような歌だ。そしてこの長い詩のあと、テツは次のページに書いている。

「幻聴ひどい」

幻聴——。

どんな声が、テツに聞こえたのだろう。天の声か、地の声か、人の声か。死者の声か、亡霊の声か、母の声姉たち兄たちそして父の声か。レイの声か、草木や鳥獣の声か。おそらく言葉になりきれぬ呻きが、あるいは意味になりきれぬ言葉が、アルコールと薬と寝不足の頭で増幅され、歪められ、それがテツの内耳に鳴り響いたのだろう。言霊の水子のつぶやきのように。

幻聴、幻実、幻野、幻覚、幻人、幻夢、人は幻に取り憑かれた時、現実から浮游する。足元がおろそかになる。だがテツを悩ましたのは幻ではなかった。現実そのものだ。

自分の詩と才には、ちょっぴり自信と予感めいたものをテツは感じていた。しかし自信なんて、自ら信じるものでなく、娑婆が与えてくれるものだ。自惚《うぬぼ》れに似た自信と予感なんて、他愛ないものだ。腹の足しにもならない。世の中、そう甘くない。恋にせよ、仕事にせよ、詩にせよだ。浮かれすぎるな、沈みすぎるな。野球では、投げるにせよ打つにせよ、フォームにタメがなければならない。車のハンドルには遊びがなければならない。しかし、テツには日々のタメもなければ、遊びもない。

そしてテツに誰かが呟くのだ。もういいよ、自分を苛《さいな》むの、それくらいにしておけ。

一九七〇年十二月二十四日、夜の九時過ぎだった。テツは渋谷のガード下で呑んで外に出た。通りにはサンタクロースもどきの三角帽子を被った男たちが溢れていた。町はとりどりの電飾で飾りたてられ、車が夥しいソリのように雪のない道で渋滞していた。

テツはふとレイに会いたくなった。いや会いたいから、三鷹からわざわざ渋谷まで出て来たのだ。都電に乗った。古川橋で下りた。すぐにレイの家だ。レイの家と道を隔てた電話ボックスに入った。レイの家の二階には灯りがついている。居るんだな。テツは大きく深呼吸して、コインを入れた。ボックスの中にコインの音が、ギロチンの音のように響いた。

ダイヤルを回した。電話が鳴った。コールしている。コール音がテツの全身を貫いている。一回、二回、三回。四回で、電話を切ろうと思った。その時、受話器を取る音がした。テツは唾を飲んだ。レイの母親だった。テツは挨拶をして、取り次いでもらった。二階のレイの部屋で、人影が動き、階段室をレイが下りてきた。テツは大きく息を吐いた。レイが出た。

「あらっ　テツ」

「こんばんは　メリークリスマス」

「そう　メリークリスマス　あなた　元気？」

「元気だよ」

レイの小さな咳払いが聞こえた。

「あなた　酔ってるの」

「うん　少しね」

「近くに居るの」

「ううん　遠く」

「遠くって」

「今度　遠くに行こうと思ってね　と　お　く　にね」

「それ　おうち」

「どうかなあ」

「そうね　あなた勘当されてるからね」

「そう」

「大学はまだ　休学のままよ　いつでも帰って来れるからね　おいでよ」

「まあ　それは　どうかな」

「あなた　変なところにこだわるからね」

「そうかなあ　で　クリスマスだし　正月も近いし　なんとなく　あなたにありがとう
と言おうと思ってね」
「水臭いわよ　そんなことでわざわざ電話なんて　会った時に言えばいいのよ」
「それもそうだね」
テツは思わず、今レイの家の前の電話ボックスに居ると言おうとして、口を噤んだ。鼻水
を一回啜った。
「どうしたの」
レイが訊いた。
「いや　どうもしない　ほんとに　レイ　ありがとう」
「どうしたのよう　急にあらたまって」
「いや　ありがとう　じゃあ」
テツは受話器を下ろした。ガチャリという音が真向かいの家まで響きそうだった。そして
電話ボックスを出て、高架道路の下道を歩き始めた。車のライトがやけに目に沁みた。さな
がら逃亡者を照らし出すサーチライトのように。
渋谷まで歩き、渋谷からも電車に乗らず、暗い方へと歩き続けた。ありがとう、と言って
しまった。テツのレイへのクリスマス・プレゼントの言葉は、ありがとうだった。そして、

ありがとうは、テツにとってはさよならだった。今日は三回言っただろうか。サンタクロースの背中にかついだ袋でなく、漫画の主人公の吹き出しのように、その言葉がテツの鼻先にふくらんでいた。

それは御礼でも感謝でも優しさでもなかった。捨てゼリフという言葉が、はっきりと夜目に立つ東京タワーのように浮かんだ。テツはさらに暗い方へ、暗い方へと歩いていった。町の灯と町の音が消え、暗くなった闇の向こうから押し寄せてくる生暖かい波の匂いがした。

さよなら、東京。さよなら、ふるさと。さよなら、にっぽん。さよなら、三島。さよなら、レイよ。おれはおれとも、さよならするよ。テツの眼裏には、月明かりに浮かぶ仄白い汀が浮かんだ。そこを波にもてあそばれながら、それでもよたよたと行軍する宿借りの姿があった。

その夜の日記のかたすみに、まさにこけつまろびつする宿借りのような字体で、テツは歌らしきものを書きつけた。

「手をふりて　みなとわかれし　なぎさかな　これからうたふ　わが風葬歌」

あとがき

本書は一九六四年私がラ・サール高校に入学してから、一九六八年の東大紛争や一九七〇年の三島由紀夫事件、そしてほどなく私が東京を去るまでのことを、物語ふうに綴ったものです。

思い出というのは厄介なものです。ましてそれをうまく書き連ねてゆくことは——。どうせそこには今の自分に都合のいい自慢や自嘲、時には誇張や歪曲もあるでしょうし、誤解だってあるでしょう。戦後八十年を経て、一九七〇年前後をふりかえることは、大正デモクラシー育ちの老人が明治維新をふりかえるようなものです。定かなはずがありません。わかりにくいのが当たり前です。しかしそのわかりにくさは、わたしの生き方のわかりにくさではなく、時が経っているというわかりにくさです。本書はいかにも昭和な人間の安直な身上調書といったところです。新しさもなければ、深さもないんですね。

ただここに登場する固有の人名や地名、あるいは施設名などは、すべて実在です。むろんそれが実際の姿かどうかは、また別のことです。

亡くなった人もいます。しかし遠いところにある人が近く感じられる時もあります。私はこれらの人々や時節を、今は虚《むな》しく懐かしんでいます。虚しく懐かしむとは、ただありがとうと言うほかないということです。

また、こんなことは「あとがき」でなく、本の扉に書くべきでしょうが、この本を、昔も今もわが心辺にある全ての人、そして岡田家の人たちに捧げます。

本書を書くに当たっては、次の歌曲や作品も参考にさせて頂きました。

「ペギー・スー」（バディー・ホリー、ジェリー・アリソン、ノーマン・ペティ）

「四月になれば彼女は」（ポール・サイモン）

「ブレイク・オン・スルー」（ジム・モリソン、ジョン・デンズモア、レイモンド・マンザレク、ロビー・クルーガー）

「詩人としての高村光太郎と夏目漱石」（『吉本隆明著作集』8）

また円谷幸吉さんと由比忠之進さんの遺書は、巷間に伝わるものを引用させて頂きました。

今回は文字打ちで、わがや近くの宮後印刷さんにお世話になりました。また本刷りに出精して頂いた花乱社の別府大悟さん、装幀の長谷川義幸さんにも御礼を申しあげます。

二〇二四年　霜月

岡田哲也

岡田哲也（おかだ・てつや）
一九四七年、鹿児島県出水市生まれ。
ラ・サール高校卒業。
東京大学中退。
出水市在住。

■主な著書

詩集

『白南風』一九七八・七月堂
『海の陽山の陰』一九八〇・七月堂
『神子夜話』一九八二・砂子屋書房
『夕空はれて』一九八四・七月堂
『にっぽん子守唄』一九九五・碧楽出版
『現代詩人文庫　岡田哲也詩集』二〇〇五・砂子屋書房
『往来葉書　鬼のいる庭』（画：小林重予）二〇〇九・海鳥社
『わが山川草木』二〇〇九・書肆山田
『茜ときどき自転車』二〇一三・書肆山田
『酔えば逢いたい人ばかり　薩摩焼酎讃歌』二〇一四・南日本開発センター
『詩集　花もやい』二〇一七・花乱社
『詩画集　春は自転車に乗って』（画：横手じゅんこ）二〇二一・花乱社

エッセイ

『不知火紀行』一九八九・砂小屋書房
『詩季まんだら　上・下』一九九二・七月堂
『南九州文学ぶらり旅』一九九八・文化ジャーナル鹿児島社
『夢のつづき』二〇〇一・南日本新聞社
『続・夢のつづき』二〇〇二・南日本新聞社
『憂しと見し世ぞ』二〇一一・花乱社

想《おも》い出《で》の汀《なぎさ》

❖

2024年12月12日　第1刷発行

❖

著　者　岡田哲也

発行者　別府大悟

発行所　合同会社花乱社

〒810-0001 福岡市中央区天神5-5-8-5D

電話 092(781)7550　FAX 092(781)7555

http://karansha.com/

印　刷　モリモト印刷株式会社

製　本　カナメブックス

[定価はカバーに表示]

ISBN978-4-911429-03-7

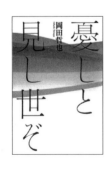